Federico García Lorca ist am 5. Juni 1898 in Fuente Vaqueros geboren und am 19. August 1936 bei Granada von der ›Guardia civil‹ ermordet worden.
Der spanische Dichter war der Sohn einer Lehrerin und eines reichen Bauern. Er studierte Jura und Philosophie in Granada, Madrid und an der Columbia Universität in New York. Seit 1919 lebte er in Madrid. Lorca hatte Kontakt zu vielen zeitgenössischen Künstlern u. a. zu: Guillén, Salvador Dalí, Dámaso Alonso, Cernuda, Salinas, Otiz, de Falla. Nach einer Europareise war García Lorca 1929/30 in den USA, 1933/34 in Argentinien.
Mit Eduardo Ugarte gründete er die Theatergruppe ›La baraca‹, die durch ihre Tourneen großen Einfluß ausübte.
Zu seinen Hauptwerken gehören:
Prosa: Impresiones y paisajes (1918).
Lyrik: Libro de poemas (1921); Canciones (1927); Romancero gitano (1928) – deutsch: Zigeuner-Romanzen; Poema del canto jondo (1931) – deutsch: Dichtung vom tiefinnern Sang; Llánto por Ignacio Sánchez Mejías (1953) – deutsch in: Gedichte; Poeta en Nueva York (1940) – deutsch: Dichter in New York. Siehe deutsche Ausgaben im Insel Verlag.
Dramen: Mariana Pineda (1925); La Zapatera prodigiosa (1930); Amor de Don Perlimplín con Belisa en su Jardín (1931); Así que pasen cinco años (1931); Bodas de Sangre (1933); Yerma (1934); Dona Rosita la Soltera, o el lenguade de las flores (1935); La Casa de Bernarda Alba (1936). Deutsch alle im vorliegenden Band.
»Die dramatischen Dichtungen« des spanischen Klassikers der Moderne sind nun schon Jahre hindurch wesentlicher Bestandteil des europäischen Theaters. Die vorliegende Ausgabe bietet die Dramen in der zeitlichen Folge ihres Entstehens.
Lorca sagt über das Theater:
»Theater ist Poesie, die aus dem Buch steigt und menschlich wird, wobei sie spricht und schreit, weint und verzweifelt.«

insel taschenbuch 3

Federico García Lorca

Die dramatischen

Dichtungen

FEDERICO GARCÍA LORCA
DIE DRAMATISCHEN DICHTUNGEN

Mariana Pineda
Die wundersame Schustersfrau
In seinem Garten
liebt Don Perlimplín Belisa
Sobald fünf Jahre vergehen
Bluthochzeit
Yerma
Dona Rosita bleibt ledig
Bernarda Albas Haus

Deutsch von Enrique Beck

Insel Verlag

Einzig berechtigte Übertragung aus dem Spanischen
Nach den kritisch bereinigten Madrider Ausgaben
von 1954 ff. revidiert und bearbeitet von Enrique Beck

insel taschenbuch 3
Erste Auflage 1972

Insel Verlag Frankfurt am Main

Vertrieb durch den Suhrkamp Taschenbuch Verlag
Umschlagentwurf Willy Fleckhaus
Druck: Nomos Verlagsgesellschaft, Baden-Baden
Printed in Germany

9 10 11 12 13 14 – 95 94 93 92 91 90

PLAUDEREI ÜBER THEATER

Liebe Freunde! Vor langem schon legte ich das strenge Gelübde ab, jede Art Ehrungen, Bankette oder Feiern, die man für meine bescheidene Person veranstalten würde, abzulehnen. Erstens, weil ich weiß, daß mit jeder einzelnen ein Stein auf unser literarisches Grab gelegt wird, und zweitens, weil ich gesehen habe, daß es nichts Trostloseres gibt als die kalte Ansprache zu unserer Ehre und keinen kläglicheren Augenblick als den des organisierten – wenn auch wohlmeinenden – Beifalls.
Zudem glaube ich – und das ist geheim –, daß Bankette und Ehrenurkunden dem Menschen, der sie annimmt, Pech und Unglück bringen; Pech und Unglück, die aus der bequemen Haltung der Freunde entstehen, die da denken: ›Nun haben wir unsere Schuldigkeit für ihn getan.‹ Ein Bankett ist eine Vereinigung von Berufsleuten, die mit uns essen, und an dem die Menschen teilnehmen – Glück im Spiel des Zufalls eingeschlossen –, die uns im Leben am wenigsten leiden können.
Ich würde für Dichter und Dramatiker statt Ehrungen Angriffe und Herausforderungen organisieren, wo man uns schneidig und hitzig fragen sollte: »Warum bist du nicht fähig, die Schwermut des Meeres in einer Person auszudrücken? – Warum wagst du nicht, von der Verzweiflung der einander feindlichen Krieger zu erzählen?« Höchste Anforderung und Kampf stärken die Seele des Künstlers, die durch billige Schmeicheleien verweichlicht und zerstört wird. Die Theater sind voll trügerischer, mit Treibhausrosen bekränzter Sirenen, und das Publikum ist befriedigt und klatscht Beifall, derweil es Sägemehlherzen sieht und nur von den Lippen huschende

Dialoge hört. Will aber der dramatische Dichter sich vorm Vergessen schützen, dann darf er die Rosenfelder nicht vergessen, die von der Morgenfrische benetzt werden, nicht jenen Tauber, der von einem geheimnisvollen Jäger verwundet ward und im Schilficht seinen Todeskampf kämpft, ohne daß sein Seufzen gehört wird.

Auf der Flucht vor Sirenen, Glückwünschen und falschen Worten habe ich keine Ehrungen angenommen, als ›Yerma‹ uraufgeführt wurde; aber ich habe die größte Freude meines kurzen Autorendaseins empfunden, als ich erfuhr, daß die Madrider Theaterfamilie die große Margarita Xirgu – diese Schauspielerin mit makelloser künstlerischer Laufbahn, Leuchte des spanischen Theaters, bewunderungswürdige schöpferische Darstellerin – um eine Sondervorstellung gebeten hat, um sie und ihre Truppe zu sehen, die ihr so glänzend zur Seite steht.

Für solche Teilnahme und Achtung, die das für eine bemerkenswerte theatralische Anstrengung bedeutet, danke ich heute, da wir zusammen sind, allen auf das innigste und aufrichtigste. Ich spreche heute abend nicht als Autor, nicht als Dichter, nicht als einfacher Beobachter des reichen Panoramas des menschlichen Lebens, sondern als glühender Verehrer des Theaters der sozialen Aktion. Das Theater ist eines der ausdrucksvollsten und nützlichsten Mittel, um ein Land aufzubauen, und das Barometer, das seine Größe und seinen Abstieg anzeigt. Ein empfindliches und in allen seinen Gattungen gut ausgerichtetes Theater kann in wenigen Jahren die Empfindsamkeit des Volkes verändern; ein verlumptes Theater, darin die Hufe die Flügel ersetzen, kann eine ganze Nation verplumpen und einschläfern.

Das Theater ist eine Schule des Weinens und des Lachens und eine freie Tribüne, auf der die Menschen alte oder irrige Morallehren deutlich zeigen und durch lebendige Beispiele ewige Regeln des menschlichen Herzens und Gefühls ausdrücken können.

Ein Volk, das seinem Theater nicht hilft und es nicht fördert, ist, wenn nicht tot, so doch todkrank; so auch das Theater, das nicht den sozialen Pulsschlag der Geschichte aufnimmt, das Drama ihrer Menschen, die unverfälschte Eigenart ihrer Landschaft und ihres Geistes, ihr Lachen und ihr Weinen; solch ein Theater hat nicht das Recht, sich Theater zu nennen, sondern muß Spielsaal heißen oder Ort, wo man das Abscheuliche tut, was mit Zeitvertreib bezeichnet wird. Ich spiele auf niemanden an und will niemanden verletzen. Ich spreche nicht von gegenwärtiger Wirklichkeit, sondern von etwas Problematischem, das aufgeworfen aber nicht gelöst wird.

Jeden Tag, liebe Freunde, höre ich von der Krise des Theaters reden, und immer denke ich, daß dieses Übel nicht vor unseren Augen sondern im Verborgensten seines Wesens liegt; es ist kein Übel, das nur vorübergehend an der Oberfläche auftritt, das heißt mit anderen Worten, der Leistung, sondern es ist zutiefst eingewurzelt, es ist, mit einem Wort, ein organisatorisches Übel. Während Schauspieler und Autoren in der Hand lediglich kommerzieller Unternehmen sind, die frei und ohne literarische oder in irgendeiner Hinsicht staatliche Kontrolle schalten – Unternehmungen bar jedes Urteils, jeder irgendwie gearteten Garantie –, gehen Schauspieler, Autoren und das ganze Theater von Tag zu Tag mehr und mehr und rettungslos zu Grunde.

Das köstliche, leichte Theater der Revue, des Vaudeville und des Schwanks, dieser Gattungen, deren leidenschaftlicher Zuschauer ich bin, könnte sich noch erhalten und sogar retten; aber das Stück in Versen, das geschichtliche Stück und die sogenannte hispanische Zarzuela [Singspiel] werden täglich mehr Rückschläge erleiden, weil sie zu den Gattungen gehören, die besonders hohe Anforderungen stellen; sie könnten wirklichen Neuerungen sich erschließen, aber es gibt keine Autorität, keinen Opfermut, um sie bei einem Publikum durchzusetzen, das man mit Überlegenheit zügeln, dem man bei vielen Gelegenheiten widersprechen und dem man entgegentreten muß. Das Theater muß sich beim Publikum durchsetzen, nicht das Publikum beim Theater. Um das zu erreichen, haben Autoren und Schauspieler eine große Autorität sich anzueignen, koste es, was es wolle; denn das Theaterpublikum ist wie die Schulkinder: der strenge, ernste Lehrer, der etwas von ihnen verlangt und gerecht ist, wird verehrt, und die Stühle der zaghaften, hudelnden Lehrer, die nicht lehren und nicht lernen lassen, werden mit grausamen Nadeln gespickt.

Man kann das Publikum belehren – es sei festgestellt, daß ich nicht Volk sage, sondern Publikum; man kann es belehren: ich habe vor Jahren erlebt, wie man Debussy und Ravel Fußtritte gegeben hat, und ich war später Zeuge der lärmenden Ovationen, die ein breites Publikum den früher abgelehnten Werken bereitet hat. Diese Autoren wurden von einem hohen, maßgeblichen Gesichtspunkt aus durchgesetzt, der dem des Publikums überlegen war; so wie Wedekind in Deutschland, Pirandello in Italien und viele andere.

Das muß zum Besten des Theaters und für die Ehre und die Rangordnung der Schauspieler getan werden. Man muß eine würdige Haltung annehmen in der Gewißheit, daß sie mit Zinsen belohnt wird. Das Gegenteil heißt, vor Angst hinter den Kulissen zittern, Phantasie, Imagination und Reiz des Theaters töten, das immer, immer Kunst ist, immer erhabene Kunst sein wird, wiewohl es eine Zeit gegeben hat, in der man Kunst alles nannte, was geschmacklos war, um die Atmosphäre herunterzudrücken, die Poesie zu zerstören und aus der Bühne einen Ort zu machen, der den Winden von allen Seiten ausgesetzt war. Kunst über alles. Edelste Kunst; und ihr, liebe Schauspieler, vor allem Künstler, Künstler vom Scheitel bis zur Sohle, da ihr ja aus Liebe und Berufung auf die Bretter gestiegen seid, die eine erdichtete, schmerzvolle Welt bedeuten. Künstler aus Eingenommenheit und Voreingenommenheit. Vom bescheidensten bis zum hervorragendsten Theater soll man das Wort ›Kunst‹ an die Zuschauerräume und Schauspielergarderoben schreiben; geschieht das nicht,

wird man das Wort ›Handel‹ anschreiben müssen oder ein anderes, das ich nicht auszusprechen wage. Und Rangordnung, Disziplin, Opfergeist, Liebe.
Ich will euch keine Lehren erteilen: ich befinde mich selbst in der Lage, Lehren anzunehmen. Begeisterung und Gewißheit haben mir meine Worte diktiert. Ich bin nicht verträumt. Ich habe oft und kühl durchdacht, was ich denke, und als guter Andalusier besitze ich das Geheimnis der Kühle, weil mein Blut alt ist. Ich weiß, daß nicht der die Wahrheit zu eigen hat, der ›heute, heute, heute‹ sagt und dabei sein Brot direkt am Backofen ißt, sondern der, der mit heiterer Ruhe in der Ferne das erste Leuchten des Tagesanbruchs auf den Feldern sieht. Ich weiß, daß nicht der recht hat, der ›sofort, sofort, sofort‹ sagt, wobei er seine Augen auf die kleinen Schlünde der Schalter heftet, sondern der, der ›morgen, morgen, morgen‹ sagt und das neue Leben kommen fühlt, das über der Welt schwebt.

MARIANA PINEDA

Volkstümliche Romanze
in drei Bildern

Der großen Schauspielerin
Margarita Xirgu

FEDERICO GARCÍA LORCA
(1927)

Personen

MARIANA PINEDA

ISABEL LA CLAVELA · DOÑA ANGUSTIAS

AMPARO · LUCÍA · SOR CARMEN BORJA

ERSTE NOVIZE · ZWEITE NOVIZE

ERSTE NONNE · ZWEITE NONNE

MARIANAS TÖCHTERCHEN

MARIANAS SÖHNCHEN

DON PEDRO DE SOTOMAYOR

FERNANDO · PEDROSA · ALEGRITO

ERSTER, ZWEITER, DRITTER

UND VIERTER VERSCHWORENER

RICHTER · FRAU MIT DER ÖLLAMPE

STIMME · NONNEN · MÄDCHEN

[Historischer Zeitpunkt: 1831;
A. d. Ü.]

VORSPIEL

Zwischenvorhang, der den verschwundenen arabischen Bogen von Cucharas mit Aussicht auf den Bibarrambla-Platz in Granada darstellt. Die Bühne ist wie ein alter Stich, gelblich gerahmt. Beleuchtung: blau, grün, gelb, rosa, himmelblau. Eines der Häuser ist mit Meerszenen und Fruchtgirlanden bemalt. Mondschein. Im Hintergrund singen (mit Begleitung) Mädchen die Volksromanze:

CHOR: Ach, welch Trauertag ist in Granada,
der die Steine selbst zu Tränen rührt',
sehn sie Marianita hingerichtet,
weil sie nichts verrät, durch nichts verführt!

Marianita sitzt in ihrem Zimmer,
ein Gedanke hält ihr Herz umschnürt:
›Säh Pedrosa mich das Freiheitsbanner
eigenhändig sticken, wenn ers spürt' ...‹

Entfernter:
Ach, welch Trauertag ist in Granada,
alle Glocken läuten für und für!

Eine Frau mit brennendem Öllicht lehnt sich aus einem der Fenster. Der Chor hört auf.

FRAU: Mädchen! Hörst du nicht?

MÄDCHEN *von weitem:* Ich komm schon!

Unter dem Bogen hervor tritt ein nach der Mode von 1850 gekleidetes Mädchen und singt:

Wie die Lilie brach man da die Lilie,
wie die Rose brach man diese Blum';
wie die Lilie brach man da die Lilie –
herrlich blieb die Seele und ihr Ruhm.

Das Kind geht langsam ins Haus. Im Hintergrund singt der

CHOR: Ach, welch Trauertag ist in Granada,
der die Steine selbst zu Tränen rührt'.

Langsamer Vorhang

ERSTES BILD

Marianas Haus. Weiße Wände. Im Hintergrund kleine, dunkel gestrichne Balkons. Auf einem Tisch steht eine mit Quitten gefüllte Kristallfruchtschale. Von der ganzen Zimmerdecke hangen Quitten herab. Auf der Kommode große Rosenzweige aus Seide. Herbstnachmittag. Doña Angustias, Marianas Adoptivmutter, schwarz gekleidet, hat ein kaltes doch zugleich mütterliches Gesicht; sie tritt ein, wenn der Vorhang aufgeht. Isabel la Clavela trägt sich stutzerhaft. Sie ist siebenunddreißig Jahre alt.

CLAVELA *kommt:*
Und unsre Mariana?
DOÑA ANGUSTIAS *sitzt und liest:*
Sie stickt und stickt langsam.
Ich hab es durchs Schlüsselloch grade gesehen.
Der Faden, der rot ihr die Finger durchgleitet,
erschien in der Luft wie vom Messer ein Schnitt.
CLAVELA:
Ich fürcht mich!
DOÑA ANGUSTIAS: Wem sagst du's!
CLAVELA *mißtrauisch:* Erfährt man es wohl?
DOÑA ANGUSTIAS:
Man wird in Granada gewiß nichts erfahren.
CLAVELA:
Warum wohl bestickt sie die Fahne?
DOÑA ANGUSTIAS: Sie sagte,
sie tu ihre Pflicht für die Freunde der Freiheit.
Nachdrücklich:

Vor allem für Pedro; sie kommt in Gefahr
durch diese Gefährten ...,
Mit leidvoller Gebärde ich will nicht dran denken.

CLAVELA:
Ja dächt ich wie früher die Alten, ich sagte ...
verhext.

DOÑA ANGUSTIAS *rasch:*
Nein, verliebt.

CLAVELA: Ist es möglich?

DOÑA ANGUSTIAS *vage:* Wer weiß?
Lyrisch:
Ihr Lächeln ist nahezu blaß schon geworden,
verblüht wie die Blume, gealtert im Winkel.
Sie sollte doch solche Intrigen nicht machen.
Was mischt sie sich ein in die Dinge der Straße?
Und stickt sie – bestick' sie des Töchterchens Kleider
für später. Und wenn unser König nicht gut ist,
so ist er nicht gut. Das bekümmre ein Weib nicht!

CLAVELA:
Sie hat letzte Nacht nicht ein Auge geschlossen.

DOÑA ANGUSTIAS:
Sie lebt nicht! Als gestern, am Abend ... du weißt
doch ...? *Ein Glöckchen läutet lustig.*
Die Töchter des Richters! Ich bitt dich – kein Wort!

Clavela rasch ab. Doña Angustias geht zur rechten Tür und ruft: Mariannchen, komm her! Denn du wirst hier erwartet! *Laut lachend treten die Töchter des Untersuchungsrichters ein. Sie tragen riesige mit Volants besetzte Röcke, Mantillas, an jeder Schläfe eine rote Nelke, und sind nach der Zeitmode frisiert. Lucía ist dunkelblond, Amparo sehr dunkelbraun mit tiefem Augenausdruck, raschen Bewegungen und schneller Sprache. Doña Angustias geht mit offenen Armen auf sie zu, um sie zu küssen.*

Beide Schönen vom Campillo
hier im Hause!

Amparo *küßt Doña Angustias und sagt zu Clavela:*
Sag doch, Nelke,
wie gehts deinem Nelkengatten?
Clavela *geht degoutiert ab, wie wenn sie noch mehr Scherze fürchte:*
Welk!
Lucía *zurechtweisend:* Amparo! *Küßt Doña Angustias.*
Amparo *lachend:* Nur Geduld!
Doch die Nelke, die nicht duftet,
wird vom Blumentopf geschnitten!
Lucía: Frau Angustias, nun, was sagt Ihr?
Doña Angustias *lächelnd:*
Immer witzig!
Amparo: Während meine
Schwester nur Romane liest,
Monogramme, Vögel, Rosen
emsig auf die Gaze stickt,
tanz und sing ich den Jaleo
von Jerez mit Kastagnetten,
Vito, Ole und Sorongo –
und, so Gott will, möcht ich immer,
immer singen. Ja, Señora!
Doña Angustias *lächelnd:*
Welch ein Kindskopf!
Amparo nimmt eine Quitte und beißt hinein.
Lucía *ärgerlich:* Sei doch still!
Amparo *mit dem Saueren der Frucht zwischen den Zähnen:*
Schöne Quitte!
Sie schüttelt sich wegen der Säure und zwinkert.
Doña Angustias *mit den Händen vorm Gesicht:*
Nicht zum Ansehn!
Lucía *etwas unterdrückt:*
Schämst du dich denn nicht ein bißchen?
Amparo: Kommt denn Marianita nicht?
Will an ihre Türe klopfen.

Schnell zur Tür und klopft.

Liebling! Komm schnell, Mariana!

LUCÍA: Entschuldgen Sie, Señora!

DOÑA ANGUSTIAS *nachsichtig:* Laß sie nur!

Die Tür wird geöffnet, Mariana kommt, hell-lila gekleidet, Lockenfrisur, Aufsteckkamm, große rote Rose hinterm Ohr. Sie trägt nur einen Diamantring an der linken Hand, macht einen besorgten Eindruck und gibt mit fortschreitender Unterhaltung Zeichen lebhaftester Unruhe. Die zwei Mädchen laufen ihr sofort entgegen.

AMPARO *küßt sie:*

Wie spät du kommst!

MARIANA *zärtlich:* Ihr Kinder!

LUCÍA *küßt sie:* Marianita!

AMPARO: Noch einen Kuß!

LUCÍA: Auch mir!

MARIANA: Ihr seid entzückend!

Zu Doña Angustias

Kein Brief gekommen?

DOÑA ANGUSTIAS: Nein. *Bleibt nachdenklich*

AMPARO *streichelt Mariana:* Wie hübsch und jung du immer bist.

MARIANA *bitter lächelnd:* Ich bin schon über dreißig!

AMPARO: Du siehst dabei wie fünfzehn aus!

Sie setzen sich auf ein breites Sofa, Mariana in der Mitte. Doña Angustias nimmt ihr Buch und ordnet eine Kommode.

MARIANA *immer mit einer Spur von Melancholie:* Amparo! Bin Witwe mit zwei Kindern!

LUCÍA: Sind sie auch wohlauf?

MARIANA: Sie kommen eben aus der Schule und werden wohl im Hof sein.

DOÑA ANGUSTIAS: Ich will nachsehn.

Sie sollen sich am Brunnen nicht bespritzen.

Auf später, liebe Kinder!

Lucía *immer höflich:* Ja, auf später!

Doña Angustias ab.

Mariana:

Wie geht es deinem Bruder Ferdinand?

Lucía: Er käme, sagte er – und zog dabei
sich seinen blauen Gehrock an –, nachher;
er holt uns ab und möchte dich begrüßen.
Lacht.
Und alles, was du hast, das scheint ihm gut.
Er will, daß wir uns kleiden so wie du.
Just gestern ...

Amparo *die immer sprechen muß, unterbricht:*
Gestern sagte er, du hättest
Lucía bleibt ernst
in deinen Augen ... Was hat er gesagt?

Lucía *ärgerlich:*
Du wirst mich doch noch sprechen lassen?
Will es tun.

Amparo *rasch:* Richtig
es fällt mir ein! Er sagte, unablässig
durchflögen Vogelschwärme deine Augen.
Nimmt sie beim Kinn und betrachtet ihre Augen.
Ein göttlich Zittern wie von dunklen Wassern,
das unter Myrtensträuchern überrascht wird –
und immer überrascht wird –; oder Zittern
des Mondes auch auf einem Glas mit Fischen,
darin ein Silberfisch sein Gaukelspiel
mit einem roten Traume treibt.

Lucía *schüttelt Mariana:* Sieh an!
Das zweit' ist ihre eigene Erfindung. *Sie lacht.*

Amparo: Lucía, das hat er gesagt!

Mariana: Es tut mir wohl,
daß ihr wie kleine Mädchen mit mir plaudert,
so lustig! Gleiche Freude muß empfinden
die große Sonnenblume, graut der Morgen

und sieht sie überm Stiel der Nacht sich öffnen
des Himmels große goldne Sonnenblume.
Nimmt die Schwestern bei den Händen.
Die gleiche Freude, die die arme Alte
empfindet, schläft die Sonn' auf ihren Händen,
und streichelt sie den Strahl und glaubt, daß Nacht
und Kälte nie ihr Haus umzingeln werden.

LUCÍA: Du scheinst sehr traurig!

AMPARO: Ja, was hast du?

MARIANA *steht rasch auf:* Sag,
Clavela! . . . Ist er da?

CLAVELA *traurig:* Bis jetzt noch niemand . . !
Quert abgehend die Bühne.

LUCÍA: Erwartest du Besuch, dann gehn wir.

AMPARO: Sags nur,
dann gehn wir.

MARIANA *nervös:* Kinder, gleich macht ihr mich böse!

AMPARO:
Du fragst mich nicht mal, wie's in Ronda war.

MARIANA:
Ach ja, du warst ja da; wars schön?

AMPARO: Ganz herrlich!
Ich hab den ganzen Tag getanzt.
Mariana ist unruhig, behält ängstlich die Türen im Auge und wird zerstreut.

LUCÍA *ernst:* Amparo,
wir wollen gehn.

MARIANA *beunruhigt über etwas, das außerhalb der Szene geschieht:* Erzähl doch! Wenn du sähest,
wie nötig ich dein frisches Lachen habe,
wie nötig deine junge, muntre Anmut!
Die Farbe meiner Seele gleicht dem Kleid.
Sie steht noch immer.

AMPARO:
Wie reizend, Marianilla, was du sagst!

LUCÍA: Ich bring dir, willst du?, 'nen Roman.

AMPARO:
Nein, bring
ihr die Arena des erlauchten Ronda.
Sie lachen. Amparo steht auf und geht zu Mariana.
Nun sitz doch!

MARIANA *setzt sich und küßt sie. Resigniert:*
Warst du denn beim Stierkampf?

LUCÍA:
Ja!

AMPARO: Bei dem allergrößten Stierkampf,
je gesehn im alten Ronda,
waren fünf pechschwarze Stiere,
hatten Zeichen – grün und schwarz.
Immer dachte ich an dich;
dachte, wär doch meine Freundin,
die so traurig ist, dabei –
meine Freundin Marianita!
Lustig kamen junge Mädchen
in Kaleschen, bunt bemalt;
ihre Fächer waren rund
und bestickt mit Glitzerplättchen.
Und die Jünglinge von Ronda
ritten aufgeputzte Pferdchen,
drückten breite graue Hüte
in die Stirn – bis an die Brauen.
Die Arena mit der Menge
(hoher Kamm und Calañeser)
kreist' genau so wie ein Tierkreis
aus Gelächter – weiß und schwarz.
Als der große Cayetano
nun den gelben Sand durchschritt,
apfelfarben angezogen,
Silber-, Seidenstickereien,
und sich stattlich so hervorhob
aus den ganzen Stierkampfleuten,
angesichts der schwarzen Stiere,

die wir hier in Spanien züchten,
schien es, daß der Nachmittag
gar noch brauner ward als braun.
Hättet ihr gesehn, mit welcher
Anmut er die Beine setzte!
Hatte der ein Gleichgewicht
mit der Capa, der Muleta!
Besser noch als Pepe-Hillo,
wenn er mit den Sternen föchte!
Und er tötete fünf Stiere –
fünf! – mit grünen, schwarzen Zeichen.
Auf der Spitze seines Degens
ließ fünf Blüten er erblühen.
Und er streifte unaufhörlich
dieser Bestien heiße Mäuler
wie ein großer goldner Falter,
dessen Flügel rot erglühen.
Nachmittag und die Arena,
beide bebten stark und heftig,
dem Geruch des Blutes mischte
sich der Berge Wohlgeruch.
Immer dachte ich an dich;
dachte, wär doch meine Freundin,
die so traurig ist, dabei –
meine Freundin Marianita!
....

MARIANA *bewegt, steht auf:*
Immer werde ich dich lieben,
immer, so wie du mich liebst!

LUCÍA *steht auf:*
So, jetzt gehn wir; wenn du weiter
zuhörst dieser Erz-Torera,
gibt es einen langen Stierkampf.

AMPARO: Sag mir: bist du nun zufriedner?
denn dein Hals – was für ein Hals! –

küßt ihren Hals
ist fürs Leiden nicht geschaffen.

LUCÍA *am Fenster:*
Wolken über Parapanda,
Regen! Selbst wenns Gott nicht will!

AMPARO: Dieser Winter wird zu Wasser –
und so glänz ich nicht!

LUCÍA: Kokette!

AMPARO: Laß dirs gut gehn, Mariana!

MARIANA: Liebe Kinder, lebet wohl!
Sie küssen sich.

LUCÍA: Werde wieder glücklich, Freundin!

MARIANA: Ziemlich spät ists schon geworden.
Soll Clavela euch begleiten?

AMPARO: Danke! Bald sehn wir uns wieder.

LUCÍA: Nein, bleib hier!

MARIANA: Auf Wiedersehn!

Die Schwestern ab. Mariana quert rasch die Bühne; sie sieht auf eine jener großen vergoldeten Uhren, darin die ganze exquisite Poesie der Stunde und des Jahrhunderts träumt. Sie lehnt sich an das Fenster und betrachtet durch die Scheiben das letzte Abendlicht.

Wär der Abend wie ein Vogel,
ungezählte harte Pfeile
schöß ich nach dem großen Vogel,
seine Flügel ihm zu schließen!
Auf den Augenwimpern lastet
mir die runde dunkle Stunde,
Kummer alten Abendsternes,
eingesperrt mir in der Kehle.
Sollten doch die Sterne längst
durch mein Fenster schaun und langsam
sich die Schritte hallend öffnen
in der nachtverlaßnen Straße!
Welche Mühe hat das Licht,

fortzugehen von Granada!
Es verfängt sich in Zypressen
oder birgt sich unterm Wasser.
Will die Nacht denn nimmer kommen!
Beängstigt: Nacht, gefürchtet und erträumt,
du verwundest mich von weitem
schon mit deinen langen Degen!

FERNANDO *an der Tür:*
Guten Abend.

MARIANA *erschrocken:* Wer? *Faßt sich.* Fernando!

FERNANDO: So erschrocken?

MARIANA: Unerwartet! *Faßt sich.*
Überrascht von deiner Stimme.

FERNANDO: Sind schon meine Schwestern fort?

MARIANA: Grade eben. Sie vergaßen,
daß du jetzt sie holen kämest.

Fernando ist höchst elegant nach der Zeitmode gekleidet. Er blickt und spricht mit Leidenschaft. Achtzehnjährig. Seine Stimme bebt manchmal und klingt häufig verlegen.

FERNANDO: Stör ich dich?

MARIANA: Nein, setz dich bitte.
Sie setzen sich.

FERNANDO *lyrisch:*
Wie gefällt es mir bei dir . . . !
Wie die Quitten herrlich duften!
Atmet ein.
Die Fassade voller Bilder,
köstlich ausgemalt mit Schiffen,
mit Girlanden . . .

MARIANA: Ist die Straße
sehr belebt?

FERNANDO *lächelt:* Weswegen fragst du?

MARIANA *verwirrt:*
Wegen nichts.

FERNANDO: ’s ist ziemlich lebhaft.

MARIANA *ungeduldig:*
So? . . .
FERNANDO: Ich kreuzte Bibarrambla,
sah da Gruppen, zwei bis drei;
Leute, eingehüllt in Capas,
harrten auf das Abendlüftchen,
standen da und sie besprachen
jenen Vorfall.
MARIANA *begierig:* Welchen Vorfall?
FERNANDO: Ahnst du nicht, was es wohl sein mag?
MARIANA: Sind es Freimaurergeschichten? . . .
FERNANDO: Nun, ein Hauptmann namens . . .
Mariana wie in Trance kann mich
nicht erinnern. Liberal;
äußerst wichtiger Gefangner,
ist aus dem Gerichtsgefängnis
ausgebrochen. *Sieht Mariana an.*
Was befällt dich?
MARIANA: Anflehn will ich Gott für ihn.
Weiß man, ob sie nach ihm fahnden?
FERNANDO: Eh ich herkam, sind schon Truppen
zum Genil und seinen Brücken
ausgeschwärmt, um ihn zu suchen.
Möglich ist, daß sie ihn fangen
auf dem Weg zur Alpujarra.
Traurig ist das!
MARIANA *angstvoll:* Oh, mein Gott!
FERNANDO: Daß die Leute das ertragen.
Unerhört! Es ist zu arg!
Der Gefangne war entschwunden
wie ein Geist; doch wird Pedrosa
jetzt nach seiner Kehle greifen.
Denn Pedrosa kennt die Stelle,
wo zu fassen ist die Ader.
Der Schakal! Du kennst ihn . . . etwa?

MARIANA: Seit er nach Granada kam.

FERNANDO *lächelnd:*
Prächtger Freund – Marianita!

MARIANA: Peinlich; doch ich lernt ihn kennen.
Er benimmt sich liebenswürdig,
macht mir manchmal Hausbesuche.
Und ich kann es nicht verhindern.
Wer verböt' ihm wohl die Tür?

FERNANDO: Aufgepaßt! Ein alter Lüstling!

MARIANA: Dieser Mensch ist mir ein Grauen.

FERNANDO: Welch ein höchst verbrecherischer
Kommissar!

MARIANA: Ganz unerträglich
ist mir sein Gesicht!

FERNANDO: Ja macht er
dir denn solche Angst? *Ernst*

MARIANA: Entsetzlich!
Gestern, kurz vor Abend, ging ich
übern Zacatín. Ich kam
aus der Heilgen-Anna-Kirche
still und friedlich; aber plötzlich
sah ich da Pedrosa nahen
mit zwei Häschern, die ihm folgten,
während er in einer Gruppe
von Zigeunerinnen hinschritt.
Welche Miene! Und ein Schweigen!
Er bemerkte auch mein Zittern!
Die Bühne liegt in weichem Dämmerlicht.

FERNANDO: Als der König nach Granada
ihn uns schickte, hat er sicher
ganz genau gewußt, warum!

MARIANA *steht auf:* Jetzt ists Nacht. Clavela! Lichter!

FERNANDO: Jetzt sind alle Flüsse Spaniens
keine Flüsse mehr – sind lange,
lange Ketten: Wasserketten.

MARIANA: Darum muß man seinen Kopf
gerade hoch erhoben tragen.

CLAVELA *kommt mit zwei Kandelabern:*
Hier, Señora, sind die Lichter!

MARIANA *sehr bleich und in Erwartung:*
Stell sie hin!
Es klopft sehr laut an die Tür.

CLAVELA: Man klopft ans Tor!
Stellt die Leuchter hin.

FERNANDO *da er Mariana aufgelöst sieht:*
Warum zitterst du so heftig?
Mariana!

MARIANA *ruft Clavela leise zu:*
Mach schnell auf!
Geh doch, geh! Um Gottes willen!

Clavela läuft hinaus. Mariana bleibt in erwartungsvoller Haltung bei der Tür; Fernando steht.

FERNANDO: Würde es zutiefst bedauern,
wenn ich störe ... Marianita,
sprich, was fehlt dir?

MARIANA *empfindsamst beängstigt:* Wenn man wartet,
werden die Sekunden länger,
unaufhaltsam.

FERNANDO *unruhig:* Soll ich gehn?

MARIANA: Durch die Straße sprengt ein Pferd,
es entfernt sich. Hörst du's auch?

FERNANDO: Hin zur Vega galoppiert es. *Pause.*

MARIANA: Auch die Pforte hat Clavela
schon geschlossen.

FERNANDO: Wer mags sein?

MARIANA *verwirrt, eine tiefinnere Angst unterdrückend:*
Weiß ich nicht! *Beiseite.* Und wills nicht wissen!

CLAVELA *kommt:*
Brief, Señora! *Mariana nimmt ihn begierig.*

FERNANDO *beiseite:* Was kanns sein?

CLAVELA: Eingemummt bis an die Augen
— Angst befiel mich — gab ein Reiter
diesen Brief mir, ließ die Zügel
los und ritt schnell weiter
in das Dunkel des Rondells.

FERNANDO: Hier selbst hörten wir den Hufschlag.

MARIANA: Sprachst du ihn?

CLAVELA: Nicht ich mit ihm,
er mit mir nicht. Besser ist es,
wenn in solchem Fall man schweigt.

Fernando glättet seinen Hut mit dem Ärmel; er sieht beunruhigt drein.

MARIANA *mit dem Brief:*
Oh, ich möchte ihn nicht öffnen!
Wer in dieser Wirklichkeit
träumen könnte! Herr, verlaß nicht,
was am meisten ich hier liebe.

Reißt den Brief auf und liest ihn.

FERNANDO *besorgt zu Clavela:*
Seltsam ist das; es verwirrt mich!
Du mußt wissen, was sie hat.
Was ist los?

CLAVELA: Ich weiß es nicht —
sagt ich schon.

FERNANDO *diskret:* Ich schweige. Aber ...

CLAVELA *fährt fort:*
... arme kleine Mariana!

MARIANA *erregt:*
Bring, Clavela, mir den Leuchter!

Clavela hält ihn rasch in ihre Nähe. Fernando hängt langsam seine Capa um die Schultern.

CLAVELA *zu Mariana:*
Gott behüte uns, Señora!

FERNANDO *bestürzt und unruhig:*
Du erlaubst ...

Mariana *versucht sich zu fassen:*

Du gehst schon?

Fernando: Ja.

Zum Café de la Estrella.

Mariana *zart und bittend:*

Du verzeihst mir diese Unrast ...

Fernando *würdig:*

Brauchst du etwas?

Mariana *gibt sich Haltung:* Danke ... nein.

Es sind ganz intime Familienprobleme;
ich muß sie auch selbst und alleine wohl lösen.

Fernando: Ich wünsche, dich glücklich zu sehen.
Ich bitte nachher meine Schwestern,
sie möchten ein Weilchen noch kommen.
Wie hoff' ich, dir helfen zu können!
Wenn Gott will. Adiós ... und nun ruhe dich aus.
Er drückt ihr die Hand.

Mariana: Adiós.

Clavela: Ich begleite Sie. Gehn Sie voran.

Fernando und Clavela ab.

Mariana *läßt ihren Gefühlen freien Lauf:*

Mein Pedro! Geliebter! Doch wer wird nun gehen?
Mein Haus schon umzingeln die bitteren Tage.
Wohin nur mein Herz mich hinwegträgt, daß alles
und selbst meine Kinder ich schmählich vergesse.
Es muß nun bald sein – und ich habe hier niemand!
Bin selber erstaunt, ihn so glühend zu lieben!
Doch wenn ich ihm sagte ... und er es verstände?
Schluchzend.
Mein Gott, bei den Nelken des Bluts deiner Wunde,
verdunkle die Nacht für die spähnden Soldaten.
In einer Aufwallung und zur Uhr sehend.
Ich muß es! Ich muß jetzt das Äußerste wagen!
Läuft rasch zur Tür.
Fernando!

CLAVELA *kommt:* Bereits auf der Straße.

MARIANA *sofort aus dem Fenster rufend:* Fernando!

CLAVELA *mit gefalteten Händen:*

Ach Gott, Mariana, wie krank Sie doch sind!
Seitdem Sie die Fahne der Freiheitspartei
mit kostbaren Händen besticken, entschwanden
ins Nichts die Granatblütenfarben vom Antlitz.

MARIANA *sich fassend:*

Mach auf und erinnre mich nicht an das Sticken.

CLAVELA *abgehend:*

Hilf Gott; mit der Zeit ändern selbst sich die Zeiten;
Hilf Gott; nur Geduld!

MARIANA: Doch ich muß mich jetzt fassen,
trotz allem, muß äußerst gefaßt sein, obgleich ich
mit Zittern und Jammer bedeckt mich empfinde.

Fernando erscheint in der Tür, den hohen Hut mit Bändern in den behandschuhten Händen; Clavela geht ihm voran.

FERNANDO *leidenschaftlich:*

Und was wünschst du?

MARIANA *fest:* Mit dir sprechen.

Zu Clavela: Du kannst gehen.

CLAVELA *abgehend, resigniert:* Dann auf morgen!

Geht verwirrt und sieht Mariana weich und wehmütig an. Pause.

FERNANDO: Sprich nur schnell.

MARIANA: Bist du mein Freund?

FERNANDO: Warum fragst du mich, Mariana?

Mariana setzt sich auf einen Stuhl, Profil zum Publikum; Fernando ein wenig en face; sie stellen so ein klassisches Bild der Zeit. Immer war ichs, wie du weißt!

MARIANA: Ganz von Herzen?

FERNANDO: Ich bin ernsthaft!

MARIANA: Wolle Gott, es wäre so!

FERNANDO: Sprichst mit einem Ehrenmann.

Legt eine Hand auf die weiße Hemdbrust.

MARIANA *sicher:*
Weiß ich!
FERNANDO: Also, was verlangst du?
MARIANA: Möglich, daß ich viel verlange,
allzuviel: drum wag ichs gar nicht.
FERNANDO: Kränke nicht mit deinem Zweifel
dieses Herz, das für dich schlägt.
MARIANA *zitternd:*
Wenn, Fernando, es nun wäre ...
FERNANDO *begierig:*
Was?
MARIANA: Vielleicht, was sehr gefährlich ...
FERNANDO *entschlossen:*
Freudig würd ichs für dich tun.
MARIANA: Nein, ich kann um nichts dich bitten!
Aber das darf nicht geschehen.
Wie man in Granada sagt,
bin ich ein verrücktes Weib!
FERNANDO *zärtlich:*
Marianita.
MARIANA: Nein, ich kanns nicht.
FERNANDO: Sag, warum denn riefst du mich?
MARIANA *tragisch aufwallend:*
Weil ich mich vor Angst verzehre,
daß ich sterbe, hier, allein.
FERNANDO: Daß du stirbst ...?
MARIANA *zart und verzweiflungsvoll:*
Ich brauche Hilfe.
Und, damit ich weiteratme,
brauch ich deine Hilfe, Freund.
FERNANDO: Dich nur sehen meine Augen,
und du darfst daran nicht zweifeln.
MARIANA: Hier schon ist nicht mehr mein Leben,
draußen ists, in Luft und Meer –
überall, wo ich nicht möchte.

FERNANDO: Glücklich priese ich mein Blut,
könnt es deinen Kummer lindern.

MARIANA: Nein, dein Blut würd nur vermehren
meiner dicken Kette Schwere.

Sie macht eine entschlossene Gebärde, um den Brief aus ihrem Busen zu nehmen. Fernando hat eine erwartungsvolle und bewegte Haltung.

Ich vertraue auf dein Herz!
Nimmt den Brief heraus; zögert aber.
Welche Stille in Granada!
Ah, es bohrt sich fest ein Blick
vom Balkon her in mich ein.

FERNANDO *verwundert:*
Was erzählst du?

MARIANA: Er betrachtet *(sie steht auf)*
meinen wundervollen Hals,
und es schauert mir die Haut.
Nimmst du's mit mir auf, Pedrosa?
Aufwallend.
Lies nun diesen Brief, Fernando.
Lies ihn langsam, mit Verständnis.
Rette mich! Denn ich bezweifle,
daß ich lang noch leben bleibe.

Fernando nimmt den Brief und entfaltet ihn. In diesem Augenblick schlägt es langsam acht Uhr. Die Topas- und Amethystlichter der Kerzen lassen den Raum lyrisch erzittern. Mariana geht hin und her und betrachtet dabei ängstlich Fernando. Der liest den Anfang des Briefes und hat dabei einen exquisiten aber verhaltenen Ausdruck der Verzweiflung. Pause, in der man die Uhr hört und Marianitas Angst empfindet.

FERNANDO: ›Heißgeliebte Marianita!‹ *Er liest mit Überraschung und blickt Mariana erstaunt und traurig an.*

MARIANA: Unterbrich nicht die Lektüre.
Denn ein Herz bedarf mit Eile
dessen, was da steht geschrieben.

FERNANDO *liest bedrückt, doch ungezwungen:* Heißgeliebte Marianita: Dank der Kapuzinerkleidung, die Du mir vorsorglich hast zugehen lassen, konnte ich mich aus dem Santa-Catalina-Turm flüchten und mich unter andre Ordensbrüder mischen, die auszogen, um einem zum Tode Verurteilten beizustehen. Ich muß heute nacht, als Schmuggler verkleidet, unbedingt nach Válor und Cadiar gehen, wo ich auf Nachrichten von unsren Freunden hoffe. Ich benötige vor neun Uhr den Paß, den Du verwahrst, und jemand, der Dir absolut vertrauenswürdig scheint, der mit einem Pferd etwas oberhalb der Genilschleuse wartet, damit ich mich flußaufwärts in die Berge begeben kann. Pedrosa wird mich so eng einkreisen wie er nur kann, und wenn ich diese Nacht nicht fortkomme, bin ich unrettbar verloren. Ich bin in des alten Don Luis Haus, das soll aber keiner von deiner Familie wissen. Unternimm nichts, um mich zu sehen, denn ich weiß, daß du überwacht wirst. Adiós, Mariana. Alles für unsre göttliche Mutter, die Freiheit. Gott wird mir beistehn. Adiós, Mariana. Eine Umarmung und die ganze Seele Deines Dich liebenden Pedro de Sotomayor. –
Sehr verliebt: Marianita!

MARIANA *schnell, eine Hand vor die Augen haltend:*
Ich begreife!
Aber schweige, schweig, Fernando.

FERNANDO: Abgeschnitten hast den Weg du
meinen Träumen!
Mariana protestiert mimisch.
Ohne Schuld!
Und jetzt muß ich einem helfen,
den zu hassen ich beginne –
ich bins, ich, der heiß dich liebt!
Der von Kind an dich geliebt hat,
voll von herber Leidenschaft.
Früher, ja viel früher schon,
eh dein Herz Don Pedro raubte.

Doch wer ließ' dich jetzt im Stich,
wo dich Angst und Trauer drücken!
Mein Gefühl muß ich bezwingen,
und das quält, das peinigt mich!

MARIANA *stolz:* Gut, ich geh allein! *Demütig.*
Mein Gott,
ich muß jetzt, sofort, zu ihm!

FERNANDO: Ich geh deinen Liebsten suchen,
ich ... am Ufer des Genil.

MARIANA *stolz, seine Schüchternheit und Traurigkeit, mit der er ›Liebsten‹ sagt, mildernd:*
Dir zu sagen, wie ich liebe,
macht mich nicht vor Scham erröten.
Seine Liebe brennt mir innen
und macht alles hell und strahlend.
Er liebt Freiheit; ich noch mehr!
Was er sagt, ist meine Wahrheit,
honigsüß – auch wenn sie bitter.
Gleich ists mir, da sich der Tag
mit der Nacht ins Dunkel hüllt.
Mit dem Licht, das von ihm ausgeht,
lebt sein Geist. Durch diese Liebe,
die wahrhaftig, die in meine
schlichte Seele eingebrannt ist,
werd ich blaß wie Rosmarin.

FERNANDO *heftig:*
Mariana, deine Klagen
hört ich an – doch hörtest du,
daß mein Herz zutiefst verwundet,
daß mich diese Wunden schmerzen?

MARIANA *volkstümlich:*
Hätte ich in meiner Brust
kleine Fenster aus Kristall,
und du sähst hinein, dann sähst du
wie da Blutestränen tropfen.

FERNANDO: Laß! Gib schnell das Dokument!
Mariana geht rasch zu einer Kommode.
Und das Pferd?
MARIANA: Es steht im Garten.
Wenn du gehn willst, geh sogleich;
keine Zeit ist zu verlieren.
FERNANDO *rasch und nervös:*
Augenblicklich. *Mariana gibt ihm die Papiere.*
Dies ist . . .?
MARIANA *verzweifelt:* Alles.
FERNANDO *steckt das Dokument in den Rock:*
Gut!
MARIANA: Verzeih mir, lieber Freund.
Und der Herr mög dich beschützen!
Ich will hoffen, daß ers tut.
FERNANDO *natürlich, würdig und zart; legt langsam*
seine Capa um:
Ich will hoffen, daß ers tun wird.
Dunkel ist die Nacht, der Mond
scheint nicht; doch selbst wenn er schiene,
nähmen mich am Fluß die Erlen
unter ihren schwarzen Schatten.
Lebe wohl. *Küßt ihre Hand.*
Und laß die Tränen,
aber bleib dir stets bewußt,
daß dich keiner je wird lieben
so wie ich. Nun geh ich – gehe,
kann nicht sehen, daß du leidest
reite fort mit diesem Auftrag,
unterdrück' das tiefe Fühlen
meines eignen armen Herzens.
Schickt sich an zu gehen.
MARIANA: Meide Wachen und Soldaten . . .
FERNANDO *sieht sie mit Zartheit an:*
Dort herum gibts keine Leute.

Kann mich unbesorgt bewegen.
Bitter ironisch:
Willst du mehr?

MARIANA *verstört und stammelnd:*
Sei auf der Hut.

FERNANDO *an der Tür; setzt sich den Hut auf:*
Meine Seele ist gefangen;
sie ist frei von jeder Furcht.
Bin Gefangener der Liebe
und werds sein, solang ich lebe.

MARIANA: Lebe wohl. *Sie nimmt den Leuchter.*

FERNANDO: Bleib da, Mariana.
Schnell vergeht die Zeit. Ich will
vor Don Pedro noch die Brücke
überschreiten. Morgen komm ich. *Beide ab.*

Die Bühne bleibt eine halbe Sekunde leer. Dann erscheint Doña Angustias durch die gegenüberliegende Tür mit einem Leuchter. Der feine und herbstliche Duft der Quitten bestimmt das Ambiente.

DOÑA ANGUSTIAS:
Mein Kind, wo bist du? Kindchen!
Mein Gott, was ist denn das?
Wo warst du?
Mariana kommt mit einem Kandelaber.

MARIANA: Hab Fernando
begleitet.

DOÑA ANGUSTIAS: Welches Spiel
die Kinder sich erdachten . . .!
Schilt tüchtig . . .

MARIANA *stellt den Leuchter hin:* Was ist los?

DOÑA ANGUSTIAS:
Mariana, eure Fahne,
die heimlich du bestickst . . .

MARIANA *unterbricht; dramatisch:*
Was sagst du?

Doña Angustias: . . . ward von ihnen
im alten Schrank gefunden.
Sie haben dreingehüllt sich
und spielten so Begräbnis.
Bim-bim, bam-bam – ach Ahne,
bitt unsren lieben Pfarrer,
er mög die Fähnchen bringen
und Rosmarin. Wir wünschen
auch rote Gartennelklein.
Die kleinen Bischöf' kommen,
›uri memento‹ murmelnd.
Dann schlossen sie die Augen,
benahmen sich tiefernst.
Das sind nur Kindereien;
schon gut. Doch hat mich schlimm
beeindruckt dieses Spiel,
und deine prächtge Fahne,
die macht mir angst und bang.

Mariana *niedergeschlagen:*
Wie fanden sie die Fahne,
die ich so gut verbarg?!

Doña Angustias:
Es kommen trübe Zeiten
für dieses alte Haus;
ich seh es niederstürzen . . .
und ohne Mann . . . und niemand . . .
inmitten großen Schweigens!
Und du . . .

Mariana *verwirrt, mit tragischer Miene:*
Um Gottes willen!

Doña Angustias: Du weißt, was du getan hast?
Hast selbst umstellt die Wände
rings mit geheimen Wächtern.

Mariana: Mein Herz befällt der Wahnsinn,
ich weiß nicht, was ich will.

DOÑA ANGUSTIAS:

Vergiß es, Marianita!

MARIANA *leidenschaftlich:*

Vergessen – nein! Ich kann nicht!
Man hört Kinderlachen.

DOÑA ANGUSTIAS *gibt Mariana Zeichen, damit sie schweige:*

Die Kinder.

MARIANA: Laß uns hingehn.
Wie sind sie drauf gekommen?

DOÑA ANGUSTIAS:

Wie's eben zugeht. Denk doch
an sie nur, Marianita!
Sie nimmt einen Leuchter.

MARIANA: Ja. Ja! Du hast ja recht.
Hast recht. Ich denke nicht. *Beide ab.*

ZWEITES BILD

Empfangszimmer in Marianas Haus; graue, weiße und Elfenbeintöne wie auf einer alten Lithographie. Weiße Sitzmöbel im Empirestil[1]*. Im Hintergrund eine Tür mit grauem Vorhang und Seitentüren. Konsole mit Glassturz, darin große künstliche Blumenzweige aus maulbeerfarbner und grüner Seide. In der Mitte ein Pianoforte; darauf Kristallkandelaber. Das Zimmer ist einheitlich und einfach bis auf einige von Mariana ererbte Prunkmöbel. Es ist Abend.*

CLAVELA *sitzt; links und rechts von ihr sitzen auf Taburetts Marianas Kinder, nach der reizenden Kindermode jener Zeit gekleidet:*
Erzähl euch nichts mehr. *Steht auf.*

KNABE *zieht an Clavelas Kleid:* Ach, erzähl uns noch etwas.

1. Ein Sofa, zwei Sessel, Stühle. A.d.Ü. nach Doña Concepción García Lorcas Angabe.

CLAVELA:

Zerreiß mir das Kleid nicht!

MÄDCHEN *zieht auch:* Es ist ja so häßlich.

CLAVELA *vorwurfsvoll:*

Von Mutter gekauft.

KNABE *lachend und an ihrem Kleid ziehend, um sie zum Hinsetzen zu bewegen:* Ach, Clavela!

CLAVELA *setzt sich gezwungenermaßen und lacht auch:*

Na, Kinder!

MÄDCHEN:

Das Märchen, du weißt doch, vom Prinz der Zigeuner.

CLAVELA:

Zigeuner sind nimmermehr Prinzen gewesen.

MÄDCHEN:

Warum nicht?

KNABE: Ich möchte mit ihnen nicht umgehn.

Die Mütter sind Hexen.

MÄDCHEN: Nicht wahr!

CLAVELA *tadelnd:* Aber Mädchen!

MÄDCHEN:

Hab selbst gestern zwei der Zigeuner gesehen
beim Christ der Puerta Real im Gebet.
Sie hatten auch Scheren,
Geste so groß . . . und vier Eslein;
die waren so haarig und schauten so drein . . .
mit ganz großen Augen, bewegten die Schwänze
wie wild. Ach, ich möchte so gern einen haben!

KNABE *altklug:*

Die haben sie sicher woanders gestohlen.

CLAVELA:

Vielleicht. Vielleicht nicht. Woher soll man das wissen.

Die Kinder schneiden einander Gesichter und strecken die Zunge heraus.

CLAVELA:

Seid brav!

KNABE: Die Romanze vom Sticken? Die kleine!

MÄDCHEN:
Der Herzog von Lucena ... Wie geht es doch noch weiter?

KNABE: Olivenwald, Oliven ... da stickt sie und da ...
Wie wenn er sich erinnere.

CLAVELA:
Ich wills euch erzählen. Doch wenn es dann aus ist,
dann müßt ihr zu Bett gehn.

KNABE: Nun gut.

MÄDCHEN: Mir ists recht!

CLAVELA *bekreuzigt sich langsam; die Kinder ahmen sie nach und schauen sie an:*

Auf ewig sei gelobet
die Heilge Trinität;
sie sei dem Wandrer gnädig,
dem Seemann auch zur See.
Am grünen, grünen Rande
des Ölhains sitzt so spät ...

MÄDCHEN *hält mit einer Hand Clavelas Mund zu und fährt fort:*
... ein Mädchen, welches sticket.
Was stickt sie da und näht?

CLAVELA *über des Mädchens Wissen erfreut:*

Mit Nadeln ganz aus Silber
und Rahmen aus Kristall
bestickt sie eine Fahne
und singt aus vollem Hals.
Wer kommt durch die Oliven,
Mama, wer das wohl rät?

KNABE *fortfahrend:*

Ein Bursch aus Andalusien,
der sie gern küssen tät.

Durch die Tür im Hintergrund tritt Mariana – hellgelb, wie das Gelb eines alten Buches, gekleidet –, hört die Romanze und drückt mit Gesten aus, was in ihr vorgeht, während sie von der Fahne und dem Tod hört.

Clavela: Ach, Stickerin, mein Mädchen,
hör doch mit Sticken auf!
Den Herzog von Lucena,
den hat der Schlaf gemäht.
Mädchen: Das Mädchen gibt zur Antwort:
Du sprichst die Wahrheit nicht;
der Herzog von Lucena
befahl die Stickerei
auf dieser roten Fahne,
mit ders zum Kampf bald geht.
Knabe: Man trägt ihn durch die Gäßchen
von Córdoba zur Ruh,
sein Sarg ist aus Korallen,
sein Kleid ein Mönchshabit.
Mädchen *träumerisch:*
Basilien und Nelken,
die liegen auf dem Sarg;
ein Stieglitz singt sein Liedchen
dazu mit pi-ti-pit.
Clavela *gefühlvoll:* Ach Herzog von Lucena,
ich seh dich nimmermehr!
Die Fahne, die ich stickte,
die ist zu nichts mehr nütz.
Ich bleib in den Oliven
und sehe nur noch zu
dem Wind, der sanft die Blätter
wiegt und vorüberzieht.
Knabe: Leb wohl, mein hübsches Mädchen,
wie Binsen schlank und Korn,
ich gehe nach Sevilla,
wo ich ja Hauptmann bin.
Clavela: Am grünen, grünen Rande
des Ölhains sitzt das Kind.
Es weint, und seine Tränen
nicht mehr zu trocknen sind.

Die Kinder tun ihre Zufriedenheit kund; sie sind der Romanze mit großem Anteil gefolgt.

MARIANA *zu ihnen hintretend:*

Ihr müßt nun zu Bett gehn.

CLAVELA *steht auf und stellt auch die Kinder auf die Beine:*

Nun, habt ihrs gehört?

MÄDCHEN *küßt Mariana:*

Bring du uns zu Bett doch, Mamachen.

MARIANA: Ich kann nicht.

Ich muß dir ein Mäntelchen nähn.

KNABE: Auch für mich eins?

CLAVELA *lachend:*

Auch du kriegst 'ne Capa – . .

MARIANA . . ein Hütchen mit Bändern:

das eine ist grün und zwei andre orange. *Küßt sie.*

CLAVELA:

Und jetzt in die Heia!

KNABE *kommt zurück:* Ich möchte ein Hütchen

ganz groß und ganz hoch – wie die Männer, du weißt ja.

MARIANA:

Genau so, mein Goldkind!

KNABE: Komm nachher ans Bettchen;

habs gern, wenn du da bist; heut nacht ists so finster,

man kann gar nichts sehn, und der Wind ist so heftig.

MARIANA *leise zu Clavela:*

Geh bitte zur Tür, wenn die Kinder im Bett sind.

CLAVELA:

Ich bin heut bald fertig; die Kinder sind müde.

MARIANA:

Und lacht nicht beim Beten!

CLAVELA: Gewiß nicht, Señora!

MARIANA *an der Tür:*

Ein Salve zur Jungfrau, zwei Credos zu Christus,

damit sie uns schützen.

MÄDCHEN: Wir werden auch beten

das Heilge-Johannes-Gebet und die Fürbitt
für Wandrer und Seeleut. *Ab. Pause.*

MARIANA *an der Tür:* Schlaft ruhig, schlaft gut!
Doch ich, in der Wirrsal und irrsinnig, fühle
Langsam
die Rose des Bluts in der Brust mir verbrennen
am eigenen Feuer. Träumt ruhig, träumt gut
von eueren Spielen, vom Park Cartagena,
von Frische, von Licht, von dem Drachen, dem bunten
– gewiegt von den Zweigen der herben Zitrone –.
Ich selbst, liebe Kinder, ich schlaf und durchfliege
den eigenen Traum wie die zartesten Zasern
im Winde und weiß nicht, gleich ihnen, wohin.

DOÑA ANGUSTIAS *in der Tür und beiseite:*
Ein altes, ein ehrbares Haus – welcher Wahnwitz!
Zu Mariana: Besuch ist gekommen.

MARIANA: Wer ist es?

DOÑA ANGUSTIAS: Don Pedro.
Mariana stürzt zur Tür.
Beruh'ge dich, Mädchen! Er ist nicht dein Gatte!

MARIANA:
Hast recht, wie ja immer. Doch kann ich nicht, kann nicht!
Sie ist an der Tür im Augenblick, da Don Pedro eintritt. Don Pedro, sechsunddreißig Jahre alt, ist sympathisch, ernst und kräftig. Er ist korrekt gekleidet; spricht sanft. Mariana streckt ihm die Arme entgegen und drückt seine Hände. Doña Angustias nimmt eine bedrückte und reservierte Haltung an. Pause.

DON PEDRO *überströmend:*
Mariana! Danke. Dank dir!

MARIANA *fast tonlos:*
Ich tat nur meine Pflicht. *Während der folgenden Szene läßt sie Anzeichen einer sehr heftigen, tiefen Leidenschaft blicken.*

DON PEDRO *zu Doña Angustias:*
Señora, vielen Dank.

Doña Angustias *verdrießlich:*
Wofür denn? Gute Nacht!
Zu Mariana: Ich gehe mit den Kindern.
Beiseite: Mariana, Allerärmste! *Ab.*
Noch während sie hinausgeht, umfaßt Don Pedro überschwenglich Marianas Hüften.

Don Pedro:
Wer könnt dir je vergelten, was du für mich getan!
Mein Blut fließt neu im Leibe, denn du hasts mir gegeben,
derweil du in Gefahr dein schwaches Herz gebracht hast.
Wie hab ich um dein Herz, Mariana, mich geängstet!

Mariana *nah und selbstvergessen:*
Was nützte mir mein Blut wohl, wenn du, o Pedro!, stürbest?
Kann ohne Luft ein Vogel denn fliegen? Wie? Nun also ...!
Leise.
Vermöcht dir nie zu sagen, wie ich seit je dich liebte;
denn bin ich dir zur Seite, find ich kein einzges Wort.

Don Pedro *mit sanfter Stimme:*
Welch Fährnis du bestehst – und ohne jede Schwäche!
Allein! Zudem umgeben von übelwollnden Leuten!
O könnt' ich dich befreien von allen, die da lauern,
mit meinem eignen Schmerz und Leben, Marianita!
Wie lang sind Tag und Nacht im Bergland ohne dich!

Mariana *lehnt ihren Kopf an seine Schulter; träumerisch:*
Ja – so! Laß deinen Atem auf meiner Stirn. Vertreib mir
die Angst, die mich verzehrt, den bitteren Geschmack;
die Angst zu gehn, unwissend, wohin ich mich begebe,
und den Geschmack der Liebe, der meinen Mund verbrennt.
Pause. Löst sich plötzlich von ihm und ergreift seine Ellbogen.
Ist niemand dir gefolgt? Sah hier am Haus dich ...?

Don Pedro: Niemand!
Setzt sich.
Die Straße ist ja einsam, und schrecklich ist die Nacht.

Mariana:
Ich habe Angst ...

DON PEDRO *nimmt eine Hand Marianas:*

Komm her!

MARIANA *setzt sich:* ... das könnt bekannt noch werden,
entdeckt, und das Gesindel des Königs könnt dich töten!
Und wenn du ... *Leidenschaftlich*
... nein, ich sterbe; damit du's weißt: ich sterbe ...

DON PEDRO *leidenschaftlich:*
Fürcht nichts, Mariana, Liebste! Mein Leben! Sei nicht
ängstlich.
Wir sind geheim verschworen. Geheim! Drum fürchte nichts!
Die Fahne, die du sticktest, wird herrlich durch die Straßen
bald flattern im Getümmel des Volkes von Granada!
Die Freiheit, allersehnt, wird hart die Erde stampfen
mit breiten Silberfüßen – für dich; doch wenn Pedrosa ...

MARIANA *erschrocken:*
Halt ein!

DON PEDRO:
... nun unsre Gruppe entdeckt, und wenn wir sterben ...

MARIANA:
Sei still!

DON PEDRO:
Was ist denn unfrei der Mensch, Mariana, Liebste?
Und ohne jenes Licht des Einklangs tief im Innern?
Wie könnt ich dich denn lieben, wenn ich nicht frei wär? Sprich!
Und wie mein Herz dir geben, für immer, wenns nicht mein wär?
Fürcht nichts! Ich hab Pedrosas gespottet auf dem Lande;
so denk ich fortzufahren, bis ich mit dir gesiegt hab:
den du hast deine Liebe, dein Haus und deine Finger
küßt Marianas Finger
mir dargebracht.

MARIANA: Und etwas ... ich weiß nicht ... doch es ist!
Bei dir zu sein ist herrlich! Bin fröhlich, doch empfind ich
auch Unruh, die mich stört, bedrückt, verwirrt und aufregt;
mich dünkt, es lauern Männer schon hinter jedem Vorhang,
und daß mein Wort vernehmlich durchtön die stillen Straßen.

Don Pedro *bitter:*
Ists das? Beinahe tödlich und bitter ist die Unrast!
Und immer eine Frage, der Zeit gestellt, die fern ist!
Wie litt ich in der Sierra am Herbst, der ohne Ende!
Das weißt du nicht!
Mariana: Erzähl mirs – war die Gefahr sehr groß?
Don Pedro:
Ich wär fast in die Hände der Häscher schon gefallen,
da kam ein junger Mann, der sonderbar und stumm war,
mit Pferd und Paß, die du mir durch ihn hast zugeschickt.
Die haben mich gerettet.
Mariana *unruhig; mag sich nicht erinnern:*
Und dann? *Pause.*
Don Pedro: Warum erbebst du?
Mariana *nervös:*
Nur weiter!
Don Pedro: Dann durchirrt ich die Alpujarraberge.
Ich wußt, daß in Gibraltar das gelbe Fieber hauste,
drum konnt ich nicht hinein ins rettende Gebiet
und wartet', wohlverborgen, auf eine Gunst des Schicksals.
Die kam. Nun werd ich siegen mit deiner Hilfe, Liebste.
O Freiheit! Auch wenn Blut fließt, klopf bald an alle Türen!
Mariana *strahlend:*
Mein Sieg bedeutet Sieg nur, bist du an meiner Seite,
und blick ich dir ins Auge, derweil du mich nicht anschaust!
Bist du in meiner Nähe, vergeß ich, was ich fühle
und lieb die ganze Welt –
samt König und Pedrosa,
mit Guten und mit Bösen. Wer ganz der Liebe lebt,
ist nicht der Zeit verhaftet,
nicht Tag gibts mehr, nicht Nacht; nur dich und mich!
Don Pedro *umarmt sie:* Mariana!
Zwei blinken Flüssen gleich, die schamrot sind und schweigen,
umwinden deine Arme mir meinen müden Leib.
Mariana *nimmt seinen Kopf in ihre Hände:*

Ich kann dich jetzt verlieren, dein Leben gar verlieren!
Wie jenes Seemanns Liebste, der, tief dem Wahn verfallen,
in einem alten Schiffe umher sich trieb auf See,
so spür ein dunkles Meer ich, das hat nicht Grund, nicht Wellen;
so wart ich schon der Menge, die tot dich bringt, ertrunken.

DON PEDRO:
Denk jetzt nicht an Chimären, die Stunde ist nun da,
den schönen Wirklichkeiten, den nah'n, die Brust zu öffnen.
Denk jetzt an ein mit Ähren und Herden volles Spanien,
wo glücklich und mit Freude ihr Brot die Menschen essen
inmitten unsrer großen und weiten Ewigkeiten
und starken Leidenschaften von Horizont und Stille.
Sein altes, wundes Herz der Fahrenden Halbinsel
begräbt jetzt Spanien, stampft die Erde drüber fest:
Man muß sofort es retten mit Fäusten und mit Zähnen.

MARIANA *leidenschaftlich:*
Und ich, ich bin die erste, die das voll Sehnsucht fordert.
Ich will dem Licht der Sonne weit die Balkone öffnen,
sie soll die Böden füllen mit ihren gelben Blumen,
will, sicher deiner Liebe, dich lieben und gewiß sein,
daß niemand mich umlauert wie jetzt in dieser Stunde.
In einer Aufwallung:
Ich bin schon lang entschlossen!
Erhebt sich.

DON PEDRO *begeistert, steht auf:* Ich möcht dich stets so sehen,
Mariana! Und nun kommen wohl bald auch unsre Freunde;
dein tapfres Antlitz stärkt uns; die Augen auch, die glühen *verliebt*
hoch überm weißen Hals, des Licht des Mondes Licht ist.
Es beginnt zu regnen. Der Wind erhebt sich. Mariana bedeutet Don Pedro zu schweigen.

CLAVELA *kommt:*
Señora . . . Meint', man hätte mich hier gewünscht.
Mariana und Don Pedro tragen Gleichgültigkeit zur Schau.
Clavela zu Don Pedro:

Don Pedro!

DON PEDRO: Grüß dich Gott!

MARIANA: Du weißt doch, wer da kommt?

CLAVELA: Ich weiß es wohl, Señora.

MARIANA: Das Zeichen?

CLAVELA: Weiß ich auch noch.

MARIANA: Du schaust durchs große Guckloch,
bevor die Tür du öffnest.

CLAVELA: Das werd ich tun, Señora.

MARIANA: Und zünd mir nur kein Licht an,
doch halte eine Lampe
im innern Hof bereit.
Und schließ die Gartenfenster.

CLAVELA *abgehend:*
Sofort.

MARIANA: Wieviele kommen?

DON PEDRO: Ein paar. Doch die sind wichtig.

MARIANA: Gibts Neuigkeiten?

DON PEDRO: Gleich.
Ob endlich wir uns schlagen,
wird dann entschieden.

MARIANA: Schweig!
Sie bedeutet Don Pedro zu schweigen.
Man hört Regen und Wind.
Da sind sie!

DON PEDRO *sieht auf die Uhr:*
Wirklich pünktlich
wie's Patrioten ziemt.
Das sind entschloßne Leute!

MARIANA: Mög Gott uns allen beistehn!

DON PEDRO: Er hilft!

MARIANA: Er müßt es tun, säh er herab zur Erde!
Geht zur Tür und hebt den
großen Vorhang.
Herein nur, meine Herren!

Drei Herren mit weiten grauen Capas treten ein; einer trägt Backenbart. Mariana und Don Pedro empfangen sie liebenswürdig; die Herren geben ihnen die Hand. Mariana gibt dem ersten Verschworenen die Hand.

Wie kalt sind die Hände!

ERSTER VERSCHWORENER *zwanglos:*

Die Kälte ist schneidend.

Vergaß meine Handschuh, doch hier ists mir wohl.

MARIANA:

Es regnet in Strömen!

DRITTER VERSCHWORENER *entschlossen:*

Ich konnt nicht mal queren

den Platz Zacatín.

Sie nehmen die Capas ab und schütteln sie.

ZWEITER VERSCHWORENER *melancholisch:*

Auf die Häuser Granadas

fällt Regen. Sieht aus wie 'ne Weide aus Glas.

DRITTER VERSCHWORENER:

Der Darro ist trübe.

MARIANA: Man sah Sie doch nicht?

ZWEITER VERSCHWORENER:

Wir kamen getrennt bis zum Anfang der Straße.

Man konnt uns nicht sehn. Diese Straße ist dunkel.

ERSTER VERSCHWORENER:

Gibts Nachricht? Beschlüsse?

DON PEDRO: Heut nacht, wenn Gott will.

MARIANA:

Sprecht leise.

ERSTER VERSCHWORENER *lächelnd:*

Warum denn, Mariana? Die Leute

sind alle im Bett jetzt und schlafen.

DON PEDRO: Ich glaube,

wir sind hier ganz sicher.

DRITTER VERSCHWORENER: Berufs nicht; man weiß nicht ...

Pedrosa bespäht mich von morgens bis abends,

wiewohl ich ihm listig die Fährte verwische;
er lauert geduldig – und etwas wohl weiß er.
Einige setzen sich; andre bleiben stehen.
Sie gruppieren sich zu einem schönen Bild.

MARIANA:
Er war gestern hier.
Die Verschworenen machen eine Geste der Befremdung.
Und da er mein Freund ist, . . .
so wollt ich nichts weigern – zumal ichs nicht darf.
Er sang mir ein Loblied auf unsere Stadt,
doch während so freundlich und höflich er sprach,
besah er mich so . . . wie wenn . . . alles er wisse . . .!,
betont
durchdringend . . . Den Nachmittag bracht er hier zu,
die Augen in stummem Duell mit den meinen . . .
Pedrosa ist fähig . . . zu allem . . . was immer
es sein mag!

DON PEDRO: Er wird doch nicht glauben . . .

MARIANA: Ich bin nicht
sehr ruhig; ich wills nicht verschweigen und muß es
euch sagen: wir müssen mit Vorsicht zu Werk gehn.
Ich hab das Gefühl oft, er stemm sich den Scheiben
entgegen des Nachts, wenn die Fenster ich schließe.

DON PEDRO *auf die Uhr sehend:*
Schon zehn über elf Uhr. Jetzt dürft in der Nähe
der Mann sein, auf den wir so sehnsüchtig warten.

DRITTER VERSCHWORENER *auf die Uhr sehend:*
Er wird wohl gleich kommen.

ERSTER VERSCHWORENER: Das wird er, wills Gott!
Ein jeder Moment ist ein ganzes Jahrhundert!
Clavela kommt mit einem Tablett mit hohen, geschliffenen Kristallgläsern und einer Flasche Rotwein, die sie auf einen Leuchtertisch stellt. Mariana spricht mit ihr.

DON PEDRO:
Die Freunde sind alle bestimmt auf der Hut.

Erster Verschworener:
Sie wissen Bescheid, und nicht einer wird fehlen.
Das Ganze hängt ab von der Nachricht heut nacht.
Don Pedro:
Die Lage ist ernst. Aber wenn wir sie richtig
jetzt nutzen, dann wendet sich alles zum Besten.
Clavela ab. Mariana zieht den Vorhang zu.
Man muß bis ins kleinste jetzt alles erwägen;
das Volk schließt sich an; da gibts keinen Zweifel.
Die Luft Andalusiens – gesättigt mit Freiheit!
Der Duft dieses Worts dringt durchs Herz seiner Städte,
vom Turm an, der alt ist und gelb, bis zum Baumstamm
im Ölhain! Die Küste um Málaga wimmelt
von Männern, entschlossen zum Aufstand: die Fischer
El Palos', Matrosen, die vornehmsten Herren;
es schließen sich an solche Orte wie Nerja
und Vélez – sie warten mit Sehnsucht auf Botschaft;
die Männer vom Bergland und die von der Küste –
und darum so frei wie wohl niemand so frei ist.
Zudem Algeciras: es wartet mit Spannung
der Stunde. Und dann in Granada: da setzen
ihr Leben aufs Spiel manche Herren aus altem
Geschlecht mit erregendem Mute, genau so wie ihr.
Vor Ungeduld weiß ich mich kaum noch zu fassen!
Dritter Verschworener:
So geht es ja allen, die wirklich die Freiheit
erkämpfen . . .
Mariana *zaghaft:* Doch habt ihr Gefolgschaft?
Don Pedro *überzeugt:* Es folgen
uns alle.
Mariana: Trotz Furcht?
Don Pedro *trocken:* Ganz gewiß.
Mariana: Es gibt niemand,
der ruhig im Park del Salón könnt spazieren.
Das Café Estrella ist völlig verlassen.

Don Pedro *begeistert:*

Die Fahne, Mariana, die du uns bestickt hast –
geehrt wird sie werden vom König Fernando,
und wenn Calomarde deswegen auch wütet.

Dritter Verschworener:

Er wird sich den Scharen der Freiheit ergeben,
wenn nichts mehr dawider ihm fruchtet, und wenn er
auch vorgibt, verlassen und einsam zu sein –
er knüpft und zerreißt doch die Fäden.

Mariana: Doch ist nicht
Fernando ein Spielzeug der Seinen?

Dritter Verschworener: Wo bleibt er
so lange?

Don Pedro *unruhig:*

Ich weiß nicht.

Dritter Verschworener: Verhaftet vielleicht ...?

Erster Verschworener:

Kaum möglich. Die Dunkelheit schützt ihn, der Regen;
zudem ist er immer recht wachsam ...

Mariana: Da kommt er.

Sie stehen auf und gehen zur Tür.

Don Pedro:

Jetzt werden wir endlich Genaueres wissen.
Er sei uns willkommen mit guten Berichten.

Mariana *leidenschaftlich zu Don Pedro:*

Denk, Pedro, an mich. Und sei klug und behutsam.
Es fehlt nicht mehr viel, und ich breche zusammen.

In der Tür erscheint der vierte Verschworene; kräftig, reicher Landmann. Er trägt die Volkstracht jener Zeit: Spitzhut mit Samtrand und Seidenpompons; Jackett mit Stickereien und vielfarbigen Stoffapplikationen an Ellbogen, Ärmelaufschlägen und am Kragen. Die Umschlaghose – mit Silberfiligranknöpfen geknöpft – und die Ledergamaschen – an einer Seite offen – lassen die Beine sehen. Er ist von einer sanften männlichen Schwermut. Alle stehen bei der Tür. Mariana verhehlt nicht ihre Angst und schaut mit schmerzlicher, forschender Miene abwechselnd auf den Ankömmling und Don Pedro.

VIERTER VERSCHWORENER:

Ihr Herren! Und Doña Mariana! *Drückt Mariana die Hand.*

DON PEDRO *ungeduldig:* Was gibt es?

VIERTER VERSCHWORENER:

Was Schlechtes – wie's Wetter!

DON PEDRO: Was ist denn geschehn?

ERSTER VERSCHWORENER *irritiert:*

Ich habs fast erraten.

MARIANA *zu Don Pedro:* Du bist schon bekümmert?

DON PEDRO:

Die Leute von Cádiz?

VIERTER VERSCHWORENER:

's ist alles vergebens.

Wir müssen uns vorsehn. Des Königs Regierung
läßt rings uns umlauern. Wir müssen den Aufstand
verschieben; wenn nicht – dann zum Kampf oder Tod.

DON PEDRO *verzweifelt:*

Ich weiß nicht, was denken; die Wunde im Leibe
bleibt offen, sie blutet – ich kann nicht mehr warten,
ihr Herren!

DRITTER VERSCHWORENER *heftig:*

Don Pedro, wir siegen durch Warten.

Die Lage kann so doch kaum lange noch bleiben.

VIERTER VERSCHWORENER *heftig:*

Und keiner will sinnlos das Leben verlieren.

DON PEDRO *ebenfalls heftig:*

Das peinigt mich sehr!

MARIANA *beängstigt:* Bitte sprechen Sie leiser!

Sie geht hin und her.

VIERTER VERSCHWORENER:

Ganz Spanien schweigt, aber lebt! Und verwahren
Sie gut unsre Fahne.

MARIANA: Ich hab einer Freundin

im Albaicín sie gegeben; doch zittr' ich.
Vielleicht wärs hier sichrer.

DON PEDRO: In Málaga, was ...?

VIERTER VERSCHWORENER:
In Málaga? Grauen! González Moreno,
die üble Canaille ... Man kann's kaum erzählen.

Äußerste Spannung. Mariana setzt sich neben Don Pedro aufs Sofa und hört begierig zu.

Unser General Torrijos,
edel und mit reiner Stirn,
drin das Volk von Andalusien
stets sein zweites Ich gesehen,
Caballero unter Fürsten,
dieses Herz aus lautrem Silber:
Auf des tapfren Málaga
Strande ward er hingemordet.
Angelockt ward er mit Lügen,
die er glaubte, sehr zum Unglück.
Und er fuhr mit seinen Schiffen,
schon zufrieden, an das Ufer.
Wehe, weh dem edlen Herzen,
welches Schurken schenkt Vertrauen!
Kaum hatt' er den Strand betreten,
fingen ihn die Königsknechte.
Eh'r hätt' Vicomte de La Barthe,
der die Truppen kommandierte,
sich die Hand abhacken sollen
als die Schurkerei begehen,
ihm den wundervollen Degen
mit Kristallgriff und zwei Bändern,
den Torrijos immer trug,
abzunehmen. Und zur Nacht
haben sie ihn dann erschossen,
ihn mit seiner ganzen Suite.
Caballero unter Fürsten,

dieses Herz aus lautrem Silber!
Schwere dunkle Wolken balln sich
über Mijas. Und der Wind
peitscht das Meer; die Schiffe ziehen
her vom Strande sich zurück;
hastig tauchen ein die Riemen,
aufgespannt sind alle Segel.
In der Wellen Rauschen mischte
sich der scharfe Knall der Schüsse:
tot im Sande blieb er liegen
– und das Blut floß aus drei Wunden –,
dieser tapfre Caballero,
er mit seiner ganzen Suite.
Doch der Tod – obwohl der Tod –
hat sein Lächeln nicht entblättert.
Die Matrosen auf den Schiffen
weinten, und die schönsten Frauen,
tiefbetrübt, mit Trauerschleiern,
weinten auch um ihn voll Gram
oben im Zitronenhain.

DON PEDRO *steht auf:*
Mich treibt jede Schwierigkeit immer noch mehr an.
Ihr Herrn, an die Arbeit – wir lassen nicht nach.
Das Sterben Torrijos' befeuert zum Kampf mich.

ERSTER VERSCHWORENER:
Auch mich.

VIERTER VERSCHWORENER:
Doch wir müssen noch schweigend verharren;
es kommt eine andere Zeit . . .

ZWEITER VERSCHWORENER *erschüttert:*
die noch fern ist . . .!

DON PEDRO:
Der Wille, die Kraft sollen niemals mir fehlen.

MARIANA *leise zu Don Pedro:*
Solange ich lebe . . .

ERSTER VERSCHWORENER: Wir können wohl gehen?
DRITTER VERSCHWORENER:
Es gibt nichts zu tun. Du hast recht.
VIERTER VERSCHWORENER: Das ist alles;
ich hab außer diesem euch nichts zu berichten.
ERSTER VERSCHWORENER:
Man muß Optimist sein.
MARIANA: Sie trinken ein Glas?
VIERTER VERSCHWORENER:
Wir nehmen mit Dank an; der Wein wird uns gut tun.
ERSTER VERSCHWORENER:
Ein guter Beschluß!
Sie stehen auf und nehmen die Gläser.
MARIANA *schenkt ein:* Wie es regnet!
Man hört den Regen.
DRITTER VERSCHWORENER: Bedrückt scheint
Don Pedro!
VIERTER VERSCHWORENER:
Bekümmert wie wir!
DON PEDRO: Ja wahrhaftig!
Wir haben auch Grund zur Betrübnis.
MARIANA: Trotz allem –
trotz Kummer und Gründen, bekümmert zu sein . . .
Hebt ihr Glas.
›Der Mond liegt im Schlaf, doch der Seemann ist wach!‹
So sagen die Männer auf Seglern, Fregatten
am Mittelmeer. Wach sein wie sie – das ist alles!
Wie träumerisch.
›Der Mond liegt im Schlaf, doch der Seemann ist wach!‹
DON PEDRO *hebt sein Glas:*
So solln unsre Häuser denn sein wie die Schiffe.
Sie trinken. Man hört etwas von ferne wie ein Klopfen.
Alle halten die Gläser inmitten absoluter Stille.
MARIANA:
Der Wind schlägt ein Fenster wohl zu. *Es klopft.*

Don Pedro: Mariana!
Vernimmst du's, Mariana?
Vierter Verschworener: Wer mag das nur sein?
Mariana *angstvoll:*
Mein Gott!
Don Pedro *zärtlich:*
Sei nicht ängstlich. Es ist nichts. Wirsts sehn!
Alle haben die Capas umgelegt und sind unruhig.
Clavela *kommt; fast von Sinnen:*
Señora – Señora – zwei Männer – verhüllt –
mit ihnen – – Pedrosa!
Mariana *schreiend, leidenschaftlich:*
Entflieh, Pedro – fliehe!
Flieht alle! Ach Heiligste Jungfrau! Sofort!
Don Pedro *verwirrt:*
Schnell fort!
Clavela räumt die Gläser weg und löscht die Leuchter.
Vierter Verschworener:
Es ist schnöde, allein sie zu lassen.
Mariana *zu Don Pedro:*
Beeil dich!
Don Pedro: Doch wie?
Mariana *wahnsinnig:* Ach doch wie nur?
Clavela: Sie klopfen!
Mariana *erleuchtet:*
Durchs Fenster im Gang. So entspringst du. Nicht schwierig.
Das Dach ist da nahe beim Boden.
Zweiter Verschworener: Wir dürfen
im Stich sie nicht lassen!
Don Pedro *energisch:* Wir müssen! Wie wolln den
Besuch wir begründen?
Mariana: Beeil dich! Mach schnell!
Und rette dich, flieh!
Don Pedro *leidenschaftlich:*
Lebe wohl, Mariana!

MARIANA: Ihr Freunde! Gott schütz euch!

Alle rasch durch die rechte Tür ab. Clavela späht durch einen Spalt der Balkontür, die zur Straße geht. Mariana an der rechten Tür. O Pedro – ihr alle – gebt acht!

Sie schließt die linke Tür, durch welche die Verschworenen entwichen sind, und zieht den Vorhang zu. Dramatisch.

Mach die Tür auf, Clavela! Ich bin nun ein Weib, an den Schweif eines Pferdes gebunden!

Clavela ab. Mariana geht zum Piano.

Mein Gott, du im Himmel, gedenk deiner Leiden,
gedenk deiner wunden und blutenden Hände!

Sie setzt sich und singt den ›Schmuggler‹, Lied von Manuel García, 1808.

Weil ich Schmuggler bin, ja, Schmuggler,
tu und lasse, was mir nützt,
trotz ich allen, fordre alle,
denn ich hab vor keinem Angst.
Ay! Ay!
Ay, ihr Burschen! Ay, ihr Mädchen!
Wer kauft schwarzes Garn mir ab?
Müde ist mein Pferd, ist müde,
und ich sterbe fast vor Schlaf!
Ay!
Ay! Da kommt ja schon die Streife,
bald hats hier geknallt, bald da.
Ay-ay-ay, mein gutes Pferdchen,
liebes Pferd mit deiner Blesse.
Ay!
Ay! Mein Pferdchen, geh doch langsam.
Ay! Mein Pferd, ich sterb ja schon.
Ay!

Sie muß dies mit einem bewunderungswürdigen und verzweifelten Gefühl singen, während sie Pedrosas Schritte auf der Treppe hört.

Der Vorhang im Hintergrund wird gehoben; Clavela kommt, bestürzt, mit einem Leuchter mit drei Kerzen in der einen Hand; die andre hat sie auf die Brust gelegt. Ihr folgt Pedrosa, schwarz gekleidet und mit Capa. Er ist ein trockener Typ, intensiv bleich, von erstaunlicher Gemütsruhe. Er spricht mit sehr verschleierter Ironie, und sieht sich minutiös aber korrekt überall um. Er ist unsympathisch. – Er darf keinesfalls karikiert werden. – Wenn Pedrosa eintritt, hört Mariana auf zu spielen und erhebt sich. Schweigen.

Herein.

PEDROSA *nähertretend:*

Unterbrechen Sie nicht wegen mir
das Lied, das Sie eben begonnen, Señora. *Pause.*

MARIANA *versucht zu lächeln:*

Die Nacht war so trostlos, drum sang ich ein bißchen.
Pause.

PEDROSA:

Auf Ihrem Balkon sah ich Licht und ich wollt Sie
ein wenig besuchen. Doch stör ich Ihr Tun,
verzeihn Sie mir bitte.

MARIANA: Ich dank Ihnen sehr.

PEDROSA: Wie's regnet!

Pause. In dieser Szene gibt es unmerkliche Pausen und plötzliches zwingendes Schweigen, während deren die zwei Personen innerlich verzweifelt miteinander kämpfen. Die Szene erfordert allerempfindlichste Nuancierung ohne Übertreibungen, die nur der Gemütsbewegung Abbruch tun. Man muß mehr das bemerken, was nicht gesagt wird, als das Gespräch. Der Regen, mit diskretem und nicht mit exzessivem Geräusch, füllt ab und zu die Augenblicke des Schweigens.

MARIANA *betont:*

Es ist wohl schon spät? *Pause.*

PEDROSA *sieht sie fest an; ebenfalls betont:*

Reichlich spät!
Die Uhr des Gerichts schlug vor langem schon elf.

Mariana *gefaßt, bedeutet Pedrosa zu sitzen:*
Ich hab nichts vernommen.
Pedrosa *setzt sich:* Ich hört sie von weitem.
Ich ging durch die schweigenden Straßen soeben,
der Regen durchnäßte mich bis auf die Haut,
ich hielt auch das feine gefrorene Grau aus,
das kalt von den Höhn der Alhambra zur Stadt kommt.
Mariana *betont und sich wieder sammelnd:*
Die frostige Luft, welche Lungen und Herzen
mit Nadeln durchsticht.
Pedrosa *erwidert ihre Ironie:*
Eben das. Ich erfülle
die Pflicht meiner schweren Berufung, indessen,
geschützt vor dem Sturm, Sie zu Haus sich ergehen
und Spitzen verfertigen ... oder auch sticken ...
Wie sich erinnernd
Wer hat mir gesagt ... daß Sie wunderbar sticken ...?
Mariana *erschrickt, ist aber nicht unruhig:*
Ist das eine Sünde?
Pedrosa *mit verneinender Bewegung:*
Der König – Gott schütz ihn!,
verneigt sich
vertrieb sich mit Sticken die Zeit; auch sein Onkel,
Infant Don Antonio, als beide gefangen
in Valençay waren. Die schönste Beschäftgung!
Mariana *murmelnd:*
Hilf Himmel!
Pedrosa: Erstaunt mein Besuch Sie?
Mariana *versucht zu lächeln:* Durchaus nicht!
Pedrosa *ernst:*
Mariana! Empfinden Sie gar keine Furcht,
allein, eine Frau ... und so wundervoll ...
Mariana: Nein!
Pedrosa *betont:*
Es gibt Anarchisten und viel Liberale ...

zumal in Granada . . . Und niemand ist sicher . . .
fest: Sie wissen's ja selbst!

MARIANA *würdig:* Herr Pedrosa! Ich bin doch nur Hausfrau. Nichts weiter!

PEDROSA *lächelnd:* Und ich bin nur Richter. Drum kümmern mich all diese Fragen. Mariana, verzeihn Sie. Doch such ich wie irr . . . seit drei Monden verfolge ich einen der Führer vergeblich. *Pause. Mariana versucht zuzuhören, spielt mit ihrem Ring und unterdrückt Angst und Unwillen. Pedrosa, wie wenn er sich entsinne, kalt:* 'nen gewissen Don Pedro de Sotomayor.

MARIANA:
Vielleicht hat er Spanien verlassen.

PEDROSA: Wohl kaum.
Ich hoffe, ihn bald zu erhaschen.
Mariana unterliegt einer leichten nervösen Schwäche, die eben ausreicht, um ihr den Ring entgleiten zu machen; besser noch: um ihn fallen zu lassen und damit die Unterhaltung abzubrechen.

MARIANA *steht auf:* Mein Ring!

PEDROSA:
Gefallen? *Betont.*
Nun üben Sie Vorsicht!

MARIANA *nervös:* Mein Trauring.
Bemühn Sie sich nicht. Denn Sie könnten drauf treten.
Sie sucht.

PEDROSA:
Schon gut.

MARIANA: Wie wenn unsichtbar hätt' eine Hand ihn entrissen.

PEDROSA: Nur Ruhe! *Kalt:* Da sehn Sie!
Er zeigt auf eine Stelle, wo der Ring liegt und steht auf. Beide gehen gleichzeitig darauf zu. Hier liegt er!

MARIANA *bückt sich, um ihn aufzuheben – etwas früher als Pedrosa, der ihr zur Seite bleibt. Während sie sich wieder-*

aufrichtet, umfaßt er sie rasch und küßt sie. Sie stößt einen Schrei aus und weicht zurück. Pedrosa!
Pause. Sie weint vor Wut.

PEDROSA *gelassen:*
Sie schreien zu sehr!

MARIANA: Allerheiligste Jungfrau!

PEDROSA *setzt sich:*
Mir scheint dieses Jammern nun wirklich nicht nötig.
Señora ... Mariana ...! Sie wolln sich beruh'gen ...

MARIANA *verzweifelt und faßt ihn beim Revers:*
Sie denken von mir ... Was Sie denken? Wills wissen!

PEDROSA *unberührt:*
So manches.

MARIANA: Das werd ich verhindern. Was wolln Sie?
So mögen Sie wissen, daß keiner mich ängstigt.
Ich bin, wie der Quell, der der Erde entspringt,
so rein. Und ich könnt mich beschmutzen, wenn Sie mich
berühren; ich weiß mich zu schützen. Hinaus!

PEDROSA *heftig, voller Zorn:*
Schweig still! *Pause.*
Kalt: Denn Ihr Freund will ich sein, und Sie sollten
mir danken für diesen Besuch ...

MARIANA *ergrimmt:* ... und erlauben,
daß Sie mich beleidgen? Daß Sie in der Nacht in
die Wohnung mir dringen, damit ich ... Canaille!
Ich weiß nicht ... *hält an.*
Sie wolln mich verderben!

PEDROSA *warm:* Durchaus nicht!
Ich kam, Sie zu retten!

MARIANA *unbändig:* Das hab ich nicht nötig.
Pause.

PEDROSA *heftig und herrisch, nähert sich ihr mit einem scharfen Lächeln:*
Mariana! Die Fahne? Wer hat ...

MARIANA *verwirrt:* Welche Fahne?

PEDROSA:

Die Fahne – die Sie mit den weißesten Händen
ergreift ihre Hände
entgegen des Königs Gesetzen bestickten!

MARIANA:

Verleumdung! Und Lüge!

PEDROSA *gleichgültig:* Ganz prachtvoll bestickt!
Smaragdene Lettern auf blaurotem Taft.
Wir haben im Albaicín sie beschlagnahmt.
Ich hab sie in Händen – und damit dein Leben.
Doch fürchte dich nicht: denn ich bin ja dein Freund.

MARIANA *angstbeklommen, beinahe ohnmächtig:*
Erlogen! Erlogen!

PEDROSA: Und das weiß ich auch:
Nicht wenige Leute sind hierin verwickelt.
Ich hoffe, du nennst mir die Namen. Nicht wahr?
Leise; leidenschaftlich werdend
Und niemand erfährt was. Ich will, daß du mein wirst!
Verstehst du? Nur mein – oder tot! Hast seit je mich
verachtet; doch nun kann am Hals ich dich würgen,
dem Halse aus durchsichtgen Narden. – Ich schenk dir
das Leben, drum wirst du mich lieben.

MARIANA *in all ihrer Verzweiflung zart und flehend, klammert sich an Pedrosa:* Habt Mitleid
mit mir! Wenn Sie wüßten! Ach, laßt mich entfliehn!
Dann solln meine Kinder Ihr Andenken ehren.
Pedrosa! Um Gott! Bei den Kindern!

PEDROSA *umarmt sie sinnlich:* Die Fahne
hast du nicht gestickt, meine schöne Mariana,
und frei gehst du aus, denn so will ichs ...

MARIANA *sieht seine Lippen nahe den ihren und stößt ihn zurück; sie reagiert wild:* Das nie!
Eh'r geb ich mein Leben. Und wenn ich auch leide.
Doch ehrenvoll. Gehn Sie! Hinaus!

PEDROSA *verweisend:* Mariana!

MARIANA:

Hinaus!

PEDROSA *kalt und reserviert:*

Nun wohlan! Leider muß ich den Fall jetzt
verfolgen. Sie stürzen sich selbst ins Verderben.

MARIANA:

Gleichviel! Ich bestickte mit eigenen Händen
die Fahne. Mit diesen. Beschaun Sie sie – hier!
Und kenne bedeutende Männer, Pedrosa,
die hissen sie wollten demnächst in Granada.
Doch nenne ich nicht ihre Namen!

PEDROSA:

Man wird Sie
schon zwingen! Die Eisen, die schmerzen gar sehr – und
ein Weib ist noch immer ein Weib! Nun verfügen
Sie selber – wanns paßt – ich erwarte Bescheid!

MARIANA:

Sie Feigling! Und würde mit gläsernen Splittern
mein Herz ganz durchbohrt auch – ich nenn keinen Namen!
Aufwallend: Pedrosa – hier bin ich!

PEDROSA:

Wir werden ja sehn!

MARIANA:

Clavela, den Leuchter! *Clavela kommt bestürzt mit über der Brust gekreuzten Händen.*

PEDROSA:

Nicht nötig, Señora.
Sie sind jetzt in Haft. Laut Gesetz.

MARIANA:

Laut Gesetz?
Kraft welchen Gesetzes?

PEDROSA *kalt und zeremoniös:*

Gut Nacht! *Ab.*

CLAVELA *dramatisch:*

Ach, Señora!
Mein Liebling, mein Nelklein, herzinnigstes Leben!

MARIANA *voll Angst und Schrecken:*

Clavela, ich fliehe. Hol schnell mir den Schal.

CLAVELA:

Ja schnell!

Sieht aus dem Fenster. Wieder hört man den heftigen Regen.

MARIANA: Zu Don Luis! Gib acht auf die Kinder!

CLAVELA:
Das Tor ist bewacht! Keine Aussicht! . . .

MARIANA: Natürlich!
Sie zeigt auf die Tür, durch welche die Verschworenen entflohen sind.
Dann hier!

CLAVELA: Ganz unmöglich!
Während Mariana durch das Zimmer stürzt, erscheint Doña Angustias in der Tür.

DOÑA ANGUSTIAS: Mariana! Wohin?
Wo willst du jetzt hingehn? Dein Töchterchen weint.
Es fürchtet vorm Wind sich, hat Angst vor dem Regen.

MARIANA:
Gefangen! Gefangen! Clavela!

DOÑA ANGUSTIAS *umarmt sie:* Mariana!

MARIANA *wirft sich auf das Sofa:*
Ich sterbe! Jetzt fange zu sterben ich an!
Betracht mich und weine. Jetzt sterbe ich hin!

Schneller Vorhang

DRITTES BILD

Granada. Kloster der Heiligen Maria von Ägypten. Arabische Züge. Bögen, Zypressen, kleine Springbrunnen, Myrten. Einige Bänke und alte Lederstühle. Während der Vorhang aufgeht, ist die Bühne leer. Von weitem Orgelspiel und Nonnenstimmen. Zwei Novizen laufen auf Zehenspitzen heimlich aus dem Hintergrund und schauen nach allen Seiten, um sich zu vergewissern, daß sie nicht gesehen werden. Sie tragen weiße Hauben und blaue Kleider, gehen verstohlen auf eine Tür der linken Seite zu und spähen durch das Schlüsselloch.

ERSTE NOVIZE: Was tut sie?
ZWEITE NOVIZE *am Schlüsselloch:*
Sprich doch leiser.
Sie betet.
ERSTE NOVIZE *späht durchs Schlüsselloch:*
Laß mich sehn!
Wie weiß sie ist, wie strahlend!
Es schimmert um ihr Haupt
im Dunkel ihres Zimmers.
ZWEITE NOVIZE: Es schimmert um ihr Haupt?
Das kann ich nicht verstehen.
Sie ist ein guter Mensch;
man schickt sie in den Tod.
Was meinst denn du dazu?
ERSTE NOVIZE: Ich möcht ihr Herz wohl sehen,
sehr lange und sehr nah.
ZWEITE NOVIZE: Wie tapfer war sie gestern!
Als man ihr Urteil las,
verbarg sie nicht ihr Lächeln.
ERSTE NOVIZE: Doch nachher in der Kirche,
da sah ich, wie sie weinte;
es schien, als ob das Herz
ihr schlüge in der Kehle.
Was hat sie denn getan?
ZWEITE NOVIZE: Sie stickte eine Fahne.
ERSTE NOVIZE: Ist Sticken ein Verbrechen?
ZWEITE NOVIZE: Man sagt, sie ist Freimaur'in.
ERSTE NOVIZE: Was ist das?
ZWEITE NOVIZE: Ach, ich weiß nicht . . .!
ERSTE NOVIZE: Warum ist sie gefangen?
ZWEITE NOVIZE: Sie liebt den König nicht.
ERSTE NOVIZE: Nun und? Kann man das sehn?
ZWEITE NOVIZE: Und auch die Kön'gin nicht.
ERSTE NOVIZE: Ich mag die beiden auch nicht.
Schaut durchs Schlüsselloch.

Ach schöne Mariana,
es blühn bereits die Blumen,
die dich zum Grab geleiten.
Aus einer Tür im Hintergrund
tritt Mutter Sor Carmen Borja.

CARMEN: Was gibt es da zu sehen,
ihr Mädchen . . .?

ERSTE NOVIZE *erschrocken:* Schwester Carmen . . .

CARMEN: Ja schämt ihr euch denn gar nicht?
Sofort zum Arbeitssaal!
Wer hat euch diese schlechte
Gewohnheit beigebracht?
Wir sprechen noch darüber.

ERSTE NOVIZE: Entschuldgen Sie!

ZWEITE NOVIZE: Entschuldgung!

Beide ab. Nachdem Mutter Carmen sich überzeugt hat, daß beide fort sind, geht sie zur Tür und sieht selbst verstohlen durchs Schlüsselloch.

CARMEN: Sie ist ohne Schuld! Kein Zweifel!
Schweigt entschlossen. Unbeirrbar.
Und warum? Ich kanns nicht fassen.
Bestürzt und jäh davoneilend.
Oh, sie kommt!

MARIANA *sehr bleich, mit wundervollem weißem Kleid,*
kommt heraus: Ah, Schwester Carmen!

CARMEN *kommt zurück:*
Wünscht Ihr etwas?

MARIANA: Nichts . . .!

CARMEN: Señora,
sagen Sie's!

MARIANA: Ich dachte . . .

CARMEN: Was?

MARIANA: Könnt ich bleiben
hier bei euch, in eurem Kloster,
und für immer.

Carmen: Glücklich würden wir uns schätzen ...
Mariana: Doch ich kann nicht!
Carmen: Wie – warum nicht?
Mariana *lächelnd:* Weil ich schon gestorben bin.
Carmen *entsetzt:*
Mariana! Großer Gott!
Mariana: Doch die Welt rückt mir nun näher,
zeigt mir Steine, Wasser, Luft.
Ich begreife, daß ich – blind war!
Carmen: Sicher wird man Sie begnadgen.
Mariana *kaltblütig:*
Das erfahren wir sehr bald!
Diese Stille legt sich auf mich –
magisch – wächst – wird immer größer,
wie ein Dach aus lauter Veilchen –
leidenschaftlich:
manchmal stellt sie sich mir dar
wie ein langer Schopf aus Haaren.
Ach, wie schön sichs träumt!
Carmen *nimmt eine Hand Marianas:* Mariana!
Mariana: Und wie bin ich?
Carmen: Du bist gut.
Mariana: Ich bin eine große Sünd'rin;
doch ich hab so sehr geliebt,
daß mir Gott wohl wird verzeihen
wie der Heilgen Magdalena.
Carmen: Er verzeiht in dieser Welt
und in jener ...
Mariana: Wenn Sie wüßten!
Schwester, ich bin tief verletzt
von den Händeln dieser Erde!
Carmen: Gott ist ganz bedeckt mit Wunden –
Liebeswunden, ewig offen.
Mariana: Der ersteht, der leidend stirbt –
ich begreife – ich war blind!

CARMEN *bekümmert durch Marianas Zustand:*

Bis nachher! Sie kommen doch
heute abend zur Novene?

MARIANA: Ja. Wie stets. Lebt wohl nun, Schwester!

Carmen ab. Mariana bewegt sich rasch und überaus vorsichtig auf den Hintergrund zu, aus dem der Gärtner des Konvents, Alegrito, auftaucht. Er hat ein dauerndes, sanftes und gesundes Lächeln. Er trägt einen Jagdanzug im Stil jener Zeit.

Alegrito! Hast du Nachricht?

ALEGRITO: Ja. Doch faßt Euch in Geduld!

MARIANA: Sprich schnell, daß man uns nicht sieht!
Warst du bei Don Luis?

ALEGRITO: Ja.
Aber leider sei's unmöglich
– sagten sie – zu Ihrer Rettung
etwas ganz bestimmt zu tun.
Wagen nicht mal den Versuch,
weil sonst alle sterben würden.
Doch sie täten, was sie – könnten.

MARIANA *tapfer:*

Alles tun sie! Das ist sicher!
Sind sie doch, wie ich, von Adel.
Siehst du, wie gefaßt ich bin?

ALEGRITO: Überall herrscht Angst. Zum Ängstgen!
Menschenleer sind alle Straßen.
Nur der Wind weht, und die Leute
schließen ein sich in die Häuser.
Nur ein Mädchen traf ich an,
weinend, bei der Tür der alten
Alcaicería.

MARIANA: Glaubst du,
sterben laß man die, die wen'ger
Schuld als alle andren trägt?

ALEGRITO: Was sie denken, weiß ich nicht.

MARIANA: Und was noch?

ALEGRITO *verwirrt:* Señora ...!

MARIANA: Weiter!

ALEGRITO: Mag nicht gerne weitersprechen.
Mariana macht eine ungeduldige Gebärde.
Daß Don Pedro sich aus Spanien
flüchte, hat man mir erzählt;
daß er sich nach England wende,
wisse er aus sichrer Quelle,
sagt Don Luis.

MARIANA *ungläubig lächelnd und zugleich dramatisch, weil sie im Innersten weiß, daß es wahr ist:*
Wer dir das
mitgeteilt hat, will mein Leiden
nur noch schüren. Alegrito,
glaubs nicht! Oder – glaubst – du's gar?
Verängstigt.

ALEGRITO *verstört:*
Alles, was Sie wolln, Señora!

MARIANA: Hoch zu Pferd sprengt her Don Pedro,
wie im Wahnsinn, wenn er hört,
daß ich eingekerkert worden,
weil ich seine Fahne stickte.
Und, wenn sie mich töten sollten,
kommt er, um mit mir zu sterben –
hat er eines Nachts geflüstert
und er küßte meinen Kopf ... –
Wie ein Heiliger Georg,
ganz Demant und schwarzes Wasser,
kommt er, und die rote Capa,
flatternd, blendet selbst die Luft.
Da er schicklich ist und edel,
und damit ihn niemand sieht,
kommt er, wenn der Morgen dämmert,
in des Morgengrauens Frische,
wenn kaum in der dunklen Luft

der Zitronenhain erschimmert,
wenn das Dämmern auf den Wellen
uns Fregatten vorspielt, Schiffe,
ganz aus Schatten und aus Seide.
Was weißt du? O welche Lust!
Ich hab keine Angst – nun siehst du's!

ALEGRITO: Ach, Señora!

MARIANA: Wer erzählte ...?

ALEGRITO: Auch Don Luis.

MARIANA: Kennt das Urteil ...?

ALEGRITO: Ja. Doch glaub' er's nicht. So sagt' er ...

MARIANA *angstvoll:*
Dennoch ist es nur zu wahr.

ALEGRITO: Ich bin traurig, daß ich Ihnen
bringen muß solch schlechte Nachricht.

MARIANA: Geh noch einmal ...!

ALEGRITO: Wie Sie wünschen.

MARIANA: Geh zurück und sage ihnen,
ich sei überaus zufrieden,
weil ich weiß, daß alle kommen,
wenn sie müssen – und 's sind viele!
Gott vergelt dirs!

ALEGRITO: Bis auf später. *Ab.*

MARIANA: Ich bin einsam. Und mein Tod
lauert in Akazienblüten.
Laut und sich dem Garten zuwendend:
Dort im Garten. Hier doch leb ich.
Und mein Blut erregt sich, zittert
wie in weichen Meereswogen
ein Korallenbaum erbebt.
Selbst wenn schon dein Pferd vier Monde
rasend in die Steine schlägt,
wenns auch in die schwache grüne
Frühlingsbrise Feuer schleudert –
reit noch schneller! Hol mich! Hol mich!

Sieh, ich fühle schon sehr nahe
Finger, die aus Moos und Knochen,
leise kosen meinen Kopf.

Zum Garten gewandt, wie wenn sie mit jemandem spreche:

Du bleibst draußen! Kannst herein nicht!
Draußen bleibt er deinetwegen,
Pedro! Doch am Springborn sitzt er,
spielt auf einer weißen Laute.

Sie setzt sich auf eine Bank und stützt den Kopf auf die Hände. Vom Garten her hört man eine Gitarre und eine

STIMME: An des Wassers Saume
— keiner sah sie, keiner —
starb mir meine Hoffnung.

MARIANA *wiederholt das Lied auf das empfindsamste:*

An des Wassers Saume
— keiner sah sie, keiner —
starb mir meine Hoffnung.

Aus dem Hintergrund treten Carmen und eine Nonne, denen Pedrosa folgt. Mariana sieht sie nicht.

Diese Verse drücken aus,
was ich selbst nicht wissen möchte.
Mög die Erde nur verschlingen
dieses hoffnungslose Herz!

CARMEN: Seht, da ist sie, Herr Pedrosa.

MARIANA *erschrickt und erhebt sich, wie aus einer Traumwelt wiederkehrend:* Wer?

PEDROSA: Señora!

MARIANA *überrascht, läßt sich einen Ausruf entschlüpfen; die Nonnen gehen wieder:* Gehn Sie wieder?

CARMEN: Unsre Arbeit ruft uns fort ... *Ab.*

In diesem Augenblick ist es sehr unruhig auf der Bühne. Pedrosa, kalt und korrekt, sieht Mariana eindringlich an, die — melancholisch aber mutig — seinen Blicken standhält. Er ist schwarz angezogen und trägt Capa. Man muß seine kalte Miene bemerken.

MARIANA:

Ich ahnt es. Pedrosa!

PEDROSA: Derselbe. Noch immer
erwarte ich Ihren Bericht. Es ist Zeit.
Das scheint Euch doch auch wohl?

MARIANA: 's ist stets Zeit, zu schweigen
und fröhlich zu leben.

Sie setzt sich auf eine Bank. Von diesem Augenblick an bis zum Ende des Aktes lebt Mariana in einem fiebrigen empfindlichen Überschwang, der am Schluß aufbirst.

PEDROSA: Sie kennen das Urteil?

MARIANA: Ich kenn es.

PEDROSA: Nun und?

MARIANA *strahlend:* Doch ich denke, 's ist Lüge.
Mein Hals ist zu kurz, um an ihm mich zu richten.
Da sehn Sie. Man würd es nicht können. Er ist auch
so schön und so weiß, daß wohl niemand ihn anrührt.

PEDROSA *insistierend:*

Mariana!

MARIANA *wild:*

Vergessen Sie nicht – ich bin adlig.
Eh ich sterbe, stirbt ganz Granada! Die Besten
der Besten stehn auf, mich zu retten – mein Vater
war Schiffskapitän und Ritter von Calatrava.
Nun laßt mich zufrieden!

PEDROSA: Kein Mensch in Granada
schaut auf, tritt ans Fenster, wenn Sie da vorbeiziehn
zum Tod. Andalusier schwatzen, doch ...

MARIANA: ... lassen
im Stich mich. Und wenn auch! Denn einer wird kommen
und sterben mit mir – das genügt. Doch er kommt ja
als Retter!

Sie lächelt, atmet stark und führt die Hände an die Brust.

PEDROSA *aufwallend:*

Ich will deinen Tod nicht! Ich will nicht!

Du stirbst nicht – du teilst mir nur mit . . . die Verschwornen . . .
bin sicher!

Mariana *wild:*

Ich teile nicht mit, was Sie wollen!
Wiewohl ich ein Herz hab voll Wunden – so voll,
daß nichts mehr ihm Wunden kann schlagen. Bleib stumm,
bleib taub Ihrem Flüstern. Wohl ängstigten früher
mich Ihre Pupillen – jetzt sehe ich Ihnen
ins Auge . . .! *Auf ihn zu:*
Und nehme den Kampf auf mit Ihnen.
Vergebens bespähn Sie die Stelle, wo tief ich
bewahr das Geheimnis – ich geb es nicht preis,
um nichts in der Welt! Ich bin mutig, Pedrosa,
bin mutig!

Pedrosa: Sehr gut! *Pause.* Meine Unterschrift – hörn Sie! –
Sie wissens! – kann löschen das Licht Ihrer Augen.
Ich kann einen sehr langen Schlaf Ihnen schicken
mit Tinte – 'nem winzigen Tröpfchen – und Feder . . .

Mariana *mit Größe:*
Mögs bald sein, wills Gott, mir zum Heil!

Pedrosa *kalt:* Heute abend.

Mariana *entsetzt und realisierend:*
Heut abend . . .?

Pedrosa: Heut abend. Es ist schon beschlossen,
daß in der Kapelle du betest.

Mariana *außer sich und ingrimmig gegen ihren Tod protestierend:* Unmöglich!
Ihr Feiglinge! Wer nur befiehlt hier in Spanien
solch scheußliche Dinge? Für welches Verbrechen
denn werd ich getötet? Was will die Justiz?
Ich hab meines Lebens geheiligtste Liebe
gestickt in die Fahne der Freiheit. Und soll nun
hier bleiben, vermauert? Ach hätt ich doch Flügel,
kristallene Flügel – ich flög auf die Suche
nach dir!

PEDROSA *beobachtet befriedigt diese plötzliche Verzweiflung Marianas und tritt sehr nah zu ihr hin. Das Licht nimmt den Ton des Sonnenuntergangs an:*

Also sprich! Sag es schnell – und der König
begnadigt dich sicher. Mariana, wer sind die
Verschwornen? Ich weiß, daß Sie allen befreundet.
Mit jeder Sekunde wächst mehr die Gefahr.
Bevor seinem Ende sich nähert der Tag
dann kommt man – Sie holen – – Wer sind sie? Die Namen?
Nur schnell! Die Justiz ist gewöhnt nicht an Spiele –
nachher ists zu spät!

MARIANA *wild:* Und ich sags nicht!

PEDROSA *wild, ergreift ihre Hände:* Wer ist es?

MARIANA:
Jetzt sag ichs erst recht nicht.
Mit Verachtung: Pedrosa, laß los!
Hinweg! Mutter Carmen!

PEDROSA *schrecklich:* Du willst also sterben!

Mutter Carmen erscheint, voller Angst; zwei Nonnen queren den Hintergrund wie zwei Erscheinungen.

CARMEN:
Was gibts, Marianita?

MARIANA: Es gibt nichts.

CARMEN: Ich finde,
Señor, 's ist nicht recht ...

PEDROSA *kalt, gelassen und selbstherrlich, wirft einen strengen Blick auf Sor Carmen und schickt sich an zu gehen:*
Guten Abend.
Zu Mariana: Es würde
mich freun, wenn Sie bald eine Nachricht mir schickten.

CARMEN:
Señor, sie ist gut.

PEDROSA *hochfahrend:*
Hab Euch gar nichts gefragt.
Ab; Sor Carmen folgt ihm.

Mariana *auf der Bank:*
Nun fallen die Verse mir ein, die ich sprach,
als einst durch Granadas Oliven ich ging.
Mit dramatischer und weicher andalusischer Intonation.

Ah, wie schön ist die Fregatte,
des Korsaren kühnes Schiff!
Kommst du nicht? Den Mut verloren?
Eine schnelle Brigantine
zielt auf dich mit allen Rohren!
Träumerisch und versponnen:
Zwischen Meer und Sternenhimmel
möcht ich gerne ruhig wandeln,
möcht mich an ein lang Geländer
einer sanften Brise lehnen.
Leidenschaftlich und angstvoll:
Pedro, sattle schnell dein Pferd!
Oder reite auf dem Tage!
Aber schnell, o schnell! Sie kommen
schon, das Leben mir zu nehmen.
Drück die Sporen ein, sporn hart!
Weinend: Ah, wie schön ist die Fregatte,
des Korsaren kühnes Schiff!
Kämpfst du nicht? Den Mut verloren?
Eine große Brigantine
zielt auf dich mit allen Rohren.
Carmen kommt mit einer Nonne.

Nonne: Bleibe stark, denn Gott wird helfen.
Carmen: Marianita, Liebling, ruh dich.

Alle ab. Sie nehmen Mariana mit. Die Klosterglocke läutet. Im Hintergrund erscheinen Nonnen und die zwei Novizen, gehen über die Bühne und bekreuzigen sich vor einer Madonna der Sieben Schmerzen, in deren Herz Dolche stecken und die in einer Wandnische weint, fast verdeckt durch einen großen Bogen gelber und silberner Papierrosen. Die Zypressen beginnen mit dem Licht allmählich golden zu schimmern.

Erste Novize:

Schreie!? ... Hast du die gehört?

Zweite Novize:

Ja, im Garten. Und die klangen,
wie wenn sie von weither kämen.
Agnes, ich bin sehr erschrocken!

Erste Novize:

Wo ist unsre Marianita,
Rose und Jasmin Granadas?

Zweite Novize:

Sie erwartet ihren Liebsten.

Erste Novize:

Der kommt aber reichlich spät.

Zweite Novize:

Sähst du, wie sie aus den Fenstern
schaut und sagt: »Gäbs keine Berge,
säh ich ihn bereits von weitem!«

Erste Novize:

Sie erwartet ihn ganz sicher.

Zweite Novize:

Doch, zum Unglück, kommt er nicht!

Erste Novize:

Marianita, die wird sterben!
Andres Licht gibts schon im Haus!

Zweite Novize:

Wieviel Vögel! Sahst du's auch?
Kaum noch fassen sie die Zweige
unsres Gartens, kaum die Dächer.
Sah noch nie soviel und morgens,
wenn der Vela Glocken läuten,
singen sie und singen ...,

Erste Novize: ... morgens

wachen Brisen auf und Wolken
aus den frischen Zweigen ...,

Zweite Novize: ... morgens

wird für jeden Stern, der stirbt,
eine Flöte, süß, geboren.

ERSTE NOVIZE:
Hast du sie gesehen, sie?
Wie ins Leichentuch gehüllt
dünkt sie mich im weißen Kleid,
wenn sie stumm den Chor durchschreitet.

ZWEITE NOVIZE:
Welches Unrecht! Diese Frau
hat man sicher hintergangen.

ERSTE NOVIZE:
Ist ihr Hals nicht wunderschön?!

ZWEITE NOVIZE *fährt instinktiv mit den Händen zum Hals:*
Ja; doch ...

ERSTE NOVIZE: Als sie weinte, schien es,
daß zum Rock er niederblättre ...
Nonnen kommen.

NONNE: Wolln das Salve wir versuchen?

ERSTE NOVIZE:
Ja.

ZWEITE NOVIZE: Ich habe keine Lust.

NONNE: Es ist wahrlich schön.

ERSTE NOVIZE *gibt den andren einen Wink; sie begeben sich schnell in den Hintergrund:* Doch schwierig ...!

MARIANA *kommt durch die linke Tür; die andren ziehen sich so zurück, daß Mariana es nicht bemerken soll. Lächelnd:*
Fliehn Sie mich?

ERSTE NOVIZE *zitternd:* Wir gehen just ...!

ZWEITE NOVIZE *verwirrt:*
Eben wollten wir ... Ich sagte ...
Es ist spät ...

MARIANA *mit ironischer Güte:* Bin ich so böse?

ERSTE NOVIZE *übertrieben:*
Nein, Señora! Wer behauptet ...?

MARIANA: Was weißt du, mein Kind?

ZWEITE NOVIZE *gibt der ersten Novize ein Zeichen:*
Ich weiß nichts.

ERSTE NOVIZE:
Alle haben wir Sie lieb. *Nervös.*
Sehn Sie das denn nicht?

MARIANA *bitter:* Doch. Danke!

Sie setzt sich auf die Bank mit gefalteten Händen und hangendem Haupt in einer wunderbaren Haltung des Vergehens.

ERSTE NOVIZE:
Gehn wir fort!

ZWEITE NOVIZE: Ach, Marianita,
Rose und Jasmin Granadas,
ihren Bräutigam erwartend,
doch der Bräutgam kommt so spät ...!
Alle ab.

MARIANA: Wer mir je gesagt wohl hätte ...
Aber nur Geduld!

CARMEN *kommt:* Mariana!
's kommt ein Herr, Sie zu besuchen,
hat vom Richter die Erlaubnis.

MARIANA *steht auf, strahlend:*
Er soll kommen! Endlich! Gott!

Carmen ab. Mariana geht zu einem Füllhorn an der Mauer und ordnet in ihrem empfindsamen Überschwang Locken und Ausschnitt.

Schnell ... ich wußt es ja so sicher!
Sollte rasch mein Kleid noch wechseln;
dieses macht mich viel zu blaß ...

Sie setzt sich in verliebter Attitüde auf die Bank, Rücken zum Eingang. Mutter Carmen kommt; Mariana kann nicht widerstehen und dreht sich um. Es ist ganz still; Fernando, bleich, tritt ein. Mariana erstarrt. Verzweifelt, wie wenn sie es nicht glauben könne: Nein!

FERNANDO: Mariana, lehnst du's ab,
daß ich dich spreche, sags nur!

Mariana:

Und Pedro? Wo ist Pedro?
Um Gott! Laßt ihn herein!
Da unten an der Pforte,
da ist er, muß er sein!
Du kamst doch mit ihm her,
nicht wahr? Du bist so gut!
Er ist gewiß ermüdet, doch kommt er gleich zu mir!

Fernando:

Ich komm allein, Mariana. Was weiß denn ich von Pedro?

Mariana:

Ihr alle solltet wissen, doch niemand weiß! Alsdann:
Wann kommt er, mich zu retten? Und wann, mit mir zu sterben,
wenn mir der Tod droht? Kommt er? Fernando, sprich doch,
Es ist noch Zeit! [sprich!

Fernando *nachdrücklich und durch Marianas Haltung verzweifelt:* Er kommt nicht, er hat dich nie geliebt.
Er ist jetzt wohl in England mit andren Liberalen.
Die alten Freunde haben dich allesamt verlassen.
Mein junges Herz allein ist bei dir, Marianita.
Erkenn doch meine Neigung. O fühl, wie ich dich liebe!

Mariana *exaltiert:*

Warum hast du's gesagt? Das hab ich selbst gewußt.
Ich wollt es meiner Hoffnung nicht sagen. Nun ists gleich.
Die Hoffnung hats vernommen: doch sah sie Pedros Auge
und starb. Ich hab die Fahne für ihn gestickt, verschwor mich
für ihn, um so sein Denken zu leben und zu lieben.
Ich lieb ihn mehr als mich, ja mehr als meine Kinder.
Liebst du die Freiheit mehr als deine Marianita?
Dann werde ich die Freiheit, die du vergötterst, selbst sein!

Fernando:

Du bist dem Tode nah! Noch wen'ge Augenblicke –
dann holt man dich. Die Namen! So sag sie! Rette dich!
Um deiner Kinder willen! Für mich, der ich mein Leben
dir biete!

MARIANA: Nein! Die Kinder – sie solln mich nicht verachten.
Der Name meiner Kinder soll rein sein wie der Mond!
Das Antlitz meiner Kinder soll strahlen, daß nicht Jahre,
nicht Lüfte seinen Glanz ihm nehmen und erlöschen!
Beginge ich Verrat, würd in Granadas Straßen
mein Name nur mit Angst genannt noch werden können.

FERNANDO *dramatisch und verzweifelt:*
Unmöglich! Nein, nicht das! Ich laß das nicht geschehen!
Mariana, du mußt leben! Bei meiner großen Liebe!

MARIANA *außer sich, wie wahnsinnig, in einem heftigen Leidens- und Angstzustand:*
Fernando, was ist Liebe? Weiß nicht, was Liebe ist!

FERNANDO *nah:*
Mariana, niemand liebte dich je wie i c h dich liebe!

MARIANA *bewegt:*
Ich müßt auf dieser Welt dich mehr denn jeden lieben,
wenn nicht das Herz der schlimmste all unsrer Feinde wäre!
O Herz, was herrschst du innen, wenn ich es doch nicht will?

FERNANDO *kniet; sie legt seinen Kopf an ihre Brust:*
Man hat dich ganz verlassen! Sprich! Hab mich lieb und lebe!

MARIANA *hält ihn zurück:*
Ich bin schon tot, mein Freund! Zu m i r gelangt dein Wort
nun übern großen Strom der Welt, die ich verlasse.
Ich bin schon wie der Stern ob dunklem tiefem Wasser,
wie letzte schwache Brise, die sich verliert in Pappeln.

Den Hintergrund quert mit über der Brust gekreuzten Händen eine Nonne; sie blickt die beiden tief bekümmert an.

FERNANDO:
Ich weiß nicht, was ich tun soll. Hab Angst. Sie kommen bald.
Ach, wer doch sterben könnte, damit du leben bleibst!

MARIANA:
O Sterben! Langer Schlaf – und ohne Traum und Schatten!
Mein Pedro! Ich will sterben,
damit nicht d u zu Tod kommst,
fürs reine Ideal, das dir dein Aug erleuchtet:

daß nie dein hohes Licht, o Freiheit!!, mög erlöschen,
geb Leib ich hin und Seele! Nur Mut, mein Herz, schlag höher!!
Schau, Pedro, sieh, wohin mich deine Liebe führt!
Du wirst mich, tot, so lieben, daß du nicht mehr kannst leben!
Zwei Nonnen kommen mit über der Brust gekreuzten Händen und angstgepeinigtem Ausdruck, wagen aber nicht, sich zu nähern.
Doch nun lieb ich dich nicht mehr, denn schon bin ich ein
CARMEN *kommt nahezu erstickt:* [Schatten.
Mariana! *Zu Fernando:*
Caballero! Sie müssen gehn!
FERNANDO *angstvoll:* Nein, laßt mich!
MARIANA *besinnungslos:*
Geh fort! Wer bist du? Wer? Ich kenne niemand mehr!
Ich geh nun ruhig schlafen.
Eine andre Nonne eilt herbei, nahezu bewußtlos vor Angst und Erregung. Durch den Hintergrund geht sehr rasch noch eine Nonne, Hand vor der Stirn.
FERNANDO *aufs äußerste erregt:*
Leb wohl, Mariana!
MARIANA: Geh!
Sie holen mich ... Sie kommen.
Fernando wird von Carmen und zwei Nonnen hinausbegleitet. Ich fühle nun die Welt
Eine Nonne kommt.
als Sandkorn in den Fingern. Der Tod! Doch was ist Tod?
Zu den Nonnen:
Und ihr? Was tut denn ihr? Wie fern ich euch schon fühle!
CARMEN *tritt weinend herzu:*
Mariana!
MARIANA: Warum weinst du?
CARMEN:
Sie sind da unten, Liebling!
ERSTE NONNE:
Sie sind schon auf der Treppe!

Alle Nonnen kommen aus dem Hintergrund. Ihr Kummer spiegelt sich auf ihren Gesichtern. In der ersten Reihe sind die erste und zweite Novize. Sor Carmen steht, würdig und vom Kummer durchdrungen, dicht bei Mariana. Nach und nach – bis zum Schluß – wird das Licht des Granadiner Sonnenuntergangs immer außergewöhnlicher. Rosa und grünes Licht fällt durch die Bögen; die Zypressen schimmern so exquisit, daß sie schließlich wie Edelsteine aussehen. Vom Dach senkt sich ein sanfter orangefarbener Schein, der bis zum Schluß immer intensiver wird.

MARIANA:

Verlaß mich nicht, mein Herz! Sei still! Wohin denn willst du
mit einem Flügel? Ruhe! Auch du mußt endlich ruhen.
Ein langer Überschwang von Sternen wartet unser
dann nach dem Tod. Mein Herz! Jetzt werde nur nicht [schwach!

CARMEN:

Vergiß nun, Mariana, die Dinge dieser Welt!

MARIANA:

Wie fühl ich sie schon fern!

CARMEN: Sie kommen, dich zu holen!

MARIANA:

Wie gut ich doch verstehe, was dieses Licht mir sagt!
O Liebe, Liebe, Liebe und ewge Einsamkeiten!

Der Richter kommt durch die linke Tür.

ERSTE NOVIZE:

Der Richter! ...

ZWEITE NOVIZE: Holt sie ab!

RICHTER: Señora, steh zu Diensten;
ein Wagen ist vorm Tor.

MARIANA: Ich danke. Mutter Carmen,
ich rette viele Kinder, die meinen Tod beweinen.
Vergeßt nicht m e i n e Kinder.

CARMEN: Die Jungfrau mög dir beistehn!

MARIANA:

Ich gebe e u c h mein Herz! Gebt i h r mir einen Strauß!

Will mich noch einmal schmücken in meinen letzten Stunden.
Ich will das harte Kosen des Rings am Finger fühlen,
ums Haar mir die Mantille aus weichen Spitzen legen.
Wohl liebst du über alles die Freiheit – doch die Freiheit,
die Freiheit bin ich selbst! Ich gebe hin mein Blut:
es ist dein eignes Blut, ist aller Wesen Blut!
Man kann des Menschen Herz um keinen Preis sich kaufen!
Eine Nonne hilft ihr die Mantille anlegen. Mariana geht zum Hintergrund, laut rufend:
Ich weiß nun, was der Baum sagt, und was die Nachtigall!
Der Mensch ist ein Gefangner und kann sich nicht befreien.
O Freiheit in der Höhe! Du große wahre Freiheit,
nun zünde deine fernen Gestirne an für mich.
Lebt wohl! Und weint nicht mehr!
Zum Richter: Schnell fort!

CARMEN: Leb wohl, mein Liebling!

MARIANA:
Erzählet allen Kindern mein trauriges Geschick.

CARMEN:
Sein Tor mög Gott dir öffnen, weil du so sehr geliebt hast.
Ach, traurige Mariana! Du Rose aller Rosen!

ERSTE NOVIZE *knieend:*
Nun werden deine Augen nicht mehr des Lichts Orangen
beschauen, die der Abend legt auf Granadas Dächer.

Fernes Glockengeläut.

ERSTE NONNE *knieend:*
Nun wirst du nimmer fühlen, wie sanft die Frühlingsbrise
durch frühen Morgen weht und deine Fenster anrührt.

ZWEITE NOVIZE *kniet und küßt Marianas Rocksaum:*
Du schöne Maiennelke! Du Mond von Andalusien!,
an deinen Balustraden hoch oben harrt dein Bräutgam.

CARMEN:
Mariana, Marianita! Dein Ruf ist schön und traurig;
die Kinder in den Straßen solln deine Pein beklagen!

MARIANA *hinausgehend:*
Ich bin – ich **bin** die Freiheit, weil Liebe es so wollte!
Ich bin die Freiheit, Pedro!, für die du mich verlassen!
Ich selber bin die Freiheit, verwundet von den Menschen!
O Liebe, Liebe, Liebe und ewge Einsamkeiten!
Ein lebhaftes und feierliches Geläut durchdringt und erfüllt die Bühne, und ein Kinderchor beginnt die Romanze. Mariana geht langsam ab, gestützt auf Sor Carmen, gefolgt vom Richter. Alle andren knien. Ein wunderbares, delirierendes Licht ergießt sich über die Bühne.

CHOR DER KINDER *aus dem Hintergrund:*
Ach, welch Trauertag ist in Granada,
der die Steine selbst zu Tränen rührt,
sehn sie Mariana hingerichtet,
weil sie nichts verrät, durch nichts verführt!
Das Glockengeläut dauert an bei langsamem Vorhang.

DIE WUNDERSAME SCHUSTERSFRAU

Eine tolle Volkskomödie in zwei Akten und mit einem Vorspruch

Personen

SCHUSTERSFRAU

ROTE NACHBARIN

VIOLETTE NACHBARIN

SCHWARZE NACHBARIN

GRÜNE NACHBARIN

GELBE NACHBARIN

ERSTE BETSCHWESTER

ZWEITE BETSCHWESTER

KÜSTERSFRAU

DER AUTOR

SCHUSTER

KNABE

BÜRGERMEISTER

DON AMSEL

BURSCHE MIT DER SCHÄRPE

BURSCHE MIT DEM HUT

NACHBARINNEN

BETSCHWESTERN

PFAFFEN

VOLK

VORSPRUCH

Grauer Vorhang

DER AUTOR *kommt sehr eilig mit einem Brief in der Hand:* Hochverehrtes Publikum! *Pause.* Nein, nicht ›hochverehrtes‹ Publikum; einfach: Publikum! Nicht etwa, daß der Autor das Publikum nicht als ›hochverehrt‹ ansähe; im Gegenteil! Sondern weil hinter diesem Wort etwas steckt, so etwas wie ein empfindsames Angstgezitter und eine Art Gefleh, die Zuschauer möchten doch großmütig sein mit dem Spiel der Mimen und dem Kunstwerk des Genies. Der Dichter bittet nicht um Gutwilligkeit, sondern um Aufmerksamkeit – zumal er schon seit langem über die stachlige Schranke der Angst gesprungen ist, die die Autoren vor dem Zuschauerraum haben. Wegen dieser absurden Angst und weil das Theater vielfach eine Kassenangelegenheit ist, zieht sich die Dichtung von der Bühne zurück und sucht andre Umgebungen, in denen die Leute nicht darüber erschrecken, daß zum Beispiel ein Baum sich in ein Dunstwölkchen verwandelt, oder daß drei Fische aus Liebe zu einer Hand und einem Wort sich in drei Millionen Fische verwandeln, um den Hunger einer Menschenmenge zu stillen. Der Autor hat es vorgezogen, das dramatische Beispiel in den lebhaften Rhythmus einer volkstümlichen kleinen Schustersfrau zu verpflanzen. Überall lebt und regt sich das Geschöpf der Dichtung, das der Autor als Schustersfrau angezogen hat, mit der Lebhaftigkeit eines Sprichworts oder Liedchens. Das Publikum möge sich nicht wundern, wenn sie bisweilen heftig ist oder rauh, denn sie kämpft immer, liegt mit der Wirklichkeit, die

sie umgibt, im Kampf, oder mit der Phantasie, wenn sie als Wirklichkeit sichtbar wird.
(Man hört die Schustersfrau *rufen:* Ich will raus! Ich komm jetzt!)
Sei nicht so ungeduldig, herauszukommen; du kriegst doch kein Kleid mit langer Schleppe und unwahrscheinlichen Federn, sondern ein zerrissenes, verstehst du?, ein Schusterinnenkleid.
(Stimme der Schustersfrau: Ich will raus!)
Ruhe da!
Der Vorhang wird aufgezogen, und man sieht die Ausstattung in schwachem Licht.
So kommt auch der Morgen jeden Tag in die Städte, und das Publikum vergißt seine halbe Welt – die des Traums –, um zum Markt zu gehen, wie du in dein Haus, auf die Bühne, gehst, du wundersames Schustersfräuchen. *Das Licht nimmt allmählich zu.* Zunächst also kommst du von der Straße. *Man hört streitende Stimmen. Zum Publikum:* Guten Abend. *Er nimmt seinen Zylinderhut ab, aus dem von innen grünes Licht leuchtet; während er ihn senkt, spritzt ein Wasserstrahl heraus; er schaut etwas verschüchtert zum Publikum und geht ironisch rücklings ab.*
Entschuldigen Sie bitte. *Ab.*

ERSTER AKT

Im Haus des Schusters. Arbeitstisch und Werkzeug. Ganz weißer Raum. Großes Fenster, große Tür. Man sieht auf eine ebenfalls weiße Straße im Hintergrund, mit einigen grauen Türchen und Fenstern. Links und rechts Türen. Das Gesamt der Bühne soll bis zu den kleinsten Details Optimismus und überströmende Freude ausdrücken. Ein zartes orangefarbenes Licht – Mitte des Nachmittags – liegt auf der Bühne.

Während der Vorhang aufgeht, kommt die SCHUSTERSFRAU *von der Straße, wutschäumend, und bleibt in der Tür stehen. Sie trägt ein knallgrünes Kleid und straff nach hinten frisiertes Haar mit zwei großen Rosen. Sie sieht zugleich ungeschliffen und sanft aus:* Halts Maul! Freche Schnauze! Eitles Kirmesbild! Wenn ichs getan hab ... wenn ichs getan hab ... hab ichs getan, weil es mir paßte ... Wärst du nicht ins Haus gerannt, hätte ich dich übers Pflaster geschleift, verstaubte Schlange! Das sage ich, damit mich alle hören, die hinter den Fenstern stehn. Immer noch besser, mit einem Alten verheiratet zu sein als mit einem Einäugigen, wie du. Ich will kein Gerede mehr darüber, weder mit dir noch mit sonstwem; mit keinem, keinem, gar keinem. *Tritt ins Zimmer und schlägt heftig die Tür zu.* Ich weiß schon lange, daß man mit dieser Art Leuten nicht eine Sekunde reden kann ... aber ich hab die Schuld, ich und nochmal ich, denn ich sollte zu Hause bleiben, ich kanns fast nicht glauben – mit meinem Mann. Wenn mir je mal einer gesagt hätte – blond mit schwarzen Augen, und man muß wissen, was das für einen

Wert hat – mit der Figur und der himmlischen Haut – – daß ich mich mal verheiratet sehn würde mit ... ich könnte mir die Haare ausreißen. *Sie weint. Es klopft.* Wer ist da? *Keine Antwort. Es klopft wieder. Wütend:* Wer ist da?

KNABE *furchtsam:* Gut Freund.

SCHUSTERSFRAU *öffnet:* Du bists?

Süß und gerührt.

KNABE: Ja, liebe Frau Schusterin. Haben Sie geweint?

SCHUSTERSFRAU: Nein; da war so 'ne Mücke, so eine, die piiiii macht; die hat mich in dieses Auge gestochen.

KNABE: Soll ich darauf pusten?

SCHUSTERSFRAU: Nein, mein Goldjunge; es ist schon vorbei ... *Streichelt ihn.* Was willst du denn?

KNABE: Ich bringe die Lackschuhe; da!; sie haben fünf Duros gekostet; Ihr Mann soll sie in Ordnung bringen; sie gehören meiner großen Schwester, die so feine Haut hat und um die Taille zwei Schärpen trägt, weil sie zwei hat – eine für den einen und die andre für den andren Tag.

SCHUSTERSFRAU: Laß sie hier; sie werden bald gemacht.

KNABE: Mutter sagt, man möchte nicht so oft mit dem Hammer draufklopfen, weil der Lack sehr empfindlich ist und damit der Lack nicht kaputtgeht.

SCHUSTERSFRAU: Sag deiner Mutter, daß mein Mann sein Handwerk versteht; und daß sie es nur verstehen sollte, mit Lorbeer und Pfeffer das Essen ebenso gut zuzubereiten, wie mein Mann Schuhe repariert.

KNABE *verzieht weinerlich das Gesicht:* Seien Sie mir nicht bös, ich bins nicht schuld und lerne jeden Tag erfolgreich Grammatik.

SCHUSTERSFRAU *sanft:* Engelchen! Mein Schätzchen! Ich bin dir ja gar nicht bös! *Küßt ihn.* Nimm das Püppchen; gefällts dir? Dann nimms nur mit.

KNABE: Ich wills mitnehmen; ich weiß ja, daß Sie nie Kinder bekommen ...

SCHUSTERSFRAU: Wer hat dir das gesagt?

KNABE: Mutter sprach neulich davon und sagte: die Schustersfrau kriegt nie Kinder, und meine Schwester und die Gevatterin Rafaela haben gelacht.

SCHUSTERSFRAU *sehr nervös:* Kinder? Ich kriege sicher schönere als die; und viel einfacher und anständiger, denn deine Mutter ... du mußt nämlich wissen ...

KNABE: Da haben Sie Ihr Püppchen wieder. Ich mags nicht.

SCHUSTERSFRAU *reagierend:* Nein, nein, behalts doch, Herzblättchen! Ich hab ja nichts gegen dich!

Der Schuster – Samtanzug mit Silberknöpfen, Kniehose, rote Krawatte – kommt von links und geht zum Werktisch.

Behüt dich Gott!

KNABE *erschrocken:* Bleiben Sie gesund! Auf Wiedersehn! Alles Gute! Deo gratias!

Läuft rasch zur Straße.

SCHUSTERSFRAU: Auf Wiedersehn, Schätzchen! Wenn ich vor meiner Geburt krepiert wäre, brauchte ich diese Plackereien und Widerwärtigkeiten nicht zu ertragen. Ach, Geld! Geld! Wer dich erfunden hat, der hätte ohne Hände und Augen bleiben sollen.

SCHUSTER *am Werktisch:* Frau, was sagst du da ...?

SCHUSTERSFRAU: Was dich nichts angeht.

SCHUSTER: Mich geht überhaupt nichts an. Ich weiß ja, daß ich es aushalten muß.

SCHUSTERSFRAU: Ich muß es auch aushalten ... bedenk mal, daß ich achtzehn bin.

SCHUSTER: Und ich dreiundfünfzig ... Drum bin ich still und streite mich nicht mit dir ... ich weiß zu viel! ... Ich arbeite für dich ... und Gottes Wille geschehe ...

SCHUSTERSFRAU *bisher mit dem Rücken zu ihrem Mann, kehrt sich und geht sanft und bewegt auf ihn zu:* Nicht doch, Jungchen, sprich nicht so ...!!

SCHUSTER: Aber wenn ich erst vierzig oder vielleicht fünfundvierzig wäre ... ach! *Klopft einen Schuh heftig mit dem Hammer.*

SCHUSTERSFRAU *hitzig:* Dann wär ich dein Dienstmädchen, nicht? Wenn eine nicht gut sein kann fürs ... Und ich – bin ich vielleicht nichts wert?

SCHUSTER: Frau ... mäßige dich.

SCHUSTERSFRAU: Sind meine Frische und mein Gesicht nicht soviel wert wie alles Geld zusammen auf der Welt?

SCHUSTER: Frau ... die Nachbarn werden dich hören!

SCHUSTERSFRAU: Verflucht sei die Stunde, verflucht sei die Stunde, in der ich auf meinen Gevatter Manuel gehört habe!

SCHUSTER: Soll ich dir eine kalte Limonade machen?

SCHUSTERSFRAU: Dumm war ich, dumm, dumm! *Schlägt sich an die Stirn.* Mit den guten Partien, die ich gehabt habe.

SCHUSTER *will sie besänftigen:* Das erzählen auch die Leute.

SCHUSTERSFRAU: Die Leute? Das weiß man überall. Das Beste der ganzen Gegend. Vor allem hat mir Emiliano gefallen ... du hast ihn gekannt ..., der ein schwarzes Pferdchen ritt ... voller Troddeln und Spiegelchen, mit einer Weidengerte in der Hand und blitzenden Kupfersporen. Und was für eine Capa trug er im Winter! Die Aufschläge mit blauem Seidensamt ... der Seidenbesatz ...!

SCHUSTER: So eine hatte ich auch mal. Das sind ganz besonders kostbare Capas.

SCHUSTERSFRAU: Du? Was du schon gehabt haben kannst! Warum machst du dir bloß Illusionen? Ein Schuster hat sein Lebtag noch kein solches Kleidungsstück gehabt ...

SCHUSTER: Aber Frau, siehst du denn nicht ...?

SCHUSTERSFRAU *unterbrechend:* Ich hatte auch noch einen andren Bewerber ... *Der Schuster klopft heftig auf den Schuh.* Der war aus ziemlich feinem Haus ... so achtzehn Jahre wird er gewesen sein – das sagt man so einfach! Achtzehn Jahre!

SCHUSTER *bewegt sich unruhig hin und her:* Ich war auch mal achtzehn.

SCHUSTERSFRAU: Nie in deinem Leben bist du achtzehn gewesen. Der war aber wirklich achtzehn und sagte mir Dinge ... Du sollst sehn ...

SCHUSTER *hämmert wütend:* Willst du wohl schweigen? Du bist meine Frau, ob du willst oder nicht, und ich bin dein Mann. Du bist ja damals beinah umgekommen – kein Hemd am Leib, kein Dach überm Kopf. Warum hast du mich denn geheiratet! Du bist dünkelhaft; eingebildet, eingebildet!

SCHUSTERSFRAU *steht auf:* Halt den Mund! Paß bloß auf, daß ich nicht mehr sage als klug ist, und mach dich an deine Arbeit. Das ist ja wohl unwahrscheinlich! *Zwei Nachbarinnen mit Mantillas gehen lächelnd am Fenster vorbei.* Wer hätte mir je sagen können, du alter Trunkenbold, daß du mich so behandeln würdest! Schlag mich doch, wenn du Lust hast, los, schmeiß mir doch den Hammer an den Kopf!

SCHUSTER: Aber Frau, mach mir doch keinen Skandal; sieh doch, da kommen schon Leute! Ach, Herr im Himmel! *Die zwei Nachbarinnen gehen wieder vorbei.*

SCHUSTERSFRAU: Ich habe mich gedemütigt. Ich Dummkopf! Dummkopf! Dummkopf! Verflucht sei mein Gevatter Manuel! Verflucht seien die Nachbarn! Ich Dummkopf! Dummkopf! Dummkopf! *Ah, indem sie sich an den Kopf schlägt.*

SCHUSTER *betrachtet sich in einem Spiegel und zählt seine Runzeln:* Eine, zwei, drei, vier ... und tausend. *Immer mit dem Spiegel.* Aber mir ist ganz recht geschehn, jawohl Herr. Denn – wolln mal sehn: Warum hab ich mich verheiratet? Ich hätte verstehen müssen, nachdem ich so viele Romane gelesen habe, daß die Frauen allen Männern, daß aber nicht alle Männer allen Frauen gefallen. Und wie gut hab ichs gehabt! Meine Schwester, meine Schwester hat schuld, meine Schwester mit ihrem ewigen »Und du wirst ganz allein bleiben«, ja, und was sonst noch! Das ist mein Ruin. Der Teufel soll meine Schwester holen – sie ruhe in Frieden! *Draußen hört man Stimmen.* Was kann das sein?

ROTE NACHBARIN *mit ihren in der gleichen Farbe gekleideten Töchtern; schneidig:* Guten Abend!

SCHUSTER *kratzt sich den Kopf:* Guten Abend.

ROTE NACHBARIN: Sag deiner Frau, sie soll mal rauskommen.

Mädchen, wollt ihr wohl nicht mehr weinen? Sie soll rauskommen; wolln mal sehn, ob sie mir so ins Gesicht schwätzt wie hinter meinem Rücken!

SCHUSTER: Ach, allerbeste Nachbarin, machen Sie mir bloß keinen Skandal – bei den Nägelchen Unsres Herrn! Was kann ich denn da tun? Begreifen Sie doch meine Lage – mein ganzes Leben hab ich vor dem Heiraten Angst gehabt... denn heiraten ist eine ernste Angelegenheit, und zu guter Letzt... Sie sehn ja...

ROTE NACHBARIN: Sie armer Kerl! Es wäre richtiger für Sie gewesen, Sie hätten sich mit einer standesgemäßen Frau verheiratet – mit einem dieser Mädchen, will ich mal sagen, oder mit einer andren im Dorf.

SCHUSTER: Mein Haus ist kein Haus, sondern – eine Radaubude!

ROTE NACHBARIN: Mir bricht das Herz! Soviel Glück, wie Sie sonst im Leben gehabt haben!

SCHUSTER *sieht sich um, ob seine Frau etwa kommt:* Vorgestern... zerschnitt sie den Schinken, den wir für die kommenden Feiertage verwahrt hatten, und wir haben ihn ganz aufgegessen. Gestern hatten wir den ganzen Tag Petersiliensuppe mit Ei; und als ich deswegen etwas sagte, mußte ich hintereinander drei Glas ungekochte Milch trinken.

ROTE NACHBARIN: Die Bestie!

SCHUSTER: Deshalb, liebste, beste Nachbarin, wäre ich Ihnen von Herzen dankbar, wenn Sie wieder weggingen!

ROTE NACHBARIN: Ach, wenn Ihre Schwester noch lebte! Die war ganz gewiß...

SCHUSTER: Da siehst du... und nimm doch gleich deine Schuhe mit; sie sind fertig. *Durch die linke Tür guckt die Schustersfrau herein und sieht zu, ohne gesehen zu werden.*

ROTE NACHBARIN *zimperlich:* Was rechnest du mir dafür...? Die Zeiten werden immer schlechter...

SCHUSTER: Was du willst... Was für mich und für dich richtig ist...

ROTE NACHBARIN *stößt ihre Töchter an:* Sind zwei Peseten genug?

SCHUSTER: Ganz wie du willst!

ROTE NACHBARIN: Na schön! ... Ich gebe dir eine ...

SCHUSTERSFRAU *kommt wütend hervor:* Diebin! *Die Weiber kreischen erschrocken.* Du wagst es, diesen Menschen derart zu bestehlen? *Zu ihrem Mann:* Und du – dich bestehlen zu lassen? Die Schuhe her! Wenn du dafür nicht zehn Peseten zahlst, bleiben sie hier!

ROTE NACHBARIN: Hinterlistige Eidechse! Eidechse!

SCHUSTERSFRAU: Sei ja vorsichtig mit deinen Ausdrücken!

DIE TÖCHTER: Uh! Wir wollen weg; weg, um Gottes willen!

ROTE NACHBARIN: Du wirst ja prachtvoll von deiner Frau bedient – wohl bekomms! *Schnell ab.*

SCHUSTER *schließt Tür und Fenster:* Hör mich einen Augenblick an ...

SCHUSTERSFRAU *sich erinnernd:* Eidechse ... Eidechse ... was ... was ... was willst du mir sagen?

SCHUSTER: Hör mal, mein Kind: Mein Leben lang war ich ängstlich besorgt, den Skandal zu vermeiden. *Schluckt fortwährend Speichel.*

SCHUSTERSFRAU: Du unterstehst dich, mich Skandalmacherin zu nennen, weil ich dein Geld verteidigt habe?

SCHUSTER: Ich habe dir nicht mehr gesagt, als daß ich vor dem Skandal geflohen bin wie die Geckos vorm kalten Wasser.

SCHUSTERSFRAU *rasch:* Geckos! Ekelhaft!

SCHUSTER *mit Geduld gewappnet:* Man hat mich herausgefordert, man hat mich manchmal sogar beleidigt, und obwohl ich nichts weniger bin als feige, bin ich ohne Seele in meinem Seelenschrank geblieben, weil ich es nicht ausstehn kann, mich von Leuten umringt zu sehn und im Munde der Gevatterinnen und Nichtstuer zu wissen. Hast du mich gut verstanden? Das ist mein letztes Wort.

SCHUSTERSFRAU: Und? Was geht mich das alles an? Ich habe dich geheiratet – ist dein Haus nicht sauber? Ißt du nicht?

Trägst du nicht Kragen und Manschetten, die du in deinem ganzen Leben nicht getragen hast? Trägst du nicht eine wunderbare Uhr, die ich jeden Abend aufziehe, mit silberner Kette und Aventurinen? Was willst du mehr? Ich bin alles, was du willst – aber keine Sklavin. Ich will nun mal immer meinen Willen haben.

SCHUSTER: Erzähl mir nichts ... drei Monate sind wir verheiratet; ich liebe dich – und du ärgerst mich grün. Merkst du nicht, daß ich nicht mehr zum Scherzen aufgelegt bin?

SCHUSTERSFRAU *ernst und träumerisch:* Du liebst mich, liebst mich ... Aber *(brüsk)* was heißt das – du liebst mich? Dies – du liebst mich?

SCHUSTER: Du glaubst wohl, daß ich nichts sehe, aber ich sehe. Ich weiß, was du tust und nicht tust, und ich hab es satt – bis an den Hals – bis hierher! *Geste.*

SCHUSTERSFRAU *wütend:* Es ist mir ganz gleich, ob du es satt hast oder nicht, denn du bist mir völlig schnuppe; jetzt weißt du Bescheid! *Weint.*

SCHUSTER: Kannst du nicht etwas leiser mit mir sprechen?

SCHUSTERSFRAU: Du verdienst, weil du dumm bist, daß ichs auf der Straße ausschreie.

SCHUSTER: Ich glaube, daß dies zum Glück bald aufhört; ich weiß nicht, wie ich noch mehr Geduld aufbringen soll.

SCHUSTERSFRAU: Heute essen wir nicht ... du kannst dir dein Essen woanders auftreiben.

Schnell ab, wie eine Furie.

SCHUSTER: Morgen *(lächelnd)* mußt du es dir vielleicht auch selber suchen. *Geht zum Arbeitstisch. Durch die Mitteltür kommt der*

BÜRGERMEISTER *dunkelblau gekleidet, mit mächtiger Capa und langem Amtsstab, der an den Enden mit Silber beschlagen ist. Er spricht langsam und recht hämisch:*

An der Arbeit?

SCHUSTER: An der Arbeit, Herr Bürgermeister.

BÜRGERMEISTER: Viel Geld?

SCHUSTER: Gerade ausreichend. *Arbeitet weiter.*

BÜRGERMEISTER *guckt sich neugierig nach allen Seiten um:* Es ist nicht gut mit dir bestellt.

SCHUSTER *ohne aufzusehen:* Nein.

BÜRGERMEISTER: Die Frau?

SCHUSTER *zustimmend:* Die Frau!

BÜRGERMEISTER *setzt sich:* Das kommt davon, wenn man in deinem Alter heiratet ... In deinem Alter muß man schon Witwer sein, allerwenigstens von einer ... ich bins von vier: Rosa, Manuela, Visitación und Enriqueta Gómez, die die letzte war: alle liebe Mädel, liebten den Tanz und das saubere Wasser. Alle, ohne Ausnahme, haben diesen Stock verschiedene Male ausprobiert. In meinem Hause ... in meinem Hause wird genäht und gesungen ...

SCHUSTER: Na, da sehn Sie ja, wie mein Leben so ist. Meine Frau ... liebt mich nicht. Sie spricht am Fenster mit allen, sogar mit Don Amsel, und das Blut fängt mir an zu kochen.

BÜRGERMEISTER *lachend:* Das kommt davon, weil sie ein so lustiges kleines Mädchen ist – das ist ganz natürlich.

SCHUSTER: Bah! Ich bin überzeugt ... ich glaube, sie tut das, um mich zu quälen, denn ich bin sicher, daß sie mich haßt. Anfangs glaubte ich, daß ich sie bändigen könnte mit meinem so sanften Charakter und meinen kleinen Geschenken: Korallenhalsketten, Muschelkämme, Gürtel und sogar – Strumpfbänder! Aber sie ... ist immer sie!

BÜRGERMEISTER: Und du? Du bist immer du; zum Teufel! Was ich da sehe, kann ich kaum glauben – ein Mann, der sich einen Mann nennt, muß nicht nur eine, sondern achtzig Frauen in den Senkel stellen können. Wenn deine Frau am Fenster mit allen spricht, wenn deine Frau bös mit dir wird, so darum, weil du's so willst, weil du keinen Schwung hast. Die Frauen fest um die Hüfte genommen, tüchtige Fußtritte und angebrüllt – und wenn sie dann noch wagen Kikeriki zu machen, gibts nichts andres mehr als den Stock. Rosa, Manuela, Visitación und Enriqueta Gómez, die die letzte gewesen ist, können dir ein Lied davon singen – von der andren Welt her, wenn sie da zufällig sein sollten.

SCHUSTER: Ich getrau mich einfach nicht, Ihnen was Genaues zu sagen. *Sieht sich sorgsam um.*

BÜRGERMEISTER *herrisch:* Sags!

SCHUSTER: Ich weiß, daß es unmenschlich ist ... aber ... ich liebe meine Frau nicht.

BÜRGERMEISTER: Zum Teufel!

SCHUSTER: Jawohl, Herr – zum Teufel!

BÜRGERMEISTER: Warum denn, du geriebener Gauner, hast du dich bloß verheiratet?

SCHUSTER: Da liegt der Hase im Pfeffer! Ich kann es mir auch nicht erklären. Meine Schwester, meine Schwester ist dran schuld. Mit ihrem ›du wirst ganz allein bleiben‹ und so weiter und so fort, und was weiß ich, was noch. Ich hatte etwas Geld, war gesund und sagte – na, dann los! Aber – hochgebenedeite alte Einsamkeit! Der Teufel soll meine Schwester holen – sie ruhe in Frieden!

BÜRGERMEISTER: Da hast du dich aber schön blamiert!

SCHUSTER: Jawohl, Herr – schön blamiert hab ich mich ... ich kanns aber nicht mehr aushalten. Ich wußte überhaupt nicht, was eine Frau ist. Und Sie – gleich vier. Ich bin nicht in dem Alter, um den Tänzen zu widerstehn.

SCHUSTERSFRAU *singt drinnen, wild:*

Hab die Tanzerei genossen,
fertig mit den ganzen Possen,
jetzt wird nämlich scharf geschossen!

SCHUSTER: Da hören Sie's!

BÜRGERMEISTER: Was willst du nun anfangen?

SCHUSTER: Kuckuck im Walde. *Geste.*

BÜRGERMEISTER: Hast du den Verstand verloren?

SCHUSTER *erregt:* Das ›Schuster, bleib bei deinen Leisten‹ ist aus für mich. Fertig. Ich bin ein friedlicher Mensch. Ich bin nicht an diese Schreierei gewöhnt; ich bin nicht daran gewöhnt, im Munde aller Leute zu sein.

BÜRGERMEISTER *lachend*: Überleg dir nochmal, was du da gesagt hast und was du tun willst. Du bist imstande es zu tun; aber sei nicht blöd. Es ist traurig, daß ein Mann wie du nicht die Energie hat, die er haben sollte.

SCHUSTERSFRAU *kommt mit einer rosa Puderdose durch die linke Tür, pudert sich und säubert die Augenbrauen:*
Guten Abend.

BÜRGERMEISTER: Schönen guten Abend. *Zum Schuster:* Wie hübsch! Sehr hübsch!

SCHUSTER: Meinen Sie?

BÜRGERMEISTER: Reizend, wie Sie sich die Rosen ins Haar gesteckt haben! Und wie gut die riechen!

SCHUSTERSFRAU: Sie haben doch genug auf Ihren Balkons.

BÜRGERMEISTER: In der Tat. Haben Sie Blumen gern?

SCHUSTERSFRAU: Ich? Und ob – mein ganzes Entzücken! Ich würde Blumentöpfe bis zum Dach aufstellen. An der Tür, an den Wänden entlang. Aber diesem ... diesem ... gefallen sie nicht. Natürlich; wenn man sein Leben lang Stiefel macht ... was wollen Sie? *Setzt sich ans Fenster.*
Also – guten Abend.
Sieht auf die Straße und kokettiert.

SCHUSTER: Sehn Sie's nun?

BÜRGERMEISTER: Ein bißchen unwirsch ... aber eine wunderhübsche Frau. Eine ideale Taille!

SCHUSTER: Sie kennen sie nicht.

BÜRGERMEISTER: Psch! *Majestätisch abgehend.* Auf morgen! Wollen mal sehen, obs in Ihrem Kopf heller wird. Zu Bett, Mädel! Wie schade um die Taille! *Betrachtet die Schustersfrau.* Na schön! Und die Wellen im Haar ... das muß man gesehen haben! *Ab.*

SCHUSTERSFRAU *singend:*

Deine Mutter hat nen König,
doch die Karten haben vier:
Schellenkönig, Herzenskönig,
König Treff und König Pik.

Sie nimmt, am Fenster sitzend, einen Stuhl und dreht ihn auf einem Bein herum.

SCHUSTER *nimmt einen andren Stuhl und dreht ihn auf einem Bein in entgegengesetzter Richtung herum:* Aber du weißt doch, daß ich hierin abergläubisch bin; du weißt doch, daß das, was du da tust, für mich dasselbe ist, wie wenn du auf mich schössest. Warum tust du's denn doch?

SCHUSTERSFRAU *läßt den Stuhl los:* Was hab ich denn getan? Hab ich dir nicht immer gesagt, daß du mir nicht eine Bewegung gönnst?

SCHUSTER: Ich habs satt, dir auseinanderzusetzen . . .; aber das ist ja ganz zwecklos. *Will hinausgehen, aber die Schustersfrau fängt wieder mit dem Stuhldrehen an; der Schuster läuft von der Tür zurück und dreht seinen Stuhl.* Warum du mich wohl nicht fortgehn läßt, Frau?

SCHUSTERSFRAU: Jesus! Ich wünsche ja gerade, daß du fortgehst.

SCHUSTER: Dann laß mich doch!

SCHUSTERSFRAU *wütend:* So geh doch! *Draußen hört man eine Flöte mit Gitarrenbegleitung eine alte kleine Polka spielen; der Rhythmus wird komisch betont. Der Schuster flieht eilends links, während die Schustersfrau den Takt mit dem Kopf markiert. Sie singt:* Larán . . . larán . . .

Die Flöte hat mir immer besonders gut gefallen. Ich war immer wahnsinnig begeistert von ihr . . . Die Tränen kommen mir fast in die Augen . . . Ein Meisterwerk! Larán . . . larán . . . Hör bloß . . . Das sollte er hören, möcht ich . . . *Sie steht auf und beginnt zu tanzen, wie wenn sie mit imaginären Verehrern tanze.* Ach, Emiliano! Was hast du doch für entzückende Gürtelchen! . . . Nein . . . nein, nicht doch . . . da werd ich ja ganz rot . . . Jesus Maria! Siehst du denn nicht, daß uns die andren sehn? Nimm ein Taschentuch, gib auf mein Kleid acht. Ich liebe dich, dich . . . dich . . . Ach ja! So! Morgen kommst du auf dem weißen Pferdchen, das mir so gut gefällt. *Lacht; die Musik hört auf.* Wie schade! Das heißt, eine mit dem Honig auf den Lippen stehn lassen ... Was ... *Vorm Fenster erscheint Don Amsel, mit schwarzem Frack und Kniehose angetan; seine Stimme ist zittrig; er bewegt den Kopf wie eine Marionette am Draht.*

DON AMSEL: Sssssssst!

SCHUSTERSFRAU *ohne hinzusehen, mit dem Rücken zum Fenster:* Pin, pin, pio, pio, pio!

AMSEL *noch näherkommend:* Sssssssst! Blanke kleine Schusterin – wie das Herz der Mandel – auch so ein ganz kleines bißchen bitter – liebe kleine Schusterin – Binse aus glühendem Gold – – Schustersfräuchen – schöne Otero meines Herzens – –

SCHUSTERSFRAU: Und was sonst noch alles, Don Amsel; ich hab bisher gar nicht gewußt, daß die Vögelchen auch sprechen können. Aber falls hier irgendwo so eine schwarze Amsel herumhüpft, ganz schwarz und alt, dann soll sie wissen, daß ich sie erst später singen hören kann ... pin, pio, pio, pio.

AMSEL: Wenn die Schatten des Sonnenuntergangs mit ihren zarten Schleiern die Welt bedecken und die Straße frei ist von Leuten, dann komm ich wieder. *Nimmt eine Prise Schnupftabak und niest auf den Hals der Schustersfrau.*

SCHUSTERSFRAU *dreht sich wütend um und verdrischt Don Amsel, welcher zittert:* Ahhhh! *Mit angeekeltem Gesicht:* Und wenn du nicht mehr wiederkommst, unverschämter Kerl! Du Marionettenamsel, du Henkel an einem Nachtlicht ... lauf, hau ab ... hat man sowas schon gesehn? Das nenn ich niesen! Ganz besonders vielmals Gott befohlen! Ekelhaft! *Amsel ab.*

Vorm Fenster bleibt stehn der

BURSCHE MIT DER SCHÄRPE *den flachen Hut ins Gesicht gedrückt und mit allen Zeichen großen Kummers:* Schnappen Sie ein bißchen frische Luft, kleine Schusterin?

SCHUSTERSFRAU: Wie Sie auch; genau so.

BURSCHE MIT DER SCHÄRPE: Und immer allein ... wie schade!

SCHUSTERSFRAU *spitz:* Wieso schade?

BURSCHE MIT DER SCHÄRPE: Eine Frau wie Sie – mit solchem Haar und einem so wunderbaren Brusttuch ...

SCHUSTERSFRAU *noch spitzer:* Aber warum schade?

BURSCHE MIT DER SCHÄRPE: Weil Sie verdienen, auf Postkarten abgebildet zu sein, statt hier ...

SCHUSTERSFRAU: So? ... Mir gefallen die Postkarten auch gut, vor allem solche mit Anbetern, die auf Reisen gehn ...

BURSCHE MIT DER SCHÄRPE: Ach, allerliebste Schusterin – – mir ist so – heiß!

Sie plaudern weiter, während der

SCHUSTER *eintritt und zurückprallt:* Mit aller Welt und um diese Zeit! Was sollen bloß die Leute sagen, die jetzt zum Rosenkranz in die Kirche gehn! Was wird man im Casino sagen?! Die werden mich schön durchhecheln! In jedem Haus wird man mich bis auf die Unterhosen – und so weiter – ausziehn. *Die Schustersfrau lacht.* Herr im Himmel! Ich hab recht: ich geh! Die Küstersfrau möcht ich reden hören; und die Pfarrer? Was werden erst die Pfarrer sagen?! Das vor allem muß ich hören. *Geht verzweifelt nebenan hinein.*

BURSCHE MIT DER SCHÄRPE: Wie soll ich es Ihnen sagen ...? Ich liebe Sie, ich liebe dich wie ...

SCHUSTERSFRAU: »Ich liebe Sie, ich liebe dich« – klingt wahrhaftig so, wie wenn man mich mit einer Feder hinterm Ohr kitzele. »Ich liebe Sie, ich liebe dich ...«

BURSCHE MIT DER SCHÄRPE: Wieviel Kerne hat die Sonnenblume?

SCHUSTERSFRAU: Was weiß ich!

BURSCHE MIT DER SCHÄRPE: Sovielmal seufze ich jede Minute wegen Ihnen, wegen dir ... *Sehr nah.*

SCHUSTERSFRAU *jäh:* Halt den Mund. Ich kann dich sprechen hören, weil es mir paßt und weil es nett ist, aber sonst gibts nichts, verstanden? Das wäre ja noch schöner!

BURSCHE MIT DER SCHÄRPE: Das ist doch nicht gut möglich. Hast du etwa einen andren?

SCHUSTERSFRAU: Hör mal – verschwinde!

BURSCHE MIT DER SCHÄRPE: Ich gehe nicht von der Stelle ohne dein Ja. Ach, mein Herzensschustersfräuchen, gib mir doch dein Wort! *Will sie umarmen.*

SCHUSTERSFRAU *schlägt heftig das Fenster zu:* Zudringlicher Kerl! Verrückter! ... Wenn ich dir wehgetan habe, mußt du's eben ertragen! ... Als ob ich zu nichts andrem mehr da wär, als zum ... zuuum ... Kann man denn in diesem Dorf mit keinem reden? Soviel ich sehe, gibts in diesem Dorf nur zweierlei: Nonne oder Aufwaschlappen ... Das wars, was ich zu sehen bekam! *Mit einem Ausdruck des Schnupperns eilends ab.* Au, mein Essen steht auf dem Feuer! Nichtsnutziges Weib! *Das Licht wird allmählich schwächer. Der*

SCHUSTER *kommt mit großer Capa, ein Wäschebündel in der Hand:* Entweder bin ich ein andrer Mensch oder ich kenne mich nicht mehr! Ach, mein Häuschen! Ach, mein Arbeitstisch! Pech, Nägel, Kalbleder ... Schon gut. *Geht zur Tür, weicht zurück: stößt auf zwei Betschwestern bei der Tür.*

ERSTE BETSCHWESTER: Man ruht sich aus, nicht wahr?

ZWEITE BETSCHWESTER: Es tut Ihnen gut, daß Sie sich ausruhen!

SCHUSTER *übellaunig:* Guten Abend!

ERSTE BETSCHWESTER: Zu Bett, zu Bett, Meister.

ZWEITE BETSCHWESTER: Zu Bett, zu Bett! *Beide ab.*

SCHUSTER: Ja, man ruht sich aus ... Natürlich haben sie nicht durchs Schlüsselloch geguckt! Hexen! Biester! Paßt nur auf euren spitzen Ton auf, in dem ihr mir das gesagt habt! Klar ... wenn im ganzen Dorf von nichts andrem mehr geschwatzt wird als davon, ob ich – ob sie – ob die Burschen ...! Herrgott! Der Teufel soll meine Schwester holen – sie ruhe in Frieden! Aber lieber allein als mit dem Finger der Leute auf einem! *Schnell ab; er läßt die Tür offen. Von links kommt die*

SCHUSTERSFRAU: Das Essen ist fertig ... hörst du? *Sie geht bis zur rechten Tür.* Hörst du nicht? Nanu, er wird sich doch nicht unterstanden haben, zur Kaffeebude zu gehn und die Tür offen zu lassen ... und ohne die Stiefel fertig zu machen? Na, wenn er wiederkommt, kriegt er was von mir zu hören! Der soll was von mir zu hören kriegen! Was für Kerle sind die Männer ... wie sie uns mißbrauchen ... und wie ver ... ver ... Teufel auch! ... *Mit einem kleinen Unlustgefühl:* Hm, ziemlich kühl hier! *Sie zündet die Öllampe an, und von der Straße kommt das Geläut der Herden, die ins Dorf zurückkehren. Sie lehnt sich aus dem Fenster.* Prachtsherden! Was mich betrifft, so machen mich die Schäfchen blöd. Da schau mal einer ... das weiße, ganz kleine, das fast noch nicht gehen kann. Ja, ja! Aber das dicke, große, widerliche, das das kleine immerzu tritt ... *Laut:* Hirt, paß doch auf! Siehst du denn nicht, daß dein jüngstes Lämmchen niedergetrampelt wird? *Pause.* Natürlich, das geht mich gar nichts an ... Was, das geht mich gar nichts an? Roher Patron! ... Und ob ... *Geht vom Fenster fort.* Wo mag nur dieser irre Mensch hingegangen sein? Wenn er noch zwei Minuten wegbleibt, esse ich allein. Ich bin mir selbst genug und übergenug ... Wo ich ein so schönes Essen gemacht hab ... Mein Cocido mit Bergkartoffeln, zwei grünen Pfefferschoten, Weißbrot, einem bißchen Magerspeck ... und Honig mit Kürbis und Zitronenschale obendrauf – denn zubereiten, das muß man können, das muß man können – und ich habs in den Fingerspitzen! *Während des ganzen Monologs zeigt sie sich sehr geschäftig, läuft hin und her, stellt die Stühle zurecht, schneuzt den Docht und streicht sich das Kleid glatt.*

KNABE *an der Tür:* Bist du noch immer bös?

SCHUSTERSFRAU: Herzblättchen seiner Nachbarin – wohin?

KNABE *an der Tür:* Du schimpfst mich doch nicht mehr aus, gelt? Denn meine Mutter, die mich manchmal haut, hab ich fünf Zentner lieb, aber dich hab ich sechs und einen halben lieb ...

SCHUSTERSFRAU: Wie kommts bloß, daß du so goldig bist? *Setzt den Knaben auf ihren Schoß.*

KNABE: Ich wollte dir was sagen, was dir niemand sagen will. Geh du, geh du, geh du – und niemand wollte – und da sag-

ja gesagt. Ach Gott, mein armes Männchen, was muß man dir alles vorgeschwätzt haben!

KÜSTERSFRAU *tritt ein:* Nimm dich zusammen, Frau!

SCHUSTERSFRAU: Nein, ich füge mich nicht, ich füge mich nicht! Ach, ach! *Durch die Tür kommen nach und nach grellfarbig gekleidete Nachbarinnen, große Gläser mit erfrischenden Getränken in der Hand. Sie laufen im Kreis, rennen, gehen ein und aus – alles um die Schustersfrau herum, die auf dem Stuhl sitzt und mit der Genauigkeit und dem Rhythmus eines Tanzes schreit. Die großen Röcke öffnen sich bei den Drehungen. Alle sind komisch in ihrem Kummer.*

GELBE NACHBARIN: Eine Erfrischung.

ROTE NACHBARIN: Eine kleine Erfrischung.

GRÜNE NACHBARIN: Für das Blut.

SCHWARZE NACHBARIN: Aus Zitrone.

VIOLETTE NACHBARIN: Aus Sarsaparille.

ROTE NACHBARIN: Pfefferminz ist besser.

VIOLETTE NACHBARIN: Nachbarin.

GRÜNE NACHBARIN: Liebe Nachbarin.

SCHWARZE NACHBARIN: Schusterin.

ROTE NACHBARIN: Liebe Schusterin.

Die Nachbarinnen machen einen Höllenlärm. Die Schustersfrau heult schreiend.

Vorhang

ZWEITER AKT

Dieselbe Ausstattung. Links der zur Seite gestellte Werktisch. Rechts ein Schanktisch; eine große irdene Schüssel darauf. Zwei Tische. Die Schustersfrau spült Gläser in der Schüssel. Sie steht hinter dem Schanktisch in einem flammend roten ärmellosen Kleid mit weitem Rock und reinigt mit großem Ungestüm Gläser und Becher, die sie auf den Schanktisch stellt. An einem Tisch sitzt der Bursche mit dem Hut, den er tief ins Gesicht gedrückt hat, am andren Don Amsel mit einem Erfrischungsgetränk. Der Bursche mit der Schärpe und dem flachen Hut kommt. Er ist traurig; seine Arme hangen herab, und er sieht die Schustersfrau auf das zärtlichste an. – Der Regisseur soll den Schauspieler, der diesen Typ auch nur im geringsten übertreibt, mit dem Stock über den Kopf hauen. Niemand darf übertreiben. Die Posse erfordert durchwegs Natürlichkeit. Der Autor hat es auf sich genommen, diesen Typus zu zeichnen, der Schneider, ihn anzuziehen. Einfachheit! – Der Bursche mit der Schärpe bleibt bei der Tür stehen. Don Amsel und der Bursche mit dem Hut drehen die Köpfe und sehen ihn an. – Fast eine Filmszene, deren Ausdruck durch die Blicke und den Gesamteindruck geformt wird.

SCHUSTERSFRAU *hört auf zu spülen und sieht den Burschen mit der Schärpe fest an. Schweigen:* Nur herein.

BURSCHE MIT DER SCHÄRPE: Wenn Sie wünschen ...

SCHUSTERSFRAU *erstaunt:* Ich? Sie machen mir nicht die geringste Sorge; aber da ich Sie an der Tür sehe ...

BURSCHE MIT DER SCHÄRPE: Wie Sie wollen. *Lehnt sich an den Schanktisch; sich aufstützend. Murmelnd:* Noch einer, mit dem ich ...

SCHUSTERSFRAU: Was nehmen Sie?

BURSCHE MIT DER SCHÄRPE: Was Sie mir empfehlen.

SCHUSTERSFRAU: Also die Tür.

BURSCHE MIT DER SCHÄRPE: Herr im Himmel, wie sich die Zeiten ändern!

SCHUSTERSFRAU: Denken Sie bloß nicht, daß ich zu heulen anfange. So. Nehmen Sie einen Becher, einen Kaffee, einen Fruchtsaft? Na?

BURSCHE MIT DER SCHÄRPE: Fruchtsaft.

SCHUSTERSFRAU: Stieren Sie mich nicht so an, sonst verschütte ich den Saft.

BURSCHE MIT DER SCHÄRPE: Ach! Ich komme ja fast um. Ach!

Zwei Dorfschönheiten mit riesigen Fächern gehen am Fenster vorbei. Sie gucken herein, bekreuzigen sich entrüstet, bedecken sich die Augen mit den Fächern und trippeln mit ganz kleinen Schrittchen weiter.

SCHUSTERSFRAU: Die Limonade.

BURSCHE MIT DER SCHÄRPE *sieht sie an:* Ach!

BURSCHE MIT DEM HUT *sieht zu Boden:* Ach!

DON AMSEL *sieht zur Decke:* Ach!

SCHUSTERSFRAU *sieht den drei ›Achs‹ nach:* Himmelherrgottaaaachch! Ist das hier eine Taverne oder ein Krankenhaus? Das geht zu weit! Wenn ich mich nicht erhalten müßte mit diesen Weinchen und dem ganzen Klüngel, weil ich allein bin, weil mein armes Herzensmännchen durch eure Schuld gegangen ist, würde ich das nicht aushalten können. Was habt ihr mir zu sagen? Ich muß euch wohl auf die Straße setzen.

DON AMSEL: Gut gesagt, gut, sehr gut.

BURSCHE MIT DEM HUT: Du hast eine Taverne aufgemacht, und wir können hier sitzen solang wir wollen.

SCHUSTERSFRAU *wütend:* Was? Was? *Der Bursche mit der Schärpe geht zögernd und allmählich hinaus; Don Amsel steht lächelnd auf und tut so, als ob er in geheimem Einverständnis mit der Schustersfrau wiederkomme.*

BURSCHE MIT DEM HUT: Was ich gesagt habe.

SCHUSTERSFRAU: Schön, du hast was gesagt; aber ich sage noch mehr, und ihr könnt euchs hinter die Ohren schreiben, du und das ganze Dorf. Seit vier Monaten ist mein Mann fort, aber ich lasse mich mit keinem ein, nein – nie!, denn eine verheiratete Frau ist verheiratet nach Gottes Gebot. Und keiner macht mir Eindruck, verstehst du? Ich hab die Natur meines Großvaters, Gott hab ihn selig, der war Zureiter und das, was man einen Mann nennt. Ich war und bleibe anständig. Ich bin mit meinem Mann verheiratet. Also bis zum Tod.

Don Amsel rasch zur linken Tür; er macht Zeichen, die eine Verbindung zwischen ihm und der Schustersfrau vorgeben sollen.

Bursche mit dem Hut *steht auf:* Ich habe so viel Mumm, daß ich einen Stier bei den Hörnern packen und sein Genick in den Sand drücken könnte; danach würde ich mit diesen meinen Zähnen sein Gehirn roh fressen, und ich bin sicher, ich würde nicht müde, reinzubeißen. *Schnell ab, während Don Amsel sich nach links flüchtet.*

Schustersfrau *mit den Händen am Kopf:* Jesus, Jesus, Jesus, Jesus. *Setzt sich. Der*

Knabe *kommt, geht von hinten auf sie zu und bedeckt ihr die Augen mit den Händen:* Wer bin ich?

Schustersfrau: Mein Bübchen, mein kleiner Hirt von Bethlehem.

Knabe: Da bin ich. *Sie küssen sich.*

Schustersfrau: Willst du was knabbern?

Knabe: Wenn du mir was geben willst ...

Schustersfrau: Heut hab ich ein Stückchen Schokolade.

Knabe: So? Ich bin so gern bei dir zu Haus.

Schustersfrau *gibt ihm das Stückchen Schokolade:* Warum magst du mich denn eigentlich ein bißchen?

Knabe: Ein bißchen? Siehst du den blauen Fleck da am Knie?

Schustersfrau: Kann ich mal sehn?

Sie setzt sich auf einen niedrigen Stuhl und nimmt den Knaben in die Arme.

Knabe: Das hat Cunillo getan; er hat Coplas gesungen, die auf dich gemacht sind, und da haute ich ihm eine runter, und da hat er einen Stein nach mir geschmissen, so – paff! – da guck!

Schustersfrau: Tut es sehr weh?

Knabe: Jetzt nicht mehr; aber ich hab geweint.

Schustersfrau: Du mußt nicht drauf achten, was die sagen.

Knabe: Das war ganz was Unanständiges. Ich kann auch so was Unanständiges sagen, weißt du?, aber ich wills nicht sagen.

Schustersfrau *lachend:* Wenn du's sagst, nehm ich scharfen Pfeffer und streu ihn dir auf die Zunge, und dann verbrennt sie. *Sie lachen.*

KNABE: Warum geben sie dir eigentlich schuld, daß dein Mann weg ist?

SCHUSTERSFRAU: Die sind selber dran schuld und *sie* haben mir das Unglück angerichtet.

KNABE *traurig:* Das darfst du nicht sagen, Schustersfräuchen.

SCHUSTERSFRAU: Ich hab mich in seinen Augen gespiegelt. Wenn ich ihn auf seinem weißen Pferdchen daherkommen sah ...

KNABE *unterbrechend:* Ha, ha, ha! Du beschwindelst mich. Der Herr Schuster hatte ja gar kein Pferdchen.

SCHUSTERSFRAU: Du mußt aber mehr Respekt haben, Jüngelchen. Natürlich hatte er ein Pferdchen, aber die Sache ist die, daß ... daß du damals noch nicht auf der Welt gewesen bist.

KNABE *streichelt ihr Gesicht:* Ach so! Das kann wohl sein!

SCHUSTERSFRAU: Da siehst du's ... Als ich ihn kennen lernte, wusch ich gerade im Dorfbach. Ein halbes Meter tief, und die Kiesel am Grund konnte man durch das Gekräusel des Wassers lachen sehen. Er trug einen eng anliegenden schwarzen Anzug, eine rote Krawatte aus feinster Seide und vier goldene Ringe, die wie vier Sonnen glänzten.

KNABE: Oh, wie hübsch!

SCHUSTERSFRAU: Er sah mich an, ich sah ihn an. Ich legte mich ins Gras zurück. Ich meine, immer noch die frische Luft im Gesicht zu spüren, die durch die Bäume strich. Er hielt sein Pferd an, dessen Schwanz so lang war, daß er bis zum Dorfbach reichte. *Sie weint nahezu. Von fernher hört man ein Lied singen.* Ich war so betroffen, daß mir zwei schöne kleine Taschentücher, so kleine *(Geste)*, mit dem Bach fortschwammen.

KNABE: Wie lustig!

SCHUSTERSFRAU: Und da sagte er zu mir ... *Das Singen hört sich näher an. Pause.* Sssst ...!

KNABE *steht auf:* Die Coplas!

SCHUSTERSFRAU: Die Coplas! *Pause. Beide horchen.* Weißt du, was sie singen?

KNABE *mit einer Handbewegung:* Halb und halb.

SCHUSTERSFRAU: Na, dann sing mal; ich möchte gern wissen, was es ist.

KNABE: Warum?

SCHUSTERSFRAU: Damit ichs endlich mal weiß.

KNABE: Also *singt und schlägt den Takt dazu:*

Schustersfrau hat aufgemacht
— als ihr Mann zog in die Fern —
eine Kneipe. Darin lacht
nun 'ne Menge feiner Herrn.

SCHUSTERSFRAU: Das sollen sie mir büßen.

KNABE *schlägt den Takt mit der Hand auf dem Tisch:*

Wer wird, Schustersfrau, dir schenken
nun den Stoff für deine Kleider,
den Batist für deine Hemden
und die Spitzen und die Seiden?
Schon macht ihr den Hof Don Amsel
und sogar der Bürgermeister.
Schustersfrau, ja, Schustersfrau —
hast was Schönes dir geleistet!

Die Stimmen, begleitet von Tamburinen, kommen immer näher, werden immer deutlicher. Die Schustersfrau nimmt einen gestickten Umhang, legt ihn um die Schultern. Wohin willst du? *Erschreckt.*

SCHUSTERSFRAU: Die bringen mich dazu, einen Revolver zu kaufen!

Das Singen entfernt sich wieder. Sie läuft zur Tür, stößt aber auf den

BÜRGERMEISTER *der hoheitsvoll daherkommt und mit dem Amtsstab auf den Boden stößt:* Wer bedient hier?

SCHUSTERSFRAU: Der Teufel!

BÜRGERMEISTER: Was ist denn los?

SCHUSTERSFRAU: Was Sie seit vielen Tagen wissen müßten; was Sie als Bürgermeister nicht erlauben dürften. Die Leute singen Coplas auf mich, die Nachbarn lachen in den Türen, und da ich keinen Mann habe, der mich beschützt, will ich mich selbst verteidigen, denn die Behörden hier im Dorf sind Trottel, Nullen zur Linken, aufgeblasene Tröpfe.

KNABE: Großartig sagst du das.

BÜRGERMEISTER *energisch:* Jetzt ists genug, Bengel ... Weißt du, was ich soeben getan habe? Ich habe zwei oder drei von denen, die da herumgesungen haben, ins Gefängnis stecken lassen.

SCHUSTERSFRAU: Das möcht ich mal sehn!

STIMME *draußen:* Bubiiiiii!

KNABE: Meine Mutter ruft. *Läuft ans Fenster:* Waaaaaas? Auf Wiedersehn. Wenn du willst, bring ich dir den großen Säbel meines Großvaters, der im Krieg war. Ich kann nicht mit ihm umgehn, aber du! *Ab.*

SCHUSTERSFRAU *lächelnd:* Wie du meinst!

STIMME *draußen:* Bubiiiiiiiiii!

KNABE *schon auf der Straße:* Waaaaaaaaaaas?

BÜRGERMEISTER: Soviel ich sehe, ist dieses weise und verdrehte Kind das einzige Wesen im Dorf, das du gut behandelst.

SCHUSTERSFRAU: Sie können kein einziges Wörtchen sprechen ohne zu beleidigen ... Worüber lachen Euer Gnaden?

BÜRGERMEISTER: Weil ich sehe, wie schön und durcheinander du bist.

SCHUSTERSFRAU: Lieber ein Hund! *Gibt ihm ein Glas Wein.*

BÜRGERMEISTER: Wie sonderbar ist die Welt! Ich habe viele Frauen gekannt, Frauen wie Mohnblumen, wie duftende Rosen ... brünette Frauen mit glühenden Augen, Frauen, deren Haar nach Narden roch und mit immer fiebrigen Händen, Frauen, deren Taille man mit zwei Fingern umspannen konnte – aber keine wie dich!, keine. Vorgestern war ich den ganzen Tag krank, weil ich auf der Wiese zwei deiner Hemden hängen gesehen habe mit himmelblauen Schleifen – und das war, wie wenn ich dich gesehen hätte, Schusterin meines Herzens.

SCHUSTERSFRAU *in einem Wutanfall:* Halten Sie den Mund, Sie Tapergreis, halten Sie den Mund! Mit Ihren erwachsenen

Töchtern und Ihrer großen Familie dürfen Sie mir nicht auf so unanständige, schamlose Weise den Hof machen.

BÜRGERMEISTER: Ich bin Witwer.

SCHUSTERSFRAU: Und ich bin verheiratet.

BÜRGERMEISTER: Aber dein Mann hat dich sitzen lassen und kommt bestimmt nicht wieder.

SCHUSTERSFRAU: Ich lebe, als ob er da wäre.

BÜRGERMEISTER: Aber ich weiß, weil er mirs gesagt hat, daß er dich nicht so *(Geste)* viel liebt ...

SCHUSTERSFRAU: Und ich weiß genau, daß Ihre vier Frauen, der Teufel soll sie holen!, Sie gehaßt haben wie die Pest.

BÜRGERMEISTER *stößt mit dem Stab auf den Boden:* Da wären wir so weit!

SCHUSTERSFRAU *zerschmettert ein Glas:* Da wären wir so weit! *Pause.*

BÜRGERMEISTER *murmelnd:* Wenn ich dich erst mal zwischen hätte – ich würde dich schon klein kriegen!

SCHUSTERSFRAU *spöttisch:* Was haben Sie gesagt?

BÜRGERMEISTER: Nichts, ich habe gedacht ... wenn du so wärst, wie du sein solltest, dann hätte ich dir gesagt, daß ich willens und imstande bin, einen notariellen Vertrag über ein sehr schönes Haus zu machen.

SCHUSTERSFRAU: Na und?

BÜRGERMEISTER: Mit Sitzmöbeln, die fünftausend Realen gekostet haben, mit Tafelaufsätzen, Brokatellvorhängen, Pfeilerspiegeln ...

SCHUSTERSFRAU: Was weiter?

BÜRGERMEISTER *don-juanesk und selbstgefällig:* Und einem Bett mit Kupferschmuck von Vögeln und Lilien, einem Garten mit sechs Dattelpalmen, einem Springbrunnen – solch ein Haus! Aber das wartet darauf, um glücklich zu sein, daß ein gewisses Persönchen in seinen Zimmern daheim ist, wo es *(wendet sich direkt der Schustersfrau zu)* ... also wo du wie eine Königin wärst!

SCHUSTERSFRAU *spöttisch:* Ich bin an diesen Luxus nicht gewöhnt. Setzen Sie sich auf die Möbel, legen Sie sich ins Bett, begucken Sie sich in den Spiegeln, strecken Sie sich mit offenem Munde unter den Palmen aus und warten Sie darauf, daß Ihnen die Datteln in den Mund fallen. Ich bin und bleibe Schustersfrau.

BÜRGERMEISTER: Und ich bin und bleibe Bürgermeister. Aber sei dir darüber klar, daß trotz aller Geringschätzung – die Reue mitunter zu spät kommt. *Mit besondrem Nachdruck.*

SCHUSTERSFRAU: Sie sind überhaupt nicht mein Fall und keiner im Dorf. Außerdem sind Sie viel zu alt!

BÜRGERMEISTER *verärgert:* Ich werde dich schließlich noch ins Kittchen stecken.

SCHUSTERSFRAU: Versuchen Sie's mal!

Draußen erschallen ein paar ineinander übergehende und sehr komische Trompetentöne.

BÜRGERMEISTER: Was ist denn das?

SCHUSTERSFRAU *lustig mit aufgerissenen Augen:* Fahrende Leute! *Sie klatscht sich auf die Schenkel. Vorm Fenster gehen zwei Frauen vorüber.*

ROTE NACHBARIN *vorm Fenster:* Fahrende Leute!

VIOLETTE NACHBARIN *vorm Fenster:* Fahrende Leute!

KNABE *durchs Fenster:* Ob sie wohl Affen mitbringen? Hin!

SCHUSTERSFRAU *zum Bürgermeister:* Die Taverne wird geschlossen!

KNABE: Sie kommen zu dir!

SCHUSTERSFRAU: So? *Nähert sich der Tür.*

KNABE: Schon da. Guck mal!

In der Tür erscheint der maskierte Schuster. Er hat eine Trompete in der Hand; von der Schulter hangt ihm eine große Papierrolle. Er ist von Leuten umringt. Die Schustersfrau bleibt in erwartungsvoller Haltung stehen; der Knabe klettert durchs Fenster und klammert sich an ihre Rockschöße.

SCHUSTER: Guten Abend.

SCHUSTERSFRAU: Recht schönen guten Abend, Herr Puppenspieler.

SCHUSTER: Kann man hier ein bißchen ausruhen?

SCHUSTERSFRAU: Und trinken, wenn Sie wünschen.

BÜRGERMEISTER: Kommen Sie nur herein, guter Mann, und nehmen Sie, was Sie wollen; ich zahle. *Zu den Nachbarn:* Was tut denn ihr hier?

ROTE NACHBARIN: Da wir auf der Straße stehn, glaub ich nicht, daß wir Sie belästigen.

SCHUSTER *sieht alles verstohlen an und legt die Rolle auf den Tisch:* Lassen Sie sie doch, Herr Bürgermeister – das sind Sie sicher, vermute ich –, denn durch sie verdiene ich ja meinen Unterhalt.

KNABE: Wo hab ich diesen Mann wohl schon sprechen hören? *Sieht ihn während der ganzen Szene sehr verwundert an.* Fang doch endlich mit der Vorstellung an! *Die Nachbarn lachen.*

SCHUSTER: Sowie ich ein Glas Wein getrunken habe.

SCHUSTERSFRAU *lustig:* Ja, wollen Sie denn in meinem Haus auftreten?

SCHUSTER: Wenn du es mir erlaubst.

ROTE NACHBARIN: Alsdann können wir wohl auch reinkommen?

SCHUSTERSFRAU ernst: Ihr könnt auch reinkommen. *Gibt dem Schuster ein Glas Wein.*

ROTE NACHBARIN *setzt sich:* Wollen mal die Gelegenheit ein bißchen benutzen.

BÜRGERMEISTER *setzt sich:* Kommen Sie von weit her?

SCHUSTER: Von sehr weit.

BÜRGERMEISTER: Von Sevilla?

SCHUSTER: Geben Sie noch ein paar Meilen zu.

BÜRGERMEISTER: Von Frankreich?

SCHUSTER: Geben Sie noch ein paar Meilen zu.

BÜRGERMEISTER: Von England?

SCHUSTER: Von den Philippinen.

Die Nachbarinnen bewundern ihn geräuschvoll; die Schustersfrau ist verzückt.

BÜRGERMEISTER: Da haben Sie wohl die Aufständischen gesehn?

SCHUSTER: So, wie ich Sie jetzt vor mir sehe.

KNABE: Wie sind die?

SCHUSTER: Unleidlich. Stellen Sie sich nur mal vor, daß fast alle Schuster sind. *Die Nachbarinnen sehen die Schustersfrau an.*

SCHUSTERSFRAU *geplagt:* Gibts denn da keine mit andren Berufen?

SCHUSTER: Absolut nicht. Auf den Philippinen: Schuster.

SCHUSTERSFRAU: Vielleicht sind die Schuster auf den Philippinen alle dumm; hierzulande aber gibt es gerissene, ganz gerissene sogar.

ROTE NACHBARIN *hudelnd:* Sehr gut gesagt.

SCHUSTERSFRAU *schroff:* Keiner hat Sie nach Ihrer Meinung gefragt.

ROTE NACHBARIN: Aber, aber . . .!

SCHUSTER *energisch, unterbrechend:* Ein köstlicher Wein! *Kräftiger:* Allerallerköstlichster Wein! *Stille.* Wein von Trauben, die so schwarz sind wie die Seele einiger Frauen, die ich kenne.

SCHUSTERSFRAU: Derer, die eine haben!

BÜRGERMEISTER: Sst! Und worin besteht Ihre Arbeit?

SCHUSTER *leert das Glas, schnalzt mit der Zunge und sieht die Schusterin an:* Ah! Das ist eine ganz unscheinbare Arbeit, die viel Wissen erfordert. Ich zeige das Leben von innen. Bilder und Verse von den Taten des allzu ruhigen Schusters, des Fierabrás von Alexandria, vom Leben des Don Diego Corrientes, von den Abenteuern des hübschen Francisco Esteban, und, vor allem, von der Kunst, den schwatzhaften, widerspenstigen Frauen den Mund zu stopfen, die immer das letzte Wort haben wollen.

SCHUSTERSFRAU: Das alles wußte mein liebes, armes Männchen!

SCHUSTER: Gott sei ihm gnädig!

SCHUSTERSFRAU: Hören Sie . . *Die Nachbarinnen lachen.*

KNABE: Sei doch still!

Bürgermeister *mit Autorität:* Ruhe! Das sind Lehren, die allen wohlbekommen. Wenn es Ihnen beliebt – bitte.

Der Schuster öffnet die Rolle, darauf – in kleine Felder eingeteilt – eine Moritat[1] *mit Rötel und knalligen Farben gemalt ist. Die Nachbarn drängen nach vorn, und die Schustersfrau nimmt den Knaben auf den Schoß.*

Schuster: Aufgepaßt!

Knabe: Oh, wie wunderbar! *Umarmt die Schustersfrau. Gemurmel.*

Schustersfrau: Paß gut auf, für den Fall, daß ich nicht alles mitkriege.

Knabe: Schwerer als die Heilige Schrift wirds auch nicht sein.

Schuster: Verehrtes Publikum: Hören Sie die wahre und inhaltsreiche Geschichte von der rotblonden Frau und dem kleinen geduldigen Mann, damit sie allen Menschen auf der Welt als Lehre und Beispiel diene. *In düsterem Ton:* Spitzt eure Ohren und schärft euren Verstand.

Die Nachbarn recken die Hälse; einige Frauen fassen sich bei den Händen.

Knabe: Findest du nicht, daß der Bänkelsänger deinem Mann ähnlich ist, wenn er spricht?

Schustersfrau: Der hatte eine sanftere Stimme.

Schuster: Kann ich anfangen?

Schustersfrau: Mir wird ein bißchen ungemütlich.

Knabe: Mir auch!

Schuster *zeigt mit dem Zeigestock:*

Einst, bei Córdoba in einem
in Gestrüpp und Oleander
fast versteckten Häuschen, lebt' ein
Sattler mit der Sattlersfrau. *Spannung.*
Sie war barsch und widerspenstig,
er ein Mensch von großer Langmut,
sie war etwa zwanzig Jahre,
er war über fünfzig schon.

1. Wie sie häufig von Blinden auf der Straße rezitiert wird. A. d. Ü.

Heilger Himmel, wie die stritten!
Sehen Sie, hier ist die Furie,
spottet ihres schwachen Gatten
mit den Augen, mit der Zunge.
Eine Frau, die kindisch und
verdrießlich dreinsieht, ist auf
den Bogen gemalt.

SCHUSTERSFRAU: Das schlechte Weib!
Gemurmel.

SCHUSTER: Haare hat des Sattlers Frau
wie 'ne Kaiserin und Haut
wie das Wasser, das kristallne,
von Lucena. Wenn im Frühling
ihre Röcke sie bewegte,
duftete die Wäsche herrlich
nach Zitrone, nach Melisse.
Ah, Zitrone, ah, Zitrone,
unserer Zitronenfrau.
Appetitlich, appetitlich,
lecker war die Sattlersfrau!
Die Nachbarn lachen.
Aufgeputzte junge Burschen
seht ihr hier den Hof ihr machen;
reiten blendend schöne Pferde,
ganz behängt mit Seidenquasten.
Stolze, elegante Leute
promenierten vor der Türe
und sie ließen lustig funkeln
ihrer Ketten blankes Gold.
Jedem sagte sie ein Wörtchen,
jedem, unsre Sattlersfrau.
Und sie tummelten die Pferdchen
auf dem Pflaster. Schauts euch an!
Wohl frisiert, schön angezogen,
plaudert sie mit dem da, während

Holz der arme Ehmann spaltet,
ohne Hemd und schrecklich schwitzend.
Sehr dramatisch, die Hände faltend:
Alter Ehmann, zu bescheiden,
angetraut der hübschen Jungen,
deine Liebe raubt ein Reiter
an der Tür, ein großer Spitzbub!

Die Schustersfrau, die die ganze Zeit geseufzt hat, fängt an zu weinen.

SCHUSTER *dreht sich um:* Was ist denn los?

BÜRGERMEISTER: Aber, Kindchen! *Stößt mit dem Amtsstab auf den Boden.*

ROTE NACHBARIN: Wer Grund hat zum Schweigen, weint immer!

VIOLETTE NACHBARIN: Fahren Sie fort! *Die Nachbarn murmeln und zischeln.*

SCHUSTERSFRAU: Es tut mir furchtbar leid, aber ich kanns nicht unterdrücken, sehn Sie?, ich kanns nicht mehr unterdrücken. *Sie weint, will es aber unterdrücken und schluckt auf die allerkomischste Weise.*

BÜRGERMEISTER: Ruhe jetzt!

KNABE: Siehst du?

SCHUSTER: Bitte unterbrechen Sie mich nicht! Man weiß doch, daß Sie nichts auswendig zu sagen brauchen!

KNABE *seufzend:* Das ist wahr!

SCHUSTER *übellaunig:*

Eines schönen Montagmorgens,
so um ungefähr halb zwölf,
als die Sonn gönnt' ihren Schatten
nicht den Binsen, nicht dem Geißblatt,
als der Thymian und die Brise
quickvergnügt im Bergland tanzten,
als der Erdbeerbäume grüne
Blätter fielen, goß des Sattlers
rauhes Ehweib die Levkoien.
Und auf seinem Korduaner

Pferdchen trabte an ihr Freund.
Seufzend sprach er: Heißgeliebte,
wenn du willst, an deinem Tische
könnten morgen nacht wir speisen,
ganz allein. – Jedoch mein Mann?
– Wird nichts merken. – Nicht? Wieso?
– Der muß sterben. – Doch behende
ist mein Mann; du kriegsts nicht fertig.
Hast Revolver . . .? – Was viel Beßres:
hab ein Messer zum Rasieren . . .!
– Ist es scharf? – So scharf wie Frost.

Die Schustersfrau hält sich die Ohren zu und drückt den Knaben an sich. Alle Nachbarn sind in gespanntester Erwartung, was man ihren Mienen anmerkt.

Und es hat nicht eine Scharte.
– Lügst du nicht? – Ich stech ihn zehnmal,
hab was Großes ausgedacht:
Stech ihn viermal in die Lenden,
einmal in die linke Brust,
nochmal in dieselbe Gegend,
zweimal noch in jede Hüfte.
– Wirst du ihn auch heut noch töten?
– Heute nacht, wenn er zurückkommt
mit dem Leder und dem Roßhaar,
bei des Rieselbaches Bogen.

Bei diesem letzten Vers hört man trotz der Geschwindigkeit der Rezitation von draußen einen sehr heftigen, angstvollen Schrei; die Nachbarn stehn auf. Noch ein Schrei, aber näher-her. Dem Schuster fallen Bildertafel und Zeigestock aus der Hand. Alle zittern komisch.

SCHWARZE NACHBARIN *am Fenster:* Sie haben die Messer gezogen!

SCHUSTERSFRAU: Ach, mein Gott!

ROTE NACHBARIN: Heiligste Jungfrau!

SCHUSTER: So ein Skandal!

SCHWARZE NACHBARIN: Sie bringen sich um! Sie nähen sich mit Dolchstichen aneinander, und dieses Weib ist schuld daran! *Zeigt auf die*

SCHUSTERSFRAU *nervös:* Das werden wir sehn!

KNABE: Ich hab so große Angst!

GRÜNE NACHBARIN: Hin! Hin! *Alle drängen hinaus, außer dem Schuster und der Schustersfrau.*

STIMME *draußen:* Wegen diesem schlechten Weib!

SCHUSTER: Das kann ich nicht dulden! Das kann ich nicht dulden! *Läuft über die Bühne, Hände am Kopf; die andren schnellstens ab mit Achs und haßerfüllten Blicken auf die*

SCHUSTERSFRAU *die rasch Fenster und Tür schließt:* Haben Sie gesehn, was für eine Gemeinheit? Ich schwöre Ihnen beim allerkostbarsten Blut unsres Herrn Jesus, daß ich unschuldig bin. Oh! Was mag da geschehn sein? ... Sehn Sie, sehn Sie nur, wie ich zittere. *Zeigt ihm ihre Hände.* Es scheint fast, als wollten mir meine Hände ganz allein ausreißen.

SCHUSTER: Ruhig Blut, Mädchen. Ist Ihr Mann vielleicht auch auf der Straße?

SCHUSTERSFRAU *bricht in Tränen aus:* Mein Mann? Ach, lieber Herr!

SCHUSTER: Was ist Ihnen?

SCHUSTERSFRAU: Mein Mann hat mich verlassen; die Leute sind dran schuld. Und jetzt bin ich ganz allein und schutzlos.

SCHUSTER: Sie Ärmste!

SCHUSTERSFRAU: Und dabei hab ich ihn so lieb gehabt! Angebetet hab ich ihn!

SCHUSTER *aufbrausend:* Das ist nicht wahr!

SCHUSTERSFRAU *hört sofort auf zu weinen:* Was sagen Sie da?

SCHUSTER: Ich sage, das ist eine Sache, die so ... unbegreiflich ist, daß ... sie schon nicht mehr wahr scheint.
Verwirrt.

SCHUSTERSFRAU: Sie haben völlig recht; und seitdem esse, schlafe, lebe ich nicht mehr, denn er war meine Freude und mein Schutz.

SCHUSTER: Und obwohl Sie ihn so liebten, wie Sie ihn liebten, hat er Sie verlassen? Soviel ich sehe, war Ihr Mann kein übermäßig gescheiter Mann.

SCHUSTERSFRAU: Seien Sie so freundlich und behalten Sie die Zunge im Mund. Niemand hat Ihnen erlaubt, Ihre Meinung zu äußern.

SCHUSTER: Entschuldigen Sie, ich wollte keinesfalls ...

SCHUSTERSFRAU: Ich sage ... Er war der Klügste! ...

SCHUSTER *neckisch:* Soooo?

SCHUSTERSFRAU *energisch:* Allerdings. Sehn Sie, die ganzen Geschichten da und Phantastereien, die Sie in allen Dörfern singen und erzählen ... Das alles ist nur ein Achtel von dem, was er wußte ... er wußte ... das Dreifache!

SCHUSTER *ernst:* Das ist doch wohl nicht möglich.

SCHUSTERSFRAU *energisch:* Das Vierfache ... Er hat mir immer alles erzählt, wenn wir uns schlafen legten. Alte Geschichtchen, die Sie vielleicht mal im Vorübergehn gehört haben ... *Niedlich:* und das jagte mir einen Schrecken ein ... aber er sagte zu mir: Mein Herzensschätzchen, das kommt von den allerallerkleinsten Lügelchen!

SCHUSTER *unwillig:* Das ist gelogen!

SCHUSTERSFRAU *sehr erstaunt:* Eh? Sie haben wohl den Verstand verloren?

SCHUSTER: Das ist gelogen!

SCHUSTERSFRAU *unwillig:* Nanu, was reden Sie denn da immer, Sie Bänkelsänger des Teufels?!

SCHUSTER *heftig, steht auf:* Ihr Mann hat durchaus recht gehabt. Diese Geschichtchen sind reine Lüge, nichts als Phantasien! *Spitz.*

SCHUSTERSFRAU *spitz:* Natürlich, mein Herr. Es scheint, daß Sie mich für saudumm halten ... aber Sie werden mir nicht abstreiten, daß diese Geschichtchen Eindruck machen.

SCHUSTER: Ah! Das sieht schon ganz anders aus! Sie beeindrucken die eindrucksfähigen Gemüter.

SCHUSTERSFRAU: Jedermann hat Gefühle.

SCHUSTER: Je nachdem. Ich habe viele Leute ohne Gefühle kennengelernt. In meinem Dorf lebte eine Frau . . . vor einer ganz bestimmten Zeit, die hatte ein so schlechtes Herz, daß sie mit ihren Freunden durchs Fenster sprach, während ihr Mann von morgens bis abends Stiefel machte und Schuhe . . .

SCHUSTERSFRAU *steht auf und ergreift einen Stuhl:* Sagen Sie das zu mir?

SCHUSTER: Wieso?

SCHUSTERSFRAU: Sagen Sie's nur, daß Sie Hintergedanken haben! Nur immer heraus damit!

SCHUSTER *bescheiden:* Werte Frau, was sagen Sie da bloß? Was weiß denn ich, wer Sie sind? Ich habe Sie mit nichts beleidigt – warum treten Sie mir gegenüber so heftig auf? Aber das ist mein Schicksal! *Beinah weinerlich.*

SCHUSTERSFRAU *energisch, aber bewegt:* Hören Sie mal, guter Mann. Ich hab das so herausgesagt, weil ich wie auf glühenden Kohlen sitze. Jedermann ist hinter mir her; jedermann bekrittelt mich; da ist es doch wohl nicht verwunderlich, wenn ich die kleinste Gelegenheit ergreife, um mich zu verteidigen. Ich bin ja so allein, so jung und lebe nur noch von meinen Erinnerungen . . . *Weint.*

SCHUSTER *weinerlich:* Ich verstehe, ich verstehe, reizende junge Frau. Ich verstehe viel mehr, als Sie sich vorstellen können, weil . . . Sie müssen wissen, daß, mit allen Vorbehalten, Ihre Lage . . ja, ganz zweifellos, genau so ist wie meine.

SCHUSTERSFRAU *ganz eingenommen:* Ists möglich?

SCHUSTER *läßt sich auf den Tisch fallen:* Mich – hat meine Frau verlassen!

SCHUSTERSFRAU: Und ist zur Strafe nicht tot umgefallen!

SCHUSTER: Sie träumte von einer Welt, die nicht die meine war. Sie war dünkelhaft und herrschsüchtig, hatte die Unterhaltung ein bißchen zu gern und die Leckereien, die ich ihr nicht kaufen konnte, und eines schönen schrecklich stürmischen Tages verließ sie mich für immer.

SCHUSTERSFRAU: Und was machen Sie nun, so allein auf der Walz?

Schuster: Ich suche sie, um ihr zu vergeben und das bißchen Leben mit ihr zu verbringen, das mir noch bleibt. In meinem Alter geht es einem nicht gut ohne Heim.

Schustersfrau *schnell:* Nehmen Sie doch ein Schlückchen warmen Kaffee; das wird Ihnen nach all dem Wirrwarr gut tun. *Geht zum Schenktisch, um Kaffee einzugießen, wobei sie ihm den Rücken kehrt.*

Schuster *bekreuzigt sich übertrieben und reißt die Augen auf:* Gott lohn es dir, rotes Nelkchen.

Schustersfrau *reicht ihm die Tasse, behält den Teller, während er den Kaffee schlürft:* Ist er gut?

Schuster *zuckrig:* Wie von Ihren Händen gemacht!

Schustersfrau *lächelnd:* Vielen Dank!

Schuster *beim letzten Schluck:* Ach, wie ich Ihren Mann beneide!

Schustersfrau: Warum?

Schuster *galant:* Weil er die prachtvollste Frau der Welt heiraten konnte!

Schustersfrau *schmelzend:* Was haben Sie nur!

Schuster: Aber jetzt freue ich mich fast, gehen zu müssen, weil ... Sie so allein, ich so allein ... Sie so reizend, ich mit dem Herz auf dem rechten Fleck ... Da konnte mir leicht eine Anspielung entschlüpfen ...

Schustersfrau *reagierend:* Himmelherrgott ... gehn Sie! Was bilden Sie sich ein? Mein ganzes Herz gehört dem, der in der Welt umherzieht, dem ich es schulde, meinem Mann!

Schuster *hocherfreut, wirft den Hut zu Boden:* Das ist großartig! So sind die echten Frauen, genau so!

Schustersfrau *ziemlich spöttisch, überrascht:* Sie sind wohl ein bißchen ... *Tippt mit dem Finger an die Stirn.*

Schuster: Wie Sie meinen. Aber, damit Sie's wissen und begreifen, ich bin in keine andre verliebt als in meine Frau, meine angetraute Frau!

Schustersfrau: Und ich in meinen Mann, nur in meinen Mann. Wie oft hab ich das schon gesagt, damit es selbst die

Tauben hören sollten. *Mit gefalteten Händen:* Ach, mein kleines Herzensschusterchen!

SCHUSTER *beiseite:* Ach, meine kleine Herzensschusterin! *Es klopft an die Tür.*

SCHUSTERSFRAU: Jesus! Man lebt dauernd in Aufregung! Wer ist da?

KNABE: Mach auf!

SCHUSTERSFRAU: Ists möglich? Wieso kommst du?

KNABE: Uh, ich bin hierhergerannt, um es dir zu sagen!

SCHUSTERSFRAU: Was ist los?

KNABE: Zwei oder drei Burschen haben sich mit Messern gestochen und geben dir die Schuld. Sie sind verwundet und bluten schrecklich. Alle Frauen sind zum Richter gelaufen um zu verlangen, daß du das Dorf verläßt, uf!, und die Männer wollten, daß der Küster die Glocken läutet, um die Coplas auf dich zu singen ... *Er jappt und schwitzt.*

SCHUSTERSFRAU *zum Schuster:* Sehn Sie's nun?

KNABE: Auf dem ganzen Markt wird nichts als geklatscht ... sieht aus wie 'ne Kirmes ... und alle gegen dich ...

SCHUSTER: Kanaillen! Ich möchte wohl auf die Straße gehn, um Sie zu verteidigen.

SCHUSTERSFRAU: Wozu? Man wird Sie einsperren. Ich, ich muß was Großes tun.

KNABE: Von deinem Zimmerfenster kannst du die Hetz auf dem Markt sehn.

SCHUSTERSFRAU *rasch:* Ich will mir doch mal die Gemeinheit der Leute aus der Nähe besehn. *Schnell ab.*

SCHUSTER: Ja, ja, Hundepack ... aber ich werde bald mit euch allen abrechnen, und ihr sollt es mir bezahlen. Ach, mein kleines Häuschen, welch wohlige Wärme kommt durch deine Türen und Fenster! Wie scheußlich sind die Herbergen und die Mahlzeiten, wie schwarz die Bettücher draußen! Was für ein Blödsinn, nicht zu merken, daß meine Frau aus reinem Gold, aus dem feinsten Gold der Welt ist! Beinah könnt ich heulen!

ROTE NACHBARIN *tritt rasch ein:* Guter Mann ...

GELBE NACHBARIN *tritt rasch ein:* Guter Mann ...

ROTE NACHBARIN: Machen Sie sich schleunigst fort. Sie sind ein anständiger Mensch und dürfen nicht in einem solchen Hause bleiben.

GELBE NACHBARIN: Das ist die Höhle einer Löwin, einer Hyäne.

ROTE NACHBARIN: Einer Verkommenen, des Verderbs der Männer.

GELBE NACHBARIN: Entweder verläßt sie das Dorf, oder wir treiben sie hinaus. Sie macht uns verrückt.

ROTE NACHBARIN: Ich wünsche, sie wäre tot.

GELBE NACHBARIN: Und läg im Leichentuch, mit ihrem Palmzweig auf der Brust.

SCHUSTER *ängstlich:* Basta!

ROTE NACHBARIN: Es ist Blut geflossen.

GELBE NACHBARIN: Kein Tuch ist weiß geblieben.

ROTE NACHBARIN: Zwei Männer wie zwei Sonnen.

GELBE NACHBARIN: Mit den Messern im Leib.

SCHUSTER *heftig:* Jetzt langts mir!

ROTE NACHBARIN: Durch ihre Schuld.

GELBE NACHBARIN: Sie, sie, immer sie.

ROTE NACHBARIN: Wir wollten nach Ihnen sehn.

GELBE NACHBARIN: Wir wollten Sie rechtzeitig warnen!

SCHUSTER: Verdammte Schwindlerinnen, Lügnerinnen. Pack! Ich werde euch an den Haaren über den Boden schleifen.

ROTE NACHBARIN *zur andren:* Den hat sie auch eingesteckt.

GELBE NACHBARIN: Sicher mit ganz tollen Küssen!

SCHUSTER: Euch soll doch der Teufel holen! Basilisken! Meineidige!

SCHWARZE NACHBARIN *im Fenster:* Kommen Sie rasch, Gevatterin! *Schnell ab.*

Die beiden Nachbarinnen rennen hinaus.

ROTE NACHBARIN: Noch einer auf dem Leim! *Ab.*

GELBE NACHBARIN: Noch einer! *Ab.*

SCHUSTER: Rohe Weiber! Jüdinnen! Ich werde euch Rasierklingen in die Schuhe tun! Ihr sollt an mich denken.

KNABE *kommt rasch:* Eben ist eine Gruppe von Männern zum Bürgermeister gegangen. Ich will mal sehn, was sie da sagen. *Schnell ab.*

SCHUSTERSFRAU *kommt rasch, tapfer:* Hier bin ich, wenn sie's wagen, zu kommen. Und mit der ganzen Fassung einer Pferdebändigerfamilie, die oft durch die Berge geritten ist, ohne Sattel und ohne Zügel.

SCHUSTER: Wird Ihre Festigkeit nicht eines Tages nachlassen?

SCHUSTERSFRAU: Wer von der Liebe und der Ehrbarkeit gestützt wird wie ich, ergibt sich nie. Ich bin imstande durchzuhalten, bis ich ganz graue Haare bekomme.

SCHUSTER *bewegt, geht auf sie zu:* Ach ...

SCHUSTERSFRAU: Was haben Sie?

SCHUSTER: Ich bin gerührt ...

SCHUSTERSFRAU: Sehn Sie, das ganze Dorf ist gegen mich aufgebracht, sie wollen mich umbringen; trotzdem hab ich nicht die geringste Angst. Das Messer antwortet dem Messer, der Knüppel dem Knüppel; aber wenn ich abends die Tür schließe und allein zu Bett geh ... dann hab ich einen Kummer ... einen Kummer ...! Und manchmal mein ich zu ersticken! ... Die Kommode kracht – ein Schreck! Der Regen schlägt an die Fensterscheiben – noch ein Schreck! Wenn ich, so allein, die Knäufe auf den Bettpfosten bewege, ohne es zu wollen – doppelter Schreck! All das ist nichts andres als die Angst vor der Einsamkeit mit ihren Gespenstern, die ich zwar nicht gesehn hab, weil ich sie nicht sehn wollte, die aber meine Mutter, meine Großmutter und alle Frauen meiner Familie, die Augen im Kopf hatten, gesehen haben.

SCHUSTER: Warum führen Sie denn kein andres Leben?

SCHUSTERSFRAU: Sind Sie denn nicht bei Trost? Was sollte ich wohl tun? Wo komme ich so hin? Hier bin ich, und Gott wirds schon ändern. *Man hört Gemurmel und Beifallsklatschen aus der Ferne.*

SCHUSTER: Es tut mir sehr leid, aber ich muß mich auf den Weg machen, eh die Nacht mich überfällt. Was bin ich Ihnen schuldig? *Nimmt die Bildertafel.*

SCHUSTERSFRAU: Nichts.

SCHUSTER: Das gibts nicht.

SCHUSTERSFRAU: Sie haben mit Ihrer Unterhaltung gezahlt.

SCHUSTER *nimmt traurig die Rolle über die Schulter:* Vielen Dank. Alsdann – Leben Sie wohl . . . fürs ganze Leben, denn in meinem Alter . . . *Er ist gerührt.*

SCHUSTERSFRAU *reagierend:* Ich möchte mich nicht so verabschieden. Ich bin ein viel fröhlicherer Mensch. *Mit fester Stimme:* Guter Mann, wolle Gott, daß Sie Ihre Frau finden, damit Sie wieder in Ruhe und Anstand leben können, an die Sie gewöhnt sind. *Sie ist gerührt.*

SCHUSTER: Dasselbe wünsche ich Ihrem Mann. Aber Sie wissen ja, daß die Welt klein ist – was soll ich ihm sagen, wenn ich ihn zufällig auf meiner Wanderschaft treffe?

SCHUSTERSFRAU: Sagen Sie ihm, daß ich ihn anbete.

SCHUSTER *nähert sich:* Was noch?

SCHUSTERSFRAU: Daß ich ihn viel beweglicher und strammer finde als alle Männer der Welt, wenn er auch schon über fünfzig ist – gesegnet seien seine fünfzig!

SCHUSTER: Mädel, das macht mir aber Freude! Sie lieben ihn genau so wie ich meine Frau!

SCHUSTERSFRAU: Viel, viel mehr!

SCHUSTER: Das ist nicht möglich. Ich bin wie ein Hündchen, und meine Frau herrscht im Schloß – soll sie! Sie hat mehr Gefühl als ich. *Nahe bei ihr; wie wenn er sie anbete.*

SCHUSTERSFRAU: Und vergessen Sie nicht, ihm zu sagen, daß ich ihn erwarte; der Winter hat lange Nächte.

SCHUSTER: Sie würden ihn also gut aufnehmen?

SCHUSTERSFRAU: Wie wenn er der König und die Königin in einer Person wäre.

SCHUSTER *zitternd:* Und wenn er jetzt zufällig käme?

SCHUSTERSFRAU: Ich würde vor Freude verrückt!

SCHUSTER: Und würden Sie ihm seinen Unsinn vergeben?

SCHUSTERSFRAU: Den hab ich ihm schon lange vergeben!

SCHUSTER: Möchten Sie, daß er in diesem Augenblick käme?

SCHUSTERSFRAU: Ach, wenn er nur käme!

SCHUSTER *schreit:* Er ist da!

SCHUSTERSFRAU: Was reden Sie da?

SCHUSTER *nimmt Brille und Verkleidung ab:* Ich kanns nicht mehr aushalten! Meine Herzensschusterin!

Die Schustersfrau ist wie wahnsinnig und reißt die Arme auf. Er umarmt sie; sie sieht ihn inmitten ihrer Krisis fest an. Von draußen hört man deutlich die Coplas singen.

STIMME *innen:*

Schustersfrau hat aufgemacht
– als ihr Mann zog in die Fern –
eine Kneipe. Darin lacht
nun 'ne Menge feiner Herrn.

SCHUSTERSFRAU *reagierend:* Spitzbube, Gauner, Strick, Lump! Hörst du? Deine Schuld! *Wirft mit den Stühlen.*

SCHUSTER *geht gerührt zum Arbeitstisch:* Herzensweibchen!

SCHUSTERSFRAU: Landstreicher! Ach, wie bin ich glücklich, daß du gekommen bist! Was für ein Leben will ich dir bereiten! Nicht die Inquisition hats so gut! Nicht mal die Tempelherren in Rom!

SCHUSTER *am Arbeitstisch:* Mein Glückshaus!

Die Coplas tönen ganz nah; die Schustersfrau öffnet das Fenster; die Nachbarn stehn davor.

STIMME *innen:*

Wer wird, Schustersfrau, dir schenken
nun den Stoff für deine Kleider,
den Batist für deine Hemden
und die Spitzen und die Seiden?
Schon macht ihr den Hof Don Amsel
und sogar der Bürgermeister.
Schustersfrau, ja, Schustersfrau –
hast was Schönes dir geleistet.

SCHUSTERSFRAU: Ich bin ja so unglücklich! Mit diesem Mann, den mir Gott gegeben hat! *Geht zur Tür:* Haltets Maul! Lästerzungen! Schandjuden! Kommt nur her, kommt nur her, wenn ihr wollt! Wir sind zu zweit, um mein Haus zu verteidigen! Zu zweit, zu zweit! Mein Mann und ich! *Auf ihren Mann zugehend:* Dieser Galgenstrick, dieser Spitzbube! *Die Coplas werden ganz laut gesungen, und ihr Lärm erfüllt die Bühne. Eine Glocke, weit weg, fängt an stürmisch zu läuten.*

Vorhang

IN SEINEM GARTEN
LIEBT DON PERLIMPLÍN BELISA

Vier Bilder eines erotischen Bilderbogens
in der Art eines Kammerspiels

Personen

DON PERLIMPLÍN
BELISA · MARCOLFA
BELISAS MUTTER
ERSTES KOBOLDCHEN
ZWEITES KOBOLDCHEN
STIMMEN

VORSPIEL

In Don Perlimplíns Haus. Grüne Wände, schwarze Möbel, schwarze Sessel. Vom Balkon im Hintergrund sieht man Belisas Balkon. Sonate[1].

PERLIMPLÍN *trägt grüne Kasacke und viellockige weiße Perücke:* Ja?

MARCOLFA *in klassischer gestreifter Dienerinnentracht:* Ja.

PERLIMPLÍN: Warum aber – ja?

MARCOLFA: Darum eben – ja.

PERLIMPLÍN: Und wenn ich dir sagte – nein?

MARCOLFA *säuerlich:* Nein?

PERLIMPLÍN: Nein.

MARCOLFA: Sagen Sie mir die Gründe dieses Nein, Herr.

PERLIMPLÍN: Sag mir, beharrliche Dienerin, die Gründe dieses Ja. *Pause.*

MARCOLFA: Zwanzig und zwanzig sind vierzig – –

PERLIMPLÍN *zuhörend:* Nur weiter.

MARCOLFA: – – und zehn sind fünfzig.

PERLIMPLÍN: Was du sagst!

MARCOLFA: Mit fünfzig Jahren ist man kein Kind mehr.

PERLIMPLÍN: Gewiß.

MARCOLFA: Jeden Augenblick kann ich sterben.

PERLIMPLÍN: Caramba!

MARCOLFA *weinend:* Und was wird aus Ihnen, allein in dieser Welt?

1. Sehr wahrscheinlich von Domenico Scarlatti. Einem Interview Lorcas entnommene A. d. Ü.

Perlimplín: Was es werden würde?

Marcolfa: Darum müssen Sie heiraten.

Perlimplín *zerstreut:* Ja?

Marcolfa *energisch:* Ja.

Perlimplín *beängstigt:* Aber Marcolfa – – Warum – ja? Als ich noch Kind war, erdrosselte eine Frau ihren Mann. Einen Schuhmacher. Das vergesse ich nicht. Ich habe nie daran gedacht zu heiraten. Mir genügen meine Bücher. Zu was taugt mir das?

Marcolfa: Die Ehe birgt starken Zauber, Herr. Sie ist nicht so, wie man sie von außen sieht. Sie ist von Geheimnissen erfüllt – Geheimnisse, die eine Dienerin lieber nicht andeutet. Sie sehen –

Perlimplín: Was denn?

Marcolfa: – daß ich bereits errötet bin.

Pause. Man hört ein Piano.

Belisas Stimme *von innen, singend:*

Liebe! Liebe!
Zwischen geschlossenen Schenkeln,
meinen geschlossenen Schenkeln,
schwimmt die Sonne, der Fisch.
Zwischen den Binsen – ein laues,
lauliches Wasser – die Liebe.
Hahn, schon vergeht ja die Nacht!
Nein, daß die Nacht noch nicht geh!

Marcolfa: Sie werden bald sehen, daß ich recht habe, Herr.

Perlimplín *kratzt sich am Kopf:* Sie singt gut.

Marcolfa: Das ist Ihre Frau, Herr – die weiße Belisa.

Perlimplín: Belisa – – Doch wäre es nicht besser – –

Marcolfa: Nein. Kommen Sie sofort. *Sie nimmt ihn an der Hand und nähert sich dem Balkon.* Sagen Sie: Belisa.

Perlimplín: Belisa – –

Marcolfa: Lauter!

Perlimplín: Belisa! *Der Balkon gegenüber wird geöffnet. Es erscheint, eine strahlende Schönheit und halbnackt,*

Belisa: Wer ruft?

Marcolfa *versteckt sich hinter dem Vorhang der Balkontüre:* Antworten Sie.

Perlimplín *bebend:* Ich rief.

Belisa: Ja?

Perlimplín: Ja.

Belisa: Warum aber – ja?

Perlimplín: Darum eben – ja.

Belisa: Und wenn ich Ihnen sagte – nein?

Perlimplín: Würde ich es bedauern – – weil – – wir beschlossen haben, daß ich heiraten will.

Belisa *lacht:* Wen?

Perlimplín: Sie.

Belisa *ernst:* Aber – – *laut:* Mama, Mama, Mamachen!

Marcolfa: Es geht gut.

Die Mutter kommt. Sie trägt eine große Perücke, Stil achtzehntes Jahrhundert, voll von Vögeln, Bändern und farbigen Glasperlen.

Belisa: Don Perlimplín will mich heiraten. Was soll ich tun?

Mutter: Recht schönen guten Tag, mein entzückender junger Nachbar. Immer sagte ich meiner unwürdigen Tochter, daß Sie die Anmut und die vornehmen Formen jener großen Dame haben, die Ihre Mutter war, doch die zu kennen ich nicht das Glück hatte.

Perlimplín: Danke!

Marcolfa *wütend hinter dem Vorhang:* Ich habe beschlossen, wir gehen – –

Perlimplín: Wir haben beschlossen, demnächst – –

Mutter: – – die Ehe zu schließen, nicht wahr?

Perlimplín: Ja.

Belisa: Aber Mama – – und ich?

Mutter: Du bist einverstanden, natürlich. Don Perlimplín ist ein reizender Gatte.

Perlimplín: Ich hoffe es zu werden, gnädige Frau.

Marcolfa *ruft ihn:* Das ist fast abgemacht.

PERLIMPLÍN: Glaubst du? *Sie sprechen miteinander.*

MUTTER *zu Belisa:* Don Perlimplín besitzt viele Ländereien; da hat er viele Gänse und Schafe. Die Schafe werden auf den Markt gebracht. Auf dem Markt gibt man Geld für sie. Geld macht schön — — und Schönheit wird von den meisten Menschen begehrt.

PERLIMPLÍN: Also — —

MUTTER: Überaus bewegt — — Belisa — — geh hinein — — es ist nicht angebracht, daß eine Jungfrau gewissen Konversationen zuhört.

BELISA: Auf später — — *Ab.*

MUTTER: Sie ist eine Lilie. Sehen Sie ihr Antlitz? *Leise:* Doch wenn Sie sie von innen sähen! — — Wie aus Zucker — — Aber — — Pardon. Ich brauche diese Dinge einer so modernen und kompetenten Persönlichkeit wie Ihnen nicht hervorzuheben — —

PERLIMPLÍN: Ja?

MUTTER: Ja — — Ich sagte das ohne Ironie.

PERLIMPLÍN: Ich weiß nicht, wie ich Ihnen unsre Dankbarkeit ausdrücken soll.

MUTTER: Oh! Unsre Dankbarkeit — — welch außergewöhnliche Delikatesse! Die Dankbarkeit Ihres Herzens und die Ihrer selbst — — Ich verstehe — — obwohl ich seit zwanzig Jahren mit keinem Mann mehr umgehe.

MARCOLFA *beiseite:* Die Hochzeit.

PERLIMPLÍN: Die Hochzeit — —

MUTTER: Wann Sie wollen — — wenngleich — — *zieht ein Taschentuch und weint:* allen Müttern — — bis nachher — — *Ab.*

MARCOLFA: Endlich.

PERLIMPLÍN: Ach Marcolfa, Marcolfa! In welche Welt schickst du mich?

MARCOLFA: In die Welt der Ehe.

PERLIMPLÍN: Offen gestanden, habe ich einen Durst — — Warum bringst du mir kein Wasser? *Marcolfa geht zu ihm und flüstert ihm etwas ins Ohr.* Wer kann das glauben?

Man hört das Piano. Die Bühne liegt im Halbschatten. Belisa, fast nackt, zieht die Vorhänge ihres Balkons auf und singt schmachtend.

BELISA: Liebe! Liebe!
Zwischen geschlossenen Schenkeln,
meinen geschlossenen Schenkeln,
schwimmt die Sonne, der Fisch.

MARCOLFA: Ein schönes Mädchen.

PERLIMPLÍN: Wie aus Zucker – – innen weiß. Könnte sie mich wohl erdrosseln?

MARCOLFA: Das Weib ist zahm, wenn man es – beizeiten zähmt.

BELISA: – – Liebe.
Hahn, schon vergeht ja die Nacht!
Nein, daß die Nacht noch nicht geh!

PERLIMPLÍN: Was sagt sie, Marcolfa? Was meint sie? *Marcolfa lacht.* Und was geschieht mir? Was ist das?

Das Piano erklingt weiter. Am Balkon vorüber fliegt ein Schwarm von Vögeln aus schwarzem Papier.

Verwandlung[1]

1. Während der Verwandlung Sonatine von Scarlatti. Einem Interview Lorcas entnommene A. d. Ü.

ERSTES BILD

Raum bei Don Perlimplín. In der Mitte steht ein großes Himmelbett mit Federbüschen. Die Wände haben sechs Türen. Durch die erste zur Rechten kommt und geht Don Perlimplín. Des Paares Hochzeitsnacht.

MARCOLFA *mit einem Leuchter in der Hand in der ersten Tür zur Linken:* Gute Nacht.

BELISAS *Stimme von innen:* Adieu, Marcolfa.

Perlimplín, prächtig bekleidet, kommt.

MARCOLFA: Vergnügte Hochzeitsnacht, Herr!

PERLIMPLÍN: Adieu, Marcolfa. *Marcolfa ab. Perlimplín bewegt sich auf Zehenspitzen zum gegenüberliegenden Raum und schaut durch die Tür.* Mit so vielen Spitzen, Belisa, bist du wie eine Woge und du machst mir angst, wie mir das Meer angst machte, als ich noch Kind war. Seit du von der Kirche zurück bist, füllt sich mein Haus mit geheimem Raunen, und das Wasser wird von selbst lau in den Vasen. Ach, Perlimplín! Wo bist du, Perlimplín? *Ab auf Zehenspitzen.*

BELISA *kommt in einem hocheleganten Deshabillé, spitzenbesät; sie hat eine riesige Haube auf dem Kopf, von der eine Flut von Spitzen und Entre-deux bis zu ihren Füßen sich ergießt. Ihr Haar ist gelöst, ihre Arme sind nackt:* Die Dienerin durchduftete das Zimmer mit Thymian statt mit Minze, wie ich sie hieß. *Tritt an das Bett.* Marcolfa bezog auch das Bett nicht mit der feinen Leinenwäsche, die sie hat. *In diesem Augenblick beginnt eine weiche Gitarrenmusik. Belisa kreuzt die Arme über der Brust.* Wer mich mit Liebesgluten sucht, der findet mich. Mein Durst wird nie, nie gelöscht, wie nie der Durst gelöscht wird jener Masken, die Wasser in den Brunnen speien. Ach, welche Musik! Mein Gott! Welche Musik! Wie heißes Gefieder von Schwänen. Bin ich es? Ist es Musik? *Sie wirft eine große rote Samtcapa über die Schultern und durchgeht das Gemach. Die Musik verstummt. Fünf Pfiffe springen empor.* Fünf!

PERLIMPLÍN *kommt:* Störe ich?

BELISA: Wäre das möglich?

PERLIMPLÍN: Bist du schläfrig?

BELISA *ironisch:* Schläfrig?

PERLIMPLÍN: Die Nacht ist etwas kühl geworden. *Er reibt sich die Hände. Pause.*

BELISA *entschlossen:* Perlimplín.

PERLIMPLÍN *bebend:* Was willst du?

BELISA *obenhin:* Ein hübscher Name – Perlimplín.

PERLIMPLÍN: Deiner ist hübscher – Belisa.

BELISA *lachend:* Oh – danke. *Kurze Pause.*

PERLIMPLÍN: Ich wollte dir etwas sagen.

BELISA: Und?

PERLIMPLÍN: Ich habe lange gezögert – – aber – –

BELISA: Sag es.

PERLIMPLÍN: Belisa – – ich liebe dich.

BELISA: Mein kleiner Ritter! Das ist deine Pflicht!

PERLIMPLÍN: Ja?

BELISA: Ja.

PERLIMPLÍN: Warum aber – ja?

BELISA *zärtlich:* Darum eben – ja.

PERLIMPLÍN: Nein.

BELISA: Perlimplín!

PERLIMPLÍN: Nein, Belisa; bevor ich dich heiratete, liebte ich dich nicht.

BELISA *launig:* Was sagst du?

PERLIMPLÍN: Ich heiratete – – ich weiß nicht, warum – – aber nicht, weil ich dich liebte. Ich habe mir deinen Leib nicht vorstellen können, bis ich ihn durchs Schlüsselloch sah, als du dein Brautkleid anzogst. Da fühlte ich Liebe. Da! Wie ein tiefer Lanzettenstich in meine Kehle – –

Belisa *neugierig:* Aber – die andren Frauen?

Perlimplín: Was für Frauen?

Belisa: Die du vor mir kanntest.

Perlimplín: Aber – – die andren Frauen??

Belisa: Du erstaunst mich.

Perlimplín: Zuerst staune – ich. *Pause. Wieder hört man die fünf Pfiffe.* Was ist das?

Belisa: Die Uhr.

Perlimplín: Fünf Uhr?

Belisa: Zeit zu schlafen.

Perlimplín: Erlaubst du, daß ich die Kasacke ausziehe?

Belisa: Selbstverständlich *(gähnend)*, Männchen. Und, bitte, lösch das Licht.

Perlimplín *löscht das Licht, leise:* Belisa.

Belisa *laut:* Was, Söhnchen?

Perlimplín *leise:* Ich habe das Licht gelöscht.

Belisa *launig:* Ich sehe.

Perlimplín *noch leiser:* Belisa – –

Belisa *laut:* Was, Süßer?

Perlimplín: Ich bete dich an.

Die fünf Pfiffe ertönen lauter; das Bett wird aufgedeckt. Zwei Koboldchen (von Kindern dargestellt) erscheinen aus den sich gegenüberliegenden Seiten und ziehen einen grau getönten Vorhang zu. Die Bühne liegt im Halbschatten. Mit holdem Traumton klingen Flöten. Die Koboldchen setzen sich, dem Publikum zugekehrt, auf den Souffleurkasten.

Erstes Koboldchen: Wie geht es dir im Dämmerscheinchen?

Zweites Koboldchen: Nicht gut, nicht schlecht, Gevatterchen.

Erstes Koboldchen: Da wären wir.

Zweites Koboldchen: Nun, was meinst du? Es ist immer nett, fremde Fehler zu verdecken.

Erstes Koboldchen: Die nachher das Publikum entdecken soll.

ZWEITES KOBOLDCHEN: Denn wenn die Dinge nicht vorsichtig und sehr behutsam verdeckt werden – –

ERSTES KOBOLDCHEN: – – dann werden sie nie entdeckt.

ZWEITES KOBOLDCHEN: Und ohne dies Zudecken und Aufdecken – –

ERSTES KOBOLDCHEN: Was würde wohl aus den armen Leuten?

ZWEITES KOBOLDCHEN *den Vorhang betrachtend:* Daß ja kein Spältchen bleibe.

ERSTES KOBOLDCHEN: Denn die jetzigen Spältchen sind morgen Dunkelheit. *Sie lachen.*

ZWEITES KOBOLDCHEN: Wenn die Dinge so offen liegen – –

ERSTES KOBOLDCHEN: – – bildet der Mensch sich ein, er habe es nicht nötig, sie zu entdecken.

ZWEITES KOBOLDCHEN: Und er stürzt sich auf die verworrenen Dinge, um in ihnen Geheimnisse zu entdecken, die schon offenbar waren.

ERSTES KOBOLDCHEN: Doch dafür sind wir Koboldchen ja hier!

ZWEITES KOBOLDCHEN: Kanntest du Perlimplín?

ERSTES KOBOLDCHEN: Von Kind auf.

ZWEITES KOBOLDCHEN: Und Belisa?

ERSTES KOBOLDCHEN: Sehr gut. Ihrem Zimmer entströmte ein so durchdringender Duft, daß ich einmal einschlief und zwischen den Krallen ihrer Katzen erwachte. *Sie lachen.*

ZWEITES KOBOLDCHEN: Diese Angelegenheit war – –

ERSTES KOBOLDCHEN: – – ganz offensichtlich!

ZWEITES KOBOLDCHEN: Jedermann bildete sich das ein.

ERSTES KOBOLDCHEN: Und die Erklärung soll in geheimnisvollere Sphären geflohen sein.

ZWEITES KOBOLDCHEN: Darum darf unser wirksamer und höchst sozialer Lichtschutz noch nicht aufgezogen werden.

ERSTES KOBOLDCHEN: Nein, noch darf man nichts erfahren.

ZWEITES KOBOLDCHEN: Die Seele Perlimplíns, winzig und scheu wie ein neugeborenes Entlein, bereichert und verfeinert sich in diesen Augenblicken. *Sie lachen.*

ERSTES KOBOLDCHEN: Das Publikum ist ungeduldig.

ZWEITES KOBOLDCHEN: Und mit Recht. Gehen wir?

ERSTES KOBOLDCHEN: Wir gehen. Ich fühle eine sanfte kleine Kühle im Rücken.

ZWEITES KOBOLDCHEN: Fünf kalte Kamelien aus Morgenfrühe haben sich auf den Wänden geöffnet.

ERSTES KOBOLDCHEN: Fünf Balkone über der Stadt. *Sie erheben sich und werfen große blaue Kapuzen über.*

ZWEITES KOBOLDCHEN: Tun wir dir Gutes oder Böses, Don Perlimplín?

ERSTES KOBOLDCHEN: Gutes – denn es ist nicht recht, das Unglück eines guten Menschen vor den Blicken des Publikums auszustellen.

ZWEITES KOBOLDCHEN: Das ist wahr, Gevatterchen; denn es ist nicht dasselbe zu sagen: ich habe gesehen – oder: man sagt.

ERSTES KOBOLDCHEN: Morgen wissen es alle.

ZWEITES KOBOLDCHEN: Eben das wünschen wir.

ERSTES KOBOLDCHEN: Erklärung heißt Aufschluß für alle Welt.

ZWEITES KOBOLDCHEN: Sst – – *Flöten tönen.*

ERSTES KOBOLDCHEN: Sst! . .

ZWEITES KOBOLDCHEN: Gehen wir durchs Dämmerscheinchen?

ERSTES KOBOLDCHEN: Jetzt gehen wir Gevatterchen.

ZWEITES KOBOLDCHEN: Jetzt?

ERSTES KOBOLDCHEN: Jetzt. *Sie ziehen den Vorhang auf. Don Perlimplín, mit großen, goldnen Hörnern, liegt im Bett, ihm zur Seite Belisa. Die fünf Balkone im Hintergrund stehen sperrangelweit offen; das weiße Licht des Morgenanbruchs fällt durch sie ein.*

PERLIMPLÍN *erwachend:* Belisa, Belisa, gib Antwort!

BELISA *Erwachen vorspiegelnd:* Was willst du, Perlimplimplinito?

PERLIMPLÍN: Gleich sag mir – –

BELISA: Was? Ich bin viel früher eingeschlafen als du!

Perlimplín springt aus dem Bett. Er ist mit der grünen Kasacke angetan.

PERLIMPLÍN: Warum sind die Balkone offen?

Belisa: Weil sie der unerhörte Sturm in dieser Nacht geöffnet hat.

Perlimplín: Warum verbinden fünf Leitern die Balkone mit dem Boden?

Belisa: Weil das im Lande meiner Mutter Brauch ist.

Perlimplín: Und wem gehören die fünf Hüte, die ich unter den Balkonen sehe?

Belisa *springt aus dem Bett:* Den Trunknen, die kommen und gehn. Perlimplín! Perlimplinillo! Herzallerliebster!

Perlimplín *sieht sie an, berückt:* Belisa, Belisa! Und warum – nein? Alles erklärst du gut. Ich bin einverstanden. Warum sollte es nicht so sein?

Belisa *schmeichelnd:* Ich sage nicht das allerkleinste Lügelchen.

Perlimplín: Ich liebe dich mehr mit jeder Minute.

Belisa: Das habe ich gern.

Perlimplín: Ich bin zum ersten Male zufrieden in meinem Leben. *Nähert sich ihr und umarmt sie, tritt aber im gleichen Augenblick schroff zurück.* Belisa. Wer hat dich geküßt? Lüge nicht, denn ich weiß es.

Belisa *rafft ihr Haar und wirft es nach vorn:* Ganz gewiß weißt du das. Was für ein spaßhaftes Männchen ich habe! *Leise:* Du! Du hast mich geküßt!

Perlimplín: Ja. Ich habe dich geküßt. Aber – – wenn dich noch jemand geküßt hätte – –, wenn dich noch jemand geküßt hätte – – Liebst du mich?

Belisa *hebt einen nackten Arm:* Ja, mein klitzekleiner Perlimplín.

Perlimplín: Dann – – Was geht das mich an? *Er nähert sich ihr und umarmt sie.* Bist du Belisa?

Belisa *verhätschelt und leise:* Ja. Ja. Ja.

Perlimplín: Du kommst mir fast wie ein Traum vor!

Belisa *reagierend:* Höre, Perlimplín, schließ die Balkone, die Leute stehen gleich auf.

Perlimplín: Wozu? Da wir beide ausgeschlafen haben, könnten wir den Morgenanbruch sehen – – Gefällt dir das nicht?

BELISA: Doch, aber – – *Sie setzt sich auf das Bett.*

PERLIMPLÍN: Noch nie sah ich die Sonne aufgehen. *Belisa fällt ermüdet auf die Kissen.* Ein Schauspiel, das – – wer hätte das je geglaubt? – – mich bewegt! – – Und dir gefällt es nicht? *Er tritt an das Bett.* Belisa – – schläfst du?

BELISA *im Halbschlaf:* Ja.

PERLIMPLÍN *auf Zehenspitzen, bedeckt sie mit einem roten Umhang. Ein starkes goldnes Licht dringt durch die Balkone. Schwärme von Papiervögeln fliegen an ihnen vorbei, während der Morgen eingeläutet wird. Inzwischen hat sich Perlimplín auf den Bettrand gesetzt:*

Liebe, Liebe,
verwundet ist die Liebe.
Verletzt von fliehender Liebe,
verletzt und tot vor Liebe.
Allen sagt, die Nachtigall
habe es ihr angetan.
Skalpell mit vieren Schneiden,
zerbrochen ist die Kehle,
Vergessen, ach, Vergessen,
nimm an der Hand mich, Liebe,
ich komm mit Todeswunden,
verletzt von fliehender Liebe,
verletzt!
und tot vor Liebe!

Zwischenvorhang[1]

1. Sonatine von Scarlatti. (Siehe S. 143) A. d. Ü.

ZWEITES BILD

Perlimplíns Eßzimmer. Die Perspektiven sind köstlich verzeichnet. Der Tisch mit allen Geräten sieht aus wie in einem primitivistischen Abendmahlbild.

PERLIMPLÍN: Wirst du auch tun, was ich dir sage?

MARCOLFA *weinend:* Seien Sie unbesorgt, Herr.

PERLIMPLÍN: Marcolfa, warum weinst du fortwährend?

MARCOLFA: Das wissen Euer Gnaden doch. In der Hochzeitsnacht stiegen fünf Personen durch die Balkone. Fünf! Vertreter der fünf Rassen dieser Erde. Der Europäer mit seinem Bart, der Indianer, der Schwarze, der Gelbe und der Nordamerikaner. Und Sie, Sie bemerkten nichts.

PERLIMPLÍN: Das ist ohne Bedeutung.

MARCOLFA: Denken Sie nur! Gestern sah ich sie mit einem andren.

PERLIMPLÍN *neugierig:* Wie?

MARCOLFA: Und sie verbarg sich nicht vor mir.

PERLIMPLÍN: Aber ich bin glücklich, Marcolfa.

MARCOLFA: Sie erstaunen mich, Herr.

PERLIMPLÍN: So glücklich, wie du es nicht ahnst. Ich habe viele Dinge gelernt – und vor allem: ich kann sie mir vorstellen.

MARCOLFA: Sie lieben sie zu sehr, Herr.

PERLIMPLÍN: Nicht, wie sie es verdient.

MARCOLFA: Da kommt sie.

PERLIMPLÍN: Geh. *Marcolfa geht, Perlimplín versteckt sich in einer Ecke.*

BELISA *tritt ein:* Ich sah ihn nicht einmal. Als ich in der Allee promenierte, folgten mir alle außer ihm. Er muß braunhäutig sein, und seine Küsse müssen duften und brennen zugleich wie Safran und Nelke. Manchmal geht er an meinen Balkonen vorüber und wiegt langsam seine Hand in einem Gruß, der meine Brüste zittern macht.

PERLIMPLÍN *sich räuspernd:* Hm!

BELISA *wendet sich um:* Oh! Du erschreckst mich.

PERLIMPLÍN *nähert sich zärtlich:* Ich bemerke, daß du mit dir selbst sprichst.

BELISA *gelangweilt:* Laß mich.

PERLIMPLÍN: Wollen wir spazieren gehen?

BELISA: Nein.

PERLIMPLÍN: Wollen wir in die Konditorei gehen?

BELISA: Nein, sagte ich!

PERLIMPLÍN: Verzeih. *Ein Brief, um einen Stein gewickelt, fällt durch den Balkon. Perlimplín hebt ihn auf.*

BELISA: Gib her!

PERLIMPLÍN: Warum?

BELISA: Weil das für mich ist.

PERLIMPLÍN *foppend:* Und wer hat dir das gesagt?

BELISA: Perlimplín!! Lies ihn nicht!

PERLIMPLÍN *scherzhaft heftig:* Was heißt das?

BELISA *weinend:* Gib mir den Brief!

PERLIMPLÍN *sich ihr nähernd:* Arme Belisa! Weil ich deinen Gemütszustand begreife, gebe ich dir das Papier, das dir so viel bedeutet – – *Belisa nimmt das Blatt und versenkt es in ihren Busen.* Ich erfasse die Ereignisse. Und wenn sie mich auch zutiefst verletzen, empfinde ich, daß du in einem Drama lebst.

BELISA *zart:* Perlimplín!

PERLIMPLÍN: Ich weiß, daß du mir treu warst und sein wirst.

BELISA *niedlich:* Ich habe nie ein andres Männchen gekannt als meinen Perlimplinillo.

PERLIMPLÍN: Ich will dir darum helfen, wie jeder gute Mann, dessen Frau ein Tugendmuster ist . . . Siehst du. *Er schließt die Türen und macht eine geheimnisvolle Miene.* Ich weiß alles! Ich merkte es sofort. Du bist jung und ich bin alt. Das ist nicht zu ändern! Aber ich verstehe das ganz. *Pause. Leise:* Ist er heute hier vorbeigekommen?

BELISA: Zweimal.

PERLIMPLÍN: Und hat er dir Zeichen gegeben?

Belisa: Ja —— aber etwas verächtlich —— und das tut mir weh!

Perlimplín: Fürchte dich nicht. Vor vierzehn Tagen sah ich diesen Jüngling zum ersten Mal. Ich versichere dir mit aller Aufrichtigkeit, daß seine Schönheit mich geblendet hat. Noch nie habe ich einen Menschen gesehen, in dem Männliches und Zartes so vollkommen zusammenklingen. Ohne zu wissen warum, dachte ich an dich.

Belisa: Ich habe sein Gesicht nicht gesehen, doch — —

Perlimplín: Du kannst mit mir ohne Angst darüber sprechen — — ich weiß, daß du ihn liebst — — Ich liebe dich nun wie ein Vater — — ich bin den Torheiten schon fern — — das ist so — —

Belisa: Er schreibt mir Briefe.

Perlimplín: Ich weiß.

Belisa: Aber er läßt sich nicht sehen.

Perlimplín: Seltsam.

Belisa: Beinahe — — wie wenn er mich — verachte.

Perlimplín: Wie kindlich du bist!

Belisa: Doch ohne Zweifel liebt er mich, wie ich es mir wünsche.

Perlimplín *listig:* Meinst du?

Belisa: Die Briefe, die ich von andren Männern erhielt — — und die ich nicht beantwortete, weil ich ja schon mein Gemählchen hatte, sprachen von idealen Ländern, von Träumen, verwundeten Herzen — — doch seine Briefe — — ach, sie — —

Perlimplín: Du kannst mir alles sagen.

Belisa: — — sprechen von mir — — meinem Leib — —

Perlimplín *liebkost ihr Haar:* Von deinem Leib!

Belisa: Wozu deine Seele lieben?, sagt er mir. Die Seele ist das Besitztum der Schwächlinge, der gichtigen Helden und der Kränkelnden. Die schönen Seelen weilen am Ufer des Todes, gebeugt über schlohweiße Haare und abgezehrte Hände. Nicht deine Seele, Belisa, deinen weißen, geschmeidigen, bebenden Leib will ich!

PERLIMPLÍN: Wer mag dieser schöne Jüngling sein?

BELISA: Das weiß niemand.

PERLIMPLÍN *forschend:* Niemand?

BELISA: Ich habe alle meine Freundinnen gefragt.

PERLIMPLÍN *geheimnisvoll und entschieden:* Und wenn ich dir sagte, daß ich ihn kenne?

BELISA: Ist – das – möglich?

PERLIMPLÍN: Warte. *Er geht zum Balkon.* Da ist er.

BELISA *hinlaufend:* Ja?

PERLIMPLÍN: Er biegt eben um die Ecke.

BELISA *erstickt:* Ach!

PERLIMPLÍN: Weil ich alt bin, will ich mich für dich opfern – – Was ich jetzt tue, tat noch niemand je zuvor. Aber ich bin schon außerhalb der Welt und der lächerlichen Moral der Leute. Leb wohl!

BELISA: Wohin?

PERLIMPLÍN *in der Tür, mit Größe:* Später wirst du alles wissen! Später!

Zwischenvorhang[1]

DRITTES BILD

Zypressen- und Orangengarten. Während der Vorhang sich hebt, kommen Perlimplín und Marcolfa.

MARCOLFA: Ist es schon Zeit?

PERLIMPLÍN: Nein. Noch nicht.

MARCOLFA: Aber – was haben Sie gedacht, Herr?

PERLIMPLÍN: Alles, was ich vorher nicht gedacht habe.

MARCOLFA *weinend:* Ich habe die Schuld!

PERLIMPLÍN: Oh! Wenn du sähest, welche Dankbarkeit mein Herz für dich fühlt!

1. Sonatine von Scarlatti. (Siehe S. 143) A. d. Ü.

MARCOLFA: Früher war alles gut. Morgens brachte ich Ihnen Milchkaffee und Trauben – –

PERLIMPLÍN: Ja – – Die Trauben! Die Trauben!, und – ich? Mir scheinen hundert Jahre vergangen zu sein. Früher konnte ich die ungewöhnlichen Dinge des Lebens nicht bedenken – – ich blieb an den Türen – –. Jetzt – im Gegenteil! Belisas Liebe hat mich mit einem kostbaren Schatz bereichert, von dem ich nichts wußte – – Siehst du? Jetzt schließe ich die Augen – ich sehe, was ich will – zum Beispiel meine Mutter, während die Feen aus der Umgebung sie besuchen – – Ach, du weißt doch wie die Feen sind – so zierlich – so klein – wie wunderbar!, sie können auf meinem kleinen Finger tanzen!

MARCOLFA: Ja, ja, die Feen, die Feen, aber – – das andre?

PERLIMPLÍN: Das andre, ach! *Befriedigt:* Was hast du meiner Frau gesagt?

MARCOLFA: Obgleich ich dazu nicht tauge, sagte ich ihr, was Sie mir aufgetragen haben, Herr: Daß dieser Jüngling – – diese Nacht – – mit dem zehnten Glockenschlag den Garten beträte, wie immer in seiner roten Capa.

PERLIMPLÍN: Und sie?

MARCOLFA: Entflammte – – wie eine Geranie, preßte die Hände aufs Herz und küßte leidenschaftlich ihre schönen Zöpfe.

PERLIMPLÍN *enthusiastisch:* Ah – sie entflammte wie eine Geranie? Und was sagte sie?

MARCOLFA: Sie seufzte nur – aber wie!

PERLIMPLÍN: Ja! Wie noch nie eine Frau – – nicht wahr?

MARCOLFA: Ihre Liebe muß den Wahnsinn streifen.

PERLIMPLÍN *erbebend:* Das! Es ist für mich nötig, daß sie diesen Jüngling mehr liebt als ihren eigenen Leib. Und ohne Zweifel liebt sie ihn.

MARCOLFA *weinend:* Ich habe Angst, das zu hören. Wie ist es nur möglich? Don Perlimplín, wie ist das nur möglich? Sie selbst nähren ja in Ihrem Weib die schlimmste aller Sünden!

PERLIMPLÍN: Weil Don Perlimplín keine Ehre hat und sich vergnügen will. Da siehst du's! In dieser Nacht kommt der neue, der unbekannte Liebhaber meiner Frau Belisa. Was soll ich andres tun als singen? *Singend:* Don Perlimplín hat keine Ehr'! Hat keine Ehr'!

MARCOLFA: Nehmen Sie bitte zur Kenntnis, Herr, daß ich mich nunmehr als verabschiedet betrachte. Wir Dienerinnen haben auch unsre Scham.

PERLIMPLÍN: Ach einfältige Marcolfa! Morgen wirst du frei sein wie ein Vogel – – Bleib bis morgen – – Jetzt geh und erfülle deine Pflicht! Wirst du auch tun, was ich dich geheißen habe?

MARCOLFA *abgehend und ihre Tränen trocknend:* Was ist da sonst zu tun? Was sonst?

PERLIMPLÍN: Gut! So ist es recht!

Eine weiche Serenade tönt. Don Perlimplín versteckt sich hinter Rosenbüschen.

STIMMEN: An Ufersäumen des Flusses
netzt sich, netzt sich die Nacht.
An Belisas Brüsten, Belisas,
sterben vor Liebe die Zweige.

PERLIMPLÍN: Sterben vor Liebe die Zweige!

STIMMEN: Die Nacht singt nackt, sie singt nackend
über den Brücken des März.
Belisa wäscht ihren Leib
mit salzigem Wasser und Narden.

PERLIMPLÍN: Sterben vor Liebe die Zweige!

STIMMEN: Die Silbernacht, die Anisnacht
glänzt über Dächer dahin.
Silber der Bäche und Spiegel.
Anis deiner weißesten Schenkel.

PERLIMPLÍN: Sterben vor Liebe die Zweige!

BELISA *wundervoll gekleidet, erscheint im Garten. Der Mond beleuchtet die Szene:* Was für Stimmen erfüllen mit süßer Harmonie die Luft allein eines einzigen Stückchens der Nacht? Ich habe deine Inbrunst gefühlt und deinen Kummer, köstlicher Jüngling, Geliebter – – Oh, die Zweige bewegen sich! *Ein Mann in roter Capa quert vorsichtig den Garten.*

Sst – – Hier bin ich, hier! *Der Mann gibt mit der Hand ein Zeichen, daß er bald wiederkommen wird.* O ja! Komm wieder, Liebster! Schwimmender, wurzelloser Jasmin! Der Himmel stürzt auf meine feuchte Schulter – – Nacht!, meine Nacht aus Minze und Lapislazuli.

PERLIMPLÍN *kommt, überrascht:* Was tust du hier?

BELISA: Ich erging mich – –

PERLIMPLÍN: Und weiter nichts?

BELISA: – – in der klaren Nacht.

PERLIMPLÍN *energisch:* Was tatest du hier?

BELISA *überrascht:* Aber wußtest du das nicht?

PERLIMPLÍN: Nichts weiß ich.

BELISA: Du hast mir doch die Nachricht bringen lassen.

PERLIMPLÍN *lüstern:* Belisa, – – erwartest du ihn noch?

BELISA: Glühender denn je!

PERLIMPLÍN *heftig:* Warum?

BELISA: Weil ich ihn liebe.

PERLIMPLÍN: Dann kommt er.

BELISA: Der Duft seines Leibes durchdringt sein Gewand. Ich liebe – ich liebe ihn – Perlimplín! Ich glaube, ich bin ein andres Weib!

PERLIMPLÍN: Das ist mein Triumph!

BELISA: Was für ein Triumph?

PERLIMPLÍN: Der Triumph meiner Phantasie!

BELISA: Wahrhaftig, du halfst mir ihn lieben!

PERLIMPLÍN: Nun helfe ich dir ihn beweinen.

BELISA *befremdet:* Perlimplín! Was sagst du?!

Es schlägt zehn Uhr. Die Nachtigall singt.

PERLIMPLÍN: Die Stunde ist gekommen!

BELISA: In diesem Augenblick muß er sich nahen.

PERLIMPLÍN: Er schwingt sich über die Mauer meines Gartens.

BELISA: In seine rote Capa gehüllt.

PERLIMPLÍN *einen Dolch ziehend:* Rot wie sein Blut.

BELISA *hält ihn fest:* Was willst du tun?

PERLIMPLÍN *umarmt sie:* Belisa – liebst du ihn?

Belisa: Ja!

Perlimplín: Wohl – da du ihn so heiß liebst, will ich nicht, daß er dich je verläßt. Und damit er für immer dein ist, halte ich es für das beste, ihm diesen Dolch in das galante Herz zu stoßen. Was meinst du?

Belisa: Gott!!! Perlimplín!

Perlimplín: Tot – kannst du ihn ewig in deinem Bett liebkosen – – so hübsch, so geputzt – ohne zu zittern vor einem Ende seiner Liebe. Er wird dich lieben mit der unendlichen Liebe der Toten, und ich werde befreit sein von der dunklen Beklommenheit vor deinem herrlichen Leib. *Umarmt sie.* Dein Leib!! – – ich würde ihn nie enträtseln können!!!! *In den Garten blickend:* Sieh doch nur, woher er kommt – – Laß mich, Belisa – – Laß los! *Er entrennt.*

Belisa *verzweifelt:* Marcolfa! Bring mir den Degen aus dem Eßzimmer! Ich will ihn durch die Kehle meines Mannes stoßen! *Schreiend:* Don Perlimplín!

Niedriger Sinn!
Wenn du ihn tötest,
streck ich dich hin!

Durch die Zweige hindurch schwankt in weiter, roter, prächtiger Capa ein verwundeter Mann. Sie umarmt ihn. Liebster! Wer hat dir die Adern geöffnet, daß du meinen Garten mit Blut füllst? Geliebter! Laß mich dein Antlitz sehen – wenn auch nur einen Augenblick! Ach ...! Wer mordete – – wer?

Perlimplín *entdeckt sich:* Dein Mann erstach mich mit diesem smaragdenen Dolch. *Deutet auf den Dolch in seiner Brust.*

Belisa *entsetzt:* Perlimplín!

Perlimplín: Er rannte durch die Felder. Du wirst ihn nie mehr sehen. Er tötete mich, weil er wußte, daß ich dich liebte wie niemand – – Als er zustieß, schrie er: Belisa hat eine Seele! Komm – – *Er streckt sich auf einer Bank aus.*

Belisa: Was heißt das? Du bist – du bist verwundet!

Perlimplín: Perlimplín hat mich getötet – – Ach, Don Perlimplín! Wollüstiger Greis! Kraftlose Puppe! Du konntest kein Teil sein von Belisas Leib — — Belisas Leib war für jüngere Muskeln — für Glutlippen. Ich aber, ich liebte nur deinen Leib — — Deinen Leib! Aber er hat mich getötet — — mit diesem feurigen Zweig aus Edelsteinen.

Belisa: Was — hast — du — getan?

Perlimplín *sterbend:* Begreifst du? Ich bin meine Seele — und du bist dein Leib. — Laß mich — in diesem letzten Augenblick — in seiner Umarmung — sterben — — denn du hast mich sehr geliebt — —

Belisa *umarmt ihn:* Ja — — aber — der Jüngling? Warum hast du mich getäuscht?

Perlimplín: Der Jüngling —?

Er schließt die Augen. Die Bühne erhält ein magisches Licht.

Marcolfa *kommt:* Señora!

Belisa *weinend:* Don Perlimplín ist gestorben!

Marcolfa: Ich wußte es! Jetzt hüllen wir ihn in den roten Umhang der Jugend, in dem er sich unter seinen eigenen Balkonen erging.

Belisa *weinend:* Nie habe ich geglaubt, daß alles so verworren, so schwer zu lösen sei!

Marcolfa: Sie haben es zu spät erkannt. Ich will ihm einen Kranz binden wie die Mittagsonne.

Belisa *verwirrt und wie in andren Sphären:* Perlimplín — — Was hast du getan, Perlimplín?

Marcolfa: Jetzt bist du ein andres Weib, Belisa. Wundervoll — bist du — bekleidet — mit dem Blute — meines Herrn.

Belisa: Wer aber war dieser Mensch? Wer?

Marcolfa: Der schöne Jüngling, dessen Antlitz du niemals sehen wirst.

Belisa: Ja, Marcolfa, ja. Ich liebe ihn. Ich liebe ihn mit der ganzen Kraft meines Leibes und meiner Seele. Wo aber ist der Jüngling mit der roten Capa? Mein Gott — — wo — ist — er?

Marcolfa: Schlaf ruhig, Don Perlimplín. Hörst du sie, Don Perlimplín — —? Hörst du sie?

Glockengeläute. Vorhang

SOBALD FÜNF JAHRE VERGEHEN

Legende der Zeit
in drei Akten und fünf Bildern

Personen

DER JÜNGLING

DER ALTE

DER ERSTE FREUND

DER ZWEITE FREUND

DIE STENOTYPISTIN

DAS KIND · DIE KATZE

DER DIENER · DIE BRAUT

DER RUGBYSPIELER

DER VATER · DIE ZOFE

DER MANNEQUIN (KLEIDERPUPPE)

DER HARLEKIN · DAS MÄDCHEN

DER BAJAZZO · DIE MASKE

DAS HAUSMÄDCHEN

DER ERSTE SPIELER

DER ZWEITE SPIELER

DER DRITTE SPIELER

ERSTES ECHO · ZWEITES ECHO

STIMMEN · ZWEI MASKEN

ZWEI DIENER

ERSTER AKT

Bibliothek. Der Jüngling sitzt. Er trägt ein blaues Pyjama. Der weißbärtige Alte – grauer Cutaway, außergewöhnlich große goldne Brille – sitzt ebenfalls.

JÜNGLING: Das überrascht mich nicht.

ALTER: Verzeihen Sie ...

JÜNGLING: So ist es mir immer ergangen.

ALTER *forschend und liebenswürdig:* Wirklich?

JÜNGLING: Ja.

ALTER: Nämlich ...

JÜNGLING: Ich erinnere mich, daß ...

ALTER *lacht:* ›Ich erinnere mich‹ – immer ...

JÜNGLING: Ich ...

ALTER *begierig:* Fahren Sie fort ...

JÜNGLING: Ich hob die Süßigkeiten auf, um sie zuletzt zu essen.

ALTER: Zuletzt, nicht wahr?, schmecken sie besser. Auch ich ...

JÜNGLING: Ich erinnere mich, daß eines Tages ...

ALTER *ihn ungestüm unterbrechend:* Das Wort ›Ich erinnere mich‹ gefällt mir so sehr! Ein grünes, saftiges Wort. Unablässig entsprühen ihm feine Strählchen kalten Wassers.

JÜNGLING *froh und sich selbst zu überzeugen trachtend:* Ja, ja. Gewiß. Sie haben recht. Man muß mit jeder Zerfallsvorstellung kämpfen, mit diesen schrecklichen zerbröckelten Krusten an den Wänden. Sehr oft bin ich um Mitternacht aufgestanden, um die Gräser im Garten auszureißen. Ich will keine Gräser und keine zertrümmerten Möbel im Hause haben.

ALTER: Ganz meine Meinung. Keine zertrümmerten Möbel, denn man muß sich erinnern, aber ...

JÜNGLING: Aber des Lebendigen, das in seinem Blut glüht, mit all seinen unversehrten Umrissen.

ALTER: Ganz recht. Das heißt *(dämpft die Stimme)*, man muß sich erinnern – aber vorher erinnern.

JÜNGLING: Vorher?

ALTER *geheimnisvoll:* Ja, man muß sich an morgen erinnern.

JÜNGLING *hingerissen:* An morgen.

Eine Uhr schlägt sechs. Die Stenotypistin quert die Bühne. Sie weint still.

ALTER: Sechs Uhr.

JÜNGLING: Ja, sechs Uhr und noch solch fürchterliche Hitze. *Steht auf.* Ein wundervoller Gewitterhimmel. Voll grauer Wolken ...

ALTER: Sie wollen also anscheinend ...? Ich war innig mit der Familie befreundet. Vor allem mit dem Vater. Er befaßt sich mit Astronomie. Interessant, wie?, mit Astronomie. Und sie?

JÜNGLING: Ich habe sie kaum gekannt. Doch das besagt nichts. Ich glaube, daß sie mich liebt.

ALTER: Sicher!

JÜNGLING: Sie machten eine lange Reise. Ich habe mich fast gefreut ... Diese Dinge benötigen Zeit.

ALTER *munter:* Natürlich.

JÜNGLING: Ja, aber ...

ALTER: Aber – was?

JÜNGLING: Nichts. *Fächelt sich.* Ich warte.

ALTER: Hat ihr Vater Sie aufgesucht?

JÜNGLING: Nie! Und für den Augenblick ist es nicht möglich ... Bis fünf Jahre vergangen sind.

ALTER: Großartig! *Lustig.*

JÜNGLING *ernst:* Warum sagen Sie ›großartig‹?

ALTER: Nun, weil ... Ist das hübsch? *Deutet auf den Raum.*

JÜNGLING: Nein.

ALTER: Bedrängt Sie nicht die Stunde des Abschieds, die Ereignisse – und was jetzt kommen muß?

JÜNGLING: Ja, ja. Sprechen Sie nicht davon.

ALTER: Was ist auf der Straße los?

JÜNGLING: Lärm, immer Lärm, Staub, Hitze, schlechte Gerüche. Es belästigt mich, daß die Straßendinge ins Haus eindringen. *Man hört einen langen Seufzer. Pause.* Juan! Schließ das Fenster!

Ein sehr zart aussehender Diener, der auf Zehenspitzen geht, schließt das große Fenster.

ALTER: Ist sie – – sehr jung?

JÜNGLING: Sehr jung. Fünfzehn Jahre.

ALTER: Die fünfzehn Jahre, die sie gelebt hat, sind sie selbst. Aber warum könnte man nicht auch sagen, daß sie fünfzehn Schneefälle, fünfzehn Lüfte, fünfzehn Dämmerungen alt ist? Wagen Sie nicht zu fliehen? Zu fliegen? Ihre Liebe über den ganzen Himmel auszubreiten?

JÜNGLING *bedeckt sein Gesicht mit den Händen:* Ich liebe sie zu sehr.

ALTER *stehend und ausdrücklich:* Oder könnte man nicht auch ebensogut sagen *(mit Betonung):* Sie ist fünfzehn Rosen, fünfzehn Flügel, fünfzehn Sandkörnchen alt? Wagen Sie nicht, Ihre Liebe in Ihrer Brust zu verdichten, sie verwundend, sie winzig zu machen? *Setzt sich.*

JÜNGLING: Sie wollen mich von ihr abwenden. Aber ich kenne schon Ihr Vorgehen. Es genügt, auf der Hand ein lebendes Insekt zu beobachten oder eines Abends auf das Meer zu sehen und alle Formen der Wellen zu betrachten – und das Antlitz, der Gram, die Empfindung in unsrer Brust zersprühen wie Blasen. Ich aber, ich liebe und will lieben, so lieben, wie sie mich liebt, und darum kann ich fünf Jahre warten, warten in der Erwartung, mir in der Nacht, wenn die ganze Welt erloschen ist, ihre Zöpfe aus Licht um den Hals zu schlingen.

ALTER: Ich darf Sie wohl daran erinnern, daß Ihre Braut ... keine Zöpfe hat.

JÜNGLING *irritiert:* Ich weiß das selbst. Sie schnitt sie ab – ohne mein Einverständnis, natürlich, und das *(geängstigt)* ... verändert mir ihr Bild. *Mit Nachdruck:* Ich weiß selbst, daß sie keine Flechten hat. *Fast zornig:* Warum haben Sie mich daran erinnert? *Traurig:* Doch wird sie sich in diesen fünf Jahren die Zöpfe wieder wachsen lassen.

ALTER *begeistert:* Und schönere denn je! Das werden Zöpfe sein ...

JÜNGLING: Sind, sind! *Freudig.*

ALTER: Das sind Zöpfe, mit deren Duft man leben kann ohne Bedürfnis nach Brot, nach Wasser.

JÜNGLING: Ich denke so viel! ...

ALTER: Sie träumen so viel.

JÜNGLING: Wie?

ALTER: Sie denken so viel, daß ...

JÜNGLING: Daß mein Fleisch bloß liegt. Ganz inwendig. Eine Brandwunde.

ALTER *reicht ihm ein Glas hin:* Trinken Sie.

JÜNGLING: Danke. Wenn ich anfange, an das Mädelchen zu denken, an mein Herzblättchen ...

ALTER: Sagen Sie: meine Braut. Wagen Sie es!

JÜNGLING: Nein.

ALTER: Aber warum?

JÜNGLING: Braut ... Sie wissen ja, wenn ich Braut sage, sehe ich sie, ohne es zu wollen, in einen an ungeheuren Zöpfen aus Schnee festgebundenen Himmel gehüllt wie in ein Leichentuch. Es ist leicht möglich, daß ihre Nase länglich wird, daß die Hand, die auf ihrer Brust liegt, wie fünf grüne Stiele aussieht, auf denen die Schnecken kriechen. Nein, sie ist nicht meine Braut *(macht eine Bewegung, wie wenn er das Bild entferne, das ihn einzufangen droht)* – sie ist mein süßes Mädchen, mein Herzblatt.

ALTER: Weiter, weiter.

JÜNGLING: Also, wenn ich nun anfange, an sie zu denken!, male ich sie mir aus, lasse ich sie sich harmlos und munter bewegen; aber: wer verändert plötzlich ihre Nase, wer zerbricht ihre Zähne, wer verwandelt sie in eine andre, mit Lumpen behängte, die durch meine Gedanken streicht, wie wenn sie sich in einem Vexierspiegel betrachte?

ALTER: Wer? Es ist unglaublich, daß Sie sagen: wer. Die Dinge, die wir vor Augen haben, verwandeln sich noch mehr als die, die ohne Distanz hinter unsrer Stirn leben. Das Wasser, das zum Fluß kommt, ist ganz anders als das, das vom Fluß fortgeht. Und wer erinnert sich etwa einer genauen Karte der Sandmassen in der Wüste? Wer des Gesichtes eines beliebigen Freundes?

JÜNGLING: Ja, ja. Noch lebendiger ist das Innen, wiewohl auch das sich verändert. Als ich sie das letzte Mal sah, konnte ich sie nicht von nahe ansehn, weil sie zwei kleine Fältchen auf der Stirn hatte, die, gerade wie wenn ich einen Fehler begangen hätte – Sie verstehen? –, ihr ganzes Gesicht füllten, sie runzlig machten und alt, wie wenn sie viel erlitten hätte. Ich mußte mich von ihr entfernen, um in meinem Herzen die genaue Bildschärfe einzustellen – das ist das richtige Wort.

ALTER: Das heißt – in jenem Augenblick, als Sie sie alt sahen, war sie Ihnen ganz hingegeben?

JÜNGLING: Ja.

ALTER *exaltiert:* Das heißt – wenn sie in eben diesem Augenblick Ihnen bestätigt, daß sie Sie betrogen hat, daß sie Sie nicht liebt, hätten sich die Fältchen in die köstlichste Rose der Welt verwandelt?

JÜNGLING *exaltiert:* Ja.

ALTER: Und Sie hätten sie stärker geliebt – gerade deshalb?

JÜNGLING: Ja, ja.

ALTER: Und dann? Ha, ha!!

JÜNGLING: Dann ... Es ist sehr schwer zu leben.

ALTER: Darum muß man von einer Sache zur andren fliegen, bis man zugrunde geht. Wenn sie fünfzehn Jahre alt ist, kann sie fünfzehn Dämmrungen, fünfzehn Himmel alt sein. Innen sind die Dinge lebendiger als außen, wo sie dem Winde oder dem Tode ausgesetzt sind. Deshalb gehen wir ... um nicht zu gehen ... oder um zu warten. Denn das andre ist augenblicklich hinsterben, und es ist schöner zu denken, daß wir morgen noch die hundert goldenen Hörner sehen, auf denen die Sonne die Wolken emporstößt.

JÜNGLING *streckt ihm die Hand hin:* Dank, Dank für alles.

ALTER: Ich werde wiederkommen.

Die Stenotypistin kommt.

JÜNGLING: Hast du die Briefe geschrieben?

STENOTYPISTIN *verweint:* Ja, Herr.

ALTER *zum Jüngling:* Was fehlt ihr?

STENOTYPISTIN: Ich möchte fort von diesem Haus.

ALTER: Nun, das ist doch sehr einfach – nicht?

JÜNGLING *beunruhigt:* Das werden Sie ja sehen.

STENOTYPISTIN: Ich will fortgehen und kann nicht.

JÜNGLING *sanft:* Nicht ich halte dich zurück. Du weißt doch, daß ich nichts daran tun kann. Ich habe dir öfters gesagt, du möchtest warten, aber ... du ...

STENOTYPISTIN: Aber ich warte nicht. Was soll das Warten?

ALTER: Aber warum denn nicht? Warten ist glauben und leben.

STENOTYPISTIN: Ich warte nicht, weil ich keine Lust habe, weil ich nicht will – und trotzdem kann ich mich nicht von hier fortbewegen.

JÜNGLING: Du hörst immer auf, ohne Gründe anzugeben.

STENOTYPISTIN: Was für Gründe soll ich angeben? Es gibt nur einen Grund – den ... daß ich dich liebe. Erschrecken Sie nicht, mein Herr! Den ewigen. Als er noch klein war, *(zum Alten)* sah ich ihn, von meinem Balkon aus, spielen. Eines Tages fiel er hin und blutete am Knie. *Zum Jüngling:* Erinnerst du dich? Immer noch fühle ich dieses lebendige Blut wie eine rote Schlange zwischen meinen Brüsten zittern.

ALTER: Das ist nicht gut. Das Blut wird trocken, und was vergangen ist, ist vergangen.

STENOTYPISTIN: Bin denn i c h daran schuld, Herr? *Zum Jüngling:* Bitte, rechne mit mir ab. Ich will dieses Haus verlassen.

JÜNGLING: Ja, gern. Auch mich trifft nicht die geringste Schuld. Zudem weißt du recht genau, daß ich mir nicht mehr gehöre. Du kannst gehen.

STENOTYPISTIN *zum Alten:* Haben Sie das gehört? Er wirft mich aus dem Hause. Er will mich nicht hierhaben.
Weinend ab.

ALTER *geheimnisvoll zum Jüngling:* Diese Frau ist gefährlich.

JÜNGLING: Ich möchte sie lieben, wie ich Durst haben möchte an den Quellen. Ich möchte ...

ALTER: Keinesfalls. Was würden Sie morgen tun, eh? Denken Sie nach. Morgen.

ERSTER FREUND *tritt lärmend ein:* Wie still ist es in diesem Hause – und wozu? Gib mir Wasser mit Anis und Eis. *Der Alte geht.* Oder einen Cocktail.

JÜNGLING: Ich nehme an, daß du mir nicht die Möbel zertrümmern willst.

ERSTER FREUND: Einsamer Mensch, ernster Mensch – und bei dieser Hitze.

JÜNGLING: Kannst du dich nicht hinsetzen?

ERSTER FREUND *nimmt ihn in die Arme und schwenkt ihn herum:*
Tin – tin – tan,
das Flämmchen von San Juan.

JÜNGLING: Laß mich los. Ich bin nicht aufgelegt zu Späßen.

ERSTER FREUND: Huiiiiiii! Wer war dieser Alte? Ein Freund? Und wo sind denn in diesem Hause die Bilder der Mädchen, mit denen du schläfst? Sieh mal *(nähert sich ihm):* Ich werde dich bei den Revers nehmen, ich werde deine Backen rot schminken, diese Backen aus Wachs, diese ... diese abgeschabten.

JÜNGLING *ärgerlich:* Laß mich zufrieden.

ERSTER FREUND: Und mit einem Stock werde ich dich auf die Straße jagen.

JÜNGLING: Was habe ich auf der Straße zu tun? Dein Geschmack, wie? Es macht mir zuviel Arbeit, sie zu hören mit ihren vielen Wagen und ziellosen Leuten.

ERSTER FREUND *setzt sich und streckt sich auf dem Sofa aus:* O! Huiiiii! Ich dagegen ... Gestern machte ich drei Eroberungen – und da ich vorgestern zwei und heute eine machte ... kommt es so ... daß mir keine bleibt, weil ich keine Zeit habe. Ich war mit einem Mädchen zusammen ... Ernestine. Willst du sie kennen lernen?

JÜNGLING: Nein.

ERSTER FREUND *aufstehend:* Nein und Schnörkel darunter. Aber wenn du sie sähest, sie hat eine Taille ... Nein, wenn auch Mathilde eine viel schönere hat. *Ungestüm:* Ach, mein Gott! *Springt und fällt der Länge nach auf das Sofa.* Schau – es ist eine Taille nach Maß für alle Arme und so sündig schmal, daß man eine ganz kleine Silberaxt in der Hand haben möchte, um sie zu zerstückeln.

JÜNGLING *zerstreut und an der Unterhaltung unbeteiligt:* Dann werde ich die Treppe hinaufgehen.

ERSTER FREUND *streckt sich auf dem Bauch aus:* Ich habe keine Zeit, ich habe zu nichts Zeit, alles überstürzt sich. Stell dir das einmal vor. Ich verabrede mich mit Ernestine. *Steht auf.* Die Zöpfe hier, ganz festgewunden, schwarz, sage ich dir, schwarz! ... und dann ... Ernesti-ti-ti-ti-ne, so viel süße Sächelchen mache ich mit ihrem Namen, daß sich ihre Brüste mit T anfüllen; und da sie ihr weh tun, muß ich sie ihr mit den Lippen wieder herausziehen, mit den Fingern, mit den Augen ...

JÜNGLING *trommelt ungeduldig mit den Fingern auf dem Tisch:* Du läßt mich nicht zum Nachdenken kommen.

ERSTER FREUND: Aber wenn es doch nichts zum Nachdenken gibt! Und ich gehe. Um so mehr ... als ... *Sieht auf die Uhr.* Schon wieder zu spät; schrecklich, immer passiert mir dasselbe. Ich habe keine Zeit und das tut mir leid. Ich hatte etwas mit einer sehr häßlichen Frau, aber sie war wundervoll. Eine Brünette von denen, die man an einem Sommermittag vermißt ... Und sie gefällt mir *(wirft ein Kissen in die Luft)*, weil sie einem Tierbändiger ähnelt.

JÜNGLING: Genug.

ERSTER FREUND: Ja, Junge, werde nicht ungehalten, aber eine Frau kann sehr häßlich und ein Pferdebändiger schön sein. Und umgekehrt und ... was wissen wir? *Gießt ein Cocktailglas voll.*

JÜNGLING: Nichts ...

ERSTER FREUND: Aber willst du mir nicht sagen, was dich befallen hat?

JÜNGLING: Nichts. Kennst du mein Temperament nicht?

ERSTER FREUND: Ich verstehe es nicht. Trotzdem kann ich nicht ernst sein. *Lacht.* Ich werde dich chinesisch begrüßen. *Reibt seine Nase an der des Jünglings.*

JÜNGLING *lächelnd:* Hör auf.

ERSTER FREUND: Lach! *Kitzelt ihn.*

JÜNGLING *lachend:* Wildling! *Sie ringen.*

ERSTER FREUND: Ein Reinfall.

JÜNGLING: Ich nehme es mit dir auf.

ERSTER FREUND: Jetzt habe ich dich. *Zwängt des Jünglings Kopf zwischen seine Beine und verdrischt ihn.*

ALTER *kommt steif herein:* Erlauben Sie ... *Die Freunde richten sich auf.* Verzeihen Sie ... *Mit Nachdruck und den Jüngling ansehend:* Ich werde meinen Hut vergessen.

ERSTER FREUND: Wie?

ALTER *zornig:* Jawohl, Herr. Ich werde meinen Hut vergessen ... *Murmelnd:* Das heißt, ich habe meinen Hut vergessen.

ERSTER FREUND: Ahhhhhhh ... *Man hört Glas klirren.*

JÜNGLING *laut:* Juan, schließ die Fenster!

ERSTER FREUND: Ein bißchen Gewitter. Wäre es nur stark.

JÜNGLING: Ich will nichts davon wissen. *Laut:* Alles fest geschlossen!

ERSTER FREUND: Es donnert schon. Das wirst du hören müssen.

JÜNGLING: O nein!

ERSTER FREUND: O ja.

JÜNGLING: Es geht mich nichts an, was draußen geschieht. Dies ist mein Haus; hier kommt niemand herein.

ALTER *unwillig zum ersten Freund:* Das ist eine Tatsache, die man unmöglich bestreiten kann. *Man hört einen Donner aus der Ferne.*

ERSTER FREUND: Hier wird hereinkommen, wer will – nicht da, sondern unter deinem Bett.

Es donnert mehr in der Nähe.

JÜNGLING *schreiend:* Aber jetzt nicht, nicht jetzt!

ALTER: Bravo!

ERSTER FREUND: Öffne das Fenster! Mir ist heiß.

ALTER: Man wird es schon öffnen!

JÜNGLING: Nachher!

ERSTER FREUND: Wir wollen doch sehen ... Sie wollen mir sagen ...

Man hört noch einen Donner. Das Licht wird schwächer; ein bläulicher Gewitterschein verbreitet sich. Die drei Personen verbergen sich hinter einem schwarzen mit Sternen bestickten Paravent.

Durch die linke Tür kommt das tote Kind mit der Katze. Es trägt ein weißes Erstkommunionskleid und einen Kranz weißer Rosen auf dem Kopf. Auf seinem wächsernen Gesicht heben sich seine Augen hervor und seine Lippen, welken Lilien gleich. Es hält eine gedrehte Kerze in der Hand und trägt die große Kranzschleife mit Goldblumen. Die Katze ist blau und hat zwei riesige Blutflecke auf der weißgrauen Brust und am Kopf. Sie treten auf das Publikum zu. Das Kind führt die Katze an der Pfote.

KATZE: Miau

KIND: Ssssst ...

KATZE: Miau.

KIND: Nimm mein weißes Tüchlein hin.
Nimm mein weißes Kränzlein dir.
Weine nicht, ach wein nicht mehr.

KATZE: Meine Wunden tun mir weh,

denn die Kinder warfen
mir die Schultern wund.

KIND: Mir tut auch das Herz so weh.

KATZE: Kindchen, sag doch nur, warum
tut es dir denn weh?

KIND: Weil es nicht mehr weitergeht.
Gestern hörte langsam auf
meines Bettes Nachtigall.
Und viel Lärm. Ach sähst du nur ...
An das Fenster legte man
mich mit diesen Rosen.

KATZE: Was empfandest du dabei?

KIND: Ach, ich fühlte Springbrunnstrahlen,
Bienen in der Stube.
Hand hat man zu Hand gelegt,
und das war nicht recht getan.
Kinder sahen mich durchs Fenster,
und ein Mann mit einem Hammer
nagelte auf meinen Sarg
Sterne aus Papier. *Faltet die Hände.*
Doch die Engel kamen nicht.
Nein, mein lieber Kater.

KATZE: Sage nicht mehr Kater.

KIND: Nicht?

KATZE: Ich bin ein Katzenfräulein.

KIND: So? Du bist ein Katzenfräulein?

KATZE *empfindsam:*
Solltest du doch merken.

KIND: Woran sollt ich das wohl merken?

KATZE: Nun, an meiner Silberstimme.

KIND *galant:* Willst du dich nicht setzen?

KATZE: Ja, ich habe Hunger.

KIND: Will dir gern ein Mäuschen suchen.

Schickt sich an, unter den Stühlen nachzusehen.
Die auf einem Taburett sitzende Katze zittert.

Iß es nicht auf einmal auf,
nur ein Füßchen – du bist krank.

KATZE: Zehnmal trafen mich die Kinder
mit den harten Steinen ...

KIND: ... die wie diese Rosen wiegen,
welche gestern meine Kehle
so gefesselt. Willst du eine?
*Zieht eine Rose aus dem Kranz
auf dem Kopf.*

KATZE *fröhlich:*
Gerne will ich.

KIND: Weiße wachsbefleckte Rose,
scheinst mir wie des Mondes Aug,
eines Mondes, der zerbrochen –
wie in Ohnmacht zwischen Scherben
hingesunkene Gazelle.
Steckt sie ihr an.

KATZE: Und was hast denn du getan?

KIND: Spiele spielt ich – und was du?

KATZE: Ich auch spielte Spiele.
Ich spazierte wohl auf den Dächern,
ein süßnäsig Kätzchen –
meine Naslöchlein waren blechern.
Ich fing mit den Tätzchen
in Morgengewässern mir Fische,
schlief mittags am Plätzchen
in des Mauerrosenstrauchs Frische.

KIND: Und des Nachts?

KATZE *emphatisch:* Ging ich allein.

KIND: Ganz allein.

KATZE: Im Walde.

KIND *munter:* Auch ich, liebes süßnäsig Kätzchen
mit leichtesten Tätzchen
und Blechnasenlöchlein, ging suchen
mir Brombeern und Äpfel – zum Kuchen;

und dann mit den Kindern zur Kirche,
um Ziege zu spielen.

KATZE: Was? Ziege?

KIND: Man lutscht an den Nägeln der Türe.

KATZE: Und schmeckten die gut?

KIND: Nein, Kätzchen, wie Lecken an Münzen.
Ferner Donner.
Ach, ich habe Angst!
Warte! Kommen sie nicht schon?
Lief ich doch von Hause fort,
weint
will mich nicht begraben lassen.
Immer schmücken meinen Sarg
Lilien und Gläser.
Aber lieber will ich schlafen
in des Wassers Binsenwiege.
Will mich nicht begraben lassen.
Laß uns fortgehn. Schnell. Nur fort!
Nimmt sie an der Pfote.

KATZE: Und sie wollen uns begraben?
Wann denn?

KIND: Morgen in ganz dunklen Gruben.
Alle weinen. Alle schweigen.
Und dann gehn sie. Habs gesehn.
Und dann – weißt du?

KATZE: Was kommt dann?

KIND: Ja, dann essen sie uns auf.

KATZE: Wer denn?

KIND: Vater Eidechs, Mutter Eidechs
mit den vielen kleinen Kindern.

KATZE: Was denn essen sie von uns?

KIND: Finger und Gesicht *(leise)*
und Zipfchen.

KATZE *beleidigt:*
Habe doch kein Zipfchen!

KIND *nachdrücklich:*

Kätzchen, hör, sie essen ganz
deine Füßchen, deinen Bart.
Sehr entfernter Donner.
Gehen wir von Haus zu Haus
bis zur Wasserpferdchenweide.
Das ist nicht der Himmel.
Das ist feste Erde,
wo die vielen Grillen zirpen,
wo sich leicht die Gräser wiegen,
wo die Wolken aufwärts schweben,
wo die Schleudern Steine schnellen,
wo der Wind ein Schwert ist.
Ich will ein Kind, ein Kind sein!
Wendet sich zur rechten Tür.

KATZE: Die Türe ist verschlossen.
Gehn wir schnell die Trepp hinauf.

KIND: Auf der Treppe sieht man uns.

KATZE: Wart!

KIND: Sie kommen uns begraben.

KATZE: Laßt uns aus dem Fenster springen.

KIND: Nimmer sehen wir das Licht,
nie die Wolken aufwärtsschweben,
nie die Grillen in den Gräsern,
nie das Schwert des Windes.
Faltet die Hände.
Ach, du Sonnenblume,
Sonnenblume, ach, des Feuers,
ach, du Sonnenblume.

KATZE: Ach, du Nelkelein der Sonne.

KIND: Ausgelöscht treibt sie am Himmel.
Nur Meer und Berg aus Kohle,
und tote Taube liegt im Sand
mit abgeschnittnen Flügeln,
im Schnabel eine Blüte,

singt: { Olive in der Blüte,
Zitron' in der Olive . . .
Wie gehts weiter? Weiß es nicht.
Weiß nicht, wie es weitergeht.

KATZE: Ach, du Sonnenblume,
frühsten Morgens Sonnenblume.

KIND: Ach, du Nelkelein der Sonne.

Das Licht wird sehr schwach. Kind und Katze tappen aneinandergeklammert umher.

KATZE: Gar kein Licht. Wo bist du?

KIND: Schweig!

KATZE: Sind die Eidechsen schon da?

KIND: Nein.

KATZE: Noch keinen Ausweg?

Sie nähert sich der rechten Tür. Eine Hand kommt hervor und reißt sie hinaus. Von draußen rufend:
Kind! Kind! Kind!

angstvoll: Kind! Kind!

KIND *geht schreckerfüllt weiter und hält nach jedem Schritt an. Leise:* Ach, sie ist verschwunden.
Es ergriff sie eine Hand.
Das war sicher Gottes Hand.
Warte und begrab mich nicht,
nur Minuten, bis ich diese
Blüte ganz entblättert habe.

Zieht eine Blüte aus dem Kranz auf seinem Kopf und entblättert sie. Langsam muß allein ich gehn,
läßt mich dann die Sonne sehn . . .
und im kleinsten Strählchen stehn.
Die Blüte zerzupfend:
Ja, nein, ja, nein, ja.

STIMME: Nein, nein.

KIND: Ich sagte immer – nein.

Eine Hand erscheint und zieht das Kind fort, das ohnmächtig wird. Das Licht erhält denselben Ton wie vorher, wäh-

rend das Kind verschwindet. Hinter dem Paravent kommen rasch die drei Personen wieder hervor mit sichtlichen Zeichen von Hitze und heftiger Erregung. Der Jüngling fächelt sich mit einem blauen, der Alte mit einem schwarzen, der erste Freund mit einem herausfordernd roten Fächer. Sie fächeln sich.

ALTER: Es wird wohl noch mehr geben.

JÜNGLING: Ja, später.

ERSTER FREUND: Es ist gerade genug gewesen. Ich glaube, du kannst dem Gewitter nicht entgehen.

STIMME *draußen:* Mein Kind! Mein Kind!

JÜNGLING: Gott, welch ein Abend! Juan, wer schreit da so?

DIENER *kommt, immer sanft sprechend und auf den Zehenspitzen:* Das Kind der Pförtnerin ist gestorben und jetzt wird es zur Beerdigung abgeholt. Seine Mutter weint.

ERSTER FREUND: Was natürlich ist.

ALTER: Ja, ja. Aber was geschehen ist, ist geschehen.

ERSTER FREUND: Aber wenn es doch gerade geschieht. *Sie diskutieren.*

DIENER *kreuzt die Bühne von rechts her:* Herr, würden Sie mir gütigst Ihren Schlafzimmerschlüssel geben?

JÜNGLING: Wozu?

DIENER: Die Kinder haben eine Katze getötet und auf das Wetterdach im Garten geworfen, und man muß sie unbedingt da fortnehmen.

JÜNGLING *widerwillig:* Hier. *Diener geht zur linken Tür hinaus. Zum Alten:* Sie haben es nicht mit ihm aufnehmen können.

ALTER: Es interessiert mich nicht einmal.

ERSTER FREUND: Das ist nicht wahr. Es interessiert Sie wohl. Mich interessiert es nicht, mich, der ich genau weiß, daß der Schnee kalt ist und das Feuer brennt.

ALTER *ironisch:* Je nachdem.

ERSTER FREUND *zum Jüngling:* Er beschwätzt dich.

Der Alte sieht den ersten Freund scharf an und zerdrückt seinen Hut.

JÜNGLING *mit Überzeugung:* Er beeinflußt meinen Charakter nicht im geringsten. Ich bin ich. Du aber kannst nicht verstehen, daß man fünf Jahre auf eine Frau wartet, überschüttet und verbrannt von einer Liebe, die mit jedem Tage wächst.

ERSTER FREUND: Es ist nicht nötig, zu warten.

JÜNGLING: Glaubst du, daß ich die materiellen Dinge, daß ich die Hindernisse, die auftauchen und sich auf dem Wege vervielfachen, überwinden kann, ohne den andern zu schaden?

ERSTER FREUND: Erst kommst du – dann die andern.

JÜNGLING: Wartend – löst sich der Knoten, reift die Frucht.

ERSTER FREUND: Ich ziehe es vor, sie unreif zu essen oder, noch besser, sie als Blüte zu brechen, um sie mir ins Knopfloch zu stecken.

ALTER: Das stimmt nicht!

ERSTER FREUND: Sie sind zu alt, um das zu wissen!

ALTER *mit Strenge:* Ich habe mein ganzes Leben gekämpft, um ein Licht an den dunkelsten Orten zu entzünden. Und wenn die Leute sich anschickten, der Taube den Hals umzudrehen, habe ich ihnen die Hand festgehalten und ihr geholfen fortzufliegen.

ERSTER FREUND: Und, natürlich, der Jäger ist Hungers gestorben!

JÜNGLING: Gesegnet sei der Hunger!

In der linken Tür erscheint der zweite Freund in untadelhaft weißem Wollanzug mit weißen Handschuhen und Schuhen. Der Anzug muß sehr übertrieben geschnitten sein, mit riesigen blauen Knöpfen; weiße Weste und Jabot aus Kräuselspitzen. Wenn es unmöglich ist, daß ein Schauspieler diese Rolle spielt, muß eine mädchenhafte Schauspielerin sie übernehmen.

ZWEITER FREUND: Er sei gesegnet, wenn es geröstetes Brot, Öl und danach Schlaf gibt. Viel Schlaf. Der nie aufhören möge. Ich habe dich gehört.

JÜNGLING *erstaunt:* Wo bist du hereingekommen?

ZWEITER FREUND: Irgendwo. Durch das Fenster. Zwei Kinder haben mir geholfen, sehr gute Freunde. Ich kannte sie bereits, als ich sehr klein war, und sie haben meine Füße hochgestemmt. Es wird einen Regenguß geben . . .; das war ein hübscher Guß, der im vorigen Jahr herunterkam. Es war so wenig Licht, daß meine Hände bleich wurden. *Zum Alten:* Erinnern Sie sich?

ALTER *sauer:* Ich erinnere mich an nichts.

ZWEITER FREUND *zum ersten Freund:* Und du?

ERSTER FREUND *ernst:* Ich auch nicht.

ZWEITER FREUND: Ich war sehr klein, aber ich erinnere mich seiner mit jeder Einzelheit.

ERSTER FREUND: Höre . . .

ZWEITER FREUND: Darum will ich diesen nicht sehen. Der Regen ist schön. In der Schule kam er durch die Höfe und besprengte die Mauern mit ganz winzigen Weibchen, die er in sich hat. Habt ihr sie nicht gesehen? Als ich fünf Jahre alt war . . . , nein zwei . . . , ich lüge ja: ein Jahr, nur ein einziges Jahr. Das ist wunderbar, nicht wahr?, in einem Jahr fing ich eines dieser Weibchen und hielt es zwei Tage in einem Fischglas.

ERSTER FREUND *hämisch:* Und ist es gewachsen?

ZWEITER FREUND: Nein, es wurde immer kleiner und kleiner, immer kindlicher, wie es sein muß, bis nichts mehr von ihm da war als ein Wassertröpfchen. Und es sang ein Lied . . .

Auf meinen Flügeln
kehr heim ich beglückt.
Laßt heim mich beglückt!
Als Morgen auf Hügeln
zu sterben entzückt.
Als Gestern auf Hügeln
zu sterben berückt.
Auf meinen Flügeln
kehr heim ich beglückt.
Laßt heim mich beglückt.

Als Quell will ich sterben,
weit fort von dem herben
Meer will ich sterben …

und gerade das singe ich zu jeder Stunde.

ALTER *aufgebracht zum Jüngling:* Er ist völlig verrückt.

ZWEITER FREUND *hört das:* Verrückt? Weil ich nicht voll Falten und Kummer sein will wie Sie. Weil ich mein Leben leben will, und man es mir nimmt. Ich kenne Sie nicht. Leute wie Sie will ich nicht sehen.

ERSTER FREUND *trinkend:* All das ist nur Angst vor dem Tode.

ZWEITER FREUND: Nein. Soeben, als ich hier hereinkam, sah ich, wie man ein Kind mit den ersten Tropfen des Regens zur Beerdigung fortbrachte. So will auch ich beerdigt werden. In einem so kleinen *(Geste)* Sarg. Und Sie mögen mit der Bö kämpfen. Aber mein Gesicht gehört mir, und man stiehlt es mir fort. Ich war gefühlvoll und habe gesungen, aber jetzt ist da ein Mann, ein Herr *(zum Alten)* wie Sie, der in mir herumgeht mit zwei oder drei vorbereiteten Masken. *Zieht einen Spiegel heraus und betrachtet sich.* Aber noch nicht; noch sehe ich mich auf die Kirschbäume klettern … mit jenem grauen Anzug … jenem grauen Anzug mit silbernen Ankern … Mein Gott! *Bedeckt sich das Gesicht mit den Händen.*

ALTER: Die Anzüge verschleißen, die Anker verrosten, und wir gehen weiter.

ZWEITER FREUND: O bitte, sprechen Sie nicht so!

ALTER *begeistert:* Die Häuser verfallen.

ERSTER FREUND *energisch, abwehrend:* Die Häuser verfallen nicht.

ALTER *unentwegt:* Die Augen erlöschen, und eine scharf geschliffne Sichel mäht die Binsen an den Ufern.

ERSTER FREUND: Gewiß! Das alles geschieht später!

ALTER: Im Gegenteil. Das ist schon geschehn.

ZWEITER FREUND: Danach bleibt alles ruhig; wie ist es möglich, daß Sie das nicht wissen? Man braucht dann nur die

Dinge sanft zu erwecken. Dagegen gibt es in vier oder fünf Jahren einen Brunnen, in den wir alle fallen.

ALTER *wütend:* Still!

JÜNGLING *zitternd zum Alten:* Haben Sie das gehört?

ALTER: Nur zu gut.

Entfernt sich schnell durch die rechte Tür.

JÜNGLING *hinterher:* Wohin gehen Sie? Warum gehen Sie so fort? Warten Sie! *Geht ihm nach.*

ZWEITER FREUND *zuckt die Schultern:* Gut. Alt mußte er sein. Sie hingegen haben nicht protestiert.

ERSTER FREUND *der unablässig getrunken hat:* Nein.

ZWEITER FREUND: Ihnen genügt es zu trinken.

ERSTER FREUND *ernst und bieder:* Ich tue, was mir gefällt, was mich gutdünkt. Ich habe Sie nicht um Ihre Meinung gebeten.

ZWEITER FREUND *ängstlich:* Ja. Gut. Ich sage Ihnen nichts ... *Setzt sich mit eingezogenen Beinen in einen Sessel. Der erste Freund leert schnell alle Gläser bis auf den letzten Tropfen und – indem er sich an die Stirn schlägt, wie wenn er sich an etwas erinnere – geht eilig zur linken Tür hinaus. Der zweite Freund senkt den Kopf auf den Sessel. Der Diener kommt von rechts, immer still und auf den Zehenspitzen. Es beginnt zu regnen.* Der Regenguß. *Betrachtet seine Hände.* Welch äußerst häßliches Licht. *Schläft ein.*

JÜNGLING *tritt ein:* Morgen wird er wiederkommen. Ich brauche ihn. *Setzt sich.*

STENOTYPISTIN *kommt mit einem Koffer in der Hand, quert die Bühne und kehrt in der Mitte schnell um:* Hattest du mich gerufen?

JÜNGLING *die Augen schließend:* Nein. Ich hatte dich nicht gerufen.

STENOTYPISTIN *sehnsüchtig blickend, seines Rufs gewärtig, fragt im Hinausgehen in der Tür:* Brauchst du mich?

JÜNGLING *öffnet kurz die Augen und schließt sie sogleich:* Nein, ich brauche dich nicht. *Stenotypistin ab.*

ZWEITER FREUND *im Halbschlummer:*

Auf meinen Flügeln
kehr heim ich beglückt.
Laßt heim mich beglückt!
Als Gestern auf Hügeln
zu sterben berückt.
Als Morgen auf Hügeln
zu sterben entzückt.

Es regnet.

JÜNGLING: Es ist zu spät. Juan, mach Licht! Wieviel Uhr ist es?

DIENER *mit absichtlicher Betonung:* Genau sechs Uhr, Herr.

JÜNGLING: Gut.

ZWEITER FREUND *im Halbschlummer:*

Auf meinen Flügeln
kehr heim ich beglückt.
Laßt heim mich beglückt!
Als Quell will ich sterben
weit fort von dem herben
Meer will ich sterben.

Der Jüngling klopft leicht mit den Fingern auf den Tisch.

Langsamer Vorhang

ZWEITER AKT

Alkoven, Stil 1900. Absonderliche Möbel. Reiche Draperien mit vielen Falten und Troddeln. An den Wänden gemalte Engel und Wolken. In der Mitte ein Bett, reichlich mit Behängen und Federbüschen dekoriert. Links eine Ankleidetoilette, die von Engeln getragen wird, welche Zweige mit elektrischen Lichtern in den Händen halten. Die Balkone sind offen, das Mondlicht fällt durch sie ein. Man hört ein Automobilclaxon, das heftig betätigt wird. Die Braut springt aus dem Bett. Sie trägt ein prachtvolles, reich mit Spitzen und riesigen rosenfarbigen

Schleifen garniertes Deshabillé mit langer Schleppe. Ihr Haar ist im Stil eines Tituskopfes gelockt.

BRAUT *schaut vom Balkon hinab:* Komm herauf. *Man hört das Claxon.* Es ist dringend. Mein Bräutigam kommt gleich – der alte, der lyrische, und ich muß mich auf dich stützen.

Der Rugbyspieler, mit Beinschutz und Helm, kommt durch den Balkon. In der Hand hält er ein Etui voll Zigarren, die er unaufhörlich anzündet und ausdrückt.

Komm herein. Zwei Tage schon sehe ich dich nicht mehr.

Sie umarmen sich. Der Rugbyspieler spricht nicht, sondern raucht nur und drückt die Zigarre auf dem Boden aus. Er zeigt sich überaus vital und umarmt die Braut stürmisch.

Heute hast du mich ganz anders geküßt. Immer wechselst du, Liebster. Weißt du, daß ich dich gestern nicht gesehen habe? Aber ich sah das Pferd. Es war schön. Weiß mit vergoldeten Hufen zwischen dem Heu der Krippen. *Sie setzen sich auf ein Sofa am Fußende des Bettes.* Doch du bist schöner. Denn du bist wie ein Drache. *Sie umarmt ihn.* Ich glaube, du wirst mich in deinen Armen zerbrechen, weil ich schwach bin, weil ich klein bin, weil ich wie der Reif bin, weil ich bin wie eine winzige von der Sonne versengte Gitarre – doch du zerbrichst mich nicht. *Der Rugbyspieler bläst ihr Zigarrenrauch ins Gesicht; sie streicht mit den Händen über seinen Körper.* Hinter all diesen Schatten ist etwas wie ein Gegitter von Silberbrücken, mich eng zu umschließen, mich zu beschützen, die ich so klein bin wie eine Knospe, so klein wie eine Biene, die eben in den Thronsaal fliegt, nicht wahr?, ist es nicht so? Ich werde mit dir gehen. *Lehnt ihren Kopf an des Rugbyspielers Brust.* Drache, mein Drache. Wie viele Herzen hast du? In deiner Brust ist etwas wie ein Strom, in dem ich ertrinken werde. Ich werde ertrinken ... *(sieht ihn an),* und dann eilst du fort *(weint)* und läßt mich tot am Ufer. *Der Rugbyspieler steckt sich eine Zigarre in den Mund; die Braut zündet sie ihm an.* Oh! *Küßt ihn.* Welch weiße Glut, welch elfenbeinernes Feuer verschwenden deine Zähne! Mein Bräutigam hatte Eiszähne; er küßte mich, und seine Lippen bedeckten sich ihm mit kleinen welken Blättern; sie waren wie trockene Lippen. Ich schnitt mir die Zöpfe ab – weil er sie so sehr liebte, wie ich jetzt nacktfüßig gehe – weil du es liebst, nicht wahr?, ist es nicht so?

Der Rugbyspieler küßt sie. Wir müssen fort. Mein Bräutigam kommt.

STIMME *vor der Tür:* Fräulein!

BRAUT *küßt ihn:* Geh!

STIMME: Fräulein!

BRAUT *löst sich vom Rugbyspieler und nimmt ein zerstreutes Benehmen an:* Ich komme schon! *Leise:* Leb wohl!

Der Rugbyspieler kommt vom Balkon zurück und küßt sie, wobei er sie hochhebt.

STIMME: Machen Sie auf!

BRAUT *ihre Stimme verstellend:* Nicht so ungeduldig!

Der Rugbyspieler geht pfeifend über den Balkon ab.

ZOFE *kommt herein:* Ach Fräulein!

BRAUT: Was für ein Fräulein?

ZOFE: Fräulein!

BRAUT: Was? *Schaltet das Deckenlicht ein, das bläulicher ist als das durch die Balkone scheinende.*

ZOFE: Ihr Bräutigam ist gekommen!

BRAUT: Nun schön. Weswegen stellst du dich so an?

ZOFE *weinerlich:* Wegen nichts.

BRAUT: Wo ist er?

ZOFE: Unten.

BRAUT: Mit wem?

ZOFE: Mit Ihrem Vater.

BRAUT: Sonst niemand?

ZOFE: Doch. Ein Herr mit goldner Brille. Sie diskutieren viel.

BRAUT: Ich will mich ankleiden. *Setzt sich vor die Ankleidetoilette und macht sich mit Hilfe der Zofe zurecht.*

ZOFE *weinerlich:* Ach Fräulein!

BRAUT *gereizt:* Was für ein Fräulein?

ZOFE: Fräulein!

BRAUT *scharf:* Was?

ZOFE: Ein sehr hübscher Bräutigam.

BRAUT: Heirate ihn.

ZOFE: Er ist so zufrieden.

BRAUT: So?

ZOFE: Er hat diesen Blumenstrauß mitgebracht.

BRAUT: Du weißt, daß ich Blumen nicht leiden kann. Wirf sie fort!

ZOFE: Sie sind so schön . . .! Ganz frisch geschnitten.

BRAUT *herrisch:* Wirf sie hinaus! *Die Zofe wirft einige Blumen aus einer Vase hinaus.*

ZOFE: Ach Fräulein!

BRAUT *wütend:* Was für ein Fräulein?

ZOFE: Fräulein!

BRAUT: Waaaas . . .!

ZOFE: Überlegen Sie sich gut, was Sie tun wollen. Rufen Sie sich alles ins Gedächtnis zurück. Die Welt ist groß, aber wir Menschen sind klein.

BRAUT: Was weißt denn du?

ZOFE: Doch, doch, ich weiß es. Mein Vater war zweimal in Brasilien. Und er war so klein, daß er in einem Koffer Platz hatte. Man vergißt die Dinge, nur das Böse bleibt.

BRAUT: Ich habe dir gesagt, du sollst schweigen!

ZOFE: Ach Fräulein!

BRAUT *energisch:* Mein Kleid!

ZOFE: Was tun Sie da nur . . .!

BRAUT: Was ich kann!

ZOFE: Ein so guter Mann. So lange hat er auf Sie gewartet. Mit solch träumerischer Hoffnung. Fünf Jahre. Fünf Jahre. *Reicht ihr die Kleider.*

BRAUT: Hat er dir die Hand gegeben?

ZOFE *erfreut:* Ja; er hat mir die Hand gegeben.

BRAUT: Und wie hat er dir die Hand gegeben?

ZOFE: Sehr zart; fast ohne zu drücken.

BRAUT: Siehst du? Er drückte dich nicht.

ZOFE: Ich hatte einen Soldaten zum Bräutigam, der mir die Ringe einpreßte und mich verletzte. Ich ließ ihn dafür laufen.

BRAUT: So?

ZOFE: Ach Fräulein!

BRAUT: Welches Kleid ziehe ich an?

ZOFE: Im roten sehen Sie entzückend aus.

BRAUT: Ich will nicht schön aussehn.

ZOFE: Das grüne.

BRAUT: Nein.

ZOFE: Das orange.

BRAUT: Nein. *Heftig.*

ZOFE: Das Tüllkleid?

BRAUT *noch heftiger:* Nein.

ZOFE: Das Herbstblätterkleid?

BRAUT *aufgebracht und sehr heftig:* Nein, habe ich gesagt. Ich will ein Kleid von der Farbe der Erde, ein Kleid wie ein nackter Fels mit einem Strick aus Sparto um die Hüfte. *Man hört das Claxon. Mit halbgeöffneten Augen, den Ausdruck verändernd:* Aber mit einem Jasminkranz um den Hals, und mein ganzer Leib mit einem meergetränkten Schleier straff umzogen.

Begibt sich zum Balkon.

ZOFE: Daß nur Ihr Bräutigam nichts bemerkt!

BRAUT: Er wird es bemerken müssen. *Wählt ein einfaches Hauskleid:* Dieses. *Zieht es an.*

ZOFE: Sie irren!

BRAUT: Warum?

ZOFE: Ihr Bräutigam hat etwas andres gesucht. In meinem Dorf gab es einen jungen Burschen, der auf den Kirchturm stieg, um den Mond mehr aus der Nähe zu betrachten, und seine Braut gab ihn auf.

BRAUT: Recht getan!

ZOFE: Er sagte, er sähe im Monde das Bild seiner Braut.

BRAUT *nachdrucksvoll:* Und dir gefällt das gut? *Hört auf, sich zurechtzumachen und schaltet die Lichter der Engel ein.*

ZOFE: Als ich mit dem Hotelboy auseinanderkam ...

BRAUT: Du hast dich mit dem Boy schon entzweit? So hübsch ...!, so hübsch ...!, so hübsch ...!

ZOFE: Natürlich. Ich schenkte ihm ein Tüchlein, das ich bestickt hatte; darauf stand Liebster, Liebster, Liebster, und er hat es verloren.

BRAUT: Geh jetzt.

ZOFE: Soll ich die Balkone schließen?

BRAUT: Nein.

ZOFE: Die Luft wird Ihnen die Haut versengen.

BRAUT: Das gefällt mir. Ich will schwarz werden. Schwärzer als ein Bursche. Und wenn ich hinfalle, will ich nicht bluten, und wenn ich einen Brombeerzweig packe, will ich mich nicht verwunden. Alle gehen geschlossenen Auges am Draht. Ich will Blei an den Füßen haben. Gestern nacht träumte mir, daß die kleinen Kinder durch Zufall wüchsen ... Daß die Kraft eines Kusses genüge, sie alle zu töten. Ein Dolch, eine Schere bleiben immer, aber meine Brust überdauert nur einen Augenblick.

ZOFE *aufhorchend:* Da kommt Ihr Vater.

BRAUT: Alle meine bunten Kleider in einen Koffer!

ZOFE *zitternd:* Ja.

BRAUT: Und den Garagenschlüssel bereithalten.

ZOFE *ängstlich:* Jawohl. *Der Vater der Braut, ein zerstreuter Alter, kommt. Ein Feldstecher hangt ihm am Halse. Weiße Perücke. Rosiges Gesicht. Weiße Handschuhe, schwarzer Anzug. Er verrät Merkmale einer starken Kurzsichtigkeit.*

VATER: Bist du schon vorbereitet?

BRAUT *gereizt:* Und wofür muß ich vorbereitet sein?

VATER: Weil er da ist!

BRAUT: Nun und?

VATER: Nun, da du doch verlobt bist, und es sich um dein Leben, dein Glück handelt, ist es natürlich, daß du zufrieden und entschlossen bist.

BRAUT: Aber ich bin es nicht.

VATER: Wie?

BRAUT: Ich bin nicht zufrieden. Und du?

VATER: Aber Kind... Was wird denn dieser Mann dazu sagen?

BRAUT: Er soll sagen, was er will!

VATER: Er kommt doch, um dich zu heiraten. Du hast ihm während der fünf Jahre unsrer Reise geschrieben. Du hast mit niemand auf den Ozeandampfern getanzt..., du hast dich für niemanden interessiert. Was ist denn das für eine Veränderung?

BRAUT: Ich will ihn nicht sehen. Es ist nötig, daß ich lebe. Er spricht zuviel.

VATER: Oh! Warum hast du das nicht früher gesagt?

BRAUT: Früher war ich selbst noch nicht da. Erde und Meer waren da. Ich aber schlief sanft in den Polstern des Zuges.

VATER: Dieser Mensch wird mich mit Recht beschimpfen. O mein Gott! Und alles war schon geregelt. Er hatte dir schon das schöne Brautkleid geschenkt. Es ist nebenan, auf der Kleiderpuppe.

BRAUT: Sprich nicht davon. Ich will nicht.

VATER: Und ich? Und ich? Habe ich vielleicht kein Recht, mich auszuruhen? Diese Nacht gibt es eine Mondfinsternis. Ich werde sie nicht mehr vom Dachgarten aus beobachten können. Wenn ich mich errege, steigt mir das Blut in die Augen, und ich sehe nicht. Was tun wir mit diesem Mann?

BRAUT: Was du willst. Ich will ihn nicht sehen.

VATER *energisch, Willenskraft aufbringend:* Du mußt dein Versprechen halten!

BRAUT: Ich halte es nicht.

VATER: Du mußt; unbedingt.

BRAUT: Nein.

VATER: Doch. *Macht Miene sie zu schlagen.*

BRAUT *ausfallend:* Nein!

VATER: Alle sind gegen mich. *Sieht durch den offenen Balkon zum Himmel.* Gleich wird die Mondfinsternis anfangen.

Geht zum Balkon. Man hat schon die Lichter gelöscht. *Ängstlich.* Das wird schön sein! Darauf habe ich so lange gewartet. Und jetzt sehe ich sie nicht. Warum hast du ihn hintergangen?

BRAUT: Ich habe ihn nicht hintergangen.

VATER: Fünf Jahre, Tag für Tag. Ach, mein Gott!

ZOFE *stürzt herein und läuft zum Balkon; man hört Stimmen von draußen:* Sie diskutieren noch.

VATER: Wer?

ZOFE: Jetzt ist er hereingekommen. *Rasch ab.*

VATER: Was soll das heißen?

BRAUT: Wo gehst du hin? Schließ die Tür. *Angstvoll.*

VATER: Warum denn?

BRAUT: Ah!

JÜNGLING *tritt ein im Straßenanzug. Er streicht sich ordnend über das Haar. Im Augenblick seines Eintritts leuchten alle Bühnenlichter auf, auch die Zweige mit Glühbirnen in den Händen der Engel. Alle drei Personen sehen sich ruhig und schweigend an:* Verzeihen Sie.

Pause.

VATER *verlegen:* Setzen Sie sich. *Die Zofe tritt sehr nervös ein, die Hände auf der Brust.*

JÜNGLING *gibt der Braut die Hand:* Das ist eine sehr lange Reise gewesen ...

BRAUT *sieht ihn sehr fest an, ohne seine Hand loszulassen:* Ja. Eine kalte Reise. Es hat in diesen letzten Jahren viel geschneit. *Läßt die Hand los.*

JÜNGLING: Verzeihen Sie mir. Durch das Laufen und das schnelle Treppensteigen bin ich erregt. Und dazu ... habe ich auf der Straße einige Kinder gezüchtigt, die dabei waren, eine Katze zu steinigen. *Der Vater bietet ihm einen Stuhl an.*

BRAUT *zur Zofe:* Eine kalte Hand. Eine aus Wachs geschnittene Hand.

ZOFE: Er wird Sie hören!

BRAUT: Und ein alter Blick. Ein Blick, der zerbricht wie der Flügel eines vertrockneten Schmetterlings.

JÜNGLING: Nein, ich kann nicht sitzen. Ich möchte lieber plaudern. Soeben, als ich die Treppe heraufsprang, fielen mir alle Lieder wieder ein, die ich vergessen hatte, und ich wollte sie alle zugleich singen. *Nähert sich der Braut:* Die Zöpfe ...

BRAUT: Ich hatte nie Zöpfe.

JÜNGLING: Vielleicht ist es das Licht des Mondes. Vielleicht ist es die Luft, die die Münder erfüllt, um deinen Kopf zu küssen. *Die Zofe zieht sich in eine Ecke zurück. Der Vater tritt auf den Balkon und sieht durch den Feldstecher.*

BRAUT: Und warst du nicht größer?

JÜNGLING: Nein, nie.

BRAUT: Und hattest du nicht ein ungestümes Lächeln, das auf deinem Antlitz war wie ein Reiher?

JÜNGLING: Nein.

BRAUT: Und spieltest du nicht Rugby?

JÜNGLING: Nie.

BRAUT *leidenschaftlich:* Und führtest du nicht ein Pferd an der Mähne, tötetest du nicht in drei Tagen tausend Fasane?

JÜNGLING: Niemals.

BRAUT: Dann ... Wozu suchst du mich? Meine Hände waren voller Ringe: wo ist ein Tropfen Blut?

JÜNGLING: Ich vergieße es, wenn du willst.

BRAUT *heftig:* Nicht dein Blut! Meins!

JÜNGLING: Nun kann niemand meine Arme von deinem Hals nehmen!

BRAUT: Nicht deine, meine Arme! Ich bin es, die sich in andrem Feuer verbrennen will!

JÜNGLING: Es gibt kein andres Feuer als meines. *Umarmt sie.* Denn ich habe auf dich gewartet und jetzt erreiche ich meinen Traum. Und deine Zöpfe sind kein Traum, denn ich selbst flechte sie aus deinem Haar; kein Traum deine Hüfte, wo mein Blut singt – denn mein ist dieses Blut, das ich langsam durch einen Regen hindurch erreicht habe: mein ist der Traum.

BRAUT *macht sich los:* Laß mich. Alles hättest du sagen können – außer dem Wort Traum. Hier wird nicht geträumt. Ich will nicht träumen ...

JÜNGLING: Doch wird hier geliebt!

BRAUT: Hier wird auch nicht geliebt. Geh!

JÜNGLING: Was sagst du? *Bestürzt.*

BRAUT: Daß du eine andre Frau suchen sollst, der du Zöpfe flechten kannst.

JÜNGLING *wie wenn er erwache:* Nein.

BRAUT: Wie kann ich zulassen, daß du mein Schlafzimmer betrittst, wenn schon ein andrer hier war?

JÜNGLING: Ach! *Bedeckt das Gesicht mit den Händen.*

BRAUT: Zwei Tage nur haben genügt, um mich mit Ketten beladen zu fühlen. In den Spiegeln, zwischen den Spitzen des Bettes höre ich schon das Seufzen eines Kindes, das mich verfolgt.

JÜNGLING: Aber ich habe mein Haus schon gegründet. Mit Mauern, mit denen ich mich selbst befaßt habe. Soll ich zulassen, daß die Luft in ihm wohnt?

BRAUT: Was für Schuld trifft denn mich? Willst du, daß ich mit dir gehe?

JÜNGLING *setzt sich auf einen Stuhl, niedergeschlagen:* Ja, ja, komm.

BRAUT: Ein Spiegel, ein Tisch würden dir näher sein als ich.

JÜNGLING: Was soll ich nun tun?

BRAUT: Lieben.

JÜNGLING: Wen?

BRAUT: Such. Auf den Straßen. Auf dem Land.

JÜNGLING *mit Nachdruck:* Ich suche nicht. Ich habe dich. Hier bist du, in meinen Händen, in diesem Augenblick – und du kannst mir deine Tür nicht verschließen, denn ich komme durchnäßt von einem fünfjährigen Regen. Und weil danach nichts ist, weil ich danach nicht lieben kann, weil danach alles aufgehört hat ... *Ergreift ihren Arm.*

BRAUT: Laß los!

JÜNGLING: Nicht deine Täuschung schmerzt mich. Du bist nicht schlecht. Du bedeutest nichts. Es ist mein verlorenes Glück. Meine Liebe ohne Gegenstand. Aber du wirst kommen!

BRAUT: Ich werde nicht kommen!

JÜNGLING: Damit ich nicht wieder anfangen muß. Ich fühle, daß ich selbst die Buchstaben vergesse.

BRAUT: Ich komme nicht.

JÜNGLING: Damit ich nicht sterbe. Hörst du? Damit ich nicht sterbe.

BRAUT: Laß mich.

ZOFE *tritt herzu:* Fräulein! Herr! *Der Jüngling läßt die Braut los.*

VATER *kommt herein:* Wer schreit da?

BRAUT: Niemand.

VATER *sieht den Jüngling an:* Mein Herr ...

JÜNGLING *niedergeschlagen:* Wir haben miteinander gesprochen.

BRAUT *zum Vater:* Ich muß ihm die Geschenke wiedergeben ... *Der Jüngling macht eine Bewegung.* Alle. Es wäre nicht recht ... alle außer den Fächern ... denn die sind zerbrochen.

JÜNGLING *sich erinnernd:* Zwei Fächer.

BRAUT: Ein blauer ...

JÜNGLING: ... mit drei versunkenen Gondeln ...

BRAUT: Und ein weißer ...

JÜNGLING: ... der in der Mitte einen Tigerkopf hatte. Und ... zerbrochen?

ZOFE: Die letzten Stäbchen hat das Kind des Kohlenmanns mitgenommen.

VATER: Es waren ein paar schöne Fächer ... aber nun ...

JÜNGLING *lächelnd:* Es tut nichts, daß sie nicht mehr sind. Sie wehen mir gerade jetzt eine Luft zu, die mir die Haut verbrennt.

ZOFE *zur Braut:* Auch das Brautkleid?

BRAUT: Selbstverständlich.

ZOFE *weinerlich:* Es ist nebenan, auf der Kleiderpuppe.

VATER *zum Jüngling:* Ich möchte, daß ...

JÜNGLING: Nicht wichtig.

VATER: Auf jeden Fall sind Sie hier zu Haus.

JÜNGLING: Danke!

VATER *der immer zum Balkon sieht:* Es muß schon begonnen haben. Entschuldigen Sie. *Zur Braut:* Kommst du?

BRAUT: Ja. *Zum Jüngling:* Leb wohl!

JÜNGLING: Leb wohl! *Vater und Braut ab.*

STIMME *draußen:* Leb wohl!

JÜNGLING: Leb wohl ... und nun? Was tue ich mit der kommenden Stunde, die ich nicht kenne? Wohin gehe ich? *Die Bühnenlichter werden dunkler. Die Leuchtzweige in den Händen der Engel nehmen einen blauen Ton an. Durch die Balkone scheint wieder ein bis zum Schluß zunehmendes Mondlicht. Man hört einen Seufzer, und der Jüngling sieht zur Tür.* Wer ist da?

MANNEQUIN *in einem Brautkleid, tritt ein; graues Gesicht und vergoldete Brauen und Lippen wie eine Luxusschaufensterpuppe und trägt mit einer gewissen Befangenheit sein weißes Brautkleid mit langer Schleppe und Schleier; singt und weint:*

Wer braucht das gute Silber, wer?,
der kleinen braunen Braut nunmehr?
Die Schleppe sich im Meer verlor,
den Brautkranz Luna sich erkor –
Kranz aus Orangenblüten.
Mein Ring aus altem Gold – bedeckt
vom Sand des Spiegels, ganz versteckt,
Ring, Herr, aus altem Golde.
Wer wird mein Kleid wohl anziehn, wer?
Die Flußbucht, die vermählt dem Meer.

JÜNGLING: Was singst du da?

MANNEQUIN: Ich sing den Tod,
den nimmer ich erfuhr – den Schmerz
des Schleiers, der zu nichts nun frommt,
Klage von Seide und Federn,
und Wäsche, die erfroren bleibt
in dunklem Schnee, ohn daß auch nur

wetteifern Spitzen mit dem Krepp.
Gewebe, das mein Fleisch bedeckt,
wird nur für trübe Wasser sein.
Und statt des heißen Raunens nur
ein Regentorso, der zerbrach.
Wer zieht die gute Wäsche an
der kleinen Braut, wer trägt sie dann?

JÜNGLING: Die Wäsche trägt die dunkle Luft,
die taufrüh in der Grotte spielt.
Und Binsen sind das Atlasband,
und Mond die seidnen Strümpfe.
Der Spinne gib das Schleiertuch,
damit sie Tauben ißt, umstrickt
von seinen schönen Fäden.
Dein Kleid wird niemand tragen,
Modell aus Weiß, verworrnes Licht,
denn Seide war und Reifgeblüm
mit leichter Kunst nur aufgebaut.

MANNEQUIN:
Die Schleppe sich im Meer verlor –

JÜNGLING: Den Kranz hebt Luna hoch empor,
Orangenblüten, schwebend.

MANNEQUIN *erregt:*
Ich will nicht. Meine Seide sehnt
mit jedem Faden sich nach Glut,
nach Mundeswärme, und mein Hemd
fragt, wo die linden Hände sind,
die Hüfte zu umfassen.

JÜNGLING: Ich frage auch. Drum schweige.

MANNEQUIN:
Du lügst. Hast schuld. Du konntest sein
ein Füllen mir aus Blei – und Schaum –,
am Zügel mir der Bruch der Luft –
Meer, brandend an der Kruppe.
Ein Wiehern konntest du mir sein –

und bist ein Teich, verschlafen,
mit trocknen Blättern und mit Moos,
darin dies Hochzeitskleid verfault.
Mein Ring aus altem Gold, bedeckt,
– Ring, Herr, aus altem Golde – . . .

JÜNGLING: . . . im Sand des Spiegels, tief versteckt.

MANNEQUIN:
Warum kamst du nicht früher?
Sie hat gewartet, sie war nackt,
war Schlange aus des Windes Hauch –
ohnmächtig über Wipfeln.

JÜNGLING *steht auf:*
Still! Laß mich! Geh, sonst fetz ich noch
in Wut dein Nardenmonogramm,
das du in weißer Seide birgst.
Geh auf die Straße! Geh und such
dir Schultern nächtger Jungfern,
Gitarren, die dir aus Musik
sechs lange Schreie schreien.
Dein Kleid trägt niemand.

MANNEQUIN: Doch ich will
dir folgen immerdar.

JÜNGLING: Nein, nie!

MANNEQUIN:
Laß mich dir sagen . . .

JÜNGLING: Unnütz. Nein.

MANNEQUIN:
So hör mich an und sieh doch . . .

JÜNGLING: Was?

MANNEQUIN:
Ein Kleidchen. Stahls im Nähsaal.
Zeigt ein rosa Kinderkleidchen.
Die Quelle meiner weißen Milch
benetzt die Seide mir der Angst.
Und weh!, ein weißer Bienenschmerz

blitzt über meinen Nacken hin.
Mein Kind. Wie liebe ich mein Kind!
Auf meinem Rocke zeichnen es
die Bänder hier, die freudenvoll
mir auf der Hüfte bersten.
Es ist dein Kind.

JÜNGLING *nimmt das Kleidchen:*

Ja, dort mein Kind,
wo zu Jasminen des Verstands
wahnsinn'gen Traumes Vögel ziehn,
und wo sie sich vereinen. *Angstvoll:*
Und wenn mein Kind nicht kommt? Mein Kind!
Der Vogel, der die Luft durchsticht,
kann singen nicht.

MANNEQUIN: Kann singen nicht.

JÜNGLING: Doch wenn mein Kind nicht kommt? Mein Kind!
Der Segler, der das Meer durchbricht,
kann schwimmen nicht.

MANNEQUIN: Kann schwimmen nicht.

JÜNGLING: Des Regens Harfe ist verstummt.
Nun lacht ein steinerstarrtes Meer
die letzten dunklen Wellen.

MANNEQUIN:

Wer wird mein Kleid wohl tragen, wer?

JÜNGLING *begeistert, volltönend:*

Am Ufer harrt die Frau, am Meer.

MANNEQUIN:

Erinnerst du dich ihrer? Stets
hat sie auf dich gewartet.
Verborgen lebte sie bei dir.
Sie liebte dich, doch ging sie fort.
Und in der Wiege singt dein Kind.
Und weil dein Kind aus kaltem Schnee,
erwartet es dein warmes Blut.
Drum hol sie schnell und bring sie mir

ganz nackt, daß meiner Seiden
Gespinst mit jedem Faden kann
die Rose öffnen, die ihr Leib
aus goldiggelbem Fleisch noch hüllt.

JÜNGLING: Doch leben muß ich!

MANNEQUIN: Nichts erwartend.

JÜNGLING: Ja, in der Wiege singt mein Kind,
und weil mein Kind ein Schneekind ist,
erwartets Hilfe, Wärme.

MANNEQUIN: Das Kleid gib wieder.

JÜNGLING *sanft:* Nein.

MANNEQUIN *entreißt es ihm:* Ich wills!
Du siegst und suchst – ich sing ein Lied
auf deine zarten Falten. *Küßt es.*

JÜNGLING: Sofort. Sie ist ...?

MANNEQUIN: Am Straßenrand.

JÜNGLING: Noch ehe mit entschwundnem Blut
der rote Mond nun seiner Bahn
Vollkommenheit bereinigt,
will ich, vor Liebe bebend, mir
mein eignes nacktes Weib nun holen.

Das Licht ist intensiv blau. Von links kommt die Zofe mit einem Leuchter; die Bühne geht ruhig zu ihrem natürlichen Licht über, ohne daß die Bläue von den Balkonen her – die weit offen stehen – schwächer wird. Sowie die Zofe eintritt, erstarrt der Mannequin in einer Schaufensterpose, das Haupt geneigt und die Hände in allerempfindsamster Attitüde erhoben. Die Zofe stellt den Leuchter auf die Ankleidetoilette, immer in zerknirschter Haltung und den Jüngling ansehend. In diesem Augenblick kommt der Alte durch eine Tür auf der rechten Seite. Das Licht wird stärker.

JÜNGLING *erstaunt:* Sie.

ALTER *zeigt heftige Erregung und führt seine Hände zur Brust. Er hält ein Seidentüchlein in der Hand:* Ja, ich.

Die Zofe geht schnell hinaus.

Jüngling *bitter:* Sie fehlen mir nicht.

Alter: Mehr denn je. Ach, du hast mich verwundet! Warum bist du hinaufgegangen? Ich wußte ja, was geschehen würde . . . Ach . . .!

Jüngling *sanft:* Was fehlt Ihnen?

Alter *nachdrücklich:* Nichts. Mir fehlt nichts. Eine Wunde . . . aber . . . das Blut trocknet – und was geschehen ist, ist geschehen. *Der Jüngling will hinausgehen.* Wohin?

Jüngling *freudig:* Suchen.

Alter: Wen?

Jüngling: Die Frau, die mich liebt. Sie haben sie bei mir gesehen, erinnern Sie sich nicht?

Alter: Ich erinnere mich nicht. Aber warte.

Jüngling: Nein. Sofort. *Der Alte hält ihn am Arm fest.*

Vater *kommt:* Tochter! Wo bist du? Tochter!

Man hört das Claxon.

Zofe *auf dem Balkon:* Fräulein! Fräulein!

Vater *zum Balkon hinaus:* Kind! Warte! Warte! *Ab.*

Jüngling: Auch ich gehe. Wie sie suche ich meines Blutes neue Blüte. *Läuft hinaus.*

Alter: Warte! Warte! Laß mich nicht verwundet zurück! Warte! Warte! *Ab; seine Rufe verhallen.*

Zofe *tritt schnell ein, nimmt den Leuchter und geht zum Balkon:* Ach, das Fräulein! Mein Gott, das Fräulein!

Man hört von weitem das Claxon.

Mannequin:

Mein Ring aus altem Gold, bedeckt
– Ring, Herr, aus altem Golde – *Pause*
im Sand des Spiegels, tief versteckt.
Wer wird mein Kleid wohl anziehn, wer? *Pause. Weinend*
Die große Bucht, vermählt dem Meer.

Wird ohnmächtig und fällt ausgestreckt auf das Sofa.

Stimme *draußen:* Warteeeeee . . .!

Schneller Vorhang

DRITTER AKT

Erstes Bild

Wald. Große Stämme. In der Mitte ein mit barocken Tapisserien drapiertes Theater mit geschlossenem Vorhang. Eine kleine Treppe verbindet sein Podium mit der Bühne. Wenn der große Bühnenvorhang aufgezogen wird, bemerkt man, wie sich zwei schwarz gewandete Figuren mit gipsweißen Gesichtern und Händen zwischen den Stämmen bewegen.

Eine ferne Musik tönt.

HARLEKIN *erscheint, schwarz und grün gekleidet. In jeder Hand hält er eine Maske hinter dem Rücken und bewegt sich so plastisch wie ein Tänzer:*

Der Traum schwimmt auf der Zeit dahin,
dahin, ein leichter Segler.
Keiner kann die Quellen öffnen
in des Traumes Herzen.
Legt eine Maske fröhlichsten Ausdrucks an.
Ay, wie die Dämmrung singt, ay, wie sie singt! –
und blaues Eisgeschöll nach oben bringt!
Maske ab.
Das Gestern und das Morgen zehren
dunkle Schmerzensblumen.
Legt eine Maske mit Schlafausdruck an.
Ay, wie die Nacht tief singt, ay, wie sie singt! –
und Anemonenblust nach oben bringt!
Maske ab.
Wo sich Zeit und Traum umarmen,
auf der gleichen Säule,
kreuzen sich des Kindes Seufzer
und des Alten Zwiespaltzunge.
Legt die eine Maske an.
Ay, wie die Dämmrung singt, ay, wie sie singt! –

Legt die andre Maske an.
und Anemonenblust nach oben bringt!
Und täuscht der Traum Gemäuer vor
auf der Zeitenebne,
macht die Zeit ihm weis, er sei
just in dem Moment geboren.
Ay, wie die Nacht tief singt, ay, wie sie singt! –
und blaues Eisgeschöll nach oben bringt!

Maske ab. Von hier ab hört man vom Hintergrund während des ganzen Bildes, aus angemessen sich vergrößernden Entfernungen und in entsprechenden Intervallen, tiefe Jagdhörner. Schwarz gekleidet, mit griechischer Tunika, einen Zierkranz in der Hand, hüpft herbei das

MÄDCHEN: Wer sagt es?
Wer sagts nur?
Mein wartet der Liebste
am Grunde des Meers.
HARLEKIN *drollig:* Du schwindelst.
MÄDCHEN: Nein, wahr ists.
Verlor meine Sehnsucht,
den Fingerhut auch:
ich fand in den großen
Stämmen sie wieder.
HARLEKIN *ironisch:* Ein sehr langes Garn.
Lang, um zur Tiefe
hinunterzukommen.
MÄDCHEN: Haie und Fische,
Korallengezweig.
HARLEKIN: Er ist nun –
MÄDCHEN: tief unten.
HARLEKIN: Entschlafen.
MÄDCHEN: Tief unten.
Und Fähnlein aus grünem
Wasser, die nennen
ihn nun Kapitän.

HARLEKIN *laut und drollig:*

Du schwindelst.

MÄDCHEN *laut:* Nein, wahr ists.

Verlor meinen Brautkranz,
den Fingerhut auch:
ich hab auf dem Rückweg
sie wiedergefunden.

HARLEKIN: Sofort sollst –

MÄDCHEN: Sofort –?

HARLEKIN: – den Liebsten du sehn
auf des Meeres und Windes
Wege zurück.

MÄDCHEN *erschrocken:*

Du schwindelst.

HARLEKIN: Nein, wahr ists.

Ich geb ihn dir wieder.

MÄDCHEN *unruhig:*

Du gibst ihn nicht wieder.
Man kommt nicht, nie kommt man
zum Grunde des Meers.

HARLEKIN *schreiend, und wie wenn er im Zirkus wäre:*

Herr Mann, schnell herbei!

Ein prächtiger, paillettenübersäter Bajazzo kommt. Man empfindet seinen gepuderten Kopf wie einen Totenschädel. Er lacht aus vollem Halse, lang und laut.

Sie geben dem Mädchen
den Bräutgam vom Meer.

BAJAZZO *streift sich die Ärmel auf:*

Eine Leiter muß her!

MÄDCHEN *erschrocken:*

Wozu denn?

BAJAZZO *zum Mädchen:* Um abwärts
zu steigen.

Zum Publikum:

Guten Abend!

HARLEKIN: Bravo!

BAJAZZO *zum Harlekin:* Sieh dorthin.

Harlekin wendet sich lachend.

Und spiel jetzt!

Klatscht in die Hände.

HARLEKIN: Ich spiele.

Bräutgam, wo bist du?

Er spielt auf einer großen, flachen, weißen Violine mit zwei Goldsaiten, taktiert mit dem Kopf und verstellt die Stimme.

In den kühlen Algen
da geh ich auf Jagd,
da jage ich Muscheln
und Lilien aus Salz.

MÄDCHEN *vor der Realität erschreckend:*

Ich will nicht.

BAJAZZO: Sei still.

Harlekin lacht.

MÄDCHEN *ängstlich zum Bajazzo:*

Durchs Gras will ich springen,
durch Halme und Blumen.
Wir gehen dann später
zum Wasser des Meers.

HARLEKIN *scherzhaft:*

Du schwindelst.

MÄDCHEN *zum Bajazzo:* Nein, wahr ists.

Geht weinend.

Wer sagt es? Wer sagts nur?
Verlor meinen Brautkranz,
den Fingerhut auch.

HARLEKIN *melancholisch:*

Auf dem Wege zurück
von Wind und von Meer.

Mädchen ab.

BAJAZZO *hinweisend:*

Dort.

HARLEKIN: Wo? Und wozu?

BAJAZZO: Um zu spielen. Ein Kind
will tauschen sein Brot
für Blumen aus Stahl.

HARLEKIN: Du schwindelst.

BAJAZZO *streng:* Nein, wahr ists.
Hab Rose und Rundung
und Halsband verloren,
in frischestem Elfenbein
fand ich sie wieder.

HARLEKIN *mit Zirkusattitüde, und wie wenn das Kind sie höre:*
Herr Mann, bitte, hierher.
Schickt sich an zu gehen.

BAJAZZO *schreiend, zum Wald sehend und den Harlekin einholend:*
Schrei nicht so furchtbar.
Zum Publikum:
Ich wünsch guten Tag.
leise:
Gehen wir.
Spiel.

HARLEKIN: Was?

BAJAZZO *laut:* Einen Walzer.
Der Harlekin beginnt zu spielen.
leise:
Beeil dich!
laut: Meine Herrn!
Ich will dartun ...

HARLEKIN: ... daß in Elfenbeinwolken
sie alles nun fand.

BAJAZZO: Ich will dartun ... *Ab.*

HARLEKIN *abgehend:*
Das Rad, das sich drehet,
von Wind und von Meer.

Man hört die Jagdhörner. Die Stenotypistin kommt im Tennisdreß mit hochroter Baskenmütze. Über der Kleidung eine lange Capa. Sie kommt mit der Maske. Diese trägt ein Kleid Stil 1900; lange knallgelbe Schleppe, gelbseidnes Haar, das wie ein Umhangtuch fällt; weiße Gipsmaske, weiße Handschuhe bis zum Ellenbogen; gelber Hut. Ihre Brust ist mit Goldpailletten überschüttet. Diese Figur soll wie ein Flackerfeuer auf dem Hintergrund blauer Mondlichter und nächtlicher Stämme wirken. Sie spricht mit leicht italienischem Akzent.

MASKE *lachend:* Das ist wirklich entzückend.

STENOTYPISTIN: Ich ging fort von ihm. Ich erinnere mich, daß es am Tag meiner Abreise ein heftiges Sommergewitter gab. Das Kind der Portiersfrau war gestorben, und er sagte: Hattest du gerufen?, worauf ich, die Augen schließend, antwortete – nein. Und dann, schon an der Tür, sagte er: brauchst du mich?, und ich, ich sagte – nein, ich brauche dich nicht.

MASKE: Köstlich.

STENOTYPISTIN: Er wartete darauf, immer stehend, die ganze Nacht, daß ich mich am Fenster zeigte.

MASKE: Und Sie, Fräulein Stenotypistin?

STENOTYPISTIN: Ich zeigte mich nicht. Aber – ich sah ihn durch die Spalte – ruhig *(zieht ein Taschentuch)* – und mit Augen ... Die Luft stieß herein wie ein Messer, aber ich konnte ihn nicht sprechen.

MASKE: Warum, Fräulein?

STENOTYPISTIN: Weil er mich zu sehr liebte.

MASKE: Oh, Dio mio, so war es auch mit dem Grafen Arturo aus Italien. Oh, amore!

STENOTYPISTIN: So?

MASKE: Im Foyer der Pariser Oper gibt es riesige Balkone, von denen man auf das Meer sieht. Graf Arturo, mit einer Kamelie zwischen den Lippen, kam in einem kleinen Nachen mit seinem Kinde – ich hatte sie beide verlassen. Ich aber zog die Vorhänge zu und warf ihnen einen Diamanten hin. Oh, welch süße Pein, meine Freundin! *Weint.* Der Graf und sein Kind hungerten und schliefen unter den Zweigen mit einem Windhund, den mir ein Herr aus Rußland geschenkt hatte. *Eindringlich bittend:* Hast du kein Stückchen Brot für mich? Hast du kein Stückchen Brot für mein Kind? Für das Kind, das Graf Arturo in Reifblumen sterben ließ? ... *Erregt:* Und danach mußte ich ins Hospital und erfuhr dort, daß der Graf sich mit einer vornehmen römischen Dame verheiratet hatte ... und danach mußte ich betteln gehen – und ich habe mein Bett mit den Männern geteilt, die auf den Quais Kohlen abladen.

STENOTYPISTIN: Was erzählst du? Warum sprichst du?

MASKE *sich fassend:* Ich sage, Graf Arturo liebte mich so sehr, daß er mit seinem Kinde hinter den Vorhängen weinte, während ich wie ein silberner Halbmond war zwischen den Operngläsern und Gaslichtern, die unter der Kuppel der Großen Oper glänzten.

STENOTYPISTIN: Reizend! Und wann kommt der Graf?

MASKE: Und wann kommt dein Freund?

STENOTYPISTIN: Später.

MASKE: Auch Arturo kommt später. Er hat an der rechten Hand eine Narbe von einer Dolchwunde – meinetwegen, selbstredend. *Zeigt auf ihre Hand.* Siehst du sie nicht? *Zeigt auf ihren Hals.* Hier auch, siehst du?

STENOTYPISTIN: Ja, aber warum?

MASKE: Warum? Was tue ich ohne Wunden? Wessen sind die Wunden meines Grafen?

STENOTYPISTIN: Deine. Das ist wahr! Seit fünf Jahren erwartet er mich, aber ... Wie schön ist das Warten auf den sicheren Augenblick geliebt zu werden!

MASKE: Und das ist sicher.

STENOTYPISTIN: Sicher! Darum wollen wir lachen! Von Kind an hob ich die Süßigkeiten auf, um sie zuletzt zu essen.

MASKE: Ha-ha-ha! Tatsächlich? Dann schmecken sie besser. *Man hört die Jagdhörner.*

STENOTYPISTIN *abgehend:* Sollte mein Freund kommen – groß,

ganz lockiges Haar, aber ganz besonders gelockt, so tust du, als kenntest du ihn nicht.

MASKE *rafft die Schleppe, ab:* Selbstverständlich, meine Freundin! *Der Jüngling kommt im grauen Knickerbockeranzug mit blau karierten Sportstrümpfen.*

HARLEKIN *kommt:* He!

JÜNGLING: Was?

HARLEKIN: Wohin gehen Sie?

JÜNGLING: Nach Haus.

HARLEKIN *ironisch:* Ja?

JÜNGLING: Gewiß. *Fängt an zu gehen.*

HARLEKIN: He! Da können Sie nicht gehen!

JÜNGLING: Ist die Promenade gesperrt?

HARLEKIN: Da kommt man zum Zirkus.

JÜNGLING: Auch recht. *Dreht um.*

HARLEKIN: Viel endgültig stilles Publikum. *Sanft:* Will der Herr nicht auch hineingehen?

JÜNGLING: Nein.

HARLEKIN *emphatisch:* Der Dichter Virgil verfertigte eine goldene Fliege – und alle Fliegen starben, die die Luft von Neapel vergifteten. Da, im Zirkus, gibt es weiches Gold – genug, um eine Statue von derselben Gestalt zu modellieren – wie – der Ihren . . .

JÜNGLING: Ist auch die Erlenstraße gesperrt?

HARLEKIN: Da stehen die Wagen und die Schlangenzwinger.

JÜNGLING: Dann werde ich umkehren. *Will abgehen.*

BAJAZZO *von der Gegenseite kommend:* Aber wohin? Ha-ha-ha!

HARLEKIN: Er sagt – nach Haus.

BAJAZZO *gibt dem Harlekin eine Zirkusohrfeige:* Hier hast du – Haus!

HARLEKIN *zu Boden fallend, schreit:* Oh, tut das weh! Wie weh das tut!

BAJAZZO *zum Jüngling:* Kommen Sie.

JÜNGLING *ärgerlich:* Wollen Sie mir nicht erklären, was für Späße das sind? Ich war auf dem Wege nach meinem Hause, das heißt, nicht nach meinem Haus, vielmehr nach einem andren Haus, um ...

BAJAZZO *unterbrechend:* ... zu suchen ...

JÜNGLING: Ja; denn ich muß es. Zu suchen ...

BAJAZZO *lustig:* Geh den Weg zurück, und du wirst es finden.

STIMME *der Stenotypistin, singend:*

Wohin gehst du, Liebster mein,
Liebster mein?
Mit der Luft in einer Vase
und dem Meer auf einem Glase?

Der Harlekin hat sich inzwischen erhoben. Der Jüngling hat sich umgekehrt. Harlekin und Bajazzo gehen rückwärts auf Zehenspitzen ab; sie markieren einen Tanzschritt und legen den Finger auf die Lippen.

JÜNGLING *erstaunt:*

Wohin gehst du, Liebste mein,
du mein Leben, Liebste mein,
mit der Luft in einer Vase[1]
und dem Meer auf einem Glase?

STENOTYPISTIN *erscheint:*

Wohin? Wo man hin mich ruft.

JÜNGLING: Du mein Leben!

STENOTYPISTIN: Und mit dir!

JÜNGLING: Nackt will ich zu mir dich tragen,
reiner Leib, gequälte Blüte,
wo vor Frost die Seiden zittern,
weißes Linnen deiner wartet.
Laß uns schnell, laß gleich uns gehn,
ehe gelbe Nachtigallen
in des Waldes Zweigen seufzen.

STENOTYPISTIN: Ja! Denn die Sonne ist ein Weih –
besser: ist aus Glas ein Falke –

1. In der Selbsteingrenzung gegen ganzes lebendiges Dasein wird auch Natur eingegrenzt, auf Ausschnitt, »Stilleben« reduziert: ›Meer [des Daseins] auf einem [Fenster-] Glase‹ im Blick durch die Scheibe oder gar nur als [Regen-] Wassertropfen darauf — und ›Luft in einer Vase‹. A.d.Ü.

nein: ein ungeheurer Baumstamm.
Du bist eines Stromes Schatten.
Sprießen Binsen nicht und Lilien,
sag mir, wenn du mich umarmst?,
und entfärben deine Arme
nicht die Farbe meines Kleids?
Laß mich, Liebster, auf die Berge,
hab genug von Tau und Wolke,
um zu sehn wie groß und traurig
du den Himmel deckst, der schläft.

JÜNGLING: Mädchen, sprich nicht so, wir gehen.
Keine Zeit ist zu verlieren.
Reines Blut und tiefe Wärme
führen mich zur andren Seite.
Ich will leben.

STENOTYPISTIN: Und mit wem?

JÜNGLING: Leben nur mit dir! Mit dir!

STENOTYPISTIN:
Was ertönt von fern?

JÜNGLING: Das ist,
Lieb, der Tag, der uns zurückkehrt.
Liebste!

STENOTYPISTIN *fröhlich und träumerisch:*
Sang der Nachtigall –
graue Nachtigall des Abends
singt auf einem Zweig der Luft.
Nachtigall, hab dich gehört.
Ich will leben.

JÜNGLING: Und mit wem?

STENOTYPISTIN: Mit dem Schatten eines Flusses.
Verängstigt und an des Jünglings Brust sich flüchtend:
Was ertönt so aus der Ferne?

JÜNGLING: Blut in meiner Kehle, Lieb!
Liebste!

STENOTYPISTIN: Ewig so, ach ewig!
Schlafend oder wach!

JÜNGLING: Nein, nie!
Niemals so! Nun laß uns gehn!

STENOTYPISTIN:
Warte!

JÜNGLING: Liebe wartet nicht!

STENOTYPISTIN *macht sich vom Jüngling los:*
Wohin gehst du, Liebster mein,
mit der Luft in einer Vase
und dem Meer auf einem Glase?

Sie geht zur kleinen Treppe. Die Vorhänge des kleinen Theaters werden geöffnet; man sieht die Bibliothek des ersten Aktes, verkleinert und in sehr bleichen Tönen. Die gelbe Maske erscheint auf dieser kleinen Bühne; sie hat ein Spitzentaschentuch in der Hand und riecht unablässig an einem Riechsalzflacon.

MASKE *zur Stenotypistin:* Soeben habe ich den Grafen für immer verlassen. Er ist dahinten irgendwo geblieben mit seinem Kind. *Steigt die kleine Treppe herab.* Gewiß wird er sterben. Und er liebte mich so heiß, so heiß ... *Weint.* Wußtest du das nicht? Sein Kind wird im Reif sterben. Ich habe es verlassen. Siehst du nicht, wie zufrieden ich bin? Siehst du nicht, wie ich lache? *Weint.* Jetzt wird er mich überall suchen. *Auf dem Boden sitzend:* Ich will mich in den Brombeeren verstecken. *Laut:* In den Brombeeren! Ich spreche so leise, damit Graf Arturo mich nicht hört. *Sehr laut:* Ich will nicht! Ich habe dir ja gesagt, daß ich dich nicht liebe! *Weinend ab.* Du mich – ja; ich dich – nein: Ich liebe dich nicht!

Zwei blau livrierte Diener mit sehr blassen Gesichtern stellen in die linke Ecke der großen Bühne zwei weiße Taburetts. Die kleine Bühne quert, immer auf Zehenspitzen, der Diener des ersten Aktes.

STENOTYPISTIN *die kleine Treppe hinaufsteigend, zum Diener:* Wenn der Herr kommt, laß ihn herein. *Auf der kleinen Bühne:* Wiewohl er nicht kommen wird, bis er kommen muß.

Jüngling *steigt langsam die kleine Treppe hinan. Wenn er in der Bibliothek ist – leidenschaftlich:* Bist du hier zufrieden?

Stenotypistin: Hast du die Briefe geschrieben?

Jüngling: Oben ist es schöner. Komm!

Stenotypistin: Ich habe dich sehr geliebt!

Jüngling: Ich liebe dich sehr!

Stenotypistin: Ich werde dich sehr lieben!

Jüngling: Ich glaube, ohne dich ringe ich mit dem Tode. Wohin mit mir, wenn du mich verläßt? Ich erinnere mich an nichts. Es gibt keine andre – nur dich gibt es, weil du mich liebst.

Stenotypistin: Ich habe dich geliebt, Liebster! Ich werde dich immer lieben.

Jüngling: Jetzt ...

Stenotypistin: Warum sagst du: jetzt?

Der Alte erscheint auf der großen Bühne. Er ist blau gekleidet und hat ein blutbeflecktes Taschentuch in der Hand, das er an die Brust und an das Gesicht führt. Er scheint unruhig und beobachtet aufmerksam alle Einzelheiten, die sich abspielen.

Jüngling: Ich habe gewartet und bin gestorben.

Stenotypistin: Ich bin gestorben, weil ich gewartet habe.

Jüngling: Aber das Blut klopft mit seinen Feuerknöcheln an meine Schläfen, und jetzt habe ich dich hier!

Stimme *draußen:* Mein Kind, mein Kind! *Das tote Kind quert die kleine Bühne. Es ist allein und entfernt sich durch eine Tür zur Linken.*

Jüngling: Ja, mein Kind! Es läuft in meinem Innern wie ein einsames Ameischen in einer verschlossenen Schachtel. *Zur Stenotypistin:* Etwas Licht für mein Kind. Bitte. Es ist so klein. Es drückt sein Näschen an das Fenster meines Herzens – und trotzdem hat es keine Luft.

Maske *erscheint auf der großen Bühne:* Mein Kind!

Es kommen noch zwei Masken, die auf der Bühne bleiben.

Stenotypistin *herrisch und trocken:* Hast du die Briefe geschrieben? Es ist nicht dein Kind: i c h bin es! Du hast gewartet und mich gehen lassen, aber dich glaubtest du immer geliebt. Lüge ich das?

JÜNGLING *ungeduldig:* Nein, aber ...

STENOTYPISTIN: Ich hingegen wußte, daß du mich nie lieben würdest; dennoch habe ich meine Liebe hoch emporgehoben, mich verändert und dich in allen Ecken meines Hauses gesehen. *Leidenschaftlich:* Ich liebe dich – aber weit außerhalb deiner selbst. Ich bin so weit geflohen, daß ich das Meer betrachten muß, um das Beben deines Mundes heraufbeschwören zu können.

ALTER: Denn wenn er zwanzig Jahre alt ist, kann er auch zwanzig Monde alt sein.

STENOTYPISTIN *lyrisch:* Zwanzig Rosen, zwanzig schneeige Nordwinde.

JÜNGLING *erregt:* Schweig! Du wirst mit mir gehen. Weil du mich liebst – und weil ich leben muß.

STENOTYPISTIN: Ja, ich liebe dich, aber viel stärker. Du hast nicht die Augen, mich nackt zu sehen, nicht den Mund, meinen Leib zu küssen, der unendlich ist. Laß mich! Ich liebe dich zu stark, um dich ansehen zu können.

JÜNGLING: Keine Minute mehr! Komm! *Ergreift sie an den Handgelenken.*

STENOTYPISTIN: Du tust mir weh, Liebster.

JÜNGLING: Dann fühlst du mich.

STENOTYPISTIN *sanft:* Warte ... Ich werde kommen ... Immer. *Umarmt ihn.*

ALTER: Sie wird kommen. Setz dich, mein Freund. Warte.

JÜNGLING *verängstigt:* Nein.

STENOTYPISTIN: Ich stehe auf Höhen. Warum ließest du mich los? Ich starb vor Frost und mußte deine Liebe suchen, wo es keine Leute gibt. Aber ich werde bei dir sein. Laß mich allmählich zu dir niedersteigen. *Bajazzo und Harlekin kommen. Der Bajazzo trägt einen Vorhang, der Harlekin eine weiße Violine. Sie setzen sich auf die Taburetts.*

BAJAZZO: Eine Weise.

HARLEKIN: Von Jahren.

BAJAZZO: Monde und Meere –
nie zu erschließen.
HARLEKIN: Und was bleibt zurück?
BAJAZZO: Das Leilach der Luft.
Deiner Geige Musik.

JÜNGLING *wie aus einem Traum erwachend:* Wir wollen gehen!

STENOTYPISTIN: Ja. Ist es denn möglich, daß du es bist? So, so plötzlich, ohne diesen großartigen Gedanken: Morgen werden wir weitersehen – langsam probiert zu haben? Tut es dir nicht leid um mich?

JÜNGLING: Oben ist es wie in einem Nest. Man hört die Nachtigall singen ... und selbst wenn man sie nicht hört, wenn auch die Fledermaus an die Fenster klopft ...

STENOTYPISTIN: Ja, ja, aber ...

JÜNGLING *entschieden:* Deinen Mund! *Küßt sie.*

STENOTYPISTIN: Später ...

JÜNGLING *leidenschaftlich:* Nachts ist es schöner.

STENOTYPISTIN: Ich werde gehen.

JÜNGLING: Ohne zu zögern!

STENOTYPISTIN: Ich will! ... Hör ...

JÜNGLING: Gehen wir!

STENOTYPISTIN: Aber ...

JÜNGLING: Nun?

STENOTYPISTIN: Ich werde mit dir gehen ...!

JÜNGLING: Liebste! Ich werde mit dir gehen.

STENOTYPISTIN *zaghaft:* ... sobald fünf Jahre vergehen!

JÜNGLING: Ah! *Führt die Hand an die Stirn.*

ALTER *leise:* Bravo!

Der Jüngling steigt langsam die kleine Treppe hinab. Die Stenotypistin bleibt in ekstatischer Haltung stehen. Der Diener kommt auf den Zehenspitzen und hüllt sie in eine große weiße Capa.

BAJAZZO: Eine Weise –
HARLEKIN: von Jahren.
BAJAZZO: Monde und Meere –

niemals erschlossen.
Was bleibt?

HARLEKIN: Das Leilach der Luft.

BAJAZZO: Deiner Geige Musik. *Harlekin spielt.*

MASKE: Der Graf küßt mein Amazonenportrait.

ALTER: Wir gehen – nicht um anzukommen; aber gehen wir um zu gehen.

JÜNGLING *verzweifelt zum Bajazzo:* Wo ist der Ausgang?

STENOTYPISTIN *auf der kleinen Bühne und wie in Träumen:* Liebster. Liebster.

JÜNGLING *erschüttert:* Zeigen Sie mir die Tür!

BAJAZZO *nach links zeigend, ironisch:* Dort, bitte!

HARLEKIN *nach rechts zeigend:* Da, bitte.

STENOTYPISTIN: Ich warte auf dich, Liebster! Ich warte! Komm bald zurück!

BAJAZZO *ironisch:* Dort, bitte.

JÜNGLING *zum Bajazzo:* Ich zertrümmere deine Käfige. Ich zerreiße deinen Vorhang. Ich kann über die Mauer klettern!

ALTER *ängstlich:* Hier, bitte.

JÜNGLING: Ich will zurück. Laßt mich!

HARLEKIN: Der Wind bleibt zurück.

BAJAZZO: Deiner Geige Musik.

Vorhang

Zweites Bild

Die Bibliothek des ersten Aktes. Links über einer kopf- und armlosen Kleiderpuppe das Brautkleid. Verschiedene offene Koffer. Rechts ein Tisch. Hausmädchen und Diener kommen.

HAUSMÄDCHEN *erstaunt:* So?

DIENER: Jetzt ist sie Pförtnerin, aber vorher war sie eine große Dame. Sie lebte lange mit einem steinreichen italienischen Grafen, Vater des Kindes, das eben beerdigt wurde.

HAUSMÄDCHEN: Das Allerärmste! Wie entzückend es aussah!

DIENER: Aus dieser Zeit stammt ihr Größenwahn. Darum hat sie alles, was sie besaß, für die Kleider und den Sarg des Kindes ausgegeben.

HAUSMÄDCHEN: Und für die Blumen! Ich habe ihm ein Sträußchen Rosen geschenkt, aber sie waren so klein, daß man sie vielleicht gar nicht in die Wohnung gelassen hat.

JÜNGLING *tritt ein:* Juan. *Hausmädchen ab.*

DIENER: Herr.

JÜNGLING: Gib mir ein Glas kaltes Wasser. *Man merkt dem Jüngling Verzweiflung und körperliche Schwäche an. Der Diener bringt ihm das Wasser.* War dieses Fenster nicht viel größer?

DIENER: Nein.

JÜNGLING: Es ist erstaunlich, daß es so eng ist. Mein Haus hatte einen riesigen Hof, wo ich mit meinen Pferdchen spielte. Als ich es mit zwanzig Jahren sah, war es so klein, daß es mir unglaubhaft schien, daß ich so in ihm hatte herumtollen können.

DIENER: Geht es dem Herrn gut?

JÜNGLING: Geht es der Quelle gut, die Wasser vergießt? Antworte.

DIENER: Ich weiß nicht.

JÜNGLING: Geht es einem Wetterhahn gut, der sich nach dem Winde dreht?

DIENER: Der Herr gibt da ein paar Beispiele ... Aber ich möchte fragen dürfen, wenn der Herr erlaubt – geht es dem Winde gut?

JÜNGLING *trocken:* Es geht mir gut.

DIENER: Haben Sie sich nach der Reise genügend ausgeruht?

JÜNGLING: Ja.

DIENER: Das freut mich unendlich. *Will gehen.*

JÜNGLING: Juan. Ist meine Kleidung vorbereitet?

DIENER: Ja, Herr. In Ihrem Schlafzimmer.

JÜNGLING: Welcher Anzug?

DIENER: Der Frack. Ich habe ihn auf dem Bett ausgelegt.

Jüngling *aufgeregt:* Nimm ihn da fort. Ich will nicht hinaufgehen und mich ausgestreckt in dem so großen, so leeren Bett sehen. Ich weiß nicht, wem es eingefallen ist, es zu kaufen. Früher hatte ich ein andres, kleines. Erinnerst du dich?

Diener: Ja, Herr. Aus geschnitztem Nußbaum.

Jüngling: Ganz recht. Aus geschnitztem Nußbaum. Wie gut schlief es sich darin. Ich erinnere mich – als ich noch ein Kind war, sah ich einen Riesenmond aufgehen hinter dem Gestäbe am Fußende ... Oder war es das Eisengeländer des Balkons? Ich weiß nicht. Wo ist es?

Diener: Der Herr hat es verschenkt.

Jüngling *nachdenkend:* Wem?

Diener *ernst:* Ihrer ehemaligen Stenotypistin.

Jüngling *nachdenklich und dem Diener dann andeutend, daß er gehen soll:* Schon gut. *Diener ab.*

Jüngling *furchtsam:* Juan.

Diener *kommt zurück, sehr ernst:* Herr.

Jüngling: Du hast mir wohl die Lackschuhe hingestellt.

Diener: Die mit den schwarzen Seidenbändern.

Jüngling: Schwarze Seide ... Nein ... Nimm andre. *Steht auf.* Wie ist es nur möglich, daß in diesem Hause die Luft immer so schlecht ist? Ich werde alle Blumen im Garten schneiden lassen, vor allem diesen verfluchten Oleander, der über die Mauern schießt, und dieses Gekräut, das mitternachts allein aufsprießt.

Diener: Man sagt, daß Anemonen und Mohn zu gewissen Tageszeiten Kopfschmerzen verursachen.

Jüngling: So wird es wohl sein. Nimm auch das mit. *Zeigt auf seinen Mantel.* In die Bodenkammer.

Diener: Jawohl. *Ab.*

Jüngling *ängstlich:* Und laß nur die Lackschuhe. Aber tu andre Bänder hinein.

Die Hausglocke läutet.

Diener *kommt:* Die Herrschaften, die zum Spielen kommen.

Jüngling *gelangweilt:* Ah!

DIENER *an der Tür:* Der Herr sollte sich jetzt umkleiden.

JÜNGLING: Ja. *Ab, fast wie ein Schatten.*

Die Spieler treten ein. Es sind drei, im Frack, mit langen Capas aus weißem Atlas, die bis zu den Füßen reichen.

ERSTER SPIELER: Es war in Venedig. Ein schlechtes Spieljahr. Aber jener Bursche spielte tüchtig. Er war blaß, so blaß, daß er in der letzten Runde keine andre Möglichkeit mehr hatte, als ›As de cœur‹ hinzulegen. Sein Herz voll Blut. Er legte es hin, und als ich es nehmen wollte *(dämpft die Stimme)*, um ... *(sieht sich um)*, hatte er ein Herz-As, das über die Ränder lief, und er trank daraus und entfloh mit zwei Mädchen auf dem Canale Grande.

ZWEITER SPIELER: Den blassen Leuten ist nicht zu trauen, auch denen nicht, die es ekelt – zwar spielen sie, aber sie sehen sich vor.

DRITTER SPIELER: In Indien spielte ich mit einem Alten, der, als er keinen Tropfen Blut mehr in den Karten hatte, und als ich schon auf den Augenblick wartete, um mich auf ihn zu stürzen, alle Herzen mit einer besondren Anilinfarbe rötete und zwischen den Bäumen verschwinden konnte.

ERSTER SPIELER: Wir spielen und gewinnen; doch welche Arbeit! Die Karten trinken reichlich Blut aus den Händen, und es ist schwer, den Faden zu zerschneiden, der sie verbindet.

ZWEITER SPIELER: Aber ich glaube, daß wir ... uns in diesem ... nicht irren.

DRITTER SPIELER: Ich weiß nicht.

ERSTER SPIELER *zum zweiten:* Du wirst deine Klienten nie kennen lernen! Der? Das Leben entrinnt ihm durch die Pupillen, die seine Mundwinkel netzen und ihm das Frackhemd blau färben.

ZWEITER SPIELER: Ja. Aber erinnere dich des Geschöpfes in Schweden, das mit uns spielte, fast wie im Todeskampf, und uns beinahe alle drei blind gemacht hätte mit dem Blutstrahl, der aus ihm hervorbrach.

DRITTER SPIELER: Das Kartenspiel.

Holt ein Kartenspiel hervor.

ZWEITER SPIELER: Wir müssen sehr sanft mit ihm sein, damit er uns nicht widerstrebt.

ERSTER SPIELER: Auch wenn es weder der andren noch dem Fräulein Stenotypistin einfällt hierherzukommen, bevor fünf Jahre vergehen – wenn sie je kommen.

DRITTER SPIELER *lachend:* Wenn sie je kommen! Ha–ha–ha!

ERSTER SPIELER: Es wäre nicht falsch, schnell zu spielen.

ZWEITER SPIELER: Er hat da – ein As.

DRITTER SPIELER: Ein junges Herz, von dem die Pfeile womöglich abgleiten.

ERSTER SPIELER *lustig und abgründig:* Ich habe da ein paar Pfeile für ein Scheibenschießen.

ZWEITER SPIELER *neugierig:* Wo?

ERSTER SPIELER *scherzhaft:* Für ein Scheibenschießen – die nicht nur in härtestem Stahl sondern auch in feinster Gaze steckenbleiben. Und das ist wirklich schwer.

Sie lachen.

ZWEITER SPIELER: Wir werden ja sehen.

JÜNGLING *kommt im Frack:* Meine Herren. *Gibt ihnen die Hand.* Sie sind sehr früh gekommen. Es ist zu heiß.

ERSTER SPIELER: Nicht übermäßig.

ZWEITER SPIELER *zum Jüngling:* Elegant wie immer.

ERSTER SPIELER: So elegant, daß Sie sich nie mehr entkleiden sollten.

DRITTER SPIELER: Es gibt Gelegenheiten, bei denen uns die Kleidung so gut steht, daß wir nicht möchten ...

ZWEITER SPIELER *unterbrechend:* ... daß wir sie nicht mehr vom Leibe reißen können.

JÜNGLING *gelangweilt:* Zu liebenswürdig.

Der Diener kommt mit einem Tablett und stellt Likörgläser auf den Tisch.

JÜNGLING: Fangen wir an? *Die drei Spieler setzen sich.*

ERSTER SPIELER: Wir sind bereit.

ZWEITER SPIELER *leise:* Paßt gut auf.

DRITTER SPIELER: Setzen Sie sich nicht?

JÜNGLING: Nein. Ich ziehe vor, stehend zu spielen.

ERSTER SPIELER: Stehend?

ZWEITER SPIELER *leise:* Du wirst tief eindringen müssen.

ERSTER SPIELER *die Karten austeilend:* Wie viele?

JÜNGLING: Vier. *Gibt sie den andren.*

DRITTER SPIELER *leise:* Kein Spiel.

JÜNGLING: Wie kalt diese Karten sind! Nichts. *Legt sie auf den Tisch.* Und Sie?

ERSTER SPIELER *leise:* Nichts. *Teilt ihm wieder Karten zu.*

ZWEITER SPIELER *sieht in seine Karten:* Nichts. Großartig.

DRITTER SPIELER *seine Karten unruhig betrachtend:* Nichts. Wir werden ja sehen.

ERSTER SPIELER *zum Jüngling:* Sie spielen.

JÜNGLING *fröhlich:* Ich spiele. *Wirft eine Karte auf den Tisch.*

ERSTER SPIELER *betont:* Und ich.

ZWEITER SPIELER: Und ich.

DRITTER SPIELER: Und ich.

JÜNGLING *erregt mit einer Karte:* Und jetzt? *Die drei Spieler zeigen ihre Karten. Der Jüngling zaudert und verdeckt seine in der Hand.* Juan, schenke den Herren Likör ein.

ERSTER SPIELER *sanft:* Wollen Sie mir gütigst Ihre Karten zeigen.

JÜNGLING *verängstigt:* Was für Likör wünschen Sie?

ZWEITER SPIELER *liebreich:* Die Karte?

JÜNGLING *zum dritten Spieler:* Sicherlich lieben Sie Anis. Das ist ein Getränk ...

DRITTER SPIELER: Bitte sehr ... Die Karte ...

JÜNGLING *zum Diener, der hereinkommt:* Was – gibt es keinen Whisky? *Wenn der Diener eintritt, verharren die Spieler schweigend mit den Karten in den Händen.* Und keinen Cognac?

ERSTER SPIELER *leise und es vor dem Diener verhehlend:* Die Karte.

JÜNGLING *angstvoll:* Cognac ist ein Getränk für widerstandsfähige Männer.

ZWEITER SPIELER *nachdrücklich aber leise:* Die Karte.

JÜNGLING: Oder trinken Sie lieber Chartreuse? *Diener ab.*

ERSTER SPIELER *mit erhobener Stimme und Nachdruck:* Haben Sie die Güte zu spielen.

JÜNGLING: Sofort. Aber erst wollen wir trinken.

DRITTER SPIELER *eindringlich laut:* Hier wird gespielt.

JÜNGLING *in Todesangst:* Ja, ja. Etwas Chartreuse. Chartreuse ist wie eine tiefe Nacht mit grünem Mond in einem Schloß, wo ein Jüngling mit goldenen Algen weilt.

ERSTER SPIELER *derb:* Sie müssen uns Ihr As geben.

JÜNGLING *beiseite:* Mein Herz.

ZWEITER SPIELER *energisch:* Denn man muß gewinnen oder verlieren. Vorwärts ... Ihre Karte.

DRITTER SPIELER: Her damit!

ERSTER SPIELER: Spielen Sie!

JÜNGLING *schmerzlich:* Meine Karte.

ERSTER SPIELER: Die letzte.

JÜNGLING: Ich spiele.

Legt die Karte auf den Tisch. In diesem Augenblick erscheint auf den Gefächern der Bibliothek ein farbig leuchtendes Herz-As. Der erste Spieler zieht eine Pistole und schießt lautlos einen Pfeil ab. Das Herz-As verschwindet, der Jüngling führt die Hände an sein Herz.

ERSTER SPIELER: Wir müssen fliehen.

ZWEITER SPIELER: Wir dürfen nicht warten.

DRITTER SPIELER: Schneide, schneide gut.

Der erste Spieler schneidet ein paarmal mit einer Schere in die Luft.

ERSTER SPIELER *leise:* Fort.

ZWEITER SPIELER: Schnell. *Die drei Spieler ab.*

DRITTER SPIELER: Man soll nie warten.

JÜNGLING: Juan, Juan. Man soll leben.

ECHO: Juan, Juan.

JÜNGLING *im Todeskampf:* Ich habe alles verloren.

ECHO: Ich habe alles verloren.

JÜNGLING: Meine Liebe ...
ECHO: Liebe.
JÜNGLING *auf dem Sofa:* Juan.
ECHO: Juan.
JÜNGLING: Es gibt keinen ...?
ECHO: Es gibt keinen ...
ZWEITES ECHO *ferner:* Es gibt keinen ...?
JÜNGLING: ... keinen Menschen hier?
ECHO: Hier ...
ZWEITES ECHO: Hier ...

Der Jüngling stirbt. Der Diener kommt mit einem brennenden Leuchter. Es schlägt zwölf Uhr.

BLUTHOCHZEIT

Lyrische Tragödie in drei Akten
und sieben Bildern

Personen

DIE MUTTER
DIE BRAUT
DIE SCHWIEGERMUTTER
DIE FRAU LEONARDOS
DIE MAGD
DIE NACHBARIN
DAS KLEINE MÄDCHEN (KIND)
NACHBARINNEN
MÄDCHEN
LEONARDO
DER BRÄUTIGAM
DER VATER DER BRAUT
DER MOND
DER TOD (ALS BETTLERIN)
BURSCHEN
HOLZFÄLLER
GÄSTE

ERSTER AKT

Erstes Bild

Gelb gestrichener Wohnraum

Bräutigam *tritt ein:* Mutter.

Mutter: Was?

Bräutigam: Ich gehe.

Mutter: Wohin?

Bräutigam: In den Weinberg.

Schickt sich an zu gehen.

Mutter: Warte.

Bräutigam: Willst du etwas?

Mutter: Das Frühstück, Junge.

Bräutigam: Laß nur. Ich werde Trauben essen. Gib mir das Messer.

Mutter: Zu was?

Bräutigam *lachend:* Um sie zu schneiden.

Mutter *verbissen murmelnd und suchend:* Das Messer ... Das Messer ... Verflucht seien alle Messer und der Bube, der sie erfand.

Bräutigam: Denkst du immer nur daran?

Mutter: Und die Flinten und die Pistolen und das kleinste Messer und selbst die Hacken und Forken.

Bräutigam: Schon gut.

Mutter: Alles, was den Körper eines Mannes zerfetzen kann. Ein schöner Mann, die Blume im Munde, der in die Weinberge geht oder zu seinen Olivenbäumen, seinen eigenen, ererbten Olivenbäumen.

Bräutigam *senkt den Kopf:* Schweig doch.

MUTTER: ... und dieser Mann kommt nicht wieder. Oder wenn er wiederkommt, nur darum, daß man einen Palmzweig auf ihn lege oder eine Schüssel mit grobem Salz, damit er nicht aufquillt. Ich verstehe nicht, daß du dich unterstehst, ein Messer zu tragen, noch daß ich die Schlange im Kasten dulde.

BRÄUTIGAM: Ist es jetzt genug?

MUTTER: Und wenn ich hundert Jahre lebte, würde ich von nichts andrem sprechen. Erst dein Vater. Er roch wie eine Nelke, und ich genoß ihn drei kurze Jahre. Dann dein Bruder. Ist das in der Ordnung, darf das sein, daß so ein kleines Ding wie eine Pistole oder ein Messer einen Mann umbringen kann, der wie ein Stier ist? Ich werde nie schweigen. Die Monate vergehen, und die Verzweiflung brennt mir in den Augen und quält mich bis in die Haarspitzen.

BRÄUTIGAM *heftig:* Willst du endlich aufhören?

MUTTER: Nein. Ich will nicht aufhören. Kann mir jemand deinen Vater wiedergeben? Und deinen Bruder? Und dann das Zuchthaus. Was ist ein Zuchthaus? Da essen sie, da rauchen sie, da spielen sie Gitarre! Und aus meinen Toten wächst Unkraut, sie sind stumm, Staub – zwei Männer wie Geranien ... Und die Mörder – im Zuchthaus – frisch ... sehen die Berge ...

BRÄUTIGAM: Soll ich sie etwa erschlagen?

MUTTER: Nein ... Ich spreche nur, weil ... Könnte ich schweigen, wenn ich dich durch diese Tür gehen sehe? Ich mag nicht, daß du ein Messer trägst. Ich ... ich möchte nicht, daß du aufs Feld gehst.

BRÄUTIGAM *lachend:* Aber Mutter!

MUTTER: Ich wünschte, du wärest eine Frau. Dann würdest du jetzt nicht zum Flusse gehen, und wir beide bestickten Borten und wollene Hündchen.

BRÄUTIGAM *nimmt seine Mutter am Arm und lacht:* Und wenn ich dich in die Weinberge mitnähme, Mutter?

MUTTER: Was hat eine Alte in den Weinbergen zu suchen? Würdest du mich unter die Reben legen?

BRÄUTIGAM *hebt sie in die Höhe:* Alte, liebe Alte, allerliebste Alte!

MUTTER: Dein Vater nahm mich mit. Das ist gute Art. Blut. Dein Großvater ließ an jeder Ecke ein Kind. Das gefällt mir. Die Männer – Männer; der Weizen – Weizen.

BRÄUTIGAM: Und ich, Mutter?

MUTTER: Du – was?

BRÄUTIGAM: Muß ich es dir noch einmal sagen?

MUTTER *ernst:* Ach so.

BRÄUTIGAM: Hältst du es für schlecht?

MUTTER: Nein.

BRÄUTIGAM: Also ...?

MUTTER: Ich weiß es selbst nicht. So ... so plötzlich ... überrascht es mich immer. Das Mädchen ist gut, nicht wahr? Anständig. Fleißig. Backt ihr Brot und näht ihre Kleider; trotzdem – wenn ich ihren Namen ausspreche, empfinde ich etwas wie einen Steinwurf an die Stirn.

BRÄUTIGAM: Torheiten.

MUTTER: Mehr als Torheiten ... Ich werde allein sein. Nur du bist mir geblieben, und es tut mir weh, daß du gehst.

BRÄUTIGAM: Aber du wirst doch zu uns ziehen.

MUTTER: Nein. Ich kann deinen Vater und deinen Bruder hier nicht verlassen. Ich muß jeden Morgen zu ihnen gehen und wenn ich fortziehe, könnte einer von den Félix, einer von der Mördersippschaft, sterben und an ihrer Seite beerdigt werden. Nein, nur das nicht! Niemals! Mit den Fingernägeln würde ich sie ausscharren und ich, ganz allein, würde sie gegen die Friedhofsmauer schmettern!

BRÄUTIGAM *erregt:* Schon wieder!

MUTTER: Verzeih! *Pause.* Seit wann hast du Beziehungen zu ihr?

BRÄUTIGAM: Seit drei Jahren. Ich habe bereits den Weinberg kaufen können.

MUTTER: Seit drei Jahren. Hatte sie nicht schon einmal einen Bräutigam?

BRÄUTIGAM: Ich weiß nicht. Ich glaube nicht. Die Mädchen müssen sich ihre Männer ansehen, bevor sie sie heiraten.

MUTTER: Gewiß. Ich habe niemand angesehen. Ich habe deinen Vater angesehen; und als sie ihn ermordeten, habe ich die Wand angesehen. Eine Frau – ein Mann – und weiter nichts.

BRÄUTIGAM: Du weißt, daß meine Braut gut ist.

MUTTER: Ich zweifle nicht daran. Doch tut es mir leid, daß ich nicht weiß, wie ihre Mutter war.

BRÄUTIGAM: Ist das nicht einerlei?

MUTTER *sieht ihn an:* Junge.

BRÄUTIGAM: Was willst du?

MUTTER: Gut. Du hast recht. Wann soll ich für dich um sie anhalten?

BRÄUTIGAM *froh:* Ist es dir Sonntag genehm?

MUTTER *ernst:* Ich werde ihr die Messingohrringe mitbringen. Sie sind antik. Und du kaufst ihr ...

BRÄUTIGAM: Das verstehst du besser ...

MUTTER: Du kaufst ihr durchbrochene Strümpfe und für dich zwei Anzüge ... Drei! Denn ich habe nur noch dich!

BRÄUTIGAM: Ich gehe jetzt. Morgen werde ich sie besuchen.

MUTTER: Ja, gut; und vielleicht beglückst du mich mit sechs Kindern ... oder soviel du willst ... Dein Vater hatte keine Zeit mehr, sie mir zu machen ...

BRÄUTIGAM: Der erste Junge ist für dich.

MUTTER: Vergiß die Mädchen nicht. Denn ich will sticken und Spitzen klöppeln und in Ruhe leben.

BRÄUTIGAM: Du wirst meine Braut sicher gern haben.

MUTTER: Sicher. *Sie will ihn küssen, besinnt sich aber.* Geh, jetzt bist du zu groß für Küsse. Du wirst sie deiner Frau geben. *Pause.*

Für sich: Wenn sie deine Frau ist.

BRÄUTIGAM: Ich gehe nun.

MUTTER: Grab das Stück bei der Ölmühle gut um; du hast es vernachlässigt.

BRÄUTIGAM: Verlaß dich darauf.

MUTTER: Mit Gott! *Der Bräutigam geht.*

Die Mutter bleibt mit dem Rücken zur Tür sitzen. In der Tür erscheint eine Nachbarin, dunkel gekleidet, mit Kopftuch. Komm herein.

NACHBARIN: Wie geht es dir?

MUTTER: Wie es so geht.

NACHBARIN: Ich war beim Kaufmann und wollte dich einmal besuchen. Wir wohnen so weit.

MUTTER: Ich bin seit zwanzig Jahren nicht mehr die Straße hinaufgegangen.

NACHBARIN: Du hast es gut.

MUTTER: Glaubst du?

NACHBARIN: Was nicht alles vorkommt ...! Vor zwei Tagen brachten sie den Sohn meiner Nachbarin. Beide Arme von der Maschine abgerissen. *Setzt sich.*

MUTTER: Raphael?

NACHBARIN: Ja. Und da liegt er nun. Ich muß oft daran denken, daß dein Sohn und meiner eigentlich besser da sind, wo sie sind – schlafend, ruhend und nicht in Gefahr, unnütze Krüppel zu werden.

MUTTER: Schweig. Das alles ist Hirngespinst – aber kein Trost.

NACHBARIN: Ach.

MUTTER: Ach. *Pause.*

NACHBARIN *bedrückt:* Und dein Sohn?

MUTTER: Ist eben fortgegangen.

NACHBARIN: Er hat doch den Weinberg gekauft!

MUTTER: Er hat Glück gehabt.

NACHBARIN: Und nun wird er heiraten.

MUTTER *wie erwachend, rückt ihren Stuhl an den der Nachbarin:* Höre.

NACHBARIN *in vertraulicher Haltung:* Nun?

MUTTER: Du kennst die Braut meines Sohnes?

NACHBARIN: Ein braves Mädchen.

MUTTER: Gewiß, aber ...

NACHBARIN: Aber niemand kennt sie genau. Sie lebt mit ihrem Vater, ganz allein, sehr weit, drüben, zehn Meilen vom nächsten Haus. Aber sie ist gut. An Einsamkeit gewöhnt.

MUTTER: Und ihre Mutter?

NACHBARIN: Ich habe ihre Mutter gekannt. Eine Schönheit. Ihr Gesicht strahlte wie das eines Heiligen; doch ich mochte sie nie. Sie hat ihren Mann nicht geliebt.

MUTTER *heftig:* Was die Leute nicht alles wissen!

NACHBARIN: Entschuldige. Ich wollte dich nicht kränken; aber es ist so. Indessen – ob sie zurückhaltend war oder nicht, weiß niemand. Sie war stolz.

MUTTER: Immer dasselbe!

NACHBARIN: Du hast mich gefragt.

MUTTER: Ich wünsche, daß keiner etwas von der Toten oder Lebenden wissen möge. Sie sollen wie zwei Disteln sein, von denen man nicht spricht, und die stechen, wenn es soweit ist.

NACHBARIN: Du hast recht. Dein Sohn ist ein prachtvoller Mensch.

MUTTER: Er ist tüchtig. Darum wache ich über ihn. Man hat mir gesagt, das Mädchen sei schon einmal, vor Jahren, verlobt gewesen.

NACHBARIN: Sie war damals etwa fünfzehn Jahre. Er heiratete vor zwei Jahren eine ihrer Kusinen. Übrigens erinnert sich niemand mehr dieser Verlobung.

MUTTER: Und warum erinnerst du dich?

NACHBARIN: Du stellst Fragen ...!

MUTTER: Jeder möchte wissen, wo ihn der Schuh drückt. Wer war der Bräutigam?

NACHBARIN: Leonardo.

MUTTER: Was für ein Leonardo?

NACHBARIN: Leonardo Félix.

MUTTER *steht auf:* Félix!

NACHBARIN: Aber – welche Schuld trifft Leonardo? Er war erst acht Jahre alt, als das damals geschah.

MUTTER: Das ist wahr ... Aber ich höre ›Félix‹, und das Vergangene steigt in mir auf. *Knirschend:* Félix ... und der Mund füllt sich mir mit Schlamm *(spuckt aus)* und ich muß ausspeien, um nicht zu morden.

NACHBARIN: Beherrsche dich. Was hilft dir das?

MUTTER: Nichts. Aber du wirst es verstehen.

NACHBARIN: Widersetze dich nicht dem Glück deines Sohnes. Sag ihm nichts. Du bist alt. Ich auch. Wir müssen schweigen.

MUTTER: Ich werde ihm nichts sagen.

NACHBARIN *küßt sie:* Nichts.

MUTTER *gefaßt:* Diese Dinge ...!

NACHBARIN: Ich muß gehen. Meine Leute kommen bald vom Felde.

MUTTER: Hast du einen so heißen Tag je erlebt?

NACHBARIN: Die Kinder, die den Schnittern das Wasser brachten, waren ganz verbrannt. Leb wohl. *Ab.*

MUTTER: Leb wohl! *Die Mutter geht auf die linke Tür zu, bleibt auf halbem Wege stehen und bekreuzigt sich langsam.*

Vorhang

Zweites Bild

Rosa gestrichenes Zimmer, Kupfergerät, Feldblumensträuße. In der Mitte Tisch mit Decke. Es ist Morgen. Leonardos Schwiegermutter mit einem Kind auf den Armen. Sie wiegt es. Die Frau, in der andren Ecke, strickt Strümpfe.

SCHWIEGERMUTTER:

Träume, Kindchen, träume,
träume vom großen Falben,
der vor dem Wasser sich scheute.
Zwischen den hängenden Zweigen
flutete schwarz das Wasser.
Als es die Brücke erblickte,

hält es sich auf und singt.
Wer kann dir sagen, mein Kindchen,
was denn das Wässerchen hat,
das mit der langen Schleppe
rauscht durch den grünen Saal!

FRAU *leise:* Schlafe, Nelkelein, schlafe,
sonst will der Falbe nicht trinken.

SCHWIEGERMUTTER:
Schlafe, Röselein, schlafe,
sonst wird der Falbe noch weinen.
Die Füße von Wunden gerötet,
Die Mähne von Reif überfroren,
einen silbernen Dolch in den Augen.
Sie liefen hinab zum Flusse.
Ach, wie sie liefen zum Flusse!
Das Blut entströmte ihm stärker
als das Wasser die Auen durcheilt.

FRAU: Schlafe, Nelkelein, schlafe,
sonst wird der Falbe nicht trinken.

SCHWIEGERMUTTER:
Schlafe, Röselein, schlafe,
sonst wird der Falbe noch weinen.

FRAU: Seine heiße samtige Lippe
mit den weichen silbernen Härchen
verschmähte das feuchte Ufer.
Nur zu den harten Bergen
wendet er wiehernd den Kopf.
Doch erfriert ihm der Ton in der Kehle.
Ach, Falbe, du Wasser verschmähender
Falbe! Ach, schneeiger Schmerz,
Falbe des dämmernden Morgens!

SCHWIEGERMUTTER:
Geh fort! Bleibe dort und beschatte
das Fenster mit Zweigen von Träumen,
schließ es mit Träumen von Zweigen.

FRAU: Mein Kindchen, mein Kindchen schläft ein.

SCHWIEGERMUTTER:
Mein Kindchen, mein Kindchen ist still.

FRAU: Falbe, mein Kind hat ein Kissen.

SCHWIEGERMUTTER:
Eine stahlgeschmiedete Wiege.

FRAU: Leinenlaken aus Holland.

SCHWIEGERMUTTER:
Träume, Kindchen, träume.

FRAU: Ach, Falbe, du großer Falbe,
der du das Wasser verschmähtest.

SCHWIEGERMUTTER:
Geh fort! Bleibe draußen und lauf
in die Berge, durch grauende Täler,
wo die nächtige Mähre trabt.

FRAU *das Kind betrachtend:*
Mein Kindchen, mein Kindchen schläft ein.

SCHWIEGERMUTTER:
Mein Kindchen, mein Kindchen ruht aus.

FRAU *sehr leise:* Schlafe, Nelkelein, schlafe,
sonst will der Falbe nicht trinken.

SCHWIEGERMUTTER *steht auf, sehr leise:*
Schlafe, Röselein, schlafe.
sonst wird der Falbe noch weinen.

Sie bringen das Kind hinein. Leonardo kommt.

LEONARDO: Und das Kind?

FRAU: Es schläft schon.

LEONARDO: Gestern war ihm nicht wohl. Es hat nachts geweint.

FRAU *fröhlich:* Heute ist es wie eine Dahlie. Und du? Warst du beim Hufschmied?

LEONARDO: Da komme ich her. Soll man es für möglich halten? Seit zwei Monaten lasse ich das Pferd immer wieder beschlagen – aber fortwährend verliert es seine Hufeisen. Anscheinend reißt es sie sich an den Steinen ab.

FRAU: Vielleicht weil du es so oft benützt?

LEONARDO: Nein. Ich beanspruche es fast gar nicht.

FRAU: Gestern sagten mir die Nachbarinnen, sie hätten dich am Ende der Ebene gesehen.

LEONARDO: Wer hat das gesagt?

FRAU: Die Frauen, die die Kapern pflücken. Ich war sehr erstaunt. Bist du dort gewesen?

LEONARDO: Nein. Was hätte ich wohl in dem Ödland zu tun?

FRAU: Das sagte ich auch. Aber das Pferd triefte von Schweiß.

LEONARDO: Hast du das gesehen?

FRAU: Nein; meine Mutter.

LEONARDO: Ist sie beim Kind?

FRAU: Ja. Willst du eine Limonade?

LEONARDO: Mit recht kaltem Wasser.

FRAU: Du bist ja nicht mal zum Essen gekommen . . ! . .

LEONARDO: Ich war mit den Kornaufkäufern zusammen. Das hält auf.

FRAU *bereitet die Limonade, sehr sanft:* Und zahlen sie gut?

LEONARDO: Gerade den Preis.

FRAU: Ich müßte ein Kleid haben und das Kind eine Mütze mit Bändern.

LEONARDO *steht auf:* Ich will nach ihm sehen.

FRAU: Sei vorsichtig, es schläft.

SCHWIEGERMUTTER *tritt ein:* Sag – wer macht mit dem Pferde Wettrennen? Es liegt unten mit aufgerissenen Augen, als käme das Ende der Welt.

LEONARDO *scharf:* Ich.

SCHWIEGERMUTTER: Entschuldige. Es ist deines.

FRAU *schüchtern:* Er war mit den Kornaufkäufern zusammen.

SCHWIEGERMUTTER: Meinetwegen krepiert es. *Setzt sich. Pause.*

FRAU: Die Limonade. Ist sie kalt genug?

LEONARDO: Ja.

FRAU: Weißt du, daß man um die Hand meiner Kusine anhalten wird?

LEONARDO: Wann?

FRAU: Morgen. Die Hochzeit soll in einem Monat sein. Hoffentlich wird man auch uns einladen.

LEONARDO *ernst:* Ich weiß nicht.

SCHWIEGERMUTTER: Man sagt, seine Mutter war mit dieser Heirat nicht sehr einverstanden.

LEONARDO: Vielleicht hat sie recht. Man muß sich vor ihr in acht nehmen.

FRAU: Es mißfällt mir, daß ihr schlecht von einem anständigen Mädchen denkt.

SCHWIEGERMUTTER *stichelnd:* Aber er sagt es doch, weil er sie kennt. Weißt du nicht, daß sie drei Jahre lang seine Braut war?

LEONARDO: Aber ich gab sie auf. *Zu seiner Frau:* Du weinst jetzt? Weg! *Reißt ihr brüsk die Hände vom Gesicht.* Wir wollen zum Kind gehen. *Sie gehen umarmt hinein. Ein Mädchen läuft lustig ins Zimmer.*

MÄDCHEN: Frau!

SCHWIEGERMUTTER: Was gibt es?

MÄDCHEN: Der Bräutigam war im Laden und hat das Beste gekauft, das da war.

SCHWIEGERMUTTER: Allein?

MÄDCHEN: Nein, mit seiner Mutter. Ernst, groß. *Ahmt sie nach.* Aber ein Luxus . . . !

SCHWIEGERMUTTER: Sie haben Geld.

MÄDCHEN: Und durchbrochene Strümpfe haben sie gekauft! Ach, was für Strümpfe! Strümpfe, wie sie eine Frau nur im Traum sieht! Schauen Sie: Eine Schwalbe hier *(zeigt auf den Knöchel)*, hier ein Schiff *(zeigt auf die Wade)* und hier eine Rose *(zeigt auf den Schenkel)*.

SCHWIEGERMUTTER: Mädchen!

MÄDCHEN: Eine Rose mit Stempel und Stiel! Ach, alles aus Seide!

SCHWIEGERMUTTER: Zwei hübsche Vermögen legen sich da zusammen! *Leonardo und Frau kommen.*

MÄDCHEN: Ich erzähle euch eben, was sie kaufen.

LEONARDO *barsch:* Das interessiert uns nicht.

FRAU: Laß sie doch.

SCHWIEGERMUTTER: Leonardo, das ist doch nicht so wichtig.

MÄDCHEN: Entschuldigen Sie. *Weinend ab.*

SCHWIEGERMUTTER: Mußt du dich mit den Leuten überwerfen?

LEONARDO: Ich habe dich nicht um deine Meinung gebeten.

SCHWIEGERMUTTER: Auch recht.

Pause.

FRAU *zu Leonardo:* Was fehlt dir? Was spukt dir im Kopf? Laß mich nicht so allein, ohne mir etwas zu sagen ...

LEONARDO: Mund zu.

FRAU: Nein. Du sollst mich ansehen und es mir sagen.

LEONARDO *steht auf:* Schweig.

FRAU: Wohin gehst du, Liebster?

LEONARDO *schneidend:* Wirst du schweigen?

SCHWIEGERMUTTER *energisch zu ihrer Tochter:* Schweig! *Leonardo ab.* Das Kind! *Sie geht hinaus und kommt mit dem Kind auf den Armen zurück. Die Frau ist unbeweglich stehengeblieben.*

Die Füße von Wunden gerötet,
die Mähne von Reif überfroren,
einen silbernen Dolch in den Augen.
Sie liefen hinab zum Flusse.
Ach, wie sie liefen zum Flusse!
Das Blut entströmte ihm stärker
als das Wasser die Auen durcheilt.

FRAU *dreht sich langsam um, wie träumend:*

Schlafe, Nelkelein, schlafe,
denn jetzt will der Falbe trinken.

SCHWIEGERMUTTER:

Schlafe, Röselein, schlafe,
denn jetzt wird der Falbe weinen.

FRAU: Träume, Kindchen, träume.

SCHWIEGERMUTTER:

Ach, Falbe, du großer Falbe,
der du das Wasser verschmähtest.

FRAU *dramatisch:*

Geh fort! Bleibe draußen und lauf
in die Berge, durch grauende Täler!
Ach, schneeiger Schmerz, ach, Falbe,
Falbe des dämmernden Morgens!

SCHWIEGERMUTTER *weinend:*

Mein Kindchen, mein Kindchen schläft ein ...

FRAU *weinend, nähert sich langsam:*

Mein Kindchen, mein Kindchen ruht aus ...

SCHWIEGERMUTTER:

Schlafe, Nelklein, schlaf ein,
sonst wird der Falbe nicht trinken.

FRAU *weinend, stützt sich auf den Tisch:*

Schlafe, Röslein, schlaf ein,
sonst wird der Falbe noch weinen.

Vorhang

Drittes Bild

Inneres der in den Berg gebauenen Behausung der Braut. Im Hintergrund ein Kreuz aus großen rosa Blumen. Rundbogige Türen mit Spitzenvorhängen und rosa Schleifen. An den Wänden aus hartem weißem Material runde Fächer, blaue Krüge, kleine Spiegel.

MAGD *sehr servil, mit geheuchelter Bescheidenheit:* Treten Sie ein ... *Der Bräutigam und seine Mutter treten ein. Die Mutter trägt ein schwarzes Atlaskleid und Spitzenmantille. Der Bräutigam in schwarzem Samtanzug mit großer goldener Kette.*

Wollen Sie sich bitte setzen? Man kommt sogleich. *Magd ab. Mutter und Sohn sitzen unbeweglich wie Statuen. Lange Pause.*

MUTTER: Hast du die Uhr?

BRÄUTIGAM: Ja. *Zieht sie heraus und betrachtet sie.*

MUTTER: Wir müssen zeitig zurück. Wie weit diese Leute wohnen!

BRÄUTIGAM: Aber das Land ist gut.

MUTTER: Gut, aber zu einsam. Vier Stunden Weg und kein Haus und kein Baum.

BRÄUTIGAM: Das ist Ödland.

MUTTER: Dein Vater hätte es mit Bäumen bedeckt.

BRÄUTIGAM: Ohne Wasser?

MUTTER: Er hätte es gesucht. In den drei Jahren, die er mit mir verheiratet war, pflanzte er zehn Kirschbäume. *Sinnend.* Die drei Nußbäume bei der Mühle, einen großen Weinberg und eine Pflanze, die Juppiter[1] heißt, rote Blüten treibt und die nun verdorrt ist. *Pause.*

BRÄUTIGAM *spielt auf die Braut an:* Sie wird sich gerade ankleiden. *Der Vater der Braut tritt ein. Er ist alt, mit weißem schimmerndem Haar. Hält den Kopf geneigt. Der Bräutigam und die Mutter erheben sich. Man gibt sich schweigend die Hände.*

VATER: Einen langen Weg gehabt?

MUTTER: Vier Stunden. *Man setzt sich.*

VATER: Dann seid ihr auf dem längsten Weg gekommen.

MUTTER: Ich bin schon zu alt, um über die Flußbettschroffen zu klettern.

BRÄUTIGAM: Sie wird matt davon. *Pause.*

VATER: Eine gute Spartoernte diesmal.

BRÄUTIGAM: Wirklich gut.

VATER: Zu meiner Zeit brachte diese Erde nicht einmal Sparto hervor. Man mußte sie züchtigen, sie mit Tränen begießen, bis sie einmal etwas Nützliches hergab.

1. Donnerwurz.

MUTTER: Aber jetzt gibt sie. Klag nicht. Ich komme nicht, um etwas von dir zu verlangen.

VATER *lächelnd:* Du bist reicher als ich. Die Weinberge sind ein Kapital. Jeder Rebstock ein Silberstück. Ich bedauere nur, daß die Äcker ... verstehst du? ... getrennt sind. Ich liebe alles zusammen. Einen Stachel habe ich im Herzen, und das ist das Gärtchen da, zwischen meinen Feldern, das sie mir um alles Gold in der Welt nicht verkaufen wollen.

BRÄUTIGAM: Immer dasselbe.

VATER: Wenn wir mit zwanzig Paar Ochsen deine Weinberge hierher bringen und an den Berghang stellen könnten! Das wäre eine Freude!

MUTTER: Warum?

VATER: Das Meine gehört ihr und das Deine ihm. Darum. Um alles zusammen zu sehen; denn alles zusammen ist eine Pracht.

BRÄUTIGAM: Und machte weniger Arbeit.

MUTTER: Wenn ich sterbe, verkauft ihr unser Land und kauft euch h i e r an.

VATER: Verkaufen, verkaufen! Bah! Kaufen, meine Liebe, alles kaufen! Wenn ich Söhne gehabt hätte, würde ich diesen ganzen Berg gekauft haben bis zur Flußseite. Es ist kein guter Boden; aber mit kräftigen Armen macht man ihn gut, und da kaum einer hier vorbeikommt, werden die Früchte nicht gestohlen, und man kann ruhig schlafen.

Pause.

MUTTER: Du weißt, warum ich komme.

VATER: Ja.

MUTTER: Nun?

VATER: Sie haben es schon besprochen.

MUTTER: Mein Sohn ist jemand und kann etwas.

VATER: Meine Tochter auch.

MUTTER: Mein Sohn ist stattlich. Er hat noch keine Frau berührt. Seine Ehre ist reiner als ein Bettuch auf der Bleiche.

VATER: Das sage ich dir auch von meiner Tochter. Sie backt das Brot um drei Uhr, wenn der Morgenstern noch leuchtet.

Sie schwatzt nie; sie ist sanft und weich wie Wolle, stickt alle Arten von Stickerei und kann einen Hanfstrick mit den Zähnen durchbeißen.

MUTTER: Gott segne ihr Heim.

VATER: Gott segne es. *Die Magd erscheint mit zwei Tabletts. Auf dem einen sind Becher, auf dem andren Süßigkeiten.*

MUTTER *zum Bräutigam:* Wann soll die Hochzeit sein?

BRÄUTIGAM: Nächsten Donnerstag.

VATER: An dem Tag wird sie zweiundzwanzig Jahre alt.

MUTTER: Zweiundzwanzig Jahre! So alt wäre mein ältester Sohn, wenn er noch lebte. Und wie würde er leben, feurig und männlich wie er war, wenn die Menschen nicht die Messer erfunden hätten!

VATER: Daran solltest du nicht denken.

MUTTER: Jede Minute. Überleg dir das einmal selbst.

VATER: Also am Donnerstag. Abgemacht?

BRÄUTIGAM: Abgemacht.

VATER: Das Brautpaar und wir fahren im Wagen zur Kirche, die sehr weit entfernt ist, und die Gäste nehmen ihre Gefährte und Pferde.

MUTTER: Einverstanden. *Magd geht vorbei.*

VATER *zur Magd:* Sag ihr, daß sie jetzt kommen kann. *Zur Mutter:* Ich hoffe sehr, daß sie dir gefällt. *Braut kommt. Sie läßt die Hände herabhangen, in bescheidener Haltung mit geneigtem Kopf.*

MUTTER: Komm her. Bist du glücklich?

BRAUT: Ja.

VATER: Du mußt nicht so ernst sein. Schließlich wird sie doch deine Mutter.

BRAUT: Ich bin glücklich. Ich habe das Jawort gegeben, weil ich es geben wollte.

MUTTER: Natürlich. *Faßt ihre Kinnspitze.* Sieh mich an.

VATER: Sie gleicht meiner Frau.

MUTTER: So? Eine Schönheit? Weißt du, was heiraten heißt, Geschöpf?

BRAUT *ernst:* Ich weiß.

MUTTER: Ein Mann – Kinder – und für alles übrige eine zwei Ellen dicke Wand.

BRÄUTIGAM: Weiter nichts?

MUTTER: Nein. Alle sollen leben! Das: leben!

BRAUT: Ich werde Wort zu halten wissen.

MUTTER: Hier hast du ein paar Geschenke.

BRAUT: Danke.

VATER: Nehmen wir nichts zu uns?

MUTTER: Ich nicht. *Zum Bräutigam:* Und du?

BRÄUTIGAM: Ich ja. *Nimmt eine der Süßigkeiten. Braut ebenfalls.*

VATER *zum Bräutigam:* Wein?

MUTTER: Er trinkt nicht.

VATER: Um so besser.

Pause. Alle stehen.

BRÄUTIGAM *zur Braut:* Ich komme morgen.

BRAUT: Wann?

BRÄUTIGAM: Um fünf.

BRAUT: Ich erwarte dich.

BRÄUTIGAM: Wenn ich von dir gehe, fühle ich einen heftigen Riß und etwas wie einen Knoten in der Kehle.

BRAUT: Wenn du mein Mann bist, wirst du ihn nicht mehr spüren.

BRÄUTIGAM: Das denke auch ich.

MUTTER: Gehen wir. Die Sonne wartet nicht. *Zum Vater:* Sind wir ganz einig?

VATER: Vollkommen.

MUTTER *zur Magd:* Leb wohl, Mädchen.

MAGD: Gehen Sie mit Gott. *Die Mutter küßt die Braut. Sie gehen schweigend.*

MUTTER: Leb wohl, Tochter. *Die Braut grüßt mit der Hand.*

VATER: Ich begleite euch einige Schritte. *Vater, Mutter, Bräutigam ab.*

MAGD: Ich kann es nicht erwarten, die Geschenke zu sehen.

BRAUT *schroff:* Hör auf!

MAGD: Ach, zeig sie mir doch, Kindchen!

BRAUT: Ich will nicht.

MAGD: Nur die Strümpfe. Sie sollen ganz durchbrochen sein. Kindchen!

BRAUT: Nein!!

MAGD: Um Gottes willen! Schon gut! Willst du denn nicht heiraten?

BRAUT *beißt sich wütend in die Hand:* Ah!

MAGD: Kindchen, mein Töchterchen, was fehlt dir? Bist du traurig, daß es mit deinem Königinnenleben vorbei ist? Denk nicht an bittere Dinge. Hast du Grund dazu? Nein. Wir wollen uns die Geschenke ansehen. *Greift nach der Schachtel.*

BRAUT *packt sie an den Handgelenken:* Laß los!

MAGD: Ah – Mädchen!

BRAUT: Loslassen, habe ich gesagt.

MAGD: Du bist stärker als ein Mann.

BRAUT: Habe ich nicht Männerarbeit verrichtet? Wäre ich ein Mann!

MAGD: Sprich nicht so.

BRAUT: Schweig, hörst du? Wir wollen von andrem reden.

Das Licht erlischt langsam auf der Bühne. Lange Pause.

MAGD: Hast du diese Nacht ein Pferd gehört?

BRAUT: Wann?

MAGD: Gegen drei.

BRAUT: Es wird ein Pferd gewesen sein, das dem Rudel entlaufen ist.

MAGD: Nein. Es trug einen Reiter.

BRAUT: Woher weißt du das?

MAGD: Weil ich ihn gesehen habe. Er hielt unter deinem Fenster. Es wunderte mich sehr.

BRAUT: War es vielleicht mein Bräutigam? Manchmal schon ist er um diese Stunde hier vorbeigeritten.

MAGD: Nein.

BRAUT: Hast du ihn erkannt?

MAGD: Ja.
BRAUT: Wer war es?
MAGD: Leonardo.
BRAUT *zornig:* Das ist nicht wahr! Nicht wahr!! Wozu sollte er herkommen?
MAGD: Er ist hergekommen.
BRAUT: Schweig! Verflucht sei deine Zunge! *Man hört eines Pferdes Hufschlag.*
MAGD *am Fenster:* Sieh! Schau hinaus! Er?
BRAUT: Er!

Schneller Vorhang

ZWEITER AKT

Erstes Bild

Großer Vorraum im Heim der Braut. Tor im Hintergrund. Es ist Nacht. Die Braut kommt in weißem gefälteltem Unterrock mit Spitzenvolants und gestickten Spitzen am Rocksaum; sie trägt ein weißes ärmelloses Mieder. Ebenso die Magd.

MAGD: Ich werde dich hier fertig kämmen.
BRAUT: Drinnen kann man sich vor Hitze nicht aufhalten.
MAGD: In dieser Gegend wird es nicht einmal in der Morgendämmerung kühler. *Die Braut setzt sich auf einen niedrigen Stuhl und betrachtet sich in einem Handspiegelchen. Die Magd frisiert sie.*
BRAUT: Meine Mutter stammte aus einer Gegend, in der es viele Bäume gab. Aus einer fruchtbaren Gegend.
MAGD: Dann war sie also fröhlich!
BRAUT: Aber sie verkümmerte hier.
MAGD: Das Schicksal.
BRAUT: Wir alle verzehren uns hier. Die Wände sind Brandstifter. Ah – reiß nicht so!

MAGD: Ich will nur diese Locke besser legen. Sie soll dir in die Stirn fallen. *Die Braut betrachtet sich im Spiegel.* Wie schön du bist! Ach! *Umarmt sie leidenschaftlich.*

BRAUT *ernst:* Kämm weiter!

MAGD *kämmend:* Glückliche – du wirst einen Mann umarmen – du wirst ihn küssen – sein Gewicht fühlen.

BRAUT: Schweig!

MAGD: Und das Schönste ist, wenn du erwachst und ihn an deiner Seite fühlst, und wenn sein Atem deine Schultern streift wie ein Nachtigallenfederchen.

BRAUT *aufbrausend:* Willst du nicht schweigen?

MAGD: Aber ... Kindchen! Was ist eine Hochzeit? Das ist eine Hochzeit – und weiter nichts: Süßigkeiten? Blumensträuße? Nein: ein leuchtendes Bett – ein Mann und eine Frau.

BRAUT: Das darf man nicht sagen.

MAGD: Das ist etwas andres. Aber es ist sehr fröhlich! Sehr süß!

BRAUT: Oder sehr bitter.

MAGD: Die Orangenblüten werde ich dir hierherlegen – bis hier –, damit der Kranz auf der Frisur zur Geltung kommt. *Probiert ihr den Orangenblütenkranz auf.*

BRAUT *in den Spiegel schauend:* Gib sie mir. *Nimmt den Kranz, betrachtet ihn und senkt niedergeschlagen den Kopf.*

MAGD: Was fehlt dir?

BRAUT: Laß mich.

MAGD: Das sind nicht die Stunden, um traurig zu sein. *Aufmunternd.* Nimm den Kranz. *Die Braut schleudert ihn fort.* Kindchen, was für eine Strafe wird dich treffen, wenn du den Brautkranz fortwirfst! Kopf hoch! Willst du nicht heiraten? Sag es. Noch ist es Zeit. *Steht auf.*

BRAUT: Wölkchen. Ein böser Wind innen. Wer kennt das nicht?

MAGD: Du liebst deinen Bräutigam ...

BRAUT: Ich liebe ihn.

MAGD: Ja. Gewiß ... Sicherlich ...

BRAUT: Aber es ist ein gewaltiger Schritt.

MAGD: Man muß ihn tun.

BRAUT: Ich habe es mir gelobt.

MAGD: Ich werde dir den Kranz aufsetzen.

BRAUT *setzt sich:* Schnell, sie müssen bald kommen.

MAGD: Sie haben wenigstens zwei Stunden zu gehen.

BRAUT: Wie weit ist es von hier zur Kirche?

MAGD: Fünf Meilen durch das Flußbett und doppelt so viele auf dem Wege. *Die Braut steht auf. Die Magd begeistert sich an ihrem Anblick.*

Die Braut erwache
am Morgen der Hochzeit.
Oh, trügen die Flüsse
der Welt deinen Kranz!

BRAUT *lächelnd:* Geh ...

MAGD *küßt sie begeistert und umtanzt sie:*

Wach auf mit dem Zweig
des blühenden Lorbeers.
Wach auf für den Stamm
und den Zweig des Lorbeers.

Man hört starke Schläge am Tor.

BRAUT: Öffne! Die ersten Gäste ... *Geht hinein. Magd öffnet. Überrascht.*

MAGD: Du?

LEONARDO: Ich. Guten Morgen.

MAGD: Als erster!

LEONARDO: Bin ich nicht eingeladen?

MAGD: Doch.

LEONARDO: Deshalb bin ich auch da.

MAGD: Und deine Frau?

LEONARDO: Ich kam zu Pferd. Sie kommt zu Fuß.

MAGD: Hast du niemand getroffen?

LEONARDO: Ich ritt an ihnen vorbei.

MAGD: Du wirst das Pferd zu Tode hetzen.

LEONARDO: Wenn es stirbt, ist es tot. *Pause.*

MAGD: Setz dich. Ich bin als einzige auf.

LEONARDO: Und die Braut?

MAGD: Werde ich jetzt ankleiden.

LEONARDO: Die Braut! Sie wird glücklich sein.

MAGD *wechselt das Gespräch:* Und dein Söhnchen?

LEONARDO: Wer?

MAGD: Dein Sohn!

LEONARDO *wie schlaftrunken sich erinnernd:* Ah – ja!

MAGD: Bringt sie ihn mit?

LEONARDO: Nein. *Pause. Singende Stimmen von weither.*

STIMMEN: Die Braut erwache
am Morgen der Hochzeit!

LEONARDO: Die Braut erwache
am Morgen der Hochzeit!

MAGD: Die Leute. Sie sind noch weit.

LEONARDO *erhebt sich:* Die Braut wird einen großen Kranz tragen, nicht wahr? Er sollte nicht zu groß sein. Ein kleinerer würde ihr besser stehen. Hat der Bräutigam schon den Orangenblütenzweig gebracht, den sie an die Brust heften muß?

BRAUT *kommt, immer noch im Unterrock und mit dem Orangenblütenkranz auf dem Kopf:* Er hat ihn gebracht.

MAGD *ausfallend:* Kann dir das nicht gleichgültig sein?

BRAUT *ernst:* Warum fragst du, ob er mir den Zweig gebracht hat? Hast du Hintergedanken?

LEONARDO: Nein. Was für Hintergedanken sollte ich haben? *Nähert sich.* Du kennst mich. Du weißt, daß ich keine Hintergedanken habe. Aber sage mir das: Was bin ich für dich gewesen? Öffne dein Gedächtnis, frische es auf! Aber zwei Rinder und eine ärmliche Hütte – ist zu wenig. Das ist der Stachel.

BRAUT: Wozu kommst du?

LEONARDO: Zu deiner Hochzeit.

BRAUT: Ich war auch auf deiner!

LEONARDO: Zusammengezurrt von dir, mit deinen beiden Händen. Mich kann man umbringen, aber nicht bespeien. Und das Geld, das so glänzt, speit manchmal.

BRAUT: Erlogen!

LEONARDO: Ich will nicht sprechen, ich bin ein heißblütiger Mann und will nicht, daß man meine Stimme auf allen diesen Hügeln hört.

BRAUT: Meine würde lauter sein!

MAGD: So könnt ihr nicht weiterreden. Du hast nicht Vergangenes auszugraben! *Sieht voller Unruhe nach den Türen.*

BRAUT: Sie hat recht. Ich dürfte nicht einmal mit dir sprechen. Aber es erhitzt mir das Blut, daß du kommst, um mich anzustarren, meine Hochzeit zu bespähen und so hinterhältig nach den Orangenblüten zu fragen! Geh, und erwarte deine Frau am Tor!

LEONARDO: Können wir nicht miteinander plaudern?

MAGD *wütend:* Nein; ihr könnt nicht!

LEONARDO: Nach meiner Hochzeit habe ich Tag und Nacht über die Schuld nachgedacht und jedesmal, wenn ich anfange zu denken, steigt eine neue Schuld auf, die die alte frißt – aber immer gibt es Schuld!

BRAUT: Ein Mann mit einem Pferd weiß viel und vermag viel, um ein Mädchen, das in einer Wüste lebt, zu betören. Aber ich bin zu stolz. Darum heirate ich. Und ich will mich mit meinem Mann, den ich lieben werde, einschließen.

LEONARDO: Der Stolz hilft dir nicht. *Nähert sich.*

BRAUT: Bleib stehen!

LEONARDO: Brennen und schweigen ist die größte Pein, die wir auf uns nehmen können. Was half mir der Stolz, was half mir, daß ich dich nicht ansah und dich Nacht für Nacht wach ließ? Nichts! Um Feuer über mir anzuzünden! Weil du glaubst, daß die Zeit heilt und die Wände verbergen – aber das ist nicht wahr! Wenn die Dinge ins Innere dringen, kann niemand mehr sie herausreißen.

BRAUT *zitternd:* Ich kann dich nicht anhören. Ich kann deine

Stimme nicht hören. Sie ist, wie wenn ich eine Flasche Anis tränke und auf einem Rosenpfühl schliefe. Sie schleppt mich fort – ich weiß, daß ich ertrinke – aber ich taumele hinter ihr her.

MAGD *faßt Leonardos Rockaufschläge:* Du mußt sofort gehen – sofort!

LEONARDO: Ich komme zum letzten Mal, um mit ihr zu sprechen. Fürchte nichts.

BRAUT: Und ich weiß, daß ich wahnsinnig bin. Und ich weiß, daß meine Brust fault vor Dulden und Harren – und ich stehe hier, ruhig, und höre ihn an und sehe, wie er die Arme bewegt.

LEONARDO: Und ich kann keine Ruhe finden, ohne es dir zu sagen. Ich habe geheiratet. Jetzt heirate du.

MAGD *zu Leonardo:* Und ob sie heiratet!

STIMMEN *näher:* Die Braut erwache
am Morgen der Hochzeit.

BRAUT *eilt in ihr Zimmer:*
Die Braut erwache!

MAGD: Da kommen die Leute. *Zu Leonardo:* Nähere dich ihr nicht mehr.

LEONARDO: Sei unbesorgt. *Links ab.*

Es beginnt hell zu tagen.

ERSTES MÄDCHEN *tritt ein:*
Die Braut erwache
am Morgen der Hochzeit;
der Rundgesang kreise,
ein Blütenkranz grüße
von jedem Gesims.

STIMMEN: Die Braut erwache!

MAGD *lärmend:* Erwache, wach auf
mit smaragdenem Zweig
erblühender Liebe.
Wach auf für den Stamm,
für den Zweig des Lorbeers.

ZWEITES MÄDCHEN *tritt ein:*
Erwache, wach auf
mit fließendem Haar,
jasminener Stirn,
mit schneeweißem Hemd
und Lackschuh'n mit Silber.

MAGD: Ei, schöne Hirtin,
schon zeigt sich der Mond!

ERSTES MÄDCHEN:
Deinen Hut laß im Ölhain,
o schöner Galan!

ERSTER BURSCHE *tritt Hut schwenkend ein:*
Die Braut wache auf,
denn es ziehn schon die Gäste
mit Gesang durch die Felder,
mit Dahliengebinden
und zuckrigem Backwerk.

STIMMEN: Die Braut erwache!

ZWEITES MÄDCHEN:
Es kränzt sich die Braut
mit schlohweißer Krone;
der Bräutigam schlägt sic
in goldene Bande.

MAGD: Die Blume des Honigs
macht schlaflos die Braut.

DRITTES MÄDCHEN *tritt ein:*
Im Orangenhain schenkt
ihr Decke und Löffel
der blühende Bräutigam.
Drei Gäste treten ein.

ERSTER BURSCHE:
Taube, wach auf!
Der Morgen erhellt
Die Glocken des Schattens.

ERSTER GAST: Die Braut, die weiße,

heute noch Jungfrau,
morgen schon Frau.

ERSTES MÄDCHEN:
Komm, Schwarzgelockte,
die seidene Schleppe
fließe rauschend dir nach.

ZWEITER GAST: Komm, Schwarzgelockte,
die Kühle des Morgens
tröpfelt schon Tau.

ERSTER BURSCHE:
Herrin, wacht auf!
Es regnen die Lüfte
den Blust von Orangen.

MAGD: Ich möcht einen Baum
mit Bändern ihr sticken,
von granatener Farbe,
mit dem Gott der Liebe
von ›Vivats!‹ umrahmt
auf jedem der Bänder.

STIMMEN: Die Braut erwache!

ERSTER BURSCHE:
Am Morgen der Hochzeit.

DRITTER GAST: Am Morgen der Hochzeit
bist du die Schönste –
wie die Frau eines Hauptmanns –
Blume der Berge!

VATER *tritt ein:* Die Hauptmannsfrau raubt
der schöne Geliebte.
Er kommt mit den Stieren,
den Schatz sich zu holen.

DRITTES MÄDCHEN:
Der Bräutigam gleicht
dem lautersten Golde.
Wo er schreitet, da sprießen
zu Füßen ihm Nelken.

MAGD: Ach, mein glückliches Kindchen!

ZWEITER BURSCHE:

Die Braut erwache!

MAGD: Ach, mein reizendes Kind!

ERSTES MÄDCHEN:

An die gläsernen Fenster
klingt schon die Hochzeit.

ZWEITES MÄDCHEN:

Die Braut soll sich zeigen!

ERSTES MÄDCHEN:

Sie komme, sie komme!

MAGD: Läutet die Glocken,
läutet sie laut!

ERSTER BURSCHE: Sie kommt schon heraus!
Sie kommt – ist schon hier!

MAGD: Die Hochzeit hebt an
wie ein springender Stier!

Die Braut erscheint. Sie trägt ein schwarzes Kleid, Stil neunzehnhundert, mit Hüftpolstern, langer Schleppe, plissierten Gazevolants und steifen Spitzen. Über ihren diademartig angeordneten Stirnlocken trägt sie den Brautkranz aus Orangenblüten. Gitarren erklingen. Die Mädchen küssen die Braut.

DRITTES MÄDCHEN: Was für ein Parfüm hast du dir ins Haar geträufelt?

BRAUT *lachend:* Keins!

ZWEITES MÄDCHEN *das Brautkleid bewundernd:* Solch einen Stoff gibt es nicht mehr wieder!

ERSTER BURSCHE: Der Bräutigam!

BRÄUTIGAM *eintretend:* Ich grüße euch!

ERSTES MÄDCHEN *steckt ihm eine Blume hinter das Ohr:*

Der Bräutigam gleicht
dem lautersten Golde.

ZWEITES MÄDCHEN:

Sein Auge verströmt
Hauche der Ruhe.

Der Bräutigam begibt sich an die Seite der Braut.

BRAUT: Warum hast du diese Schuhe angezogen?

BRÄUTIGAM: Sie sind fröhlicher als die schwarzen.

LEONARDOS FRAU *tritt ein und küßt die Braut:* Ich grüße euch!

Alle reden laut und heiter durcheinander.

LEONARDO *tritt ein wie jemand, der eine Pflicht erfüllen muß:*

Am Morgen der Hochzeit
bekränzen wir dich.

FRAU: Und es freue das Feld sich
am Fluß deines Haares.

MUTTER *zum Vater:* Auch diese hier?

VATER: Sie gehören zur Familie. Heute ist der Tag der Versöhnung.

MUTTER: Ich beherrsche mich. Aber ich verzeihe nicht.

BRÄUTIGAM: Welche Freude, dich mit Kranz zu sehen!

BRAUT: Wir wollen sofort zur Kirche fahren!

BRÄUTIGAM: Eilt es dir so sehr?

BRAUT: Ja. Ich will deine Frau werden, allein mit dir bleiben und nur deine Stimme hören.

BRÄUTIGAM: Ich auch!

BRAUT: Und nur deine Augen sehen. Umarme mich so fest, daß ich mich nicht von dir lösen könnte, selbst wenn mich meine tote Mutter riefe.

BRÄUTIGAM: Meine Arme sind stark. Ich werde dich vierzig Jahre umarmen.

BRAUT *dramatisch, seinen Arm packend:* Immer!

VATER: Auf! Zu den Pferden und Wagen! Die Sonne ist schon aufgegangen.

MUTTER: Seid vorsichtig, damit uns kein Unheil trifft!

Das große Tor im Hintergrund wird geöffnet. Man beginnt hinauszugehen.

MAGD *weinend:* Vergiß, reine Jungfrau,
niemals den Tag,
an dem du dein Haus
verläßt wie ein Stern …

Erstes Mädchen: Makellos – keusch
mit reinem Gewand
verläßt du dein Haus
zur Feier der Hochzeit.

Zweites Mädchen: Schon verläßt du dein Haus
und schreitest zur Kirche!

Magd: Der Wind streut Blumen
dir über den Sand!

Drittes Mädchen: Ach, schneeweißes Mädchen!

Magd: Die Spitzen des Schleiers
sind dunkeler Wind.

Ab. Man hört Gitarren, Kastagnetten, Tamburine. Leonardo und seine Frau bleiben allein.

Frau: Gehen wir.

Leonardo: Wohin?

Frau: Zur Kirche. Aber du reitest nicht. Du fährst mit mir.

Leonardo: Mit dem Karren?

Frau: Hast du etwas andres?

Leonardo: Ich bin nicht der Mann, der in einem Karren fährt.

Frau: Und ich bin nicht die Frau, die ohne ihren Mann auf eine Hochzeit geht. Ich kann nicht mehr!

Leonardo: Ich auch nicht.

Frau: Warum starrst du mich so an? Du hast einen Stachel in jedem Auge.

Leonardo: Gehen wir!

Frau: Ich weiß nicht, was vorgeht. Aber ich denke ... und ich will nicht denken. Eines weiß ich: daß ich verstoßen bin. Aber ich habe einen Sohn. Und ein andrer kommt. Es geht weiter. Dasselbe Geschick traf meine Mutter. Aber ich will nicht fort von hier.

Stimmen *von außen:* Verläßt du dein Haus
und gehst du zur Kirche,
vergiß es nur nie:
du enteilst wie ein Stern.

Frau *weinend:* Vergiß es nur nie:
du enteilst wie ein Stern.

So verließ auch ich mein Haus. Und mir war, als könnte ich die ganze Welt in mein Herz schließen.

LEONARDO *steht auf:* Komm.

FRAU: Aber mit dir!

LEONARDO: Ja. *Pause.* Geh! *Beide ab.*

STIMMEN:

Verläßt du dein Haus
und gehst du zur Kirche,
vergiß es nur nie –
du enteilst wie ein Stern.

Langsamer Vorhang

Zweites Bild

Vor der in den Berg gehauenen Behausung der Braut. Grauweiße und kaltblaue Farbtonführung. Große Nopalbäume. Schattige und silbrige Gründe. Panorama waffelfarbener Tafelberge; alles sehr hart wie eine Landschaft auf Volkskeramik.

MAGD *arrangiert Becher und Schalen auf einem Tisch:*

Es drehte,
es dreht' sich das Rad,
das Wasser floß hin,
es nahet die Hochzeit,
drum teil das Gezweig sich,
und es schmück seine weißen
Geländer der Mond.
laut Decke den Tisch!
pathetisch Es sang wohl,
es sang wohl das Brautpaar,
das Wasser floß hin.
Es naht sich die Hochzeit,
der Reif soll erglitzern,

es fülle der Honig
die bitteren Mandeln.
laut Bringe den Wein!
poetisch Du Liebling,
du Liebling der Erde,
schau hin, wie das Wasser,
das Wasser dahinfließt.
Es naht deine Hochzeit,
nun schürze dein Kleid
und bleib unterm Flügel
des Bräut'gams zu Haus.
Ein Täuberich ist er,
seine Brust ist ein Becken
mit glühenden Kohlen,
und es wartet das Feld
auf das Rinnsel des Bluts.
Es drehte,
es dreht' sich das Rad,
das Wasser floß hin.
Laß schimmern das Wasser:
es naht deine Hochzeit!

MUTTER *tritt ein:* Endlich.

VATER *kommt mit ihr:* Sind wir die ersten?

MAGD: Nein. Leonardo und seine Frau sind schon länger hier. Sie sind wie der Teufel hierhergerast. Seine Frau ist vor Angst beinahe gestorben. Sie müssen wohl zurück geritten sein.

VATER: Der sucht das Unglück. Er hat kein gutes Blut.

MUTTER: Was für Blut soll er haben? Das seiner ganzen Familie. Er stammt von seinem Urgroßvater, der mit Morden begann und in dem elenden Gezücht sich verewigt – Messerstecher und Leute mit tückischem Lächeln.

VATER: Laß ihn.

MAGD: Laß ihn?

MUTTER: Es schmerzt mich bis ins Mark. An ihren Stirnen sehe ich nur die Hand, mit der sie mordeten, was mein war.

Was siehst du mich an? Glaubst du, ich sei wahnsinnig? Es ist wahnsinnig, nicht zu schreien, wie meine Brust es will. Ich habe in der Brust einen Schrei, der sich immer aufbäumt und den ich immer bändigen und ersticken muß. Man bringt die Toten fort– und wir müssen schweigen. Nachher reden die Leute ... *Legt den Umhang ab.*

VATER: Heute solltest du daran nicht denken.

MUTTER: Wenn das Gespräch darauf kommt, muß ich sprechen. Und heute mehr denn je. Denn von heute an bin ich allein.

VATER: In der Hoffnung auf Gesellschaft.

MUTTER: Das ist mein Lieblingswunsch: Die Enkel. *Sie setzen sich.*

VATER: Ich wünsche ihnen viele. Diese Äcker brauchen ungedungene Arme. Man muß Schlachten mit dem Unkraut schlagen, mit den Disteln und den dicken Steinen, die weiß Gott woher kommen. Und diese Arme müssen die der Herren sein, die züchtigen und herrschen und den Samen sprießen lassen. Man braucht viele Söhne!

MUTTER: Und einige Töchter. Die Söhne entweht der Wind! Sie müssen mit den Waffen hantieren ... Aber die Mädchen bleiben.

VATER *lustig:* Ich glaube, sie werden beides haben.

MUTTER: Mein Sohn wird sie kraftvoll umarmen. Mein Sohn ist aus gutem Samen. Sein Vater hätte mit mir viele Kinder haben können.

VATER: Ich wünschte, das wäre Angelegenheit eines Tages, und sie hätten sofort zwei oder drei Männer.

MUTTER: Aber es ist nicht so. Es dauert lange. Darum ist es so grauenvoll, das Blut eines Sohnes über den Boden vergossen zu sehen. Eine Quelle, die eine Minute fließt und uns Jahre gekostet hat. Als ich zu meinem Sohn flog, lag er mitten auf der Straße. Ich netzte meine Hände in seinem Blut und leckte sie mit der Zunge ab. Denn es war mein Blut. Du weißt nicht, was das heißt. Ich hätte diese blutgetränkte Erde in eine Monstranz aus Kristall und Topas einschließen mögen.

VATER: Du mußt nun warten. Meine Tochter ist breit, und dein Sohn ist stark.

MUTTER: Ich werde warten. *Sie stehen auf.*

VATER *zur Magd:* Stell die Schalen mit Korn zurecht[1].

MAGD: Ich habe sie bereits aufgestellt.

FRAU *mit Leonardo eintretend:* Möge alles zum Guten ausschlagen!

MUTTER: Danke.

LEONARDO: Gibt es ein großes Fest?

VATER: Kein großes. Die Leute können sich nicht lange aufhalten.

MAGD: Das sind sie! *Heitere Gruppen Eingeladener treten ein. Das Brautpaar Arm in Arm. Leonardo ab.*

BRÄUTIGAM: Noch nie habe ich so viele Gäste auf einer Hochzeit gesehen!

BRAUT *schwermütig:* Nein, noch nie!

VATER: Es war prächtig.

MUTTER: Ganze Familien sind gekommen.

BRÄUTIGAM: Leute, die sonst nicht vor die Tür gehen.

MUTTER: Dein Vater säte viel, und du erntest jetzt.

BRÄUTIGAM: Es waren Verwandte da, die ich gar nicht kannte.

MUTTER: Alle von der Küste.

BRÄUTIGAM *belustigt:* Sie erschraken vor den Pferden. *Sprechen.*

MUTTER *zur Braut:* An was denkst du?

BRAUT: An nichts.

MUTTER: Das Sakrament wiegt schwer. *Man hört Gitarren.*

BRAUT: Wie Blei.

MUTTER *betont:* Aber es soll dich nicht bedrücken. Leicht wie der Taube soll dir sein.

BRAUT: Bleiben Sie über Nacht?

MUTTER: Nein; mein Haus ist vereinsamt.

BRAUT: Sie sollten hierbleiben.

1. Alter Fruchtbarkeitsritus: die Neuvermählten werden mit Weizenkörnern beworfen. A. d. Ü.

VATER *zur Mutter:* Sieh dir diesen Tanz an! Das sind Tänze aus der Küstengegend. *Leonardo kommt und setzt sich. Hinter ihm steht starr seine Frau.*

MUTTER: Die Vettern meines Mannes. Wie wenn Steine tanzten.

VATER: Es freut mich, sie zu sehen. Welche Wandlung für dieses Haus! *Ab.*

BRÄUTIGAM *zur Braut:* Haben dir die Orangenblüten gefallen?

BRAUT *sieht ihn fest an:* Ja.

BRÄUTIGAM: Sie sind ganz aus Wachs und halten ewig. Es wäre schön gewesen, wenn du sie am ganzen Kleide getragen hättest.

BRAUT: Das ist nicht nötig. *Leonardo rechts vorbei.*

ERSTES MÄDCHEN: Wir wollen ihr die Nadeln fortnehmen.

BRAUT *zum Bräutigam:* Ich komme gleich zurück.

FRAU: Werde glücklich mit meiner Kusine.

BRÄUTIGAM: Dessen bin ich sicher.

FRAU: Ihr beide – hier; nie fortgehen – das Haus bauen! Ach, ich wünschte, ich könnte auch weit weg leben ...

BRÄUTIGAM: Weshalb kauft ihr kein Land? Der Berg ist billig, und die Kinder wachsen besser auf.

FRAU: Wir haben kein Geld. Und der weite Weg!

BRÄUTIGAM: Dein Mann ist ein guter Arbeiter.

FRAU: Ja. Aber er ist zu unbeständig. Er springt von einer Sache zur andren. Er ist kein ruhiger Mensch.

MAGD: Nehmt ihr nichts? Ich werde die Weinbrezeln für deine Mutter einpacken. Sie ißt sie gern.

BRÄUTIGAM: Gib ihr drei Dutzend mit.

FRAU: Nein, nein; ein halbes genügt.

BRÄUTIGAM: Heute ist heute.

FRAU *zur Magd:* Wo ist Leonardo?

MAGD: Ich habe ihn nicht gesehen.

BRÄUTIGAM: Er wird zwischen den Gästen sein.

FRAU: Ich will ihn suchen. *Ab.*

MAGD: Es ist wunderschön.

BRÄUTIGAM: Tanzt du nicht?

MAGD: Es holt mich niemand. *Zwei Mädchen queren im Hintergrund die Bühne. Während der ganzen Handlung herrscht im Hintergrund ein lebhaftes Durcheinander von Personen.*

BRÄUTIGAM *neckend:* Das ist wirklich unverständlich. Die rüstigen Alten wie du tanzen besser als die Jungen.

MAGD: Willst du mir Komplimente machen, mein Söhnchen? Was seid ihr für eine Familie! Männer unter Männern! Als Kind war ich auf der Hochzeit deines Großvaters. Eine Gestalt! Als hätte sich ein Berg verheiratet!

BRÄUTIGAM: Ich bin nicht so gewichtig.

MAGD: Aber derselbe Glanz in den Augen. Wo ist denn die Braut.

BRÄUTIGAM: Sie nimmt sich den Kopfputz ab.

MAGD: Höre. Da ihr kaum schlafen werdet, habe ich euch für Mitternacht Schinken und ein paar Becher alten Weines bereitgestellt. Unten im Wandschrank. Falls ihr es braucht.

BRÄUTIGAM *lächelnd:* Mitternachts esse ich nicht.

MAGD *maliziös:* Wenn nicht du – dann die Braut. *Ab.*

ERSTER BURSCHE *eintretend:* Trink mit uns!

BRÄUTIGAM: Ich warte auf die Braut.

ZWEITER BURSCHE: Du hast sie in der Morgendämmerung.

ERSTER BURSCHE: Dann ist es am schönsten!

ZWEITER BURSCHE: Nur einen Augenblick.

BRÄUTIGAM: Also gehen wir. *Sie gehen. Man hört Lärm und Getöse. Die Braut kommt. Von der entgegengesetzten Seite laufen ihr zwei Mädchen entgegen.*

ERSTES MÄDCHEN: Wem hast du die erste Nadel gegeben? Mir oder ihr?

BRAUT: Ich weiß es nicht mehr.

ERSTES MÄDCHEN: Mir hast du sie hier gegeben.

ZWEITES MÄDCHEN: Und mir beim Altar.

BRAUT *unruhig, in heftigem innerem Kampf:* Ich weiß nichts.

ERSTES MÄDCHEN: Ich möchte, daß du ...

BRAUT *unterbricht:* Einerlei. Ich habe vieles zu bedenken.

Zweites Mädchen: Verzeih. *Leonardo kreuzt den Hintergrund.*

Braut *sieht Leonardo:* Und diese Minuten sind erregend.

Erstes Mädchen: Davon verstehen wir nichts.

Braut: Ihr werdet verstehen, wenn eure Stunde kommt. Diese Schritte sind schwere Schritte.

Erstes Mädchen: Bist du verstimmt?

Braut: Nein. Verzeiht mir.

Zweites Mädchen: Aber warum? Die beiden Nadeln verhelfen uns schnell zu einem Mann, nicht wahr?

Braut: Ja.

Erstes Mädchen: Nun heiratet die eine früher als die andre.

Braut: So ungeduldig seid ihr?

Zweites Mädchen *verschämt:* Ja.

Braut: Warum?

Erstes Mädchen: Weil ... *Umarmt das zweite Mädchen.*

Sie laufen fort. Der Bräutigam kommt und umarmt die Braut sehr langsam von hinten.

Braut *außer sich:* Laß los!

Bräutigam: Erschrickst du vor mir?

Braut: Du bist es?

Bräutigam: Wer sonst? *Pause.* Dein Vater oder ich.

Braut: Das ist wahr.

Bräutigam: Aber dein Vater hätte dich sanfter umarmt.

Braut *düster:* Allerdings.

Bräutigam: Weil er alt ist. *Umarmt sie sehr kraftvoll und ein wenig rauh.*

Braut *trocken:* Laß das.

Bräutigam: Warum? *Läßt sie los.*

Braut: Wegen ... der Leute. Sie könnten uns sehen.

Die Magd quert wieder den Hintergrund, ohne auf das Brautpaar zu achten.

Bräutigam: Was tut das? Es ist doch schon geheiligt.

Braut: Gewiß ... Aber laß mich ... Nachher ...

BRÄUTIGAM: Was fehlt dir? Du bist ja ganz verstört!
BRAUT: Mir fehlt nichts. Bleib hier.
FRAU LEONARDOS *kommt:* Ich möchte nicht unterbrechen ...
BRÄUTIGAM: Bitte, sprich nur.
FRAU: Ist mein Mann hier gewesen?
BRÄUTIGAM: Nein.
FRAU: Ich finde ihn nicht, und das Pferd ist auch nicht im Stall.
BRÄUTIGAM *scherzhaft:* Er wird es wohl ein bißchen galoppieren lassen! *Frau unruhig ab. Magd tritt ein.*
MAGD: Seid ihr nicht stolz auf die vielen Ehrungen?
BRÄUTIGAM: Ich wünschte, es wäre alles zu Ende. Die Braut fühlt sich angegriffen.
MAGD: Was ist dir, Kindchen?
BRAUT: Mir ist, wie wenn ich einen Schlag an die Schläfe erhalten hätte.
MAGD: Eine Braut hier vom Bergland muß stark sein. *Zum Bräutigam:* Du bist der einzige, der sie heilen kann, denn sie ist dein. *Rasch ab.*
BRÄUTIGAM *umarmt sie:* Wir wollen ein wenig tanzen. *Küßt sie.*
BRAUT *angstvoll:* Nein. Ich möchte mich einen Augenblick hinlegen.
BRÄUTIGAM: Ich werde dir Gesellschaft leisten.
BRAUT: Niemals! Während alle diese Leute da sind? Was würden sie dazu sagen? Laß mich Atem schöpfen.
BRÄUTIGAM: Wie du willst. Aber sei diese Nacht nicht so.
BRAUT *in der Tür:* In der Nacht wird mir wohler sein.
BRÄUTIGAM: Das hoffe ich sehr.
MUTTER *kommt:* Mein Sohn.
BRÄUTIGAM: Wo warst du?
MUTTER: Mitten in diesem Lärm. Bist du glücklich?
BRÄUTIGAM: Ja.
MUTTER: Und deine Frau?
BRÄUTIGAM: Ruht aus. Ein böser Tag für die Bräute!
MUTTER: Ein böser Tag? Der einzige gute! Für mich war er wie eine Erbschaft. *Magd kommt und geht zum Zimmer der*

Braut. Er ist das Umpflügen des Feldes, das Pflanzen neuer Bäume.

BRÄUTIGAM: Gehst du schon?

MUTTER: Ja. Ich muß in meinem Hause sein.

BRÄUTIGAM: Allein.

MUTTER: Nicht allein. Mein Kopf ist voll von Dingen, von Menschen und von Kämpfen.

BRÄUTIGAM: Aber Kämpfe, die keine Kämpfe mehr sind. *Magd rennt aus der Tür des Brautzimmers durch den Hintergrund. Ab.*

MUTTER: Solang wir leben, kämpfen wir.

BRÄUTIGAM: Ich werde dir immer gehorchen.

MUTTER: Versuche, mit deiner Frau zärtlich zu sein, und wenn du sie töricht oder störrisch findest, liebkose sie so, daß du ihr dabei etwas wehtust ... eine feste Umarmung ... ein Biß ... und küsse sie nachher sanft. Sie soll sich nicht verletzt fühlen, aber sie soll wissen, daß du der Mann, der Herr bist, daß du befiehlst. Das lernte ich von deinem Vater. Und da du ihn nicht mehr hast, muß ich dich diese Stärken lehren.

BRÄUTIGAM: Ich werde immer tun, was du sagst.

VATER *tritt ein:* Wo ist meine Tochter?

BRÄUTIGAM: Drinnen. *Vater geht hinein.*

ERSTES MÄDCHEN: Das Brautpaar soll kommen! Wir wollen den Bänderreigen tanzen!

ERSTER BURSCHE *zum Bräutigam:* Du wirst ihn führen.

VATER *kommt heraus:* Da ist sie nicht.

BRÄUTIGAM: Nicht?

VATER: Sie wird oben auf der Terrasse sein.

BRÄUTIGAM: Ich will nachsehen. *Ab.*

Man hört Festlärm und Gitarren.

ERSTES MÄDCHEN: Sie fangen schon an! *Ab.*

BRÄUTIGAM *kommt:* Sie ist nicht da!

MUTTER *unruhig:* Nicht?

VATER: Wo kann sie sein?

MAGD *kommt:* Wo ist unser Kindchen?

MUTTER *ernst:* Das wissen wir nicht. *Bräutigam und drei Gäste kommen.*

VATER: Ist sie nicht beim Tanz?

MAGD: Nein. Beim Tanz ist sie nicht. *Bräutigam ab.*

VATER *aufbrausend:* Es sind viele Leute da. Seht nach!

MAGD: Ich habe schon nachgesehen.

VATER *tragisch:* Wo ist sie?

BRÄUTIGAM *kommt wieder:* Nichts. Nirgends. *Ab.*

MUTTER *zum Vater:* Was heißt das? Wo ist deine Tochter?

FRAU LEONARDOS *kommt:* Sie sind geflohen! Geflohen! Sie und Leonardo. Zu Pferd. Umschlungen – und verschwunden wie eine Erscheinung!

VATER: Nein!! Meine Tochter – nein!

MUTTER: Deine Tochter – ja! Sproß einer schlechten Mutter, und er, er auch – er ... ! Aber sie ist schon die Frau meines Sohnes!

BRÄUTIGAM *kommt:* Ihnen nach! Wer hat ein Pferd?

MUTTER: Wer hat ein Pferd, jetzt, jetzt ein Pferd? Ich gebe ihm alles – meine Augen ... meine Zunge ... !

STIMME: Hier ist eins!

MUTTER *zum Sohn:* Vorwärts! Ihnen nach! *Bräutigam stürzt mit zwei Burschen hinaus.* Nein. Geh nicht. Diese Sippe mordet schnell – und gut ...; doch, lauf, ich bleibe hinter dir!

VATER: Es kann nicht sein. Vielleicht hat sie sich in die Zisterne gestürzt.

MUTTER: Ins Wasser stürzen sich nur die Ehrbaren, die Keuschen. Die nicht! Aber sie ist meinem Sohn schon angetraut. Hier gibt es zwei Parteien! *Alle kommen.* Meine Familie und deine. Verlaßt das Haus. Schüttelt seinen Staub von den Füßen. Helft meinem Sohn. *Die Leute teilen sich in zwei Gruppen.* Er hat Anhang: seine Vettern von der Küste und alle, die aus dem Innern des Landes kommen. Hinaus! Auf allen Wegen. Wieder ist die Stunde des Blutes da. Zwei Parteien! Du mit den Deinen – ich mit den Meinen. Zurück! Zurück!

Vorhang

DRITTER AKT

Erstes Bild

Wald. Es ist Nacht. Große, feuchte Stämme. Alles ist in Dunkelheit gehüllt. Man hört zwei Violinen. Drei Holzfäller kommen.

Erster Holzfäller: Und hat man sie gefunden?

Zweiter Holzfäller: Nein. Man sucht sie überall.

Dritter Holzfäller: Und man wird sie finden.

Zweiter Holzfäller: Sssst!

Dritter Holzfäller: Was gibt es?

Zweiter Holzfäller: Es ist, wie wenn sie auf allen Wegen zugleich kämen!

Erster Holzfäller: Wenn der Mond aufgeht, wird man sie sehen.

Zweiter Holzfäller: Sie sollten von ihnen ablassen.

Erster Holzfäller: Die Welt ist groß. Alle können in ihr leben.

Dritter Holzfäller: Aber man wird sie töten.

Zweiter Holzfäller: Man soll der Neigung folgen; sie taten recht zu fliehen.

Erster Holzfäller: Sie täuschten einander, aber das Blut siegte.

Dritter Holzfäller: Das Blut!

Erster Holzfäller: Man muß dem Weg des Blutes folgen.

Zweiter Holzfäller: Aber Blut, das ins Licht sieht, trinkt die Erde.

Erster Holzfäller: Besser verblutet und tot als lebendigen Blutes verfault.

Dritter Holzfäller: Still!

Erster Holzfäller: Hörst du etwas?

Dritter Holzfäller: Ich höre die Grillen, die Frösche und das Lauern der Nacht.

Erster Holzfäller: Aber das Pferd hört man nicht.

DRITTER HOLZFÄLLER: Nein.

ERSTER HOLZFÄLLER: Jetzt wird er sie umfangen.

ZWEITER HOLZFÄLLER: Ihr Leib war für ihn und sein Leib für sie.

DRITTER HOLZFÄLLER: Man sucht sie und wird sie umbringen.

ERSTER HOLZFÄLLER: Aber die Ströme ihres Blutes werden schon zusammengeflossen sein – und nun sind sie wie zwei leere Krüge, wie zwei trockene Flußbetten.

ZWEITER HOLZFÄLLER: Es ist sehr wolkig; vielleicht scheint heute der Mond nicht.

DRITTER HOLZFÄLLER: Der Bräutigam wird sie mit oder ohne Mond finden. Ich sah ihn abreiten. Wie ein rasender Stern. Aschgraues Gesicht. Er verkörperte das Schicksal seiner Familie.

ERSTER HOLZFÄLLER: Seiner Familie der in der Straßenmitte Erschlagenen.

ZWEITER HOLZFÄLLER: Eben das!

DRITTER HOLZFÄLLER: Glaubst du, sie werden durchbrechen?

ZWEITER HOLZFÄLLER: Schwerlich. Es gibt Messer und Büchsen auf zehn Meilen in der Runde.

DRITTER HOLZFÄLLER: Er reitet ein gutes Pferd.

ZWEITER HOLZFÄLLER: Aber mit einer Frau.

ERSTER HOLZFÄLLER: Wir sind da.

ZWEITER HOLZFÄLLER: Ein Baum mit vierzig Ästen. Wir werden ihn bald gefällt haben.

DRITTER HOLZFÄLLER: Der Mond! Wir wollen uns beeilen. *Links verbreitet sich ein Schein.*

ERSTER HOLZFÄLLER:

Ach, leuchtender Mond!
Mond der großen Blätter.

ZWEITER HOLZFÄLLER:

Erfüll mit Jasminen das Blut!

ERSTER HOLZFÄLLER:

Ach, einsamer Mond!
Mond der grünen Blätter.

Zweiter Holzfäller:
Silber im Antlitz der Braut.

Dritter Holzfäller:
Ach, grausamer Mond!
Laß dunkelen Zweig der Liebe.

Erster Holzfäller:
Ach, trauriger Mond!
Laß dunkelen Zweig der Liebe.

Sie gehen. Im klaren Schimmer auf der linken Seite erscheint der Mond. Der Mond ist ein junger Holzfäller mit weißem Gesicht. Die Szene erhält einen lebhaften blauen Glanz.

Mond: Ich schwimme im Strudel des Stromes,
ich – runder Schwan der Gewässer.
Ich – Auge der Kathedralen,
leihe den nächtlichen Blättern
den Schimmer des dämmernden Morgens:
Entkommen können sie nicht!
Wer will sich verbergen, wer schluchzt
in den bebenden Büschen des Tales?
Im Äther läßt einsam der Mond
auf bleierner Lauer ein Messer,
das nach den Schmerzen des Bluts giert.
Laßt mich hinein! Ich schlüpfe
eisig durch Wände und Fenster.
Die Dächer öffnet, die Herzen,
denn ich will in der Wärme verweilen!
Mich friert! Meiner schlaftrunknen Erze
Aschträume suchen auf Bergen,
auf Straßen den Hahnkamm des Feuers.
Aber es trägt mich der Schnee
auf seinen Schultern aus Jaspis,
und das frostige Wasser der Teiche
überflutet mich hart und kalt.
Doch werden mit Blut meine Wangen
in dieser Nacht sich noch röten

und die Binsen, die an den breiten
Fuß des Windes sich schmiegen.
Kein Schatten soll sein, keine Zuflucht:
Entkommen sollen sie n i c h t!
In eine Menschenbrust breche ich ein
und verhülle mich tief in der Wärme!
Ich öffne ein glühendes Herz,
das durch die Berge meines Leibs sich ergießt.
Laßt mich hinein, ach, laßt mich!
zu den Zweigen:
Ich will keine schützenden Schatten.
Überall leuchte mein Strahl,
und über die dunkelen Stämme
krieche mein heller Schein,
damit meine Wangen mit Blut
in dieser Nacht sich noch röten
und die Binsen, die an den breiten
Fuß des Windes sich schmiegen.
Wer will sich verbergen? Heraus!
Nein! Sie entkommen mir n i c h t!
Mit Fiebergesprüh von Demanten
will ich das Pferd überfunkeln.

Er entschwindet zwischen den Stämmen, und die Bühne sinkt in Dunkelheit zurück. Eine Greisin kommt, völlig bedeckt mit dünnen dunkelgrünen Tüchern. Sie geht barfüßig. Man sieht kaum ihr Gesicht zwischen den Falten.

BETTLERIN:

Sie nahen schon – und jetzt entweicht der Mond.
Hier gibt es kein Entkommen mehr – hier nicht.
Des Flusses und der Bäume düstres Rauschen
erstickt schnell den zerfetzten Flug der Schreie.
Hier muß es sein und bald. Ich bin ermüdet.
Die Truhen öffnen sich, und weiße Fäden
erwarten auf dem Boden des Alkovens
die schweren Leiber mit zerstochnem Halse.

Kein Vogel wache, und die Brise schlage
die Seufzer in die Falten ihres Rockes
und flieh mit ihnen durch die schwarzen Kronen
oder begrabe sie im weichen Lehm.
Der Mond! Ach, dieser Mond!
Ungeduldig.
Der Mond! Ach, dieser Mond!

Der Mond erscheint. Das intensive blaue Licht kommt wieder.

MOND: Sie kommen schon.
Die einen kommen durchs Röhricht, die andren durchschreiten den Fluß.
Ich will das Gestein hell erleuchten. Was brauchst du noch?

BETTLERIN: Nichts.

MOND:
Der Wind wird stärker und stärker und wirbelt mit doppelter Schneide.

BETTLERIN:
Beschein mir auch klar ihre Westen, damit man die Knöpfe getrennt sieht,
und die Messer an ihnen vorbei ihre Wege im Licht gut erkennen.

MOND:
Doch sollen sie langsam vergehn. Denn das köstliche Zischen des Blutes
will zwischen den Fingern ich hören. Sieh doch, vor Sehnsucht erwachen
meine Täler aus stäubender Asche und erlechzen schon ohne Geduld
diesen Quell erzitternder Strahlen!

BETTLERIN: Wir lassen sie nicht übern Fluß.
Sei still!

MOND: Dort kommen sie! *Ab. Die Bühne wird wieder dunkel.*

BETTLERIN: Eil dich. Viel Licht. Du hast doch verstanden?
Sie werden entkommen nicht können!

Setzt sich und bedeckt sich mit dem Umhang. Bräutigam und erster Bursche kommen.

BRÄUTIGAM: Hier hinauf!

ERSTER BURSCHE: Du wirst sie nicht finden.

BRÄUTIGAM *energisch:* Ich werde sie finden.

ERSTER BURSCHE: Ich glaube, sie haben eine andre Schneise durchritten.

BRÄUTIGAM: Nein. Eben habe ich noch den Galopp gehört.

ERSTER BURSCHE: Vielleicht war es ein andres Pferd.

BRÄUTIGAM *dramatisch:* Höre. Es gibt nur ein Pferd auf dieser Welt – dieses. Verstehst du? Wenn du mir folgst, so folge mir schweigend.

ERSTER BURSCHE: Ich möchte ...

BRÄUTIGAM: Schweig! Hier finde ich sie, hier. Siehst du diesen Arm? Das ist nicht mein Arm. Das ist der Arm meines Bruders und meines Vaters und aller unsrer Toten. Und er hat solche Kraft, daß er diesen Baum mit der Wurzel ausreißen kann, wenn er will. Komm, schnell, denn ich fühle hier die Zähne der Meinen so tief eingegraben, daß es mir nicht möglich ist, ruhig zu atmen.

BETTLERIN *kläglich:* Ach!

ERSTER BURSCHE: Hast du gehört?

BRÄUTIGAM: Geh dorthin und schau nach.

ERSTER BURSCHE: Das ist eine Jagd!

BRÄUTIGAM: Eine Jagd. Die höchste, die man machen kann.

Bursche ab. Der Bräutigam eilt nach links und stößt auf die Bettlerin – den Tod –.

BETTLERIN: Ach!

BRÄUTIGAM: Was willst du?

BETTLERIN: Mich friert.

BRÄUTIGAM: Wohin gehst du?

BETTLERIN *stets nach Art der Bettlerinnen jammernd:* Dorthin ... Weit weg.

BRÄUTIGAM: Woher kommst du?

BETTLERIN: Dorther ... Weither ...

BRÄUTIGAM: Hast du einen Mann und eine Frau auf einem Pferd vorüberreiten sehen?

BETTLERIN *erwachend:* Warte ... *Betrachtet ihn.* Ein schöner, stattlicher Mann. Aber viel schöner, wenn er entschlafen wäre ...

BRÄUTIGAM: Sprich! Antworte! Hast du sie gesehen?

BETTLERIN: Warte ... Welch breite Schultern! *Erhebt sich.* Willst du nicht lieber ausgestreckt auf ihnen liegen, statt auf den Sohlen deiner Füße zu gehen, die so klein sind?

BRÄUTIGAM *schüttelt sie:* Ich frage dich, ob du sie gesehen hast! Sind sie hier vorbeigekommen?

BETTLERIN *nachdrücklich:* Nein. Sie kommen vom Hügel herab. Hörst du sie nicht?

BRÄUTIGAM: Nein.

BETTLERIN: Kennst du den Weg nicht?

BRÄUTIGAM: Ich werde gehen – so oder so.

BETTLERIN: Ich werde dich begleiten. Ich kenne diese Gegend.

BRÄUTIGAM *ungeduldig:* Auf denn! Wohin?

BETTLERIN *dramatisch:* Dorthin! *Schnell ab.*

Aus der Ferne hört man zwei Violinen, die den Wald ausdrükken. Die Holzfäller kommen wieder. Sie haben die Äxte geschultert und gehen langsam zwischen den Stämmen hindurch.

ERSTER HOLZFÄLLER:

Ach, wandernder Tod!
Tod der großen Blätter.

ZWEITER HOLZFÄLLER:

Laß geschlossen den Springborn des Bluts!

ERSTER HOLZFÄLLER:

Ach, einsamer Tod!
Tod der trockenen Blätter.

DRITTER HOLZFÄLLER:

Bedeck nicht die Hochzeit mit Blust!

ZWEITER HOLZFÄLLER:

Ach, trauriger Tod!
Laß grüne Zweige der Liebe!

Erster Holzfäller:
Ach, grausamer Tod!
Laß grüne Zweige der Liebe!

Ab, während sie sprechen. Leonardo und die Braut kommen.

Leonardo: Schweig!
Braut: Von hier ab geh ich allein.
Geh! Denn ich will, daß du umkehrst!
Leonardo: Schweig! Hörst du?
Braut: So reiß diese eiserne Kette,
wie du willst – mit Zähnen und Fäusten –,
von dem keuschen Nacken mir ab
und laß mich zurück in die Höhle,
in den dunkelsten Winkel der Erde.
Doch willst du nicht mich zertreten,
wie man giftige Vipern zertritt,
so lege den Lauf deiner Flinte
in die bräutlichen Hände mir ein.
Ach, welche Pein! Welches Feuer
verbrennt mir das Herz und den Kopf!
Zersplittertes Glas in der Zunge!
Leonardo: Wir taten den Schritt – nun schweige,
denn es nahen sich schon die Verfolger,
und ich muß mit dir jetzt entfliehen!
Braut: Doch entführst du mich nur mit Gewalt!
Leonardo: Mit Gewalt? Wer stieg denn zuerst
im Hause die Treppe herab?
Braut: Ich stieg die Treppe herab.
Leonardo: Mit Zügeln – wer zäumte das Pferd?
Braut: Ich selbst tat es – ja, es ist wahr.
Leonardo: Meine Sporen – wer schnallte sie an?
Braut: Ich schnallte die Sporen dir an.
Doch könnt ich, wenn ich dich sehe,
mit diesen Händen, die dein sind,
das blaue Gezweige zerreißen
und das Murmeln der Adern in dir.

Ich liebe, ich liebe dich, geh!
Begrüb ich den Dolch in der Brust dir,
dann hüllte ich dich in ein Laken
mit veilchenbestreutem Geränder.
Ach, welche Pein! Welches Feuer
verbrennt mir das Herz und den Kopf!

LEONARDO: Zersplittertes Glas in der Zunge!
Ich wollte vergessen und baute
eine Steinmauer zwischen die Häuser.
So war es – erinnerst du dich?
Und wenn ich von weitem dich sah,
dann warf ich mir Sand in die Augen.
Doch trabte das Pferd, wenn ich ausritt,
eilig zum Tor deines Hauses.
Mein Blut stachen silberne Nadeln,
und unglücklich ward es und dunkel.
Der Traum aber füllte und füllte
mein Fleisch mit der Pflanze des Unheils.
Ich trage daran nicht die Schuld –
die Erde, die Erde ist schuldig,
der Geruch deiner Brüste und Zöpfe.

BRAUT: Ach, welch ein Wahnsinn! Ich will
mit dir teilen nicht Tisch und nicht Bett,
aber keine Sekunde des Tages
möchte von dir ich getrennt sein,
denn du ziehst mich dir nach, und ich komme –
du befiehlst mir: kehr um! – doch ich fliege
dir nach durch die Lüfte wie Zasern.
Ich verließ einen mutigen Mann,
ich verließ seine ganze Familie
auf der Hochzeit – schon bräutlich gekrönt.
Dich wird nun die Strafe, dich, treffen,
doch ich will nicht, daß sie dich fällt.
Laß mich allein und entfliehe!
Denn niemand wird dich beschützen.

LEONARDO: Vögel des dämmernden Morgens
durchschlüpfen bereits das Gezweige.
Die Nacht legt zum Sterben sich nieder
auf den schartigen Graten der Felsen.
Fliehn wir in dunkele Höhlen,
dort, wo ich immer dich liebe;
nichts gilt mir die Meinung der Menge,
noch das Gift, das sie über uns ausspritzt.
Er umarmt sie leidenschaftlich.

BRAUT: Ich werde zu Füßen dir schlafen,
deines Traumes Geheimnis zu hüten,
nackt, mit dem Auge aufs Feld,
dramatisch als ob eine Hündin ich sei.
Die bin ich! Und ich schaue dich an,
und mich verbrennt deine Schönheit.

LEONARDO: Flamme verzehret die Flamme.
Dasselbe zuckende Feuer
tötet vereint zwei Ähren.
Auf! *Zieht sie fort.*

BRAUT: Wohin willst du mich führen?

LEONARDO: Dahin, wohin diese Meute,
die uns jetzt jagt, niemals folgt.
Wo ich dich anschauen kann.

BRAUT *sarkastisch:*
Führe von Markt mich zu Markt,
ehrbarer Frauen Schmerz,
damit mich die Menge begaffe,
mit den Hochzeitslaken wie Fahnen
flatternd im knatternden Wind.

LEONARDO: Ich verließe dich auch,
dächte ich so, wie man denkt.
Doch gehe auch ich, wohin du gehst.
Auch du, versuch einen Schritt.
Silberne Nägel des Mondes
heften uns Hüfte an Lende.

Diese ganze Szene ist sehr heftig und von starker Sinnlichkeit.

BRAUT: Hörst du?

LEONARDO: Sie kommen.

BRAUT: Entflieh!
Gerecht ist, daß ich hier sterbe,
die Füße im Wasser und Dornen
im Haupt. O Blätter, beweint mich!
Verworfenes Weib und Jungfrau.

LEONARDO: Schweig! Denn sie kommen!

BRAUT: Geh fort!

LEONARDO: Schweig still, denn sonst hören sie uns.
Geh voran. Gehen wir. Geh!
Die Braut schwankt.

BRAUT: Zusammen! Vereint!

LEONARDO *umarmt sie:* Wie du willst!
Vereint! Und wenn sie uns trennen,
so trennen sie tot mich von dir.

BRAUT: So trennen sie tot mich von dir!
Umarmt ab.

Sehr langsam taucht der Mond auf. Die Bühne wird mit starkem blauem Licht übergossen. Plötzlich und unvermittelt hört man zwei lange zerfetzte Schreie, und die Musik der beiden Violinen bricht ab. Beim zweiten Schrei wächst die Bettlerin aus dem Walde und stellt sich mit dem Rücken gegen den Zuschauerraum. Sie öffnet den Umhang und verharrt in der Bühnenmitte wie ein riesiger Vogel mit unermeßlich weit ausgebreiteten Flügeln. Der Mond bleibt stehen. Der Vorhang fällt in absoluter Stille, inmitten absoluten Schweigens.

Vorhang

Letztes Bild

Weißer Raum mit Bögen und dicken Mauern. Rechts und links weiße Treppen. Großer Bogen im Hintergrund und große weiße Wand. Fußboden leuchtend weiß. Dieser einfache Raum muß den monumentalen Eindruck einer Kirche machen. Er hat kein Grau, keinen Schatten, nichts, was die Perspektive bestimmen könnte. Zwei dunkelblau gekleidete Mädchen spulen eine rote Docke ab.

ERSTES MÄDCHEN: Knäuelchen, Knäuelchen,
was willst du, was machst du?

ZWEITES MÄDCHEN:
Jasmin aus Gewändern,
Kristall aus Papier.
Um vier Uhr erwach ich,
um zehn Uhr entschlaf ich.
Wollfädchen bin ich,
dein Fußkettchen bin ich,
und Knoten bin ich,
der drückend den bitteren
Lorbeer umgarnt.

KIND *tritt ein, singend:*
Wart ihr auf der Hochzeit?

ERSTES MÄDCHEN: Nein.

KIND: Auch ich war nicht dort.
Was ist wohl geschehn
in der Weinberge Reben?
Was ist wohl geschehn
im Olivengezweig?
Was ist wohl geschehn,
daß niemand zurückkehrt?
Wart ihr auf der Hochzeit?

ZWEITES MÄDCHEN:
Wir sagten schon nein.

KIND *fortgehend:* Auch ich war nicht dort.

ZWEITES MÄDCHEN:
Knäuelchen, Knäuelchen,
was willst du erzählen?

ERSTES MÄDCHEN: Von wächsernen Wunden,
von myrtenem Schmerz.
Vom Schlafen am Morgen
und Wachen zur Nacht.

KIND *an der Tür:* Auf Kieselstein stößt
der wollene Faden,
doch lassen vorbei ihn
die Berge, die blauen.
Renn, renne nur, renne,
denn dann kommt das Messer,
und nimmt dir das Brot. *Ab.*

ZWEITES MÄDCHEN: Knäuelchen, Knäuelchen,
was willst du wohl sagen?

ERSTES MÄDCHEN: Galan ohne Sprache.
Karmesinroter Bräut'gam.
Ich sah sie an stummen
Ufern gestreckt.
Sie halten ein
und sehen die Docke an.

KIND *lugt durch die Tür:*
Renn, renne nur, renne,
mein Fädchen, bis hier.
Ich höre sie kommen,
mit Schlamm überdeckt.
Liegende Leiber –
Elfenbeintücher. *Ab.*

Leonardos Frau und Schwiegermutter kommen verängstigt.

ERSTES MÄDCHEN: Kommen sie schon?

SCHWIEGERMUTTER *herb:* Wissen wir nicht.

ZWEITES MÄDCHEN: Wie war denn die Hochzeit?

ERSTES MÄDCHEN: Erzähl mir doch . . .

SCHWIEGERMUTTER *kurz:* Nichts.
FRAU: Ich möchte zurückgehn,
um alles zu wissen.
SCHWIEGERMUTTER *energisch:*
Du – gehst nach Haus.
Einsam und tapfer
bleibst du im Haus.
Altre und weine.
Bei geschlossener Tür.
Nicht lebend, nicht tot.
Wir vernageln die Fenster.
Regen und Nacht
über bitteres Gras.
FRAU: Was ist wohl geschehn?
SCHWIEGERMUTTER: Nichts von Bedeutung.
Vors Gesicht einen Schleier.
Deine Kinder – sind deine
und weiter ist nichts.
Ein Aschenkreuz streu
auf die Stelle im Bett,
wo sein Kopfkissen lag. *Beide ab.*
BETTLERIN *in der Tür:*
Ein kleines Stückchen Brot, ihr Mädchen.
KIND: Geh!
Die Mädchen drängen sich aneinander.
BETTLERIN:
Warum?
KIND: Weil du so seufzest: Geh doch!
ERSTES MÄDCHEN: Kind!
BETTLERIN:
Ich hätte deine Augen fordern können!
Gewölk von Vögeln folgt mir. Willst du einen?
KIND: Ich will hier fort!
ZWEITES MÄDCHEN *zur Bettlerin:*
Beacht nicht, was es sagt!

ERSTES MÄDCHEN:

Bist du vielleicht vom Flußweg hergekommen?

BETTLERIN:

Von dorther kam ich.

ERSTES MÄDCHEN *schüchtern:* Darf ich etwas fragen?

BETTLERIN:

Ich sah sie schon, sie kommen bald hierher:
Zwei Katarakte, im Geröll verronnen,
zwei Männer unterm Huf des Falben, still,
tot in der Schönheit der azurnen Nacht.
genießerisch:
Gefallen, ja, gestorben.

ERSTES MÄDCHEN: Alte, schweig!

BETTLERIN:

Die Augen sind zu früh gebrochne Blüten,
die Zähne sind zwei Handvoll harschen Schnees.
Sie fielen beide, doch die Braut kehrt heim,
Kleider und Haar von rotem Blute rot.
Sie wiegen stumm sich unter ihren Tüchern
auf breiten starken Schultern großer Burschen.
Es war nicht anders. Und es war gerecht.
Schmutziger Sand bedeckt das lautere Gold.
Ab. Die Mädchen senken die Köpfe und gehen rhythmisch hinaus, während sie sprechen:

ERSTES MÄDCHEN: Schmutziger Sand.

ZWEITES MÄDCHEN:

Auf lauterstem Gold. *Ab.*

KIND:

Auf lauterstem Gold
tragen sie heim
vom Fluß die Geliebten.
Braun ist der eine,
braun ist der andre.
Traurige Nachtigall,
fliege und klag
über lauterem Gold!

Ab. Der Raum ist leer. Die Mutter kommt mit einer Nachbarin. Die Nachbarin weint.

MUTTER: Schweig.

NACHBARIN: Ich kann nicht.

MUTTER: Schweig!! *An der Tür:* Ist niemand da? *Führt die Hände an die Stirn.* Mein Sohn müßte jetzt antworten. Aber mein Sohn ist ein verwelkter Blütenzweig. Der Sohn ist eine dunkle Stimme hinter Bergen. *Wütend zur Nachbarin:* Schweig!!! In diesem Hause will ich keine Klagen. Eure Tränen sind Tränen der Augen, nichts weiter, aber meine kommen, wenn ich allein bin, aus meinen Fußsohlen, aus meinen Wurzeln – und sie sind heißer als mein Blut.

NACHBARIN: Komm zu mir; bleib nicht hier allein.

MUTTER: Hier, hier will ich sein. Und ruhig. Alle sind tot. Jetzt werde ich mitternachts schlafen, schlafen, denn Messer und Pistolen schrecken mich nicht mehr.

Andre Mütter lehnen sich aus dem Fenster, vom Regen gepeitscht, und spähen nach ihren heimkehrenden Söhnen. Ich nicht. Mein Traum wird eine kalte Elfenbeintaube, die Kamelien aus Reif zum Friedhof trägt.

Nein – nein – nicht Friedhof, nicht Friedhof: Erdbett – Bett, das ihren Schlaf betreut und sie zum Himmel hinanwiegt. *Eine schwarz gekleidete Frau tritt ein, geht nach rechts und kniet dort nieder.*

Zur Nachbarin: Nimm die Hand vom Gesicht! Wir müssen schreckliche Tage überstehen. Ich will niemand sehen. Die Erde und ich. Mein Schmerz und ich. Und diese vier Wände. Ach! Ach!! *Sie setzt sich erschöpft.*

NACHBARIN: Hab Mitleid mit dir selbst.

MUTTER *wirft sich das Haar nach hinten:* Ich muß gefaßt sein. *Setzt sich.* Die Nachbarinnen kommen. Sie sollen mich nicht so armselig sehen. So armselig! Eine Frau, die keinen Sohn hat, nichts, was ihre Lippen berühren könnten. *Die Braut kommt. Ohne Orangenblüten. Sie trägt einen schwarzen Umhang.*

NACHBARIN *sieht die Braut, wütend:* Wohin?

BRAUT: Hierher.

MUTTER *zur Nachbarin:* Wer ist das?

NACHBARIN: Erkennst du sie nicht?

MUTTER: Darum frage ich, wer das ist. Denn ich darf sie nicht erkennen, um ihr nicht die Zähne in den Hals zu schlagen. Viper! *Geht mit zerschmetternder Gebärde auf die Braut zu; beherrscht sich. Zur Nachbarin:* Siehst du sie? Sie ist hier – sie weint – und ich bleibe ruhig und reiße ihr nicht die Augen aus. Ich begreife mich nicht. Sollte ich meinen Sohn nicht geliebt haben? Und seine Ehre? Wo ist seine Ehre? *Schlägt die Braut, die zu Boden stürzt.*

NACHBARIN: Um Gottes willen! *Versucht sie zu trennen.*

BRAUT *zur Nachbarin:* Laß sie. Ich bin gekommen, damit sie mich umbringe, und man mich zu ihnen trage. *Zur Mutter:* Nicht mit den Händen – mit eisernen Haken, mit einer Sichel, mit aller Kraft, bis sie an meinen Knochen zerbricht. Laß sie! Denn sie soll wissen, daß ich rein bin, daß ich wahnsinnig werde, aber daß man mich verscharren kann, ohne daß ein Mann sich jemals im weißen Glanz meiner Brust gespiegelt hat!

MUTTER: Schweig! Schweige! Was bedeutet mir das?

BRAUT: Weil ich dem andren folgte, weil ich ihm folgte! *Angstvoll.* Auch du wärest ihm gefolgt. Ich war ein Weib, das in Gluten verbrannte, innen und außen voll ätzender Wunden, und dein Sohn war ein wenig Wasser, von dem ich Söhne, Grund und Genesung erwartete; aber der andre war ein dunkeler Strom unter Zweigen, der mir das Rauschen seiner Binsen zuraunte und seinen geheimnisvollen verhaltenen Gesang. Ich ging mit deinem Sohn, der wie ein kühles Bächlein war, und der andre schickte mir Hunderte von Vögeln, und der Schlag ihrer Flügel hieß mich stehenbleiben, und aus ihren Schnäbeln fiel Reif auf meine Wunden, auf die Wunden eines armen verdorrenden Weibes, eines vom Feuer geliebkosten Mädchens. Ich habe es nicht gewollt, hörst du?

Ich wollte nicht. Hörst du? Ich wollte nicht! Dein Sohn war mein Wunsch, und ich habe ihn nicht betrogen, aber der Arm des andren riß mich zu sich wie Meeresbrandung, ich stürzte ihm zu wie vom Kopfstoß eines Maultiers getroffen, und er hätte mich immer nachgeschleift, immer, und wenn ich alt geworden wäre und alle Söhne deines Sohnes mich an den Haaren festgehalten hätten! *Eine Nachbarin tritt ein.*

MUTTER: Sie hat keine Schuld. Ich habe keine Schuld. *Sarkastisch.* Wer hat sie denn? Ein schwaches, zartes, schlafloses Weib, das seine Brautkrone wegwirft um ein Stück von einem Bett, das eine andre Frau angewärmt hat!

BRAUT: Schweig! Schweig! Räch dich an mir! Hier bin ich. Sieh meinen weichen Hals. Er macht dir weniger Arbeit als eine Dahlie deines Gartens zu schneiden. Aber – das nicht! Keusch bin ich, keusch wie ein eben geborenes Kind. Und stark, um es dir zu beweisen. Fache die Kohlen an! Die Hände ins Feuer! Du für deinen Sohn, ich für meinen Leib. Du wirst sie zuerst zurückziehen.

Noch eine Nachbarin tritt ein.

MUTTER: Was kümmert mich deine Keuschheit? Was dein Tod? Was überhaupt? Gebenedeit sei das Korn, denn meine Söhne liegen unter ihm. Gebenedeit sei der Regen, denn er netzt das Antlitz der Toten. Gebenedeit sei Gott, denn er eint in gemeinsamer Ruhe. *Eine andre Nachbarin tritt ein.*

BRAUT: Laß mich mit dir weinen.

MUTTER: Weine. Doch an der Tür.

Das Kind tritt ein. Die Braut bleibt an der Tür, die Mutter im Mittelpunkt der Bühne.

FRAU *tritt ein und geht nach links:*

Er war ein herrlicher Reiter,
jetzt ist er ein schmelzender Schnee.
Er jagte durch Feste und Berge
und durch die Arme der Frauen.
Jetzt krönt ihm die kühne Stirne
nächtliches schweigendes Moos.

Mutter: Blüte der Sonnenblume,
Spiegel der Erde warst du
der Mutter, die einst dich gebar.
Deine Brust behüte ein Kreuz
aus bitteren Lorbeerrosen,
ein Laken aus schimmernder Seide
schwebe hernieder auf dich.
Und das Wasser werde zur Klage
dir zwischen den ruhigen Händen.

Frau: Ach, vier stattliche Burschen
kommen mit todmüden Schultern!

Braut: Ach, vier schöne Galane
tragen den Tod durch die Luft!

Mutter: Nachbarinnen.

Kind *in der Tür:* Sie bringen sie schon.

Mutter: So mögen sie kommen. Das Kreuz!

Man reicht ihr ein Kreuz.

Frauen: Süße Nägel,
süßes Kreuz,
süßer Name
Jesuschrist.

Braut: Tote und Lebende
schirme das Kreuz.

Mutter: Nachbarinnen!
Mit einem Messer,
einem winzigen Messer,
eines Tags, der bestimmt war
zwischen drei Uhr und vier,
erstachen sich beide
Männer für Liebe.
Mit einem Messer,
einem winzigen Messer,
das eine Hand
kaum festhalten kann,
doch das listig das Fleisch

überrascht und hindurchdringt
und dort erst stillsteht,
wo die dunkle geheime
Wurzel des Schreis
verwirrt erzittert.

BRAUT: Und das ist ein Messer,
ein winziges Messer,
das eine Hand
kaum festhalten kann.
Fisch ohne Schuppen,
Fisch ohne Fluß,
damit eines Tages,
der vorher bestimmt war,
zwischen drei Uhr und vier,
durch dies winzige Messer
zwei kraftvolle Männer
mit wachsgelben Lippen
sterbend sich strecken.

MUTTER: Kaum faßt es die Hand,
doch kalt durchdringt es
das Fleisch, überraschend,
und bleibt erst dort stehn,
wo die dunkle geheime
Wurzel des Schreis
in Wirrnis erbebt.

Die Nachbarinnen knien nieder und weinen.

Vorhang

YERMA

Tragische Dichtung in drei Akten
und sechs Bildern

Personen

YERMA

MARIA · DOLORES

DIE UNGLÄUBIGE ALTE

SECHS WÄSCHERINNEN

ERSTES UND ZWEITES MÄDCHEN

ERSTE UND ZWEITE SCHWÄGERIN

ERSTE UND ZWEITE FRAU

DIE WEIBLICHE MASKE

KIND · JUAN · VICTOR

ERSTER, ZWEITER UND

DRITTER MANN

DIE MÄNNLICHE MASKE

ERSTER AKT

Erstes Bild

Während der Vorhang sich hebt, sitzt Yerma schlafend auf einem Stuhl mit einem Nähkörbchen zu ihren Füßen. Über der Szene liegt ein sonderbares Traumlicht. Ein Hirt kommt fast unhörbar, auf den Zehenspitzen, und sieht Yerma fest an. Er hält ein weiß gekleidetes Kind an der Hand. Die Uhr schlägt. Während der Hirt mit dem Kind entschwindet, wandelt sich die Beleuchtung zu fröhlicher Helle eines Frühlingsmorgens. Yerma erwacht.

LIED *Eine Stimme von innen:*

Schlafe ein, mein Kindchen, schlafe,
schlaf ein Schläfchen, und wir bauen
auf dem Lande uns ein Hüttlein,
dem wir zwei uns anvertrauen.

YERMA: Juan, hörst du? Juan!

JUAN: Ich komme.

YERMA: Es ist Zeit.

JUAN: Und die Ochsengespanne?

YERMA: Sind schon vorbeigetrottet.

JUAN: Bis nachher. *Schickt sich an zu gehen.*

YERMA: Trinkst du nicht ein Glas Milch?

JUAN: Wozu?

YERMA: Du arbeitest schwer, und dein Körper ist den Anstrengungen nicht gewachsen.

JUAN: Wenn die Männer hager bleiben, werden sie stark wie Stahl.

YERMA: Aber nicht du. Als wir heirateten, warst du anders. Jetzt hast du ein blasses Gesicht, als ob es dir die Sonne nie beschiene. Es wäre mir lieber, wenn du zum Fluß gingest und schwömmest und auf das Dach stiegest, wenn der Regen unser Haus zerpeitscht. Vierundzwanzig Monate sind wir verheiratet, und du wirst immer trauriger, immer magerer, als ob du zurückwüchsest.

JUAN: Bist du bald fertig?

YERMA *steht auf:* Nimm es mir nicht übel. Wenn ich krank wäre, würde ich mich gern von dir pflegen lassen. »Meine Frau ist krank« – und ich will diesen Hammel schlachten, um ihr ein kräftiges Mahl zu bereiten. »Meine Frau ist krank« – ich will dieses Hühnerschmalz verwahren, um ihren Husten zu lindern – ich will ihr diesen Schafspelz bringen, um ihre Füße vor dem Schnee zu schützen. So bin ich. Deshalb umsorge ich dich.

JUAN: Und ich danke dir dafür.

YERMA: Aber du läßt dich nicht umsorgen.

JUAN: Mir fehlt ja nichts. Das sind doch alles nur Vermutungen von dir. Ich arbeite viel. Jahr für Jahr werde ich älter.

YERMA: Jahr für Jahr. Du und ich leben hier so weiter – Jahr für Jahr.

JUAN *lächelnd:* Natürlich. Ruhig und friedlich. Die Arbeit ernährt uns gut, und wir haben keine Kinder, die kosten.

YERMA: Wir haben keine Kinder ... Juan!

JUAN: Nun?

YERMA: Habe ich dich etwa nicht lieb?

JUAN: Du hast mich lieb.

YERMA: Ich kenne Mädchen, die gezittert und geweint haben, bevor sie sich zu ihren Männern legten. Habe ich geweint, als ich das erste Mal in deinem Bette schlief? Habe ich nicht gesungen, als ich die holländischen Laken umschlug? Und sagte ich dir nicht: wie riecht diese Wäsche nach Äpfeln!?

JUAN: Das hast du gesagt!

YERMA: Meine Mutter weinte, weil ich es nicht bedauerte, mich von ihr zu trennen. Noch niemand hat sich mit solcher Freude verheiratet. Und trotzdem ...

JUAN: Schweig. Es macht mir zu viel Mühe, jeden Augenblick zu hören …

YERMA: Nein. Wiederhole mir nicht, was man sagt. Ich sehe mit meinen eigenen Augen, daß es so nicht sein darf … Wenn es immer und immer wieder regnet, erweichen sich sogar die Steine und lassen sich Rauken entlocken, von denen die Leute sagen, sie seien zu nichts nütze. »Rauken sind Unkraut« – aber ich sehe sehr wohl, daß sie ihre gelben Blüten im Winde wiegen.

JUAN: Man muß abwarten.

YERMA: Ja; und mit Liebe. *Sie umarmt und küßt ihren Mann, aber aus eignem Antrieb.*

JUAN: Sag mir, wenn du etwas brauchst; ich werde es dir mitbringen. Du weißt ja, ich mag es nicht, daß du ausgehst.

YERMA: Ich gehe nie aus.

JUAN: Du bist hier besser aufgehoben.

YERMA: Ja.

JUAN: Die Straße gehört den Nichtstuern.

YERMA *schwermütig:* Gewiß.

Juan geht. Yerma wendet sich der Näharbeit zu, führt die Hand über den Leib, hebt die Arme hoch und beginnt, mit einem prachtvollen Gähnen, zu nähen.

YERMA: Woher kommst du, Geliebtes, mein Kindchen?
– Aus der Mühne komm ich der harten Kälte.
Was brauchst du, Geliebtes, mein Kindchen?
– Den wolligen Flaum deines weichen Kleides.
Sie fädelt die Nadel ein.
Wiegt euch, ihr Zweige, im Lichte der Sonne!
Quellen, sprudelt und murmelt ringsum!
Wie mit einem Kinde sprechend:
Es bellt das Hündchen im Hofe,
es singt der Wind in den Bäumen.
Die Rinder muhen dem Hirten,
und es kräuselt der Mond meine Haare.
Was willst du, mein Kind, aus der Ferne? *Pause.*

Auf der Brust erstrahlen weiß dir die Berge.
Wiegt euch, ihr Zweige, im Lichte der Sonne!
Quellen, sprudelt und murmelt ringsum!
Nähend.
Mein Herzblatt, du hast mich geknickt,
du hast mich, ich sag dirs, zerbrochen.
Es schwellt mir der Schmerz diese Hüften,
deine erste, weicheste Wiege.
Wann wirst du kommen, mein Kindchen?
Pause.
Wenn dein Leib Jasminduft verhaucht.
Wiegt euch, ihr Zweige, im Lichte der Sonne!
Quellen, sprudelt und murmelt ringsum!

Yerma singt weiter. Maria tritt ein mit einem Tuchbündel.
Woher kommst du?

MARIA: Aus dem Laden.

YERMA: So früh aus dem Laden?

MARIA: Ich hätte sogar zu meinem Vergnügen vor der Tür gewartet, bis sie geöffnet worden wäre; was habe ich wohl gekauft?

YERMA: Kaffee zum Frühstück, Zucker, Brot.

MARIA: Nein. Ich habe Spitzen gekauft, drei Ellen Leinen, Bänder und bunte Wolle, um Troddeln zu machen. Mein Mann hatte das Geld, und er hat es mir selbst gegeben.

YERMA: Du wirst dir eine Bluse machen.

MARIA: Nein – es ist wegen ... weißt du?

YERMA: Was?

MARIA: Weil es schon da ist!!

Sie senkt den Kopf. Yerma erhebt sich und blickt sie bewundernd an.

YERMA: In fünf Monaten!

MARIA: Ja.

YERMA: Hast du es schon gespürt?

MARIA: Natürlich.

YERMA *neugierig:* Und was empfindest du?

MARIA: Ich weiß nicht. Angst.

YERMA: Angst. *Ganz dicht neben Maria stehend.* Aber ... wann ist es angekommen? Sag es mir. Du warst ganz sorglos.

MARIA: Ja, sorglos ...

YERMA: Sicherlich sangst du gerade, nicht wahr? Ich sänge. Du ..., sprich doch ...

MARIA: Frag mich nicht. Hast du noch nie einen lebenden Vogel in der Hand gehalten?

YERMA: Doch.

MARIA: Also ... genau so ... aber innen ... im Blut.

YERMA: Wie herrlich! *Sieht sie verzückt an.*

MARIA: Ich bin fassungslos. Ich weiß nichts.

YERMA: Wovon?

MARIA: Was ich zu tun habe. Ich werde meine Mutter fragen.

YERMA: Wozu? Sie ist alt und hat sicher schon alles vergessen. Geh nicht viel, und wenn du atmest, dann atme so leicht, als ob du eine Rose zwischen den Lippen hättest.

MARIA: Hör mal, man sagt, daß es einen später sanft mit den Beinchen stößt.

YERMA: Dann liebt man es erst recht. Dann sagt man schon: mein Kind!

MARIA: Trotz alledem schäme ich mich.

YERMA: Was hat dein Mann dazu gesagt?

MARIA: Nichts.

YERMA: Liebt er dich sehr?

MARIA: Das sagt er mir nicht, aber er schmiegt sich an mich, und seine Augen beben wie zwei grüne Blätter.

YERMA: Wußte er, daß du ... ?

MARIA: Ja.

YERMA: Und woher wußte er das?

MARIA: Ich weiß nicht. Aber in unserer Hochzeitsnacht flüsterte er es ohne Unterlaß mit seinem Munde an meiner Wange, so daß es mir fast scheint, als ob mein Kind ein Täuberich aus Glanz sei, den er mir durchs Ohr gestrahlt hat.

YERMA: Glückliche!

MARIA: Dabei kennst du alles viel besser als ich.

YERMA: Was nützt mir das?

MARIA: Das ist wahr! Aber warum ist es so? Von allen Bräuten, die damals heirateten, bist du die einzige ...

YERMA: So ist es eben. Gewiß, es ist immer noch Zeit. Bei Elena dauerte es drei Jahre und bei andren von damals, aus der Zeit meiner Mutter, noch länger; aber zwei Jahre und zwanzig Tage, wie bei mir, das ist zu viel, zu viel. Ich denke oft, daß es falsch ist, hier zu vergrämen. Viele Nächte gehe ich barfüßig auf den Hof, um auf Erde zu treten, ich weiß nicht, weshalb. Wenn ich so fortfahre, werde ich schließlich krank.

MARIA: Komm her, Mädchen; du sprichst ja wie eine Greisin. Ich sage dir, niemand darf sich über diese Dinge beklagen. Eine Schwester meiner Mutter bekam erst nach vierzehn Jahren eins – das solltest du sehen: –, ein bildschönes Kind!

YERMA *sehnsüchtig:* Und was tat es?

MARIA: Es brüllte wie ein junger Stier, mit der Kraft von tausend Grillen, die auf einmal zirpen, und es bepißte uns und zog uns an den Zöpfen, und als es vier Monate alt war, zerkratzte es uns das ganze Gesicht.

YERMA *lachend:* Aber das schmerzt doch nicht.

MARIA: Ich sage dir ...

YERMA: Bah! Ich habe gesehen, wie meine Schwester ihr Kind säugte, mit einer ganz schrundigen Brust, und es tat ihr sehr weh, aber es war ein frischer Schmerz, gut und nötig für die Gesundheit.

MARIA: Man sagt, daß man unter den Kindern viel leiden müsse.

YERMA: Das ist nicht wahr. Das sagen die schwachen Mütter, die wehleidigen. Wozu haben sie sie denn? Ein Kind ist kein Rosenstrauß. Wir müssen leiden, um sie wachsen zu sehen. Ich glaube, daß wir die Hälfte unseres Blutes verlieren. Aber das ist gut, gesund, herrlich. Jede Frau hat Blut für vier oder fünf Kinder, und wenn sie keine bekommt, wird ihr Blut Gift, wie bei mir.

MARIA: Ich weiß nicht, was mir fehlt.

YERMA: Ich hörte immer, daß die Erstgebärenden vor Grauen vergehen.

MARIA *ängstlich:* Wir werden ja sehen ... Wie gut du nähst ...

YERMA *nimmt das Bündel:* Gib her. Ich schneide dir zwei Kleidchen zu. Und das?

MARIA: Sind Windeln.

YERMA: Gut. *Setzt sich.*

MARIA: Dann also ... auf später. *Nähert sich, und Yerma nimmt liebreich ihren Leib in die Hände.*

YERMA: Lauf nicht über das holprige Pflaster.

MARIA: Adiós. *Küßt sie. Ab.*

YERMA: Komm bald wieder. *Yerma verharrt in der gleichen Haltung wie vorher. Dann nimmt sie die Schere und beginnt zuzuschneiden. Victor kommt.* Guten Tag, Victor.

VICTOR *grüblerisch und unerschütterlich ernst:* Und Juan?

YERMA: Auf dem Felde.

VICTOR: Was nähst du?

YERMA: Ich schneide Windeln zu.

VICTOR *lächelnd:* Nanu?

YERMA *lacht:* Ich will sie mit Spitzen säumen.

VICTOR: Wenn es ein Mädchen wird, gibst du ihr deinen Namen.

YERMA *zitternd:* Wie? ...

VICTOR: Ich freue mich für dich.

YERMA *fast erstickt:* Nein ... sie sind nicht für mich. Sie sind für das Kind von Maria.

VICTOR: Gut, wir wollen sehen, ob dich das Beispiel anfeuert. In diesem Hause fehlt ein Kind.

YERMA *zerquält:* Es fehlt!

VICTOR: Also vorwärts! Sag deinem Mann, er soll weniger an seine Arbeit denken. Er will Geld scheffeln, und er tut es, aber wem hinterläßt er es, wenn er stirbt? Ich gehe jetzt mit den Schafen. Bestelle Juan, er möchte die beiden zu sich nehmen, die er gekauft hat, und was das andere betrifft, so möge er sich mehr darein vertiefen! *Geht lächelnd ab.*

YERMA *leidenschaftlich:* Das! Mehr darein vertiefen!

Mein Herzblatt, du hast mich geknickt,
du hast mich, ich sag dirs, zerbrochen.
Es schwellt mir der Schmerz diese Hüften,
deine erste, weicheste Wiege.
Wann wirst du kommen, mein Kindchen?
Wenn dein Leib Jasminduft verhaucht.

Yerma, die sich in nachdenklicher Haltung erhebt und dahin geht, wo Victor gestanden hat, atmet tief, wie wenn sie Bergluft einsöge, wendet sich zur andren Seite des Zimmers, wie wenn sie etwas suche, setzt sich und nimmt ihr Nähzeug wieder zur Hand. Sie beginnt zu nähen, wobei sie ihre Augen fest auf einen Punkt heftet.

Vorhang

Zweites Bild

Feld. Yerma kommt. Sie trägt einen Korb.
Die Alte tritt auf.

YERMA: Guten Tag.

ALTE: Guten Tag, schönstes Mädchen. Wohin des Wegs?

YERMA: Ich habe meinem Mann das Essen gebracht. Er arbeitet in den Oliven.

ALTE: Bist du schon lange verheiratet?

YERMA: Drei Jahre.

ALTE: Hast du Kinder?

YERMA: Nein.

ALTE: Ach, die werden schon kommen.

YERMA *sehnsüchtig:* Glauben Sie?

ALTE: Warum nicht? *Setzt sich.* Auch ich habe soeben meinem Mann das Essen gebracht. Er ist schon alt. Arbeitet immer noch. Ich habe neun Kinder wie neun Sonnen, aber da keines ein Mädchen ist, muß ich überall sein und hin und her laufen.

YERMA: Sie wohnen auf der anderen Flußseite?

ALTE: Ja. Bei den Windmühlen. Aus welcher Familie bist du?

YERMA: Ich bin eine Tochter Enriques des Hirten.

ALTE: Ah, Enrique der Hirt. Ich habe ihn gekannt. Prächtige Familie. Aufstehen, schwitzen, ein paar Brote essen und sterben. Kein Spiel, nichts. Die Jahrmärkte den andren. Geschöpfe des Schweigens. Ich hätte mich mit einem deiner Onkel verheiraten können. Aber pah! Ich bin eine von den Frauen gewesen mit flatternden Röckchen und schoß hurtig hinter der Melonenschnitte, dem Fest, dem Zuckertörtchen her ... Oft habe ich mich beim Morgengrauen aus der Türe gebeugt und glaubte, Gitarrenklänge zu hören, die kamen und gingen, aber es war der Wind. *Sie lacht.* Du wirst dich über mich lustig machen. Ich habe zwei Männer gehabt und vierzehn Kinder; fünf sind gestorben; trotzdem bin ich nicht traurig und möchte noch viel länger leben. Und ich sage: Wie lange leben die Feigenbäume! Wie lange stehen die Häuser! Nur wir besessenen Weiber zerreißen uns für jede Dummheit.

YERMA: Ich möchte Sie etwas fragen.

ALTE: Nun? *Schaut sie an.* Ich weiß schon, was du mir sagen willst. Darüber kann man kein Wort sagen. *Steht auf.*

YERMA *hält sie an:* Warum nicht? Ihr Reden hat mir Vertrauen eingeflößt. Seit langem schon wünsche ich mir eine Aussprache mit einer alten Frau. Weil ich etwas wissen will. Ja. Sagen Sie mir ...

ALTE: Was?

YERMA *leiser sprechend:* Was Sie wissen. Warum bin ich unfruchtbar? Muß ich in der Blüte meines Lebens stehen, um Geflügel zu züchten oder gebügelte Gardinen an meinem Fensterchen aufzuhängen? Nein. Sie müssen mir sagen, was ich tun soll; ich werde alles tun, auch wenn Sie mir beföhlen, die empfindlichste Stelle meiner Augen mit Nägeln zu durchbohren.

ALTE: Ich? Ich weiß nichts. Ich habe mich auf den Rücken gelegt und angefangen zu singen. Die Kinder kommen wie das Wasser. Ach! Wer wollte wohl sagen, daß dein Körper nicht schön ist? Du gehst, und am Ende der Straße wiehert das Pferd. Ach, laß mich, Mädchen, und dränge mich nicht zu sprechen. Ich überlege mir viele Gedanken, die ich nicht preisgeben will.

YERMA: Warum? Mit meinem Mann spreche ich über nichts andres.

ALTE: Hör. Gefällt dir dein Mann?

YERMA: Wie?

ALTE: Ob du ihn liebst? Ob du gern bei ihm bist? ...

YERMA: Ich weiß nicht.

ALTE: Erzitterst du nicht, wenn er sich dir nähert? Überkommt es dich nicht wie ein Traum, wenn er dir seine Lippen zuneigt? Rede!

YERMA: Nein. Das habe ich nie empfunden.

ALTE: Niemals? Auch nicht, wenn du getanzt hast?

YERMA *sich erinnernd:* Vielleicht ... einmal ... Victor ...

ALTE: Weiter.

YERMA: Er umfaßte meine Hüften, und ich konnte ihm nichts sagen, weil ich nicht sprechen konnte. Ein anderes Mal, mit vierzehn Jahren – er war damals noch ein blutjunger Bursche –, nahm er mich auf die Arme, um über einen Berieselungskanal zu springen, und mich durchfuhr ein Schauer, daß mir die Zähne klapperten. Aber ich war damals noch sehr schüchtern.

ALTE: Und mit deinem Mann ...

YERMA: Mit meinem Mann ist das etwas andres. Mein Vater gab ihn mir, und ich nahm ihn an. Mit Freude. Das ist die reine Wahrheit. Aber bereits am ersten Tage meiner Verlobung dachte ich schon ... an die Kinder ... Und ich spiegelte mich in seinen Augen. Ja, das tat ich, um mich da sehr klein, sehr fügsam zu sehen, als ob ich meine eigene Tochter sei.

ALTE: Ganz das Gegenteil von mir. Vielleicht hast du deswegen nicht zur Zeit geboren. Die Männer müssen gefallen, Mädchen. Sie müssen uns die Zöpfe auf flechten und uns Wasser aus ihrem eignen Mund zu trinken geben. So geht es auf der Welt zu.

YERMA: Auf deiner, nicht auf meiner. Ich denke an viele Dinge, an viele, und ich bin sicher, daß mein Sohn die Dinge, an die ich denke, verwirklichen wird. Für ihn habe ich mich meinem Manne ergeben und ich ergebe mich ihm weiter, um zu sehen, ob er kommt, aber niemals, um mich zu vergnügen.

ALTE: Und das Ergebnis ist, daß du leer bist!

YERMA: Nein, nicht leer, denn ich fülle mich immer mehr mit Haß. Sprich, habe ich die Schuld? Muß ich im Mann nichts als den Mann suchen? Und dann, was würden Sie denken, wenn er Sie im Bett mit traurigen Augen die Decke anstarren läßt und sich zur Seite dreht und schläft? Muß ich dabei an ihn denken oder an das, was leuchtend aus meiner Brust hervorgehen kann? Ich weiß es nicht, aber sag du es mir, aus Mitleid! *Sie wirft sich auf die Knie.*

ALTE: Ach, welch offene Blüte! Was für ein herrliches Geschöpf bist du! Laß mich. Dränge mich nicht, mehr zu sagen. Ich will nicht mehr mit dir sprechen. Das sind Dinge der Ehre, und ich trete niemandes Ehre zu nahe. Du wirst es schon merken ... auf alle Fälle solltest du weniger keusch sein.

YERMA *traurig:* Die Mädchen, die auf dem Lande aufwachsen wie ich, finden nur verschlossene Türen. Überall halbe Worte, Gesten, und alles das besagt, daß man nichts wissen soll. Und du auch, auch du schweigst und machst dich mit Gelehrtenmiene davon; du weißt alles, aber du weigerst dich der, die vor Durst vergeht.

ALTE: Mit einer heiteren Frau würde ich darüber reden. Mit dir aber nicht. Ich bin alt und weiß, was ich sage.

YERMA: So möge mich Gott beschützen.

ALTE: Gott? Nein. Mir hat Gott nie gefallen. Wann werdet ihr endlich bemerken, daß es ihn nicht gibt? Es sind die Männer, die dich beschützen müssen.

Yerma: Aber warum sagst du das mir, warum?

Alte *fortgehend:* Obwohl es Gott geben müßte, auch wenn er nur winzig wäre, damit er Blitze gegen die Männer mit faulem Samen schleudern könnte, die die Fröhlichkeit der Felder in einen Sumpf verwandeln.

Yerma: Ich weiß nicht, was du damit sagen willst.

Alte: Aber ich weiß, was ich tue. Sei nicht traurig. Hoffe, und verzage nicht, du bist noch sehr jung. Wie kann ich helfen? *Geht ab. Zwei Mädchen kommen.*

Erstes Mädchen: Überall treffen wir Leute.

Yerma: Es gibt Arbeit, die Männer sind in den Oliven, und wir müssen ihnen das Essen bringen. Nur die Alten bleiben zuhaus.

Zweites Mädchen: Gehst du ins Dorf zurück?

Yerma: Ja, ins Dorf.

Erstes Mädchen: Ich muß mich sehr beeilen. Ich habe das Kind schlafend zurückgelassen, und niemand ist daheim.

Yerma: Dann hurtig, Mädchen. Kinder kann man nicht allein lassen. Haltet ihr Schweine?

Erstes Mädchen: Nein. Aber du hast recht. Ich laufe schnell zurück.

Yerma: Also spute dich. So ist das nun. Sicherlich hast du es dazu noch eingesperrt.

Erstes Mädchen: Natürlich.

Yerma: Ja, wißt ihr denn nicht, was ein kleines Kind ist? Jedes Ding, das uns ungefährlich scheint, kann es töten. Ein Nädelchen, ein Schlückchen Wasser.

Erstes Mädchen: Das ist wahr. Ich renne. Ich habe mir das nicht gut überlegt.

Yerma: Flugs!

Zweites Mädchen: Wenn du vier oder fünf hättest, würdest du nicht so viel Aufhebens davon machen.

Yerma: Warum? Auch wenn ich vierzig hätte.

Zweites Mädchen: Jedenfalls leben wir ruhiger, du und ich, weil wir keine haben.

Yerma: Ich nicht.

ZWEITES MÄDCHEN: Ich ja! Was ihr euch ereifert! Meine Mutter hat auch nichts anderes zu tun, als mir Kräutchen einzugeben, damit ich welche bekomme, und im Oktober wallfahrten wir zu diesem Heiligen, von dem man sagt, daß er sie denen gewährt, die ihn inbrünstig anflehen. Meine Mutter wird ihn darum bitten. Ich nicht.

YERMA: Warum hast du denn geheiratet?

ZWEITES MÄDCHEN: Weil man mich verheiratet hat. Alle heiraten. Wenn es so weitergeht, wird es außer den Kindern keine Ledigen mehr geben. Gut – und dann ... heiratet man in Wirklichkeit viel früher als man zur Kirche geht. Aber die Alten mischen sich in alles. Ich bin neunzehn Jahre und habe keine Lust zu kochen und zu waschen. Herrlich; den ganzen Tag muß ich nun tun, was ich nicht mag. Und wozu? Wozu muß mein Mann mein Mann sein? Denn dieselben Scherze, die wir heute treiben, haben wir schon als Brautpaar getrieben. Dummheiten der Alten.

YERMA: Schweig. Sprich nicht so.

ZWEITES MÄDCHEN: Auch du wirst mich die Verrückte nennen, die Verrückte, die Verrückte! *Lacht.* Ich kann dir nur das eine sagen, was ich im Leben gelernt habe: alle Welt sitzt zuhause, gefangen, und tut, was ihr nicht gefällt. Wieviel schöner ist es draußen! Da gehe ich zum Flusse, da steige ich auf den Turm und läute die Glocken, da trinke ich einen erfrischenden Anis.

YERMA: Du bist ein Kind.

ZWEITES MÄDCHEN: Sicher, aber ich bin nicht verrückt. *Lacht.*

YERMA: Wohnt deine Mutter nicht ganz oben, wo das Dorf aufhört?

ZWEITES MÄDCHEN: Ja.

YERMA: Im letzten Haus?

ZWEITES MÄDCHEN: Ja.

YERMA: Wie heißt sie?

ZWEITES MÄDCHEN: Dolores. Weswegen fragst du?

YERMA: Wegen nichts.

ZWEITES MÄDCHEN: Wegen etwas wirst du doch gefragt haben?

YERMA: Ich weiß nicht ... nur so ...

ZWEITES MÄDCHEN: Auch gut ... Siehst du, ich bringe jetzt meinem Mann das Essen. *Lacht.* Das muß man gesehen haben. Wie schade, daß ich nicht sagen kann: meinem Bräutigam, nicht wahr? Und nun geht die Verrückte! *Geht fröhlich lachend ab.* Adiós!

VICTORS STIMME *singend:*

Warum, Hirt, schläfst du allein?
Warum, Hirt, schläfst du allein?
In meiner wollenen Decke
schliefest du besser ein.
Warum, Hirt, schläfst du allein?

YERMA *horchend:*

Warum, Hirt, schläfst du allein?
In meiner wollenen Decke
schliefest du besser ein.
Dein Bett, Hirt, ist dunkeler Stein
und dein Hemd, Hirt, des Rauhreifes Schein.
Des Winters Binsen sind grau
in der Nacht deines Lagers so rauh.
Hast, Hirt, du dein Kissen entdeckt,
von der Eiche mit Nadeln besteckt?
Du hast Weibes Stimme erlauscht?
Ein Sturzbach, Hirt, hat dich berauscht!
Was will denn der Berg von dir, Hirt?
Welches Kindchen martert, verwirrt,
der bitteren Kräuter Berg?
Des stachligen Ginsters Werk!

Sie geht weiter und stößt auf Victor.

VICTOR *heiter:* Wohin, schönstes Wesen?

YERMA: Hast du gesungen?

VICTOR: Ich.

YERMA: Wie gut! Ich hatte dich noch nie gehört.

VICTOR: Nein?

YERMA: Eine so mächtige Stimme. Wie ein Wasserstrahl, der dir den Mund ganz ausfüllt.

VICTOR: Ich bin lustig.

YERMA: Das merke ich.

VICTOR: Wie du traurig.

YERMA: Ich bin sonst nicht traurig, aber ich habe Grund traurig zu sein.

VICTOR: Dein Mann ist noch trauriger als du.

YERMA: Er ja. Er hat einen trockenen Charakter.

VICTOR: Er war immer so. *Pause. Yerma setzt sich.* Hast du ihm das Essen gebracht?

YERMA: Ja. *Sieht ihn an. Pause.* Was hast du da? *Zeigt auf sein Gesicht.*

VICTOR: Wo?

YERMA *steht auf und nähert sich Victor:* Hier... Auf der Wange; wie eine Brandwunde.

VICTOR: Das ist nichts.

YERMA: Es schien mir so. *Pause.*

VICTOR: Das kommt wohl von der Sonne.

YERMA: Vielleicht... *Pause. Das Schweigen wird immer betonter, und ohne die geringste Bewegung beginnt ein Kampf zwischen beiden Personen.*

YERMA *zitternd:* Hörst du?

VICTOR: Was?

YERMA: Hörst du nicht weinen?

VICTOR *lauschend:* Nein.

YERMA: Mir war so, als hätte ein Kind geweint.

VICTOR: So?

YERMA: Sehr nahe. Und es weinte wie erstickt.

VICTOR: Hier herum gibt es immer viele Kinder, die Früchte stehlen.

YERMA: Nein. Es ist die Stimme eines kleinen Kindes.
Pause.

VICTOR: Ich höre nichts.

YERMA: Dann sind es wohl meine Illusionen. *Sieht ihn fest an.*

Victor fixiert sie auch und wendet dann langsam den Blick ab, wie wenn er Furcht hätte. Juan kommt.

JUAN: Was tust du hier noch immer!

YERMA: Ich sprach.

VICTOR: Salud. *Ab.*

JUAN: Du solltest zuhaus sein.

YERMA: Ich habe mich unterhalten.

JUAN: Ich verstehe nicht, womit du dich unterhalten hast.

YERMA: Ich hörte die Vögel singen.

JUAN: Schon recht. So wirst du ins Gerede der Leute kommen.

YERMA *heftig:* Juan, was fällt dir ein?

JUAN: Ich sage es nicht deinetwegen, sondern wegen der Leute.

YERMA: Der Teufel hole die Leute!

JUAN: Fluch nicht. Das ist häßlich für eine Frau.

YERMA: Wollte Gott, ich wäre eine Frau.

JUAN: Lassen wir diese Unterhaltung. Geh heim. *Pause.*

YERMA: Gut. Soll ich auf dich warten?

JUAN: Nein. Ich werde die ganze Nacht die Felder berieseln. Es gibt wenig Wasser, meins steht mir bis zum Sonnenaufgang zu, und ich muß es vor den Dieben schützen. Du gehst zu Bett und schläfst.

YERMA *dramatisch:* Ich werde schlafen! *Ab.*

Vorhang

ZWEITER AKT

Erstes Bild

Lied bei aufgehendem Vorhang. Bergbach, in dem die Dorffrauen waschen. Die Wäscherinnen sind auf verschiedene Stellen verteilt. Sie singen:

Ich wasche im kalten
Bache dein Band,

dein Lachen blüht auf
wie glühnder Jasmin.

ERSTE WÄSCHERIN: Ich mag nicht schwatzen.

DRITTE WÄSCHERIN: Aber hier wird geschwatzt!

VIERTE WÄSCHERIN: Es ist doch nichts Böses dabei.

FÜNFTE WÄSCHERIN: Wer Ehren sucht, muß sie sich verdienen.

VIERTE WÄSCHERIN:

Ich pflanzte Thymian
und sah ihn sprießen.
Wer Ehren liebt,
der lebe in Ehren. *Sie lachen.*

FÜNFTE WÄSCHERIN: So sagt man.

ERSTE WÄSCHERIN: Aber man weiß nie etwas.

VIERTE WÄSCHERIN: Es steht fest, daß der Mann seine beiden Schwestern zu sich ins Haus genommen hat.

FÜNFTE WÄSCHERIN: Die Ledigen?

VIERTE WÄSCHERIN: Ja. Sie hatten das Amt, sich um die Kirche zu kümmern, und jetzt kümmern sie sich um ihre Schwägerin. Ich könnte nicht mit ihnen leben.

ERSTE WÄSCHERIN: Warum?

VIERTE WÄSCHERIN: Ich habe Angst vor ihnen. Sie sind wie diese großen Blätter, die sogleich aus den Gräbern schießen. Sie sind wie mit Wachs überzogen. Sie sind ganz in sich verkrochen. Ich könnte mir vorstellen, daß sie das Essen mit Brennöl kochen.

DRITTE WÄSCHERIN: Sind sie schon im Hause?

VIERTE WÄSCHERIN: Seit gestern. Er ist wieder auf seinen Äckern.

ERSTE WÄSCHERIN: Aber wird man nie erfahren können, was vorgefallen ist.

FÜNFTE WÄSCHERIN: Sie verbrachte die vorgestrige Nacht sitzend auf der Türschwelle, trotz der Kälte.

ERSTE WÄSCHERIN: Aber warum denn?

VIERTE WÄSCHERIN: Sie kann sich kaum überwinden, zuhause zu bleiben.

FÜNFTE WÄSCHERIN: Diese Mannweiber sind so; wenn sie Spitzen häkeln oder Apfelmarmelade kochen könnten, überkommt es sie, auf das Dach zu steigen und barfüßig durch die Flußbetten zu irren.

ERSTE WÄSCHERIN: Und wer bist du, daß du solche Dinge sagst? Sie hat keine Kinder, aber sie trifft keine Schuld.

VIERTE WÄSCHERIN: Kinder hat, wer sie haben will. Die Verweichlichten, die Schwächlichen, die Süßlichen haben natürlich keine Lust, sich den Bauch zu verrunzeln. *Sie lachen.*

DRITTE WÄSCHERIN: Die pudern und schminken sich, stecken sich Oleanderbukette an und suchen einen, der nicht ihr Mann ist.

FÜNFTE WÄSCHERIN: Das ist allzu wahr!

ERSTE WÄSCHERIN: Habt ihr sie denn schon mit einem anderen gesehen?

VIERTE WÄSCHERIN: Wir nicht, aber die Leute.

ERSTE WÄSCHERIN: Immer die Leute!

FÜNFTE WÄSCHERIN: Zweimal schon, sagt man.

ZWEITE WÄSCHERIN: Und was taten sie?

VIERTE WÄSCHERIN: Sie sprachen.

ERSTE WÄSCHERIN: Sprechen ist keine Sünde.

VIERTE WÄSCHERIN: Es gibt etwas ganz Besonderes auf dieser Welt – und das ist der Blick. Meine Mutter hat mir das gesagt. Es ist zweierlei, ob eine Frau Rosen oder die Schenkel eines Mannes ansieht. Sie sieht i h n an.

ERSTE WÄSCHERIN: Aber wen?

VIERTE WÄSCHERIN: Den – hast du verstanden? Paß doch selber auf – oder soll ich es deutlicher sagen? *Lachen.* Und wenn sie den nicht ansieht, weil sie allein ist, weil er nicht vor ihr steht, so hat sie sein Bild in den Augen.

ERSTE WÄSCHERIN: Das ist erlogen! *Lärmendes Durcheinander.*

FÜNFTE WÄSCHERIN: Und ihr eigner Mann?

DRITTE WÄSCHERIN: Der ist wie taub. Reglos wie eine Eidechse in der Sonne.

Lachen.

Erste Wäscherin: Das alles würde sich einrenken, wenn sie Kinder hätten.

Zweite Wäscherin: Schwierigkeiten von Leuten, die sich nicht in ihr Schicksal fügen wollen.

Vierte Wäscherin: Mit jeder Stunde wird die Hölle bei ihnen heißer. Ohne die Lippen zu öffnen, säubern ihre Schwägerinnen und sie das Haus, täglich, blänken das Kupfer, reinigen die Fenster mit Dampf, ölen den Fußboden – und je mehr das Haus glänzt, um so heftiger brennt es darin.

Erste Wäscherin: Er hat die Schuld, nur er. Wenn ein Mann keine Kinder macht, muß er sich um seine Frau kümmern.

Vierte Wäscherin: Das ist ihre Schuld; sie hat statt der Zunge einen Feuerstein.

Erste Wäscherin: Welcher Teufel ist in dich gefahren, daß du so lästerst?

Vierte Wäscherin: Und wer hat deinem Mund erlaubt, mir Ratschläge zu geben?

Zweite Wäscherin: Ruhe!

Erste Wäscherin: Ich möchte diese Tuschelzungen auf eine Stricknadel spießen.

Zweite Wäscherin: Ruhe!

Vierte Wäscherin: Und ich die Brust der Heuchlerinnen!

Zweite Wäscherin: Ruhe! Siehst du nicht, daß die Schwägerinnen daherkommen?

Murmeln. Yermas zwei Schwägerinnen kommen. Sie tragen Trauer. Inmitten absoluter Stille fangen sie an zu waschen. Dann hört man die Glöckchen der Herden.

Erste Wäscherin: Sind die Schafhirten schon unterwegs?

Dritte Wäscherin: Ja, jetzt kommen alle Herden.

Vierte Wäscherin *einatmend:* Ich habe den Geruch der Schafe gern.

Dritte Wäscherin: So?

Vierte Wäscherin: Warum nicht? Jeder liebt seinen eigenen Geruch. Wie ich den Geruch des roten Schlammes liebe, den der Fluß im Winter heranrollt.

DRITTE WÄSCHERIN: Launen.

FÜNFTE WÄSCHERIN *auslugend:* Die Herden sind alle beieinander.

VIERTE WÄSCHERIN: Eine Überschwemmung von Wolle! Sie fegen alles fort. Wenn der grüne Weizen Augen hätte, würde er bei diesem Anblick zittern.

DRITTE WÄSCHERIN: Sieh nur, wie sie laufen! Eine wahre Teufelsschar!

ERSTE WÄSCHERIN: Sie sind alle schon heraus. Keine fehlt.

VIERTE WÄSCHERIN: Mal sehen ... nein ... eine fehlt.

FÜNFTE WÄSCHERIN: Welche?

VIERTE WÄSCHERIN: Victors. *Die beiden Schwägerinnen richten sich auf und schauen hin.*

Ich wasche im kalten
Bache dein Band.
Dein Lachen blüht auf
wie glühnder Jasmin.
Ich möchte wohl leben
im winzigen Schneefeld
dieses süßen Jasmins.

ERSTE WÄSCHERIN: Ach, Frau ohne Kinder!
Ach, versandete Brüste!

FÜNFTE WÄSCHERIN:

Sag, ob dein Mann
seine Quelle noch hat,
daß die Wasser dein Hemd
freudig umsingen!

VIERTE WÄSCHERIN:

Dein Hemd ist ein Schiff
aus Silber – und Wind
an den Ufern des Flusses.

ERSTE WÄSCHERIN:

Ich wasche die Wäsche
meines Kindchens am Ufer;
sie erteile dem Wasser
kristallene Lehren.

ZWEITE WÄSCHERIN:

Mein Mann kommt vom Berge
herab um zu essen.
Eine Rose gibt er mir,
ich gebe ihm drei.

FÜNFTE WÄSCHERIN:

Zum Abendbrot kommt
mein Mann von den Fluren.
Die Glut, die er mitbringt,
bedeck ich mit Myrten.

VIERTE WÄSCHERIN:

Durch den Abendwind kommt
mein Mann, um zu schlafen.
Ich – rote Levkojen,
er – rote Levkoje.

ERSTE WÄSCHERIN:

Und Blume werde an Blume gedrängt,
wenn der Sommer das Blut der Schnitter
[versengt.

VIERTE WÄSCHERIN:

Wir öffnen den Leib
den schlaflosen Vögeln,
wenn zitternd der Winter
pocht an die Pforte!

ERSTE WÄSCHERIN:

Wir seufzen ins Bettuch.

VIERTE WÄSCHERIN:

Doch wollen wir singen!

FÜNFTE WÄSCHERIN:

Wenn der Mann uns den Kranz
mitbringt und Brot.

VIERTE WÄSCHERIN:

Weil die Arme sich schlingen.

ZWEITE WÄSCHERIN:

Weil uns das Licht
in der Kehle zerbricht.

VIERTE WÄSCHERIN:

Weil die Stiele der Zweige
im Safte nun stehn.

ERSTE WÄSCHERIN:

Und die Zelte des Windes
die Berge verhüllen.

SECHSTE WÄSCHERIN *oben am Bach auftauchend:*

Daß ein Kindlein des Dämmers
steife Kristalle zerschmelze.

ERSTE WÄSCHERIN:

Unser Leib hat gewaltges
Korallengezweige.

SECHSTE WÄSCHERIN:

Damit sich die Ruderer
auf den Meerwogen tummeln.

ERSTE WÄSCHERIN:

Ein Kindchen, ein Kindchen.

ZWEITE WÄSCHERIN:

Und es öffnen die Tauben
Schnabel und Flügel.

DRITTE WÄSCHERIN:

Ein Kindchen, ein Söhnchen,
das seufzet und stöhnt.

VIERTE WÄSCHERIN:

Und es nahn sich die Männer
wie verwundete Hirsche.

FÜNFTE WÄSCHERIN:

Es rundet, o Freude,
unterm Hemd sich der Leib!

ZWEITE WÄSCHERIN:

O Freude des Nabels,
des Kelchs aller Wunder!

ERSTE WÄSCHERIN:

Ach, Frau ohne Kinder!
Ach, versandete Brüste!

DRITTE WÄSCHERIN:

Erstrahle!

VIERTE WÄSCHERIN:

Und renne!

FÜNFTE WÄSCHERIN:

Strahl wieder!

ERSTE WÄSCHERIN:

Und singe!

ZWEITE WÄSCHERIN:

Verbirg dich!

ERSTE WÄSCHERIN:

Sing wieder!

SECHSTE WÄSCHERIN:

Das Morgenrot trägt
mein Kind in der Schürze.

ZWEITE WÄSCHERIN *und alle im Chor:*

Ich wasche im kalten
Bache dein Band.
Dein Lachen blüht auf
wie glühnder Jasmin.
Ha – ha!

Sie schwenken die Wäsche im Rhythmus und klopfen sie.

Vorhang

Zweites Bild

Yermas Haus. Es dämmert allmählich. Juan sitzt. Die beiden Schwägerinnen stehen.

JUAN: Sagtest du nicht, sie sei gerade fortgegangen? *Die ältere Schwester nickt mit dem Kopf.* Sie wird wohl am Brunnen sein. Aber ihr wißt doch, daß ich es nicht leiden kann, wenn sie allein fortgeht. *Pause.* Du kannst den Tisch decken. *Die jüngere Schwester ab.* Das Brot, das ich esse, habe ich mir sauer verdient. *Zu seiner Schwester:* Ich habe gestern einen harten Tag gehabt. Ich habe die Apfelbäume beschnitten, und als es dunkel wurde, dachte ich darüber nach, warum ich mich wohl so sehr mit der Arbeit plage, wenn ich mir nicht einmal einen Apfel gönnen darf. Ich habe es satt. *Streicht sich mit der Hand über das Gesicht. Pause.* Die kommt nicht ... Eine von euch sollte sie immer begleiten, denn dazu seid ihr ja da und eßt an meinem Tisch und trinkt meinen Wein. Mein Leben ist auf den Feldern, aber meine Ehre ist hier. Und meine Ehre ist auch die eure. *Die Schwester senkt den Kopf.* Nimm es mir nicht übel. *Yerma tritt mit zwei Wasserkrügen – cántaros – ein. Sie bleibt in der Tür stehen.* Kommst du vom Brunnen?

YERMA: Damit wir frisches Wasser zum Essen haben. *Die andere Schwester kommt.* Wie sieht es auf den Feldern aus?

JUAN: Ich habe gestern die Apfelbäume beschnitten.

Yerma stellt die Wasserkrüge ab. Pause.

YERMA: Bleibst du da?

JUAN: Ich muß nach den Herden sehen. Du weißt, das ist die Arbeit des Patrons.

YERMA: Das weiß ich sehr gut. Du brauchst es mir nicht zu wiederholen.

JUAN: Jeder Mann lebt sein Leben.

YERMA: Und jede Frau das ihre. Ich verlange nicht von dir, daß du dableibst. Ich habe hier alles, was ich brauche. Deine Schwestern passen gut auf mich auf. Für mich, hier, frisches Brot, Quark und Lammbraten; für deine Herden auf dem Berge – taubesprühte Weide. Ich glaube, du kannst in Frieden leben.

JUAN: Um in Frieden zu leben, muß man ruhig sein.

YERMA: Und du bist nicht ruhig.

JUAN: Ich bin nicht ruhig.

YERMA: Laß die Hintergedanken.

JUAN: Kennst du denn nicht meine Art und Weise? Die Schafe

in der Hürde – die Frauen im Haus. Du gehst zu oft fort. Habe ich dir das nicht häufig genug gesagt?

YERMA: Natürlich. Die Frauen im Haus. Wenn die Häuser keine Gräber sind. Wenn die Stühle durch den Gebrauch brüchig werden und die Bettücher verschleißen. Aber nicht hier. Jeden Abend, wenn ich mich schlafen lege, finde ich mein Bett neuer, leuchtender; wie wenn es kürzlich aus der Stadt geschickt worden wäre.

JUAN: Du siehst also ein, daß ich recht habe, mich zu beklagen. Daß ich Gründe habe, wachsam zu sein.

YERMA: Wachsam? Warum? Ich trete dir nicht zunahe. Ich lebe ergeben für dich und was ich leide, verberge ich in meinem tiefsten Innern. Und jeden Tag geht es mir schlechter. Und es wird mit jedem Tage schlimmer. Ich werde mein Kreuz, so gut ich kann, zu tragen wissen, aber frage mich nach nichts. Wenn ich sofort eine alte Frau werden könnte, mit einem Munde wie eine zerquetschte Blüte, dann würde ich dir zulächeln und das Leben mit dir teilen. Aber jetzt laß mich allein mit meinem nagenden Kummer.

JUAN: Du sprichst in einer Art, die ich nicht verstehe. Ich enthalte dir nichts vor. Ich lasse dir aus den benachbarten Dörfern kommen, was dir gefällt. Ich habe meine Fehler, aber ich will ruhig und friedlich mit dir leben. Ich will draußen schlafen und denken können, daß auch du schläfst.

YERMA: Aber ich schlafe nicht, ich kann nicht schlafen.

JUAN: Fehlt dir etwas? Sag es mir doch. Antworte!

YERMA *absichtlich betonend und ihren Mann unverwandt anblickend:* Ja, es fehlt mir etwas. *Pause.*

JUAN: Immer dasselbe. Seit mehr schon als fünf Jahren. Ich vergesse es fast.

YERMA: Aber ich bin nicht du. Die Männer führen ein anderes Leben – das Vieh, die Bäume, die Unterhaltungen. Wir Frauen haben nichts als die Kinder und die Sorge um sie.

JUAN: Die Menschen sind nicht alle gleich. Warum holst du nicht ein Kind deines Bruders? Ich habe nichts dagegen.

YERMA: Ich will nicht die Kinder anderer aufziehen. Ich könnte mir vorstellen, daß meine Arme zu Eis würden, wenn ich sie darin hielte.

JUAN: Mit diesen kranken Gedanken lebst du ohne Vernunft, ohne an deine Pflichten zu denken, und hartnäckig stößt du deinen Kopf an einen Felsen.

YERMA: Felsen – das ist schändlich, daß ein Felsen sein soll, was ein Blumenkorb sein könnte und süßes Wasser.

JUAN: An deiner Seite spürt man nur Unruhe und Erregung. Schließlich mußt du doch verzichten.

YERMA: Ich bin in diese vier Wände gekommen, um nicht zu verzichten. Wenn mein Kopf mit einem Tuch umwunden ist, damit mein Mund sich nicht öffnet, wenn meine Hände im Sarg fest verschränkt sind, dann, in der Stunde, werde ich verzichten.

JUAN: Also, was willst du tun?

YERMA: Ich will Wasser trinken, aber es gibt kein Glas und kein Wasser. Ich will auf den Berg steigen, aber ich habe keine Füße. Ich will meine Röcke besticken, aber ich finde kein Garn.

JUAN: Ich will dir sagen, was ist: du bist keine wirkliche Frau und suchst den Ruin eines willensschwachen Mannes.

YERMA: Ich weiß nicht, wer ich bin. Laß mich fort und aufatmen. Ich habe mich nicht im geringsten gegen dich vergangen.

JUAN: Ich mag nicht, daß die Leute auf mich zeigen. Darum wünsche ich, daß die Tür geschlossen und jeder im Hause bleibt.

Die erste Schwester kommt langsam und nähert sich einem Wandschrank.

YERMA: Mit den Leuten plaudern ist keine Sünde.

JUAN: Aber es kann so aussehen.

Die andere Schwester tritt ein und geht auf die Wasserkrüge zu, aus denen sie eine Kanne füllt.

JUAN *leiser:* Ich kann es nicht ertragen. Wenn sie mit dir sprechen, halte den Mund und bedenke, daß du eine verheiratete Frau bist!

YERMA *erstaunt:* Verheiratet!

JUAN: Und daß die Familien eine Ehre haben – eine Verpflichtung, die sich auf alle verteilt. *Die Schwester mit der Kanne langsam ab.* Aber die verborgen und unmerklich in den Adern unsres Blutes wohnt. *Die andere Schwester geht in fast prozessionsähnlicher Weise mit einer Schüssel hinaus. Pause.* Verzeih mir. *Yerma sieht ihren Mann scharf an; dieser hebt den Kopf und kreuzt ihren Blick.* Obwohl du mich derartig anschaust, daß ich dir nicht sagen sollte: Verzeih mir – sondern dich zähmen, einschließen: denn ich bin dein Mann. *Beide Schwestern erscheinen in der Tür.*

YERMA: Bitte, sei still. Laß die Angelegenheit. *Pause.*

JUAN: Wir wollen essen. *Die Schwestern ab.* Hast du gehört?

YERMA *sanft:* Iß du mit deinen Schwestern. Ich habe noch keinen Hunger.

JUAN: Wie du willst. *Geht hinein.*

YERMA *wie wenn sie träume:*

Ach, welche Weide der Pein!
Der Schönheit Pforte geschlossen!
Denn es hungert mich nach den Schmerzen
der Gebärerin, doch bieten die Lüfte
statt eines Sohnes die Dahlien
des schlafenden Mondes mir an.
Der laulichen Milch beide Borne
sind zwei Schläge von Pferdehufen,
die den Zweig meiner Angst im Dickicht
meines Fleisches erzittern lassen.
Mein Gewand birgt erblindende Brüste!
O trübe, auglose Tauben!
Mit giftigen Wespenstacheln
zersticht meinen Nacken die Folter
des eingekerkerten Blutes!
Doch du kommst, mein Herzblatt, mein Kindchen,

denn das Wasser gibt Salz, und die Erde
trägt Früchte, und liebliche Kinder
hegt unser Schoß – wie die Wolke
erquickenden Regen herbeiträgt.

Sie sieht zur Türe. Maria! Warum gehst du so schnell an meiner Tür vorbei?

MARIA *tritt ein mit einem Kind auf dem Arm:* Ich tu das, wenn ich mit dem Kinde gehe, weil ... du weinst, wie immer!

YERMA: Du hast recht. *Nimmt das Kind und setzt sich.*

MARIA: Es stimmt mich traurig, daß du mich beneidest.

YERMA: Es ist kein Neid; es ist Armut.

MARIA: Beklage dich nicht.

YERMA: Wie sollte ich mich nicht beklagen, wenn ich dich und die anderen Frauen sehe, im Innersten voll Blumen, und wenn ich mich sehe, so unnütz inmitten aller Schönheit!

MARIA: Aber du hast andere Dinge. Wenn du auf mich hörtest, könntest du glücklich sein.

YERMA: Die Bäurin, die keine Kinder gebiert, ist unnütz wie eine Handvoll Dornbüschel, ja schlecht, wiewohl auch ich von dem Abfall bin, den Gott aus seiner Hand fallen ließ. *Maria macht eine Bewegung, wie wenn sie das Kind nehmen wolle.* Nimm es, bei dir ist es zufriedener. Ich muß wohl keine Mutterhände haben.

MARIA: Warum sagst du mir das?

YERMA *erhebt sich:* Weil ich es satt bin. Weil ich es satt bin, sie zu haben und nicht mit ihnen umgehen zu können wie mit meinen eigenen. Weil ich beleidigt bin, beleidigt und gedemütigt bis ins tiefste, wenn ich sehe, daß der Weizen sprießt, daß den Quellen Wasser entspringt und immer wieder Wasser, und daß die Schafe Hunderte von Lämmern gebären, und die Hündinnen werfen, und weil es scheint, daß das ganze Land aufsteht, um mir seine zarten schläfrigen Geschöpfe zu zeigen, während ich hier zwei Hammerschläge verspüre statt meines Kindes Mund.

MARIA: Es gefällt mir nicht, was du da sagst.

YERMA: Ihr Frauen mit Kindern könnt nicht an uns denken, an uns kinderlose. Ihr bleibt frisch, unwissend, wie der, der im Süßwasser schwimmt, nicht weiß, was Durst ist.

MARIA: Ich will dir nicht wiederholen, was ich dir stets predige.

YERMA: Meine Wünsche wachsen immer mehr, und meine Hoffnungen werden immer kleiner.

MARIA: Das ist übel.

YERMA: Schließlich glaube ich noch, daß ich mein eigenes Kind bin. An vielen Abenden gehe ich hinunter und füttere die Rinder, was ich früher nie tat, denn keine Frau tut es, und wenn ich im Dunkeln durch den dunklen Schuppen gehe, dann hallen meine Schritte wie Männerschritte.

MARIA: Jedes Geschöpf nach seiner Art.

YERMA: Trotz allem – hab mich weiter lieb. Du siehst ja, wie ich lebe.

MARIA: Und deine Schwägerinnen?

YERMA: Du sollst mich tot und ohne Leichentuch sehen, wenn ich je ein Wort an sie richte!

MARIA: Und dein Mann?

YERMA: Drei gegen mich!

MARIA: Was denken sie?

YERMA: Hirngespinste. Leute, die kein reines Gewissen haben. Die glauben, mir könnte ein andrer Mann gefallen, und nicht sehen, daß Menschen meines Schlages die Ehre über alles geht – selbst wenn er mir gefiele. Sie sind Steine auf meinem Weg. Aber sie wissen nicht, daß ich, wenn ich will, Stromschnelle sein kann, die sie hinwegspült. *Eine Schwester kommt und geht mit einem Brot wieder hinaus.*

MARIA: Aber ich glaube ganz gewiß, daß dein Mann dich immer liebt.

YERMA: Mein Mann gibt mir Haus und Brot.

MARIA: Was für Nöte mußt du ausstehn, was für Nöte! Aber denk an die Wunden Unseres Herrn. *Sie stehen bei der Tür.*

YERMA *betrachtet das Kind:* Jetzt ist es erwacht.

MARIA: Bald wird es anfangen zu krähen.

YERMA: Dieselben Augen wie du, hast du das gewußt? Hast du sie gesehen? *Weinend:* Es hat dieselben Augen wie du!

Yerma stößt Maria sanft an, und diese geht stillschweigend hinaus. Yerma tritt auf die Türe zu, durch die ihr Mann hineingegangen ist.

ZWEITES MÄDCHEN *bei der Türe:* Sssst!

YERMA *dreht sich um:* Was?

ZWEITES MÄDCHEN: Ich habe auf ihr Fortgehen gelauert. Meine Mutter erwartet dich.

YERMA: Ist sie allein?

ZWEITES MÄDCHEN: Mit zwei Nachbarinnen.

YERMA: Sag ihnen, sie möchten sich etwas gedulden.

ZWEITES MÄDCHEN: Aber kommst du auch? Hast du keine Furcht?

YERMA: Ich komme.

ZWEITES MÄDCHEN: Das ist deine Sache!

YERMA: Man soll auf mich warten, auch wenn es spät wird.

Victor tritt ein.

VICTOR: Ist Juan da?

YERMA: Ja.

ZWEITES MÄDCHEN *im Einverständnis mit Yerma, verhohlen:* Dann bringe ich die Bluse nachher.

YERMA: Wann du willst. *Das Mädchen geht fort.* Setz dich.

VICTOR: Ich kann ebensogut stehen.

YERMA *ruft:* Juan!

VICTOR: Ich komme, um mich zu verabschieden. *Erschauert leicht, faßt sich aber wieder.*

YERMA: Gehst du mit deinen Brüdern?

VICTOR: Mein Vater will es so.

YERMA: Er muß schon alt sein.

VICTOR: Ja. Sehr alt.

Pause.

YERMA: Du tust gut daran, die Gegend zu wechseln.

VICTOR: Alle Gegenden sind gleich.

YERMA: Nein. Ich würde weit fortgehen.

VICTOR: Es ist alles dasselbe. Dieselben Schafe haben dieselbe Wolle.

YERMA: Für die Männer, ja! Aber wir Frauen sind anders. Ich habe noch nie einen Mann beim Essen sagen hören: Wie gut sind diese Äpfel! Ihr nehmt euch das Eurige, ohne auf Feinheiten achtzugeben. Von mir kann ich nur sagen: ich verabscheue das Wasser dieser Brunnen.

VICTOR: Möglich.

Die Szene liegt in einem zarten Halbschatten.

YERMA: Victor.

VICTOR: Sprich.

YERMA: Warum gehst du? Die Leute hier schätzen dich.

VICTOR: Ich habe mich gut verhalten. *Pause.*

YERMA: Du hast dich gut verhalten. Als du noch ein junger Bursche warst, hast du mich einmal auf die Arme genommen, erinnerst du dich nicht mehr? Man weiß nie, was geschehen wird.

VICTOR: Alles ändert sich.

YERMA: Einige Dinge ändern sich nicht. Es gibt Dinge, die hinter den Wänden eingesperrt sind und die sich nicht ändern können, weil niemand sie hört.

VICTOR: So ist es.

Die zweite Schwester kommt und geht langsam auf die Tür zu, wo sie stehenbleibt, beleuchtet vom letzten Schein der Abendsonne.

YERMA: Aber wenn sie plötzlich herauskämen und schrieen, so würden sie das All erfüllen.

VICTOR: Damit würde nichts erreicht. Der Rieselgraben an seinen Ort, die Herde in die Hürde, der Mond an den Himmel, der Mann an seinen Pflug.

YERMA: Welcher Jammer, die Lehren der Alten nicht richtig verstehen zu können!

Man hört den gedehnten und melancholischen Klang der Hirtenmuschelhörner[1].

1. Muschel des Tritonshornes

VICTOR: Die Herden.

JUAN *kommt:* Gehst du schon?

VICTOR: Ich will noch vor Tagesanbruch über den Paß.

JUAN: Hast du etwas gegen mich vorzubringen?

VICTOR: Nein. Du hast gut gezahlt.

JUAN *zu Yerma:* Ich habe ihm die Herden abgekauft.

YERMA: So?

VICTOR *zu Yerma:* Sie gehören dir.

YERMA: Das habe ich nicht gewußt.

JUAN *zufrieden:* So ist es.

VICTOR: Dein Mann will Reichtümer auf seinem Hof häufen.

YERMA: Die Frucht fällt in die Hände des Schaffenden, der sie sucht. *Die Schwester, die an der Tür steht, geht ins Hausinnere.*

JUAN: Wir haben bald keinen Platz mehr für so viele Schafe.

YERMA *schwermütig:* Die Welt ist groß. *Pause.*

JUAN: Wir wollen zusammen bis zum Fluß gehen.

VICTOR: Ich wünsche diesem Hause das höchste Glück. *Reicht Yerma die Hand.*

YERMA: Möge dich Gott erhören! Salud!

Victor geht, sieht sich aber bei einer unbemerklichen Regung Yermas wieder um.

VICTOR: Hast du etwas gesagt?

YERMA *dramatisch:* Ich sagte: Salud!

VICTOR: Danke. *Ab. Yerma bleibt voller Angst und betrachtet die Hand, die sie Victor gegeben hat. Sie geht dann rasch nach links und rafft ein Umhangtuch.*

ZWEITES MÄDCHEN *bedeckt ihr schweigend den Kopf:* Gehen wir.

YERMA: Gehen wir. *Sie entfernen sich insgeheim.*

Die Szene liegt fast im Dunkeln. Die erste Schwester kommt mit einer Kerze, die nur ihr eignes, natürliches Licht auf die Bühne wirft. Es darf nicht anders beleuchtet werden. Sie geht bis ans Ende des Zimmers und sucht Yerma. Die Muschelhörner tönen.

ERSTE SCHWÄGERIN *leise:* Yerma!

Die zweite Schwester kommt. Beide schauen sich an und gehen auf die Tür zu.

ZWEITE SCHWÄGERIN *lauter:* Yerma!

ERSTE SCHWÄGERIN *sich der Tür nähernd, mit herrischer Stimme:* Yerma!

Man hört die Muschel- und die andren Hörner der Hirten. Die Bühne ist völlig in Finsternis gehüllt.

Vorhang

DRITTER AKT

Erstes Bild

Haus der Geisterbeschwörerin Dolores. Es beginnt zu tagen. Yerma, Dolores und zwei Alte kommen.

DOLORES: Du bist mutig gewesen.

ERSTE ALTE: Nichts auf der Welt hat größere Kraft als der Wunsch.

ZWEITE ALTE: Aber der Friedhof war zu dunkel.

DOLORES: Ich habe auf dem Friedhof oft diese Gebete verrichtet, mit Frauen, die sich Kinder wünschten, und alle zitterten vor Angst. Alle außer dir.

YERMA: Ich bin wegen des Erfolges zu dir gekommen. Ich glaube, daß du keine Betrügerin bist.

DOLORES: Nein. Mein Mund möge sich mit Ameisen füllen wie der Mund der Toten, wenn ich je gelogen habe. Das letzte Mal betete ich mit einer Bettlerin, die länger unfruchtbar war als du, und ihr Leib erweichte sich so wunderbar, daß sie weiter unten am Fluß zwei Kinder gebar, weil sie nicht einmal Zeit hatte, bis zu den ersten Häusern zu gelangen, und sie selbst brachte mir die Kinder in einer Windel, damit ich sie versorgen sollte.

YERMA: Konnte sie trotzdem noch zu Fuß vom Flusse hierher gehen?

DOLORES: Sie kam. Schuhe und Röcke troffen von Blut... aber mit strahlendem Antlitz.

YERMA: Und es ist ihr nichts zugestoßen?

DOLORES: Was sollte ihr zustoßen? Gott ist Gott.

YERMA: Selbstverständlich. Gott ist Gott. Es konnte ihr nichts zustoßen. Die Kinder packen und sie im fließenden Wasser waschen. Die Tiere lecken sie, nicht wahr? Das würde mich bei meinem Sohn nicht ekeln. Ich glaube, daß die eben Mütter gewordenen von innen wie erleuchtet sein müssen; die Kinder schlafen Stunden um Stunden auf ihnen und hören den Bach der warmen Milch, die ihren Müttern die Brüste füllt, damit sie säugen und spielen, bis sie nicht mehr können und den Kopf wegwenden: »Noch ein bißchen mehr, Kindchen ...« – und bis weiße Tröpfchen über Gesicht und Brust perlen.

DOLORES: Du wirst nun einen Sohn bekommen. Das kann ich dir versichern.

YERMA: Ich werde ihn haben, weil ich ihn haben muß. Oder ich verstehe die Welt nicht. Manchmal, wenn ich denke, daß ich nie, nie ... wallt mir etwas wie eine Feuerwelle von den Füßen empor, und alles ist für mich hohl – die Männer auf der Straße, die Stiere und die Steine kommen mir vor wie aus Stoff gemacht. Und ich frage mich: Wozu sind die hier?

ERSTE ALTE: Es ist gut, wenn eine Frau Kinder haben will, aber wenn sie keine bekommt, warum sehnt sie sich dann nach ihnen? Auf dieser Welt ist es wichtig, sich von den Jahren treiben zu lassen. Ich bemäkele dich nicht. Du hast ja gesehen, wie ich dir beim Beten geholfen habe. Aber, welche fruchtbaren Ländereien hoffst du deinem Sohne geben zu können, welches Glück – vielleicht gar silberne Sessel?

YERMA: Ich denke nicht an morgen, ich denke an heute. Du bist schon alt und kennst die Dinge wie ein gelesenes Buch.

Ich denke, daß ich Durst habe und keine Freiheit. Ich will meinen Sohn in den Armen halten, damit ich ruhig schlafen kann und, höre zu und entsetze dich nicht über das, was ich dir sage: auch wenn ich wüßte, daß mein Sohn mich später quälen, mich hassen, mich an den Haaren durch die Straßen schleifen würde – ich würde ihn freudig gebären, denn es ist viel besser, über einen lebenden Menschen zu weinen, der uns martert, als über das Trugbild, das Jahr um Jahr auf meinem Herzen hockt.

ERSTE ALTE: Du bist zu jung, um Rat anzunehmen. Aber während du die Gnade Gottes erwartest, mußt du deine Zuflucht zur Liebe deines Mannes nehmen.

YERMA: Ach, du hast den Finger in die tiefste Wunde meines Fleisches gelegt.

DOLORES: Dein Mann ist gut.

YERMA *steht auf:* Er ist gut! Gut! Was weiter? Ich wünschte, er wäre schlecht. Aber nein. Er zieht mit seinen Schafen seines Weges und nachts zählt er das Geld. Wenn er mit mir schläft, erfüllt er eine seiner Pflichten, aber ich fühle, daß seine Lende kalt ist, als ob er ein Leichnam sei, und ich möchte in jenen Augenblicken zu einem Feuerberg werden, obwohl die heißblütigen Frauen mir immer widerwärtig gewesen sind.

DOLORES: Yerma!

YERMA: Ich bin keine schamlose Frau: aber ich weiß, daß die Kinder von Mann und Frau erzeugt werden. Ach, wenn ich sie ins Leben rufen könnte!

DOLORES: Bedenke, daß auch dein Mann leidet.

YERMA: Er leidet nicht. Er wünscht keine Kinder.

DOLORES: Das darfst du nicht sagen!

YERMA: Ich sehe es an seinem Blick, und weil er keine ersehnt, macht er mir keine. Ich liebe ihn nicht, ich liebe ihn nicht, und dennoch ist er meine einzige Rettung. Wegen Ehre und Blut. Meine einzige Rettung.

ERSTE ALTE *furchtsam:* Bald bricht der Tag an. Du mußt heimgehen.

DOLORES: Die Herden können jeden Augenblick vorbeigetrieben werden, und es ist nicht gut, wenn man dich allein sieht.

YERMA: Ich brauchte diese Aussprache. Wievielmal muß ich die Gebete wiederholen?

DOLORES: Das Lorbeergebet zweimal, und mittags das Gebet der Heiligen Anna. Wenn du dich schwanger fühlst, so bring mir den Scheffel Weizen, den du mir versprochen hast.

ERSTE ALTE: Über den Bergen wird es schon hell. Geh.

DOLORES: Da gleich die Stalltüren geöffnet werden, machst du einen Umweg um den Kanal.

YERMA *kleinmütig:* Ich weiß nicht, warum ich gekommen bin!

DOLORES: Reut es dich?

YERMA: Nein!

DOLORES *beunruhigt:* Wenn du dich fürchtest, begleite ich dich bis zur Ecke.

ERSTE ALTE *unruhig:* Es wird bereits hell sein, wenn du zuhause ankommst. *Man hört Stimmen.*

DOLORES: Schweig! *Sie lauschen.*

ERSTE ALTE: Niemand. Geh mit Gott.

Yerma geht auf die Tür zu und wird in diesem Augenblick von draußen gerufen. Die drei Frauen bleiben reglos stehen.

DOLORES: Wer ist da?

STIMME: Ich.

YERMA: Öffne. *Dolores ist unschlüssig.* Öffnest du oder nicht? *Man hört Gemurmel. Juan kommt mit den beiden Schwestern.*

ZWEITE SCHWÄGERIN: Hier ist sie.

YERMA: Hier bin ich.

JUAN: Was tust du hier? Wenn ich schreien könnte, würde ich das ganze Dorf aufwecken, damit es sähe, wohin es mit der Ehre meines Hauses gekommen ist: aber ich muß alles herunterwürgen und schweigen, weil du mein Weib bist.

YERMA: Wenn auch ich schreien könnte, so würde ich schreien, daß selbst die Toten aufführen und sähen, daß mich kein Makel befleckt.

JUAN: Nein, das nicht! Ich ertrage alles, nur das nicht! Du betrügst mich, du hintergehst mich, und weil ich ein Bauer bin, der seinen Acker pflügt, habe ich keine Ahnung von deinen Tücken.

DOLORES: Juan!

JUAN: Ihr haltet den Mund!

DOLORES *heftig:* Deine Frau hat nichts Böses getan.

JUAN: Das tut sie seit dem Tage unsrer Hochzeit. Sie starrt mich mit zwei Nadeln an, sie verbringt die Nächte wach, mit offenen Augen an meiner Seite, sie füllt meine Kissen mit bösen Seufzern.

YERMA: Schweig!

JUAN: Ich kann nicht mehr. Denn man muß schon aus Bronze sein, um an der Seite einer Frau zu leben, die einem die Finger ins Herz drückt und nachts aus dem Hause geht ... auf der Suche nach was? Sprich, nach was? Die Straßen sind voll von Männern. In den Straßen gibt es keine Blumen zu pflücken.

YERMA: Kein Wort mehr. Kein einziges Wort. Du und deine Sippe bildet euch ein, daß ihr die einzigen seid, die Ehre und Tugend besitzen – und ihr wißt nicht, daß meine Familie niemals etwas zu verbergen hatte. Komm. Komm näher, beschnüffle meine Kleider, komm her! Ob du wohl einen Geruch finden wirst, der nicht der deine ist! Nicht der deines Körpers. Stelle mich nackt auf den Markt und bespeie mich. Mach, was du willst mit mir, denn ich bin dein Weib, aber hüte dich, Männernamen auf meine Brust zu schreiben!

JUAN: Nicht ich schreibe sie, du selbst tust es mit deinem Betragen, und die Leute fangen an davon zu sprechen. Wenn ich an ein paar Leute herantrete, die zusammenstehen, so schweigen sie plötzlich; wenn ich komme, um das Mehl abzuwiegen, so schweigen alle; und selbst nachts, auf den Feldern, scheint es mir, daß die Zweige der Bäume schweigen, wenn ich wach bin.

YERMA: Ich weiß nicht, woher die widrigen Winde kommen, die den Weizen durchwühlen. Sieh selbst nach, ob der Weizen gut ist!

JUAN: Noch weiß ich, was eine Frau zu allen Stunden außerhalb ihres Daches sucht.

YERMA *in einer Aufwallung an ihren Mann sich klammernd:* Dich suche ich, dich. Dich, dich, Tag und Nacht, ohne Rast, ohne Atem. Dein Blut, deine Hilfe suche ich.

JUAN: Geh mir aus dem Weg!

YERMA: Stoß mich nicht fort, umarme mich, hab mich lieb.

JUAN: Loslassen!

YERMA: Sieh, wie ich allein bin. Wie wenn der Mond sich selbst am Himmel suchte. Sieh mich an! *Sie sieht ihn an.*

JUAN *sieht sie an und stößt sie brüsk fort:* Laß mich ein für allemal in Ruhe!

DOLORES: Juan!

Yerma fällt zu Boden.

YERMA *laut:* Als ich mir Nelken pflücken wollte, stieß ich an eine Mauer. Ach! Ach! Das ist die Mauer, an der ich meinen Kopf zerschmettern werde.

JUAN: Schweig. Wir wollen gehen.

DOLORES: Mein Gott!

YERMA *schreiend:* Verflucht sei mein Vater, der mir das Blut eines Vaters von hundert Söhnen vererbte! Verflucht sei mein Blut, das sie sucht und an die Wände klopft!

JUAN: Schweig, habe ich gesagt!

DOLORES: Es kommen Leute! Sprich leise.

YERMA: Das ist mir gleichgültig. Wenigstens will ich die Freiheit meiner Stimme haben, jetzt, wo ich in die tiefste Tiefe des Brunnens hinabsteige. *Steht auf.* Wenigstens dieses Herrliche laßt aus meinem Körper hinausdringen und den Äther erfüllen! *Man hört Stimmen.*

DOLORES: Sie werden hier vorbeikommen.

JUAN: Schweigt.

YERMA: Das! Das ists ja! Schweigen! Nur unbesorgt!

JUAN: Gehen wir. Schnell!

YERMA: Es ist aus! Es ist aus! Und unnütz, die Hände zu ringen! Eines ist, mit dem Kopf lieben ...

JUAN: Schweig!!

YERMA *leise:* Eines ist, mit dem Kopf lieben – und das andere ist, daß uns der Leib nicht gehorcht – verflucht sei der Leib! Das steht fest, und ich will nicht mit den Wassern der Meere Leib an Leib kämpfen. Es ist aus! Mein Mund soll verstummen! *Ab.*

Vorhang

Zweites Bild

Umgebung einer Einsiedelei mitten in den Bergen. Im Vordergrund Karrenräder und Umhängtücher, die ein ländliches Zelt bilden, in dem sich Yerma aufhält. Die Frauen gehen mit Opfergaben in die Einsiedelei. Sie sind barfüßig. In dieser Szene tritt die Alte des ersten Aktes auf.

LIED *hinter dem Vorhang:*

Als du noch ledig warst,
sah ich dich nicht,
doch wenn du vermählt bist,
werd ich dich finden.
Dann zieh ich dich aus,
Ehfrau und Pilgerin,
wenn in der Nacht
zwölfmal die Uhr schlägt.

ALTE *hämisch:* Nun, habt ihr schon vom heiligen Wasser getrunken?

ERSTE FRAU: Ja.

ALTE: Und jetzt wollt ihr den da besuchen ...

ERSTE FRAU: Wir glauben an ihn.

ALTE: Ihr kommt, um vom Heiligen Kinder zu erbitten – und jedes Jahr gibt es immer mehr Männer bei dieser Wallfahrt ... Was bedeutet das wohl? *Sie lacht.*

ERSTE FRAU: Warum kommst du hierher, wenn du nicht glaubst?

ALTE: Um zuzuschauen. Es belustigt mich. Und um auf meinen Sohn zu achten. Voriges Jahr brachten sich zwei Männer wegen einer Wallfahrerin um. Und im übrigen bin ich da, weil ich da bin.

ERSTE FRAU: Möge dir Gott vergeben.

Sie gehen hinein.

ALTE *sarkastisch:* Er vergebe dir! *Ab.*

Maria kommt mit dem ersten Mädchen.

ERSTES MÄDCHEN: Und ist sie mitgegangen?

MARIA: Dort ist der Karren. Ich habe viele Mühe mit ihnen gehabt, bis sie sich dazu entschlossen. Sie hat einen Monat im Lehnstuhl gesessen ohne aufzustehen. Ich habe Angst vor ihr. Sie muß einen Gedanken haben, ich weiß nicht, was für einen, aber gewiß einen düsteren.

ERSTES MÄDCHEN: Ich habe meine Schwester begleitet. Sie kommt schon das achte Jahr fruchtlos hierher.

MARIA: Kinder hat, wer sie haben soll.

ERSTES MÄDCHEN: Das sage auch ich immer. *Man hört Stimmen.*

MARIA: Diese Wallfahrt hat mir nie gefallen. Wir wollen zu den Höfen gehen, wo doch Menschen sind.

ERSTES MÄDCHEN: Voriges Jahr, als es dunkel wurde, griffen ein paar Burschen nach den Brüsten meiner Schwester.

MARIA: Auf vier Meilen in der Runde hört man nur unflätige Worte.

ERSTES MÄDCHEN: Ich habe mehr als vierzig Weinfässer hinter der Einsiedelei gesehen.

MARIA: Ein Strom von Männern stürzt sich von diesen Bergen herab.

Ab. Man vernimmt Stimmen. Yerma kommt mit sechs Frauen. Sie gehen zur Kirche. Sie sind barfüßig und tragen gedrehte Altarkerzen. Es beginnt zu dunkeln.

YERMA: Herr, laß die Rose erblühen,
laß sie nicht dorren im Schatten.

ZWEITE FRAU:

Aus ihrem verwelkenden Fleische
laß die gelbe Rose erblühen.

MARIA: Die dunkele Flamme der Erde
laß lodern im Leib deiner Mägde.

Sie knieen nieder.

ALLE: Herr, laß die Rose erblühen,
laß sie nicht dorren im Schatten.

YERMA: Der Himmel hat herrliche Gärten
mit Rosenbüschen der Freude,
und die Rose des Wunders erblüht,
von Rosenbüschen umringt.
Sie gleicht des Morgenrots Strahl,
und ein Erzengel wacht über sie,
Gewitterstürme die Flügel
und Todeskämpfe die Augen.
Es plätschern um ihre Blätter
die Bächlein der linden Milch
und sie netzen das ruhige Antlitz
der Sterne. Öffne, o Herr,
auf meinem verwelkenden Fleische
den dornigen Busch deiner Rosen.

Sie erheben sich.

ZWEITE FRAU:

Den fiebernden Brand ihrer Wangen
lösche, o Herr, deine Hand.

YERMA: Auf deiner heiligen Wallfahrt,
die Büßerin, Herr, erhöre.
Meines Fleisches Rose erschließe,
und hätte sie tausend Dornen!

CHOR: Herr, laß die Rose erblühen,
laß nicht sie im Schatten verdorren.

YERMA: Die Rose des Wunders! Die Rose
auf meinem verwelkenden Fleische.

Sie gehen hinein.

Von links kommen Mädchen herangelaufen mit langen Bändern in den Händen. Von rechts drei andere, rückwärts schauend. Auf der Szene schwellen Stimmen und Getön von Glöckchen und Glockenschwingern. Die sieben Mädchen erscheinen jetzt weiter oben und schwenken ihre Bänder nach links. Der Lärm wird stärker: es kommen zwei Volksmasken. Eine als Mann, eine als Weib. Die Männliche Maske hat ein Stierhorn in der Hand. Beide tragen große Masken. Sie sind keineswegs grotesk, sondern von erhabener Schönheit und ganz erdhaft. Die Weibliche Maske schüttelt ein Halsband mit großen Glöckchen. Der Hintergrund füllt sich mit Volk an, das schreit und den Tanz kommentiert. Es ist fast Nacht geworden.

KINDER: Der Teufel und seine Frau! Der Teufel und seine Frau!

WEIBLICHE MASKE: Es badete traurig
Im Bergbach die Frau.
Ihre Schenkel umstiegen
die Schnecken der Wellen.
Der Sand an den Ufern,
die Lüfte des Morgens
verliehn ihrem Lachen
feurige Lippen
und zuckende Schultern.
Wie nackend stand, ach,
im Wasser das Weib!

KIND: Ach, wie sie klagte!

ERSTER MANN: Mit Wasser und Winden –
in Liebe verdorrt!

ZWEITER MANN: Wen sie erwartet,
soll sie jetzt sagen!

ERSTER MANN: Wen sie ersehnt,
sag sie uns jetzt!

ZWEITER MANN: Mit leerem Leibe
und bleichem Gesicht.

Weibliche Maske:

Ich sags, wenn die Nacht,
wenn die Sternennacht kommt.
Wenn die Wallfahrtsnacht kommt,
zerreiß ich die Spitzen
und den Saum meines Rocks.

Kind: Und sogleich kam die Nacht.
Ach, sogleich kam die Nacht.
Seht, wie der Bergbach
sich dunkeler färbt.
Gitarren ertönen.

Männliche Maske *erhebt sich und bewegt das Horn:*

Ach, wie so weiß
ist die traurige Frau!
Ach, wie zwischen
den Blättern sie klagt!
Klatschmohn und Nelke
wirst nachher du sein,
wenn seinen Umhang
abwirft der Mann! *Nähert sich.*
Kommst du zur Wallfahrt
und bittest, es möge
sich öffnen dein Leib,
so trage nicht Trauer
sondern weichestes Leinen.
Husch hinter die Mauer,
doch komm nur allein
zum verschwiegenen Feigbaum
und trag meinen Körper
aus Erde bis aufseufzt
der dämmernde Morgen.
Ach, wie sie strahlt,
ach, wie sie strahlte,
ach, wie die Frau
sich biegt und sich schmiegt.

Weibliche Maske:
Es windet die Liebe
ihr herrliche Kränze
und glühnde Girlanden,
und es dringen ihr Speere
aus flüssigem Golde
tief in die Brust.

Männliche Maske:
Siebenmal seufzt sie,
neunmal schnellt auf sie,
fünfzehnmal haben
Jasmin und Orangen
sich innig gepaart.

Dritter Mann: Immerzu mit dem Horn!

Zweiter Mann *zur Weiblichen Maske:*
Mit der Rose, dem Tanz!

Erster Mann: Ah, wie das Weib
in Verzückung sich bäumt!

Männliche Maske: Es herrscht auf der Wallfahrt
einzig der Mann.
Die Männer sind Stiere.
Der Mann herrscht von je –
und der Pilgerin Blüten
dem, der sie pflückt.

Kind: Immerzu mit der Luft!

Zweiter Mann: Immerzu mit dem Ast!

Männliche Maske:
Bewundert den Glanz
der dem Bade Entstiegnen!

Erster Mann: Sie biegt sich wie Binsen!

Weibliche Maske:
Und ermüdet wie Blüten.

Männer: Ihr Mädchen, entfernt euch!

Männliche Maske:
Der Tanz flamme auf

und der leuchtende Leib
des blankesten Weibs!

Es wird mit taktierendem Händeklatschen und Lachen getanzt. Sie singen:

Der Himmel hat herrliche Gärten
mit Rosenbüschen der Freude.
Im Rosenhage erblüht
zwischen Rosen die Rose des Wunders.

Zwei kreischende Mädchen laufen vorbei. Die Alte kommt fröhlich.

ALTE: Wir wollen doch sehen, ob ihr uns nachher schlafen laßt. Aber nachher wird sie es sein! *Yerma kommt.* Du! *Yerma ist niedergeschlagen und antwortet nicht.* Sag, warum bist du hier?

YERMA: Ich weiß nicht.

ALTE: Glaubst du nicht daran? Und dein Mann?

YERMA *gibt Zeichen der Ermüdung und eines Menschen, dem eine fixe Idee den Kopf zermartert:* Der ist dort!

ALTE: Was tut er da?

YERMA: Er trinkt. *Pause.*
Legt die Hände an die Stirn. Ach!

ALTE: Ach! Ach! Weniger Achs und mehr Mut! Damals habe ich dir nichts sagen können, aber heute ja!

YERMA: Und was willst du mir sagen, was ich nun nicht wüßte!

ALTE: Was sich nicht länger verschweigen läßt. Was die Spatzen von den Dächern pfeifen. Daß es deines Mannes Schuld ist. Verstehst du? Ich lasse mir die Hände abhacken, wenn es nicht so ist. Weder sein Vater noch sein Großvater noch sein Urgroßvater benahmen sich wie Männer von Rasse. Um einen Sohn zu erzeugen, hat wohl der Himmel mit der Erde sich zusammentun müssen. Sie sind aus Spucke gemacht! Deine Leute nicht! Du hast Brüder und Vettern auf hundert Meilen in der Runde. Sieh, was für ein Fluch auf deiner Schönheit lastet.

YERMA: Ein Fluch. Eine Giftlache auf den Ähren.

ALTE: Aber du hast doch Füße, um deinem Hause zu entfliehen.

YERMA: Zu entfliehen?

ALTE: Als ich dich auf der Wallfahrt sah, hüpfte mein Herz vor Freude. Hierher kommen die Frauen, um andere Männer kennenzulernen. Und der Heilige bewirkt dieses Wunder... Mein Sohn ist hinter der Einsiedelei und erwartet dich. Mein Haus braucht eine Frau. Geh mit ihm; wir werden alle drei zusammenleben. Mein Sohn ist aus Blut. Wie ich. Wenn du ins Haus trittst, verspürst du immer noch einen Geruch von Wiegen. Die Asche deines Pfühls wird dir zu Brot und Salz für die Kinder werden. Komm. Mach dir nichts aus den Leuten. Und was deinen Mann betrifft, so gibt es in meinem Hause Mut und Messer – er wird nicht einmal die Straße kreuzen können.

YERMA: Schweig, schweig, das ist es nicht! Das würde ich nie tun. Ich kann nicht auf die Suche gehen. Bildest du dir ein, daß ich mit einem andren Mann leben könnte? Schätzt du meine Ehre so ein? Das Wasser kann nicht rückwärts fließen, und der Vollmond scheint nicht am Mittag. Geh. Ich folge meinem Weg. Hast du ernstlich gedacht, ich könnte mich einem andren Mann hinwerfen? Wie eine Sklavin von ihm erbetteln, was mir gehört? Lerne mich kennen, damit du nie mehr mit mir sprichst. Ich suche nicht.

ALTE: Wenn man Durst hat, ist man dem Wasser dankbar.

YERMA: Ich bin wie ein vertrockneter Acker, auf dem tausend Paar Ochsen Platz zum Pflügen haben, und was du mir gibst, ist ein kleiner Schluck Brunnenwasser. Ich leide eine Qual, die nicht mehr körperlich ist.

ALTE *heftig und hart:* Also mach so weiter. Zu deinem Vergnügen. Wie die Disteln des Brachlandes, stachlig, verdorrt.

YERMA *heftig:* Verdorrt – ich weiß wohl! Verdorrt! Unnötig, mir das hereinzuwürgen. Du brauchst nicht herzulaufen, um dich daran zu ergötzen wie Kinder am Todeskampf eines Tierchens. Seitdem ich verheiratet bin, gehe ich um das Wort herum, aber es ist das erste Mal, daß ich es höre, daß man es mir ins Gesicht schleudert. Das erste Mal, daß ich sehe, es ist wahr.

ALTE: Du tust mir nicht leid. Nein. Ich suche eine andre Frau für meinen Sohn. *Ab.*

Man hört von weitem einen lauten Chor, der von den Wallfahrern gesungen wird. Yerma geht auf den Karren zu, hinter dem ihr Mann auftaucht.

YERMA: Bist du hier gewesen?

JUAN: Ich bin hier gewesen.

YERMA: Hast du gelauscht?

JUAN: Ich habe gelauscht.

YERMA: Und hast du verstanden?

JUAN: Ja.

YERMA: Nun und? Laß mich allein und sing mit den andren. *Sie setzt sich auf die Decken.*

JUAN: Es ist Zeit, daß auch ich spreche.

YERMA: Sprich!

JUAN: Und daß ich mich beklage.

YERMA: Aus welchem Grund?

JUAN: Weil mir die Bitterkeit in der Kehle steckt.

YERMA: Und mir in den Knochen.

JUAN: Es ist die letzte Minute, diesem ewigen Jammern um dunkle Dinge ein Ende zu machen, um Dinge, die außerhalb des Lebens sind, die in der Luft schweben.

YERMA *mit dramatischem Staunen:* Außerhalb des Lebens, sagst du? In der Luft, sagst du?

JUAN: Um Dinge, die nicht geschehen sind, und die weder du noch ich meistern und lenken.

YERMA *sehr scharf:* Weiter! Weiter!

JUAN: Um Dinge, die mich nichts angehen. Hörst du? Die mich nichts angehen. Es ist schon nötig, daß ich es dir sage. Mich geht nur an, was ich in den Händen halte. Was ich mit meinen Augen sehe.

YERMA *auf den Knieen sich aufrichtend, verzweifelt:* So! So! Das wollte ich aus deinem eignen Munde hören ... Man faßt die Wahrheit nicht, solange sie in einem selbst verborgen ist, aber wie groß wird sie, wie mächtig ruft sie, wenn sie herauskommt und die Arme emporschleudert! Es geht ihn nichts an!! Jetzt habe ich es gehört!

JUAN *nähert sich ihr:* Denk, daß es so kommen mußte. Hör mich an. *Umarmt sie, um sie aufzurichten.* Viele Frauen wären glücklich, wenn sie dein Leben führen könnten. Ohne Kinder ist das Leben angenehmer. Ich bin glücklich, keine zu haben. Uns trifft keine Schuld.

YERMA: Und was hast du in mir gesucht?

JUAN: Dich selbst.

YERMA *erregt:* Eben das! Du suchtest ein Heim, Ruhe und eine Frau. Aber weiter nichts. Ist es nicht so?

JUAN: Ja, so. Wie alle.

YERMA: Und weiter nichts? Dein Kind?

JUAN *aufbrausend:* Hörst du nicht, daß es mich nichts angeht? Frag mich nicht mehr! Ich muß es dir wohl ins Ohr schreien, damit du es endlich weißt! Vielleicht gibst du jetzt ein für allemal Ruhe!

YERMA: Und hast du nie daran gedacht, als du sahst, daß ich es ersehnte?

JUAN: Nie.

Beide sitzen auf dem Boden.

YERMA: Und werde ich es nie erwarten können?

JUAN: Nie.

YERMA: Du auch nicht?

JUAN: Ich auch nicht. Verzichte!

YERMA: Verdorrt!

JUAN: Und jetzt wollen wir in Frieden leben. Beide. Ruhig und angenehm. Umarme mich! *Er umarmt sie.*

YERMA: Was suchst du?

JUAN: Dich suche ich. Du bist schön im Mondlicht.

YERMA: Du suchst mich wie eine Taube, die du essen willst.

JUAN: Küß mich ... so ...

YERMA: Nein. Nie. *Sie stößt einen Schrei aus und drückt die*

Kehle ihres Mannes zu. Der fällt hintenüber. Sie preßt so lange, bis er stirbt. Der Chor der Wallfahrer setzt ein. Verdorrt, verdorrt, aber ganz sicher. Jetzt weiß ich es ganz sicher. Und allein. *Steht auf. Leute kommen.* Ich werde nun schlafen, ohne entsetzt aufzufahren um zu sehen, ob mir das Blut neues Blut verkündigt. Mit für immer vertrocknetem Leib. Was wollt ihr wissen? Kommt nicht hierher! Ich habe mein Kind ermordet! Ich selbst habe mein Kind ermordet!
Es eilen einige Leute herbei, die im Hintergrunde verharren. Man hört den Chor der Wallfahrer.

Vorhang

DOÑA ROSITA BLEIBT LEDIG

oder

Die Sprache der Blumen

Granadiner Dichtung
um das Jahr Neunzehnhundert.
In verschiedene Gärten eingeteilt
und mit Gesang und Tanz.

Personen

DOÑA ROSITA

HAUSHÄLTERIN · TANTE

ERSTE, ZWEITE, DRITTE MANOLA

ERSTE, ZWEITE, DRITTE ALTE JUNGFER

MUTTER DER ALTEN JUNGFERN

ERSTES, ZWEITES FRÄULEIN AYOLA

ONKEL · NEFFE

HERR X., PROFESSOR DER VOLKSWIRTSCHAFT

DON MARTIN · JÜNGLING

ERSTER, ZWEITER ARBEITER

STIMME DES AUSRUFERS

ERSTER AKT

Wohnraum mit Eingang zu einem Gewächshaus.

ONKEL: Und meine Samen?

HAUSHÄLTERIN: Die haben dort gelegen.

ONKEL: Sie liegen aber nicht mehr da.

TANTE: Christrose, Fuchsien, Chrysanthemen, violette Louis-Passy und silberhelle Pappelrose mit heliotropen Spitzen.

ONKEL: Ihr müßt sorgfältig mit den Blumen umgehn.

HAUSHÄLTERIN: Sollten Sie das meinetwegen sagen ...

TANTE: Schweig. Gib keine Widerworte.

ONKEL: Das gilt für alle. Gestern habe ich die Dahliensamen zertreten auf dem Boden gefunden. *Geht ins Gewächshaus.* Ihr macht euch keinen Begriff von meinem Gewächshaus; seit dem Jahre 1807, in dem der Gräfin von Wandes die Zucht der Moosrose gelungen ist, hat das in Granada außer mir niemand fertiggebracht, nicht mal der Universitätsbotaniker. Ihr solltet unbedingt mehr Respekt vor meinen Pflanzen haben.

HAUSHÄLTERIN: Respektiere ich sie etwa nicht?

TANTE: Sst! Einer ist schlimmer als der andre.

HAUSHÄLTERIN: Jawohl, Señora; aber ich habe ja nicht gesagt, daß vom ewigen Blumenbegießen und dem Wasser, das überall ist, Kröten aus dem Sofa kriechen.

TANTE: Immerhin riechst du sie doch auch ganz gern.

HAUSHÄLTERIN: Nein, Señora. Für mich riechen die Blumen nach totem Kind oder Nonnengelübde oder Kirchenaltar. Nach traurigen Dingen. Wo eine Orange oder eine gute Quitte ist, kann man alle Rosen der Welt wegtun. Aber hier ... Rosen rechts, Basilien links, Anemonen, Salbei, Petunien und die Blumen, die heute so in Mode sind, diese Chrysanthemen, strubblig wie die Köpfe kleiner Zigeunermädchen. Wie würde ich mich freuen, hier im Garten einen Birnbaum, einen Kirschbaum, einen Kaki zu sehen!

TANTE: Um sie kahlzuessen!

HAUSHÄLTERIN: Esse, wem ein Mund gegeben ... Oder wie man in meinem Dorf sagte:

> Das Mündchen ist zum Essen da,
> die Beine sind zum Tanzen,
> das Beste hat die Frau – tra la,
> zum ... *hört auf, nähert sich der*
> *Tante und sagt es ihr leise ins Ohr.*

TANTE: Jesus! *Bekreuzigt sich.*

HAUSHÄLTERIN: Das sind kleine Unanständigkeiten aus den Dörfern. *Bekreuzigt sich.*

ROSITA *tritt schnell ein; sie trägt ein rosa Kleid mit Puffärmeln und Schleifen, Stil 1900:* Und mein Hut? Wo ist mein Hut? Die Glocke von San Luis hat schon dreißigmal geläutet.

HAUSHÄLTERIN: Ich habe ihn auf den Tisch gelegt.

ROSITA: Da ist er aber nicht. *Sie suchen. Haushälterin ab.*

TANTE: Hast du im Schrank nachgesehen? *Tante ab.*

HAUSHÄLTERIN *kommt:* Ich kann ihn nicht finden.

ROSITA: Ist es möglich, daß niemand weiß, wo mein Hut ist?

HAUSHÄLTERIN: Setz doch den blauen mit den Margeriten auf.

ROSITA: Du bist ja verrückt.

HAUSHÄLTERIN: Du bist noch verrückter.

TANTE *kommt:* Na? Hier ist er! *Rosita nimmt ihn und läuft hinaus.*

HAUSHÄLTERIN: Sie will immer alles rasch-rasch. Sie möchte, daß übermorgen schon heute wäre. Sie fängt an zu fliegen, und wir verlieren sie aus den Händen. Als sie noch klein war, mußte ich ihr jeden Tag die Geschichte erzählen, in der sie eine alte Frau war: »Nun ist meine Rosita schon achtzig Jahre alt ...« und so ähnlich. Haben Sie sie je sitzen und Spitzen oder Frivolités machen sehen oder Festons oder Hohlsäume für ein Bettjäckchen?

TANTE: Nie.

HAUSHÄLTERIN: Immer treppauf, treppab – treppab, treppauf; treppauf, treppab – treppab, treppauf.

TANTE: Wenn du dich nur nicht irrst!

HAUSHÄLTERIN: Wenn ich mich irre, hören Sie kein Sterbenswörtchen mehr von mir.

TANTE: Ich habe ihr natürlich nie etwas verbieten mögen. Wer quält auch wohl ein Geschöpf, das keine Eltern mehr hat?

HAUSHÄLTERIN: Keinen Vater, keine Mutter, kein Hündchen, das nach ihr bellt – aber einen Onkel und eine Tante, die goldeswert sind. *Umarmt sie.*

ONKEL *im Gewächshaus:* Was zuviel ist, ist zuviel!

TANTE: Heilige Jungfrau!

ONKEL *immer im Gewächshaus:* Die Samen werden zertrampelt; schön. Aber das kann ich nicht dulden: dem Rosenstrauch, den ich am meisten liebe, sind die Blätter abgeschnitten. Und gerade den habe ich lieber als die Moosrose, die rauhhaarige Rose, die Pomponrose, die Damaszener Rose und die Eglantine der Königin Isabella. *Zur Tante:* Komm nur herein, nur herein, dann wirst du es sehen.

TANTE: Ist er geknickt?

ONKEL: Nein, es ist ihm nichts Schlimmes zugestoßen, aber es hätte ihm zustoßen können.

HAUSHÄLTERIN: Ob das nicht bald aufhört?!

ONKEL: Ich frage mich, wer wohl den Blumentopf umgeworfen hat.

HAUSHÄLTERIN: Mich brauchen Sie dabei nicht anzusehen.

ONKEL: Bin ich es etwa gewesen?

HAUSHÄLTERIN: Gibt es vielleicht keine Katzen, keine Hunde und keinen Windstoß durchs offene Fenster?

TANTE: Mach schon und feg das Gewächshaus.

HAUSHÄLTERIN: Es ist offensichtlich, daß man in diesem Haus nichts sagen darf. *Ab.*

ONKEL *kommt heraus:* Das ist eine Rose, die du noch nie gesehen hast; eine Überraschung, die ich mir für dich ausgedacht habe. Die ›Rosa declinata‹ ist wirklich unwahrscheinlich mit ihren hängenden Knospen; und die ›inermis‹, die keine Dornen hat – wunderbar, he? nicht einen Dorn!; und die ›myrtifolia‹, die aus Belgien kommt; und die ›sulfurata‹, die in der Dunkelheit leuchtet. Aber die hier übertrifft alle andren an Seltenheit. Die Botaniker nennen sie ›Rosa mutabilis‹, das heißt die Veränderliche, die sich verändert ... In dem Buch da ist sie beschrieben und abgebildet. Sieh mal! *Öffnet das Buch.* Morgens ist sie rot, abends wird sie weiß und bei Nacht blättert sie ab.

Wenn sie sich am Morgen öffnet,
ist sie rot wie Blut; der Tau
netzt sie nicht aus Furcht zu brennen.
Ist die Blüte mittags offen,
dann ist hart sie wie Koralle.
Um zu sehen wie sie leuchtet,
guckt die Sonne durch die Fenster.
Wenn die Vögel in den Zweigen
fangen an, ihr Lied zu singen,
wenn der Nachmittag dann hinsinkt
in des Meeres Dämmerveilchen,
wird sie weiß wie eine Wange,
weiß wie Salz und voller Anmut.
Bläst die Nacht ihr sanftes Horn
aus Metall und kommen Sterne,
während fort die Lüfte ziehn,
hin zum Spalt der Dunkelheit,
fängt sie an, sich zu entblättern.

TANTE: Blüht sie schon?

ONKEL: Eine Blüte geht schon auf.

TANTE: Blüht sie nur einen Tag?

ONKEL: Einen. Aber an dem Tag will ich dabeibleiben um zu sehen, wie sie weiß wird.

Rosita *kommt:* Mein Sonnenschirm.

Onkel: Ihr Sonnenschirm.

Tante *laut:* Der Sonnenschirm!

Haushälterin *kommt:* Hier ist der Sonnenschirm!

Rosita *nimmt den Sonnenschirm und küßt Onkel und Tante:* Wie stehts?

Onkel: Wundervoll.

Tante: So ists.

Rosita *öffnet den Sonnenschirm:* Und nun?

Haushälterin: Um Gottes willen, mach den Sonnenschirm zu, man darf ihn nicht unter einem Dach öffnen! Das bringt Unglück!

Beim Rad von Sankt Bartholomé,
und beim Stab von Sankt José,
bei dem heilgen Lorbeerzweig,
böser Feind, geh weg – hm, hm –
aus den vier Ecken von Jerusalem!

Alle lachen. Onkel ab.

Rosita *schließt den Sonnenschirm:* Zu – ist er.

Haushälterin: Das darfst du nicht wiedertun ... Ca – ramba!

Rosita: Hui!

Tante: Was hast du sagen wollen?

Haushälterin: Ich hab es ja nicht gesagt!

Rosita *lachend ab:* Auf später.

Tante: Wer geht mit?

Rosita *steckt den Kopf durch die Tür:* Die Manolas.

Haushälterin: Und der Bräutigam.

Tante: Ich glaube, der Bräutigam hatte zu tun.

Haushälterin: Ich weiß nicht, wer mir besser gefällt: er oder sie. *Die Tante setzt sich und klöppelt Spitzen.* Eine Nichte und ein Neffe, um sie in einen Geschirrschrank aus Zucker zu stellen. Und wenn sie, Gott behüte!, stürben, um sie einzubalsamieren und in einer Nische aus Kristall und Schnee aufzubewahren. Wen haben Sie lieber?

Fängt an zu putzen.

TANTE: Beide sind mir lieb als Nichte und Neffe.

HAUSHÄLTERIN: Den einen wie den andren, aber ...

TANTE: Rosita habe ich aufgezogen ...

HAUSHÄLTERIN: Freilich. Zumal ich nicht an das Blut glaube. Das ist für mich Gesetz. Das Blut läuft durch die Adern, aber man sieht es nicht. Man liebt eher einen entfernten Verwandten, den man alle Tage sieht, als einen Bruder, der weit fort ist. Denn, sehen Sie ...

TANTE: Putz weiter, Mädchen.

HAUSHÄLTERIN: Tu ich ja. Hier darf man nicht mal den Mund aufmachen. Ziehen Sie einmal ein schönes Mädchen hierfür auf. Lassen Sie einmal Ihre eigenen Kinder in einer Hütte, zitternd vor Hunger.

TANTE: Doch wohl vor Kälte.

HAUSHÄLTERIN: Vor allem zitternd, um sich dann sagen lassen zu müssen – schweig!, und da ich Dienstmädchen bin, kann ich nichts andres tun als schweigen, was ich ja auch tue, und ich kann nicht darauf antworten und sagen ...

TANTE: Und was sagen? ...

HAUSHÄLTERIN: Lassen Sie doch die Klöppelei mit dem Geklapper, denn der Kopf springt mir vor lauter Klappern. *Es klopft an die Haustür.*

TANTE *lachend:* Sieh mal nach, wer da kommt. *Haushälterin ab. In der Stille hört man das Klappern der Klöppel.*

STIMME: Feinsteee Kamillllleen aus der Sierraaa!!

TANTE *mit sich selbst sprechend:* Ich muß wieder Kamillen kaufen. Bei gewissen Gelegenheiten fehlen sie einem ... Wenn er nächstens wieder vorbeikommt ... siebenunddreißig, achtunddreißig ...

STIMME des Ausrufers *sehr weit:* Feinsteee Kami-lll-een aus der Sierraaa!

TANTE *sticht noch eine Nadel ein:* Und vierzig.

NEFFE *tritt ein:* Tante.

TANTE *ohne ihn anzusehen:* Sieh da! Setz dich, wenn du willst. Rosita ist schon fort.

NEFFE: Mit wem?

TANTE: Mit den Manolas. *Pause. Sieht den Neffen an.* Du hast doch irgend etwas.

NEFFE: Ja.

TANTE *unruhig:* Ich kann es mir beinahe denken. Hoffentlich irre ich mich.

NEFFE: Nein. Lesen Sie. *Gibt ihr einen Brief.*

TANTE *liest:* Natürlich, ganz selbstverständlich. Darum war ich mit deinen Beziehungen zu Rosita nicht einverstanden. Ich wußte, daß du früher oder später mit deinen Eltern gehen müßtest. Und das nenne ich ganz in der Nähe!: vierzig Tagereisen bis Tucumán! Wenn ich jung wäre und ein Mann, würde ich dich ohrfeigen.

NEFFE: Es ist doch nicht meine Schuld, daß ich meine Cousine liebe. Glauben Sie, daß es mir Vergnügen macht zu gehen? Ich möchte hierbleiben und eben deswegen bin ich gekommen.

TANTE: Hierbleiben! Hierbleiben! Es ist deine Pflicht zu gehen. Das Gut ist groß; es sind viele Meilen zu bearbeiten, und dein Vater ist alt. Darum muß ich dich dazu anhalten, dich einzuschiffen. Aber mir verbitterst du das Leben. Von deiner Cousine ganz zu schweigen. Es wird sie wie ein Pfeil ins Herz treffen. Jetzt wird sie lernen müssen, daß Leinen nicht nur zum Besticken da ist, sondern auch zum Hineinweinen.

NEFFE: Was raten Sie mir?

TANTE: Zu gehen. Bedenke, daß dein Vater mein Bruder ist. Hier bist du nichts als ein Schmetterling in den Gärtchen, drüben bist du ein Arbeiter.

NEFFE: Aber ich möchte doch gern ...

TANTE: Heiraten? Bist du verrückt? Erst wenn du deine Zukunft gesichert hast. Und Rosita mitnehmen, nicht? Nur gegen den Willen deines Onkels und gegen meinen.

NEFFE: Das sind nur Worte. Ich weiß zu gut, was ich nicht kann. Aber ich möchte, daß Rosita auf mich wartet. Denn ich komme bald zurück.

TANTE: Wenn du nicht vorher mit einer Tucumanerin anbändelst. Statt deiner Verlobung zuzustimmen, hätte meine Zunge eher am Gaumen kleben sollen; denn jetzt bleibt mein Liebling allein in unsren vier Wänden, während du übers Meer ziehst, frei, an den Flüssen drüben entlangstreifst, durch die Pomeranzenwälder; und mein Liebling sitzt hier, einen Tag wie den andren, und du bist dort, zu Pferd, mit der Flinte auf der Fasanenjagd.

NEFFE: Sie haben keinen Grund, so mit mir zu sprechen. Ich habe mein Wort gegeben und halte es auch. Um sein Wort zu halten, ist mein Vater in Amerika, und Sie wissen ...

TANTE *weich:* Schweig.

NEFFE: Ich schweige. Aber verwechseln Sie nicht den Respekt mit der Schamlosigkeit.

TANTE *mit andalusischer Ironie:* Entschuldige, entschuldige! Ich hatte ganz vergessen, daß du schon ein Mann bist.

HAUSHÄLTERIN *kommt weinend:* Wenn er ein Mann wäre, würde er nicht gehen.

TANTE *energisch:* Ruhe! *Die Haushälterin weint heftig schluchzend.*

NEFFE: Ich komme gleich zurück. Sagen Sie es ihr bitte.

TANTE: Keine Sorge. Wir Alten müssen immer die unangenehmen Dinge ausbaden. *Neffe ab.*

HAUSHÄLTERIN: Ach, mein armes Kindchen! Ach, die Ärmste, die Allerärmste! So sind die Männer von heute! Ich bleibe bei meinem Schätzchen und will in den Straßen um Almosen betteln. Schon wieder zieht die Trauer in dieses Haus. Ach, Señora! *Reagierend:* Wolle Gott, daß ihn die Seeschlange auffrißt!

TANTE: Es liegt in Gottes Hand!

HAUSHÄLTERIN:

In des dunklen Sesams Namen,
namens der drei heilgen Fragen,
in der Zimmetblüte Namen
soll er böse Nächte haben,

sollen nicht gedeihn die Saaten.
Bei des Heilgen Niklaus Bronn
werd sein Salz zu Gift davon.

Er greift einen Wasserkrug und gießt ein Kreuz auf den Boden.

TANTE: Laß die Verwünschungen. Geh an deine Arbeit. *Haushälterin ab. Man hört Gelächter. Tante ab.*

ERSTE MANOLA *kommt und schließt den Sonnenschirm:* Ach!

ZWEITE MANOLA *ebenso:* Ach, wie frisch ists hier!

DRITTE MANOLA *ebenso:* Ach!

ROSITA *ebenso:* Wem nur gelten diese Seufzer
meiner hübschen drei Manolas?

ERSTE MANOLA:
Gelten keinem.

ZWEITE MANOLA: Nur dem Wind.

DRITTE MANOLA:
Einem, der verliebt mir nachsteigt.

ROSITA: Aber welche Hände fangen
all die Achs aus eurem Munde?

ERSTE MANOLA:
Ach, die Wand.
Ein ganz bestimmtes
Bildnis.

DRITTE MANOLA: Meine Spitzendecke.

ROSITA: Einmal will auch ich jetzt seufzen.
Ach, ihr Lieben! Ach, Manolas!

ERSTE MANOLA:
Wer fängt die?

ROSITA: Zwei Augen sinds,
machen hell die dunklen Schatten.
Rebenlauben sind die Wimpern,
drin die Morgenröte schlummert.
Und obwohl sie schwarz sind, sind sie
wie zwei Abende mit Mohn.

ERSTE MANOLA:
Bind ein Bändchen um den Seufzer!

ZWEITE MANOLA:

Ach!

DRITTE MANOLA: Wie glücklich bist du!

ERSTE MANOLA: Glücklich!

ROSITA: Macht mir doch nichts weis! Ich kenne ein Gerücht, das euch betrifft.

ERSTE MANOLA:

So? Gerüchte sind nur Rauken.

ZWEITE MANOLA:

Sind der Meereswellen Kehrreim.

ROSITA: Jetzt erzähl ichs . . .

ERSTE MANOLA: Fang schon an.

DRITTE MANOLA:

Doch Gerüchte sind auch Kränze.

ROSITA: Die Manolas in Granada
wohnen wo?: Elvirastraße!
Ganz allein, zu dritt, zu viert
gehn hinauf sie zur Alhambra.
Eine ist grün angezogen,
eine malvenfarben, eine
trägt ein kleines schottisch Mieder,
Schleifen bis zur Schleppe dran.
Reiherinnen sind, die vorn gehn,
Täubchen ist, die hinten trippelt,
öffnen in den Alamedas
Musseline voll Geheimnis.
Die Alhambra ist so dunkel!
Wohin gehn wohl die Manolas,
während Brunnenstrahl und Rose
trauern in der Dunkelheit?
Wer wohl sind nur die Galane,
die da warten? Und wo ruhn sie,
unter welchen Myrtensträuchern?
Welche Hände rauben Düfte
ihren beiden runden Blüten?

Niemand geht mit ihnen, niemand
mit zwei Reihern und 'nem Täubchen.
Doch Galane gibts auf Erden,
die mit Blättern sich verdecken.
Schon gab fort die Kathedrale
Bronzen, und die Brise nimmt sie.
In den Schlaf singt seine Rinder
der Genil, und seine Falter
schläfert auch der Dauro ein.
Und die Nacht kommt. Auf dem Rücken
trägt sie ihre Schattenhügel.
Eine läßt die Stiefel sehen
unter den Volants aus Spitzen.
Nun die Große ihre Augen
öffnet, schließt sie halb die Kleine.
Wer wohl sind die drei mit hoher
schöner Brust und langer Schleppe?
Warum schwenken sie die Tüchlein?
Wohin gehn um diese Zeit sie?
Die Manolas in Granada
wohnen wo?: Elvirastraße!
Ganz allein, zu dritt und viert
gehn hinauf sie zur Alhambra.

ERSTE MANOLA:

Des Gerüchtes hohe Wogen
laß nur rollen durch Granada.

ZWEITE MANOLA:

Haben wir Galane?

ROSITA: Nein.

ZWEITE MANOLA:

Sag ich auch die Wahrheit?

ROSITA: Ja.

DRITTE MANOLA:

Silberreifgestickte Spitzen
zieren unsre Hochzeitshemden.

ROSITA: Aber ...
ERSTE MANOLA: Uns gefällt die Nacht.
ROSITA: Aber ...
ZWEITE MANOLA: In den dunklen Gäßchen.
ERSTE MANOLA:
Ganz allein, zu dritt, zu viert
gehn hinauf wir zur Alhambra.
DRITTE MANOLA:
Ach!
ZWEITE MANOLA: Sei still!
DRITTE MANOLA: Warum denn?
ZWEITE MANOLA: Ach!
ERSTE MANOLA:
Ach, damit es niemand hört!
ROSITA: Ach, Jasmin der Pein, Alhambra,
drauf der Mond, der Mond sich ruht!

HAUSHÄLTERIN *kommt:* Mädchen, die Tante ruft! *Sehr traurig.*

ROSITA: Hast du geweint?

HAUSHÄLTERIN *beherrscht sich:* Nein ... ich habe da so ... so eine Sache, die ...

ROSITA: Mach mir keinen Schreck. Was ist denn? *Rasch ab, wobei sie die Haushälterin ansieht, die leise zu weinen anfängt.*

ERSTE MANOLA *laut:* Was ist passiert?

ZWEITE MANOLA: Sags doch.

HAUSHÄLTERIN: Seid still.

DRITTE MANOLA *leise:* Schlechte Nachrichten?

HAUSHÄLTERIN *führt sie zur Tür und schaut dahin, wohin Rosita abgegangen ist:* Jetzt wird es ihr mitgeteilt! *Pause, in der alle lauschen.*

ERSTE MANOLA: Rosita weint; wir wollen zu ihr gehen.

HAUSHÄLTERIN: Kommt; ich werde es euch erzählen. Laßt sie jetzt! Ihr könnt durchs Pförtchen gehen.

Alle ab. Die Bühne bleibt leer. Man hört, von sehr weit her, eine Klavieretude von Czerny. Pause. Der Neffe kommt; in der Bühnenmitte bleibt er stehen, weil Rosita eintritt. Beide stehen einander gegenüber, Auge in Auge. Der Neffe geht auf sie zu und legt den Arm um ihre Taille. Sie legt ihren Kopf auf seine Schulter.

ROSITA: Warum schmolzen deine Augen
so verrätrisch in die meinen?
Warum flochten deine Hände
Blumen um mein Haupt, warum?
Welche Nachtigallentrauer
auferlegst du meiner Jugend;
da dein Antlitz und dein Dasein
Richtpunkt mir, Gesundheit sind,
brichst du mit dem grausen Abschied
alle Saiten meiner Laute!

NEFFE *geleitet sie zu einem Doppelsessel [Art Causeuse]; sie setzen sich:* Ach, Cousine, meine Liebste,
Nachtigall im Schnee, verschließ
deinen Mund den Frostphantasmen;
denn mein Weg ist nicht aus Eis,
wenn ich auch das Meer durchschiffe,
muß das Wasser Ruh mir geben,
Narden auch, aus Schaum – um meine
Gluten angefacht zu halten,
wenn ich mich verbrennen will.

ROSITA: Eines Nachts war ich verschlummert
still auf dem Jasminbalkone;
sah zwei Cherubine schweben
einer Rose zu, die liebte;
und die Rose, welche weiß war,
wurde rot; der zarten Blüte
heiß entflammte Blütenblätter
fielen, wund, im Kuß der Liebe.
So, mein ahnungsloser Liebster,
gab in meinem Myrtengarten
ich mein Sehnen hin der Luft,

und mein Weiß gab ich der Quelle.
Wie Gazelle, unbesonnen,
schlug ich auf die Augen, sah dich –
und ich fühlt im Herzen zittern
Nadeln, die mir Wunden stechen,
Wunden – wie Levkoien rot.

NEFFE: Wiederkehr ich, meine Liebste,
um zur Seite dir zu leben,
auf dem Schiffe, goldgefüllt,
und mit lustgeschwellten Segeln;
Tag und Nacht, ob Licht, ob Schatten –
stets denk ich an unsre Liebe.

ROSITA: Doch das Gift, das Amor ausgießt
auf die Seele, die so einsam,
webt mit Erde, webt mit Wellen
das Gewand des Todes mir.

NEFFE: Wenn mein Pferd, dereinst und langsam
taubesprühte Zweige frißt –
wenn des Flusses Nebel nässen
einst des Windes starke Mauer –
wenn dereinst der Sommer glutend
färbt die Ebne karmesin –
wenn der Reif dann spitze Nadeln
in mich sticht aus Morgenstern –
sag ich dir, weil ich dich liebe,
daß ich sterben will für dich.

ROSITA: Und ich sehn mich, dich zu sehen
eines Abends in Granada
mit dem Licht, das voller Salz ist
von dem Heimweh nach dem Meer;
ein Zitronenhain, so gelb,
ein Jasminstrauch ohne Blut,
auf die Steine hingebreitet,
wollen dir den Weg verlegen,
und die Narden, aufgewirbelt,

werden mir das Dach verwirren.
Kommst du wieder?

NEFFE: Ich komm wieder!

ROSITA: Welche Taube, die erleuchtet,
wird mir deine Ankunft künden?

NEFFE: Meiner Treue Taube fliegt.

ROSITA: Für uns beide stick ich Linnen.

NEFFE: Bei den Diamanten Gottes,
bei der Nelke seiner Wunde,
schwör ich, daß ich wiederkomme.

ROSITA: Lebe wohl, leb wohl, mein Liebster!

NEFFE: Liebste, Liebste, lebe wohl!

Sie umarmen sich auf dem Doppelsessel. Von weither hört man das Piano. Neffe ab. Rosita weint. Der Onkel kommt und kreuzt die Bühne in der Richtung zum Gewächshaus. Sowie Rosita ihren Onkel sieht, nimmt sie das Rosenbuch, das in Reichweite liegt.

ONKEL: Was hast du gemacht?

ROSITA: Nichts.

ONKEL: Hast du gelesen?

ROSITA: Ja. *Onkel geht ins Gewächshaus; Rosita liest:*

Wenn sie sich am Morgen öffnet,
ist sie rot wie Blut; der Tau
netzt sie nicht, aus Furcht zu brennen.
Ist die Blüte mittags offen,
dann ist hart sie wie Koralle.
Um zu sehen wie sie leuchtet,
guckt die Sonne durch die Fenster.
Wenn die Vögel in den Zweigen
fangen an, ihr Lied zu singen,
wenn der Nachmittag dann hinsinkt
in des Meeres Dämmerveilchen,
wird sie weiß wie eine Wange,
weiß wie Salz und voller Anmut.
Bläst die Nacht ihr sanftes Horn

aus Metall, und kommen Sterne,
während fort die Lüfte ziehn,
hin zum Spalt der Dunkelheit,
fängt sie an, sich zu entblättern.

Vorhang

ZWEITER AKT

Salon im Hause Doña Rositas. Im Hintergrund der Garten.

HERR X.: Ich werde immer diesem Jahrhundert gehören.

ONKEL: Das Jahrhundert, das wir gerade begonnen haben, wird ein materialistisches Zeitalter sein.

HERR X.: Aber viel fortschrittlicher als das vergangene. Mein Freund, Herr Longoria in Madrid, hat kürzlich ein Auto gekauft, das die phantastische Geschwindigkeit von dreißig Kilometern in der Stunde erreicht; und der Schah von Persien, ganz gewiß ein reizender Mensch, hat auch einen Panhard-Levassor von vierundzwanzig PS gekauft.

ONKEL: Und ich frage mich – wohin kommen sie mit all der Geschwindigkeit? Sie wissen doch, was sich beim Rennen Paris–Madrid ereignet hat – man hat es absagen müssen, weil alle Fahrer umgekommen sind, bevor sie noch in Bordeaux waren.

HERR X.: Graf Zboronsky, der bei dem Unfall zu Tode gekommen ist, und Marcel Renault oder Renol – man kann ihn auf beide Arten aussprechen und tut es auch –, der ebenfalls dabei gestorben ist, sind Märtyrer der Wissenschaft, die eines Tages auf dem Altar aufgestellt werden, wenn die Religion des Positiven kommt. Ich kannte Renol ziemlich gut. Armer Marcelo!

ONKEL: Sie können mich nicht überzeugen. *Setzt sich.*

Herr X. *mit einem Fuß auf dem Stuhl und mit dem Stock spielend:* Auf das vollständigste; wiewohl ein Professor der Volkswirtschaft mit einem Rosenzüchter nicht diskutieren kann. Aber heutzutage, glauben Sie mir, sind weder die quietistischen noch die obskurantistischen Ideen beliebt. Heutzutage brechen sich Bahn ein Juan Bautista Say oder Sé – man kann ihn auf beide Arten aussprechen und tut es auch – oder ein Graf León Tolstuá – vulgo Tolstoi –, ebenso schön in der Form wie tief in der Auffassung. Ich fühle mich in der lebendigen Polis; ich bin kein Anhänger der Natura Naturata.

Onkel: Jeder lebt wie er kann und wie er es im täglichen Leben versteht.

Herr X.: Einverstanden, die Erde ist ein mediokrer Planet, aber man muß der Zivilisation helfen. Wenn Santos Dumont sich der Rosenzucht hingegeben hätte, statt vergleichende Meteorologie zu studieren, wäre das Luftschiff noch in Brahmas Schoß.

Onkel *verstimmt:* Auch die Botanik ist eine Wissenschaft.

Herr X. *verächtlich:* Ja, aber eine angewandte: um den Saft der Anthemis olorosa zu studieren, oder des Rhabarbers oder der Großen Küchenschelle oder das Narkotikum der Datura stramonium.

Onkel *naiv:* Interessieren Sie diese Pflanzen?

Herr X.: Der Umfang meiner Erfahrungen mit ihnen reicht nicht aus. Mich interessiert die Kultur; das ist etwas andres. Voilà! *Pause.* Und – – Rosita?

Onkel: Rosita? *Pause. Laut:* Rosita . . .!

Stimme *von innen:* Ist nicht da.

Onkel: Ist nicht da.

Herr X.: Ich bedaure sehr.

Onkel: Ich auch. Da sie Namenstag hat, ist sie wohl die vierzig Credos beten gegangen.

Herr X.: Geben Sie ihr bitte in meinem Namen dieses Pendentif. Es ist ein Eiffelturm aus Perlmutter auf zwei Tauben, die in ihren Schnäbeln das Rad des Gewerbefleißes tragen.

ONKEL: Sie wird Ihnen dafür sehr dankbar sein.

HERR X.: Ich war nahe daran, ihr ein Kaleidoskop aus Silber mitzubringen, durch dessen Öffnung man die Heilige Jungfrau von Lurdes oder Lourdes sehen kann, oder eine Gürtelschnalle aus einer Schlange und vier Libellen, aber ich habe das Pendentif vorgezogen, weil es geschmackvoller ist.

ONKEL: Danke.

HERR X.: Ich bin entzückt über Ihre freundliche Aufnahme.

ONKEL: Danke.

HERR X.: Empfehlen Sie mich gütigst Ihrer verehrten Frau Gemahlin.

ONKEL: Vielen Dank.

HERR X.: Empfehlen Sie mich gütigst Ihrem bezaubernden Fräulein Nichte, der ich zu ihrem Namenstag viel Glück wünsche.

ONKEL: Tausend Dank.

HERR X.: Betrachten Sie mich als Ihren ergebenen Diener.

ONKEL: Eine Million Dank.

HERR X.: Ich wiederhole noch einmal ...

ONKEL: Danke, danke, danke.

HERR X.: Auf immer. *Ab.*

ONKEL *laut:* Danke, danke, danke.

HAUSHÄLTERIN *kommt lachend:* Ich verstehe nicht, daß Sie soviel Geduld aufbringen. Mit diesem Herrn und mit dem andren, Don Confucius von Gans-Bergen, getauft in der Loge Nummer 43, wird Ihr Haus eines Tages brennen.

ONKEL: Ich habe dir wiederholt gesagt, daß es mir mißfällt, wenn du die Unterhaltungen belauschst.

HAUSHÄLTERIN: Das nennt man undankbar. Ich stand hinter der Tür, gewiß, aber nicht um zuzuhören, sondern um einen Besen aufzustellen, damit der Herr hinausgeht.

TANTE *kommt:* Ist er schon fort?

ONKEL: Schon. *Ab.*

HAUSHÄLTERIN: Hat der auch Absichten auf Rosita?

TANTE: Warum sprichst du eigentlich immer von Bewerbern? Du kennst Rosita nicht!

HAUSHÄLTERIN: Aber ich kenne die Bewerber.

TANTE: Meine Nichte ist verlobt.

HAUSHÄLTERIN: Machen Sie nur nicht, daß ich rede. Machen Sie nur nicht, daß ich rede. Machen Sie nur nicht, daß ich rede. Machen Sie nur nicht, daß ich rede.

TANTE: Dann rede doch nicht.

HAUSHÄLTERIN: Dünkt es Sie richtig, daß ein Mann weggeht und eine Frau fünfzehn Jahre sitzen läßt, die das Beste vom Besten ist? Sie muß heiraten. Mir tun schon die Hände weh vom Pflegen der Tischwäsche mit Marseiller Spitzen; der Bettwäsche mit Richelieu-Stickerei; der Tischläufer; der Bettüberwürfe aus Tüll mit aufgestickten Blumen. Die soll sie doch endlich gebrauchen und verschleißen, aber sie ist sich nicht klar darüber, wie die Zeit vergeht. Sie wird Silberhaare bekommen und immer noch Bänder aus Seidenatlas an die Volants ihres Brauthemdes nähen.

TANTE: Warum mischt du dich in Dinge, die dich nichts angehen?

HAUSHÄLTERIN *erstaunt:* Ich mische mich ja gar nicht; ich werde gemischt.

TANTE: Ich bin sicher, daß sie glücklich ist.

HAUSHÄLTERIN: Das redet sie sich ein. Gestern mußte ich sie den ganzen Tag zur Zirkustür begleiten, weil sie sich darauf versteifte, daß einer der Gaukler ihrem Cousin gliche.

TANTE: Glich er ihm wirklich?

HAUSHÄLTERIN: Er war schön wie ein junger Priester, der zum ersten Mal die Messe liest; aber Ihr Neffe hätte sich ganz gewiß seine Figur, den Perlmutterhals und den Schnurrbart gewünscht. Er glich ihm gar nicht. In Ihrer Familie gibt es keine hübschen Männer.

TANTE: Vielen Dank.

HAUSHÄLTERIN: Sie sind alle klein und haben ein bißchen Hängeschultern.

TANTE: Na, hör mal!

HAUSHÄLTERIN: Das ist die reine Wahrheit, Señora. In Wirklichkeit gefiel der Seiltänzer unserer Rosita wie er mir gefiel und wie er Ihnen gefallen würde. Aber all das bezieht sie auf den andren. Ich möchte ihr wohl manchmal einen Schuh an den Kopf werfen. Wenn sie soviel in den Himmel sieht, wird sie noch Kuhaugen bekommen.

TANTE: So, nun aber Schluß! Ich habe nichts dagegen, daß ein Trampel spricht, aber daß er bellt – nein!

HAUSHÄLTERIN: Wollen Sie mir vielleicht ins Gesicht sagen, daß ich sie nicht liebe?

TANTE: Manchmal habe ich den Eindruck ...

HAUSHÄLTERIN: Ich würde mir das Brot aus dem Munde und das Blut aus den Adern nehmen, wenn sie es von mir verlangte.

TANTE *heftig:* Falsche Honigschnute! Geschwätz!

HAUSHÄLTERIN *heftig:* Tatsachen! Das habe ich bewiesen. Tatsachen! Ich liebe sie mehr als Sie.

TANTE: Das ist gelogen!

HAUSHÄLTERIN *heftig:* Das ist wahr!

TANTE: Schrei mich nicht an!

HAUSHÄLTERIN *laut:* Dazu habe ich ja die Glocke meiner Zunge!

TANTE: Halt den Mund, du ungebildetes Weib!

HAUSHÄLTERIN: Vierzig Jahre bin ich nun bei Ihnen.

TANTE *fast weinend:* Sie sind entlassen!

HAUSHÄLTERIN *schreiend:* Gott sei Dank, daß Sie mir aus den Augen kommen!

TANTE *weinend:* Sofort raus! Auf die Straße!

HAUSHÄLTERIN *fängt an zu weinen:* Auf die Straße! *Sie geht weinend zur Tür; beim Hinausgehen entfällt ihr ein Gegenstand. Beide weinen. Pause.*

TANTE *wischt sich die Tränen ab; sanft:* Was ist dir hingefallen?

HAUSHÄLTERIN *weinend:*
Ein Taschenthermometer, Stil Louis XV.

TANTE: So?

HAUSHÄLTERIN: Ja, Señora. *Beide weinen.*

TANTE: Darf ich es einmal sehen?

HAUSHÄLTERIN: Zu Rositas Namenstag. *Geht auf sie zu.*

TANTE *rotzelnd:* Das ist ja wundervoll.

HAUSHÄLTERIN *mit Trauerstimme:* Mitten im Samt ist eine Quelle, die aus richtigen Schnecken gemacht ist; über der Quelle ist eine Drahtlaube mit grünen Rosen; das Wasser im Becken ist aus blauen Pailletten, und der Springbrunnen ist das eigentliche Thermometer. Die Pfützen drumherum sind echte Ölmalerei, und die Nachtigall, die daraus trinkt, ist ganz aus Goldfäden gestickt. Ich hätte sie gern noch mit Spielwerk und Gesang gehabt, aber das gab es nicht.

TANTE: Das gab es nicht.

HAUSHÄLTERIN: Aber sie braucht auch nicht zu singen. Im Garten haben wir den Gesang lebendig.

TANTE: Ja, freilich. *Pause.* Warum hast du dich eingemischt?

HAUSHÄLTERIN *weinend:* Ich gebe alles, was ich habe, für Rosita.

TANTE: Wirklich, du liebst sie wie keiner sonst.

HAUSHÄLTERIN: Nach Ihnen, natürlich.

TANTE: Nein, du hast ihr dein Blut gegeben.

HAUSHÄLTERIN: Und Sie haben ihr Ihr Leben geopfert.

TANTE: Aber ich habe das aus Pflichtgefühl getan, du aus Edelmut.

HAUSHÄLTERIN *etwas heftig:* Sagen Sie nicht sowas!

TANTE: Du hast bewiesen, daß du sie lieber hast als sonst jemand.

HAUSHÄLTERIN: Ich habe getan, was jede andre an meiner Stelle auch getan hätte. Ich bin nur ein Dienstmädchen. Sie zahlen, und ich diene.

TANTE: Wir haben dich immer als zur Familie gehörig betrachtet.

HAUSHÄLTERIN: Ein einfaches Dienstmädchen, das gibt, was es hat – und weiter nichts.

TANTE: Du wirst mir doch nicht sagen wollen – und weiter nichts?

HAUSHÄLTERIN: Was bin ich denn andres?

TANTE *verärgert:* Das darfst du hier nicht sagen. Ich gehe, damit ich das nicht mehr anzuhören brauche.

HAUSHÄLTERIN *verärgert:* Ich auch. *Beide ab; jede rasch durch eine andre Tür. Dabei stößt die Tante auf den*

ONKEL: Von dem langen Zusammenleben seid ihr grantig geworden.

TANTE: Sie will immer recht haben.

ONKEL: Erklär mir nichts; ich weiß ja alles auswendig ... Trotz allem kannst du nicht ohne sie sein. Gestern hörte ich, wie du ihr unser Bankkonto mit allen Einzelheiten erklärt hast. Du verstehst nicht, Distanz zu halten. Das scheint mir nicht die geeignetste Plauderei für ein Dienstmädchen zu sein.

TANTE: Sie ist kein Dienstmädchen.

ONKEL *sanftmütig:* Schön, schön, ich will dir nicht widersprechen.

TANTE: Kann man etwa mit mir nicht reden?

ONKEL: Man kann, aber ich ziehe vor zu schweigen.

TANTE: Obwohl du so tadelnde Worte gesagt hast.

ONKEL: Warum sage ich nichts zu solchen Dingen? Um nicht zu diskutieren, bin ich imstande, mein Bett selbst zu machen, meine Anzüge mit Panamaspänen selbst zu reinigen und die Teppiche in meinem Zimmer selbst zu wechseln.

TANTE: Es ist ungerecht, daß du diese Miene eines höheren und schlecht bedienten Wesens aufsetzt, wo doch alles hier im Hause deiner Bequemlichkeit und deinen Launen untergeordnet ist.

ONKEL *sanft:* Im Gegenteil, mein Kind.

TANTE *ernst:* Nicht im Gegenteil. Statt Spitzen zu klöppeln, beschneide ich die Pflanzen. Und was tust du für mich?

ONKEL: Entschuldige. Es kommt ein Augenblick, in dem die Menschen die viele Jahre zusammenleben, die kleinsten Dinge zum Anlaß von Zwistigkeiten und Unruhe nehmen, um Intensität und Auftrieb in das zu legen – was endgültig tot ist. Mit zwanzig Jahren haben wir uns nicht so unterhalten.

TANTE: Nein; mit zwanzig Jahren zersprangen die Fensterscheiben ...

ONKEL: Und die Kälte war ein Spielzeug in unsren Händen.

ROSITA *kommt; sie ist rosa angezogen. Die Mode hat sich sehr verändert; es gibt keine Puffärmel mehr wie 1900. Sie trägt einen Glockenrock. Sie quert, mit einer Schere in der Hand, schnell die Bühne, bleibt aber in der Mitte stehen:* Ist der Briefträger gekommen?

ONKEL: Ist er gekommen?

TANTE: Ich weiß nicht. *Laut:* Ist der Briefträger gekommen? *Pause.* Nein, noch nicht.

ROSITA: Sonst kommt er immer um diese Zeit.

ONKEL: Er hätte schon längst hier sein müssen.

TANTE: Er unterhält sich sehr oft.

ROSITA: Neulich habe ich ihn getroffen, als er mit drei Kindern Uni-uni-Doli-doli[1] spielte, den ganzen Haufen Briefe auf dem Boden.

TANTE: Er wird schon kommen.

ROSITA: Sagt mir Bescheid.

Will rasch abgehen.

ONKEL: Und wohin mit der Schere?

ROSITA: Ich will ein paar Rosen schneiden.

ONKEL *verblüfft:* Wie? Wer hat dir denn das erlaubt?

TANTE: Ich. Sie hat heute Namenstag.

ROSITA: Ich will sie in die Jardinièren und in die Vase am Eingang stellen.

ONKEL: Immer, wenn ihr eine Rose schneidet, habe ich das Gefühl, ihr schnittet mir einen Finger ab. Ich weiß ja, daß das gleichgültig ist. *Sieht seine Frau an.* Ich will nicht diskutieren. Ich weiß, daß sie nicht lange blühen. *Haushälterin kommt.* So jedenfalls heißt es in dem Rosenwalzer, der eine der reizendsten Kompositionen dieser Zeit ist; dennoch kann ich den Verdruß nicht unterdrücken, der in mir hochsteigt, wenn ich sie in den Tonvasen sehe. *Ab.*

ROSITA *zur Haushälterin:* Ist die Post gekommen?

1. Ein Hölzchen wird über zwei Steine gelegt und mit einem Stock fortgeschnellt. Wer es am weitesten schleudert, siegt. A. d. Ü.

HAUSHÄLTERIN: Die Rosen sind einzig und allein dazu brauchbar, die Zimmer zu schmücken.

ROSITA *ärgerlich:* Ich habe dich gefragt, ob Post gekommen ist.

HAUSHÄLTERIN *ärgerlich:* Behalte ich vielleicht die Briefe, wenn sie kommen?

TANTE: Geh, schneid die Blumen!

ROSITA: Für alles hier im Haus gibt es einen kleinen Tropfen Bitteres.

HAUSHÄLTERIN: Wir finden hier das Gift in allen Ecken. *Ab.*

TANTE: Bist du zufrieden?

ROSITA: Ich weiß nicht.

TANTE: Wieso?

ROSITA: Wenn ich die Leute nicht sehe, bin ich zufrieden ... aber da ich sie sehen muß ...

TANTE: Allerdings! Das Leben, das du führst, gefällt mir nicht. Dein Bräutigam verlangt nicht von dir, daß du dich verkriechst. Er sagt immer in seinen Briefen, du sollst ausgehen.

ROSITA: Aber gerade auf der Straße bemerke ich, wie die Zeit vergeht, und ich will meine Illusionen nicht verlieren. Wo die Obstverkäuferin früher war, hat man bereits ein neues Haus gebaut. Ich will nicht wissen, wie die Zeit vergeht.

TANTE: Natürlich! Ich habe dir schon oft geraten, du sollst deinem Cousin schreiben und hier einen andren heiraten. Du bist ein fröhliches Geschöpf; und ich weiß, daß es junge und gereifte Männer gibt, die in dich verliebt sind.

ROSITA: Aber Tante! Ich habe sehr tiefe Wurzeln, die fest in mein Gefühl hineingewachsen sind. Wenn ich nicht die Leute sähe, würde ich glauben, er sei erst vor einer Woche fortgegangen. Zudem – was ist schon ein Jahr – oder zwei – oder fünf? *Ein Glöckchen läutet.* Die Post.

TANTE: Was mag er dir geschickt haben?

HAUSHÄLTERIN *kommt:* Die verkitschten alten Jungfern sind da.

TANTE: Heiligste Jungfrau!

ROSITA: Laß sie herein.

HAUSHÄLTERIN: Die Mutter mit den drei Töchtern. Nach außen

aufgedonnert, für den Mund ein paar schlechte Maisbrocken. Denen möchte ich tüchtig was auf den . . . geben . . .! *Ab. Die drei aufgedonnerten alten Jungfern und ihre Mutter kommen. Die Jungfern tragen riesige Hüte mit billigen Federn, äußerst übertriebene Kleider, Handschuhe bis zum Ellbogen mit Armbändern darüber und Fächer, die an langen Ketten baumeln. Die Mutter trägt schwarz-braun und einen Hut mit alten violetten Bändern.*

MUTTER: Herzlichen Glückwunsch. *Sie küssen sich.*

ROSITA: Danke. *Küßt die Jungfern.* Amor! Caridad! Clemencia!

ERSTE JUNGFER: Herzlichen Glückwunsch.

ZWEITE JUNGFER: Herzlichen Glückwunsch.

DRITTE JUNGFER: Herzlichen Glückwunsch.

TANTE *zur Mutter:* Wie stehts mit den Füßen?

MUTTER: Immer schlimmer. Wenn die nicht wären, würde ich immer zu Hause bleiben.

Sie setzen sich.

TANTE: Reiben Sie sich nicht mit Lavendel ein?

ERSTE JUNGFER: Jeden Abend.

ZWEITE JUNGFER: Und mit Malvenabsud.

TANTE: Dem widersteht kein Rheuma. *Pause.*

MUTTER: Wie geht es Ihrem Gatten?

TANTE: Danke, gut. *Pause.*

MUTTER: Mit seinen Rosen.

TANTE: Mit seinen Rosen.

DRITTE JUNGFER: Wie hübsch sind die Blumen!

ZWEITE JUNGFER: Wir haben einen Topf mit Sankt-Franciscus-Rosen.

ROSITA: Aber Sankt-Franciscus-Rosen duften nicht.

ERSTE JUNGFER: Sehr schwach.

MUTTER: Ich habe wilden Jasmin am liebsten.

DRITTE JUNGFER: Veilchen sind auch köstlich. *Pause.*

MUTTER: Kinder, habt ihr die Postkarte mitgebracht?

DRITTE JUNGFER: Ja. Das ist ein rosa gekleidetes Mädchen und zugleich Barometer. Der Mönch mit der Kapuze ist schon zu sehr im Schwange. Je nach der Feuchtigkeit öffnen oder schließen sich die Röcke des Mädchens, die aus allerfeinstem Papier sind.

ROSITA *liest:* Eines Morgens auf der Flur
sangen süß die Nachtigallen;
und sie sangen immer nur:
Röschen tut uns sehr gefallen.

Warum haben Sie sich so sehr angestrengt?

TANTE: Das ist höchst geschmackvoll.

MUTTER: Geschmack fehlt mir nicht; was mir fehlt, ist Geld!

ERSTE JUNGFER: Mama ...!

ZWEITE JUNGFER: Mama ...!

DRITTE JUNGFER: Mama ...!

MUTTER: Kinder, hier hab ich volles Vertrauen. Hier hört uns keiner. Sie wissen ja recht gut: seitdem mein armer Mann nicht mehr da ist, vollbringe ich wahre Wunder, um die Pension zu verwalten, die wir haben. Ich meine immer noch, den Vater dieser Kinder zu hören, wie er mir sagte, großzügig und ritterlich wie er war, »Enriqueta, gib aus, gib aus, ich verdiene ja siebzig Duros«. Aber die Zeiten sind vorbei! Trotz allem sind wir nie von unsrem Stand herabgestiegen, und welche Ängste habe ich ausgestanden, Señora, damit diese Kinder auch weiter Hüte tragen können! Welche Tränen, welche Kümmernisse um ein Band oder ein paar Löckchen! Diese Federn, diese Garnituren haben mich so manche Nacht um den Schlaf gebracht.

DRITTE JUNGFER: Mama ...!

MUTTER: Das ist doch wahr, mein Kind. Wir können uns nicht das Allergeringste leisten. Wie oft frage ich sie: was wollt ihr, liebste Kinder – Ei zum Frühstück oder einen Stuhl auf der Promenade? Und alle drei antworten mit einer Stimme: Stühle!

DRITTE JUNGFER: Mama, du brauchst darüber nicht mehr zu sprechen. Ganz Granada weiß es.

MUTTER: Freilich, freilich; was sollten sie sonst antworten? Und so leben wir dahin mit ein paar Kartoffeln und Trauben, aber einer schönen Capa, einem bemalten Sonnenschirm oder einer Popelinebluse mit allem Drum und Dran. Es geht eben nicht anders. Aber mich kostets das Leben! Und die Tränen kommen mir in die Augen, wenn ich sie mit denen umgehen sehe, die reich sind.

ZWEITE JUNGFER: Gehst du heute nicht zur Alameda, Rosita?

ROSITA: Nein.

DRITTE JUNGFER: Wir treffen uns da immer mit den Ponce de León, den Herrasti und mit der Baronin von Santa Matilde de la Bendición Papal. Die Crème von Granada.

MUTTER: Selbstverständlich! Sie haben ja zusammen das Colegio zur Himmelstür besucht. *Pause.*

TANTE *steht auf:* Darf ich Ihnen etwas anbieten? *Alle stehen auf.*

MUTTER: Niemand kann den Pinienkuchen und die Blätterteigpastetchen so machen wie Sie.

ERSTE JUNGFER *zu Rosita:* Hast du Nachrichten?

ROSITA: Mit der letzten Post wurden mir Neuigkeiten versprochen. Wollen sehn, was diese bringt.

DRITTE JUNGFER: Bist du schon fertig mit der Valenciennesspitzengarnitur?

ROSITA: Was meinst du auch! Ich habe noch eine aus Batist gemacht mit Schmetterlingen in Gouache.

ZWEITE JUNGFER: Wenn du heiratest, hast du die schönste Ausstattung der Welt.

ROSITA: Dabei denke ich immer, daß es wenig ist! Man sagt, daß die Männer sich langweilen, wenn sie eine immer im gleichen Kleid sehen.

HAUSHÄLTERIN *kommt:* Die Ayola sind da; vom Fotografen die...

TANTE: Die Damen Ayola, willst du wohl sagen.

HAUSHÄLTERIN: Die ganz großen, erlauchten Damen Ayola sind da, die Fräulein Töchter des Fotografen Seiner Majestät -- Goldene Medaille auf der Madrider Ausstellung. *Ab.*

TANTE: Man muß sie ertragen; aber manchmal fällt sie mir auf die Nerven. *Die Jungfern betrachten mit Rosita Stoffe.* Sie sind unmöglich.

MUTTER: Wichtigtuerisch. Ich habe ein Mädchen, das uns nachmittags die Böden putzt; es bekam, was alle immer bekommen haben: eine Pesete im Monat und die Speisereste, was sehr schön ist in diesen Zeiten; also neulich platzte sie damit heraus, daß sie einen Duro haben wolle – und das kann ich doch nicht!

TANTE: Ich weiß nicht, wo das noch hinführen soll.

Die Fräulein Ayola kommen und begrüßen Rosita fröhlich. Sie sind sehr übertrieben und reich nach der Zeitmode gekleidet.

ROSITA: Kennen Sie sich nicht?

ERSTE AYOLA: Von Ansehen.

ROSITA: Die Fräulein Ayola, Frau Escarpini und ihre Fräulein Töchter.

ZWEITE AYOLA: Wir sehen Sie oft auf der Promenade sitzen.

Beide Ayola verbergen das Lachen.

ROSITA: Setzen Sie sich.

Die Jungfern setzen sich.

TANTE *zu den Ayola:* Wollt ihr was Leckeres?

ZWEITE AYOLA: Nein; wir haben gerade gegessen. Ich habe wenigstens vier Eier mit Hackfleisch und Tomaten gegessen und konnte kaum noch vom Stuhl aufstehen.

ERSTE AYOLA: Wie geistreich! *Alle lachen. Pause.*

Die Ayola fangen an, unaufhaltsam zu lachen, was auch Rosita ansteckt, die sich bemüht, sich zu beherrschen. Die drei Jungfern und ihre Mutter sind ernst. Pause.

TANTE: Was für Geschöpfe!

MUTTER: Die Jugend!

TANTE: Das glückliche Alter.

ROSITA *geht umher, wie wenn sie Sachen ordne:* Bitte, seien Sie still. *Stille.*

TANTE *zur dritten Jungfer:* Was macht denn das Klavier?

DRITTE JUNGFER: Augenblicklich übe ich wenig. Ich habe viel zu tun.

ROSITA: Ich habe dich schon lange nicht mehr gehört.

Mutter: Wenn ich nicht darauf achtete, wären ihr die Finger längst steif geworden. Aber ich muß sie immer antreiben.

Zweite Jungfer: Seit der arme Papa gestorben ist, hat sie keine Lust mehr. Wie gut hat es ihm immer gefallen!

Mutter: Ich erinnere mich, daß er bisweilen Tränen vergoß.

Erste Jungfer: Wenn sie die Tarantella von Popper spielte.

Zweite Jungfer: Und das Gebet einer Jungfrau.

Mutter: Er hatte ein tiefes Gemüt! *Die Ayola, welche die ganze Zeit mit dem Lachen gekämpft hatten, brechen in Lachsalven aus. Rosita, mit dem Rücken zu den Jungfern, lacht auch, doch sie beherrscht sich.*

Tante: Was für Babies!

Erste Ayola: Wir lachen, weil ich, bevor ich hier hereinkam ...

Zweite Ayola: ... weil sie da gestolpert ist und beinah hingeschlagen wäre ...

Erste Ayola: Und ich ... *Sie lachen. Die drei Jungfern beginnen ein leichtes Lächeln zu fingieren mit einer müden und traurigen Nuance.*

Mutter: Jetzt gehen wir aber!

Tante: Auf keinen Fall.

Rosita *zu allen:* Jetzt wollen wir mal feiern, daß du nicht hingefallen bist! Mädchen! Bring uns die Totenbeinchen der Heiligen Katharina!

Dritte Jungfer: Sind die reich!

Mutter: Voriges Jahr haben sie uns ein halbes Kilo geschenkt.

Haushälterin *bringt das Gebäck:* Bissen für feine Leute. *Zu Rosita:* Der Briefträger kommt über den Alamillosplatz.

Rosita: Wart auf ihn an der Tür!

Haushälterin ab.

Erste Ayola: Ich will nichts essen; ich möchte lieber ein Gläschen Anis.

Zweite Ayola: Und ich Agrest.

Rosita: Du bist immer eine kleine Säuferin gewesen!

Erste Ayola: Als ich sechs Jahre alt war, kam ich hierher, und

Rositas Bräutigam hat mir das Trinken angewöhnt. Erinnerst du dich nicht, Rosita?

ROSITA *ernst:* Nein!

ZWEITE AYOLA: Mir haben Rosita und ihr Bräutigam die Buchstaben B – C – D beigebracht. Wie lange ist das schon her?

TANTE: Fünfzehn Jahre!

ERSTE AYOLA: Ich habe beinah, beinah das Gesicht deines Bräutigams vergessen.

ZWEITE AYOLA: Hatte er nicht eine Narbe auf der Lippe?

ROSITA: Eine Narbe? Tante, hatte er eine Narbe?

TANTE: Erinnerst du dich denn nicht, Liebling? Das war das einzige, was ihn etwas entstellte.

ROSITA: Das war doch keine Narbe sondern eine Brandwunde, ein bißchen rötlich. Narben sind tief.

ERSTE AYOLA: Ich möchte so gern, daß Rosita heiratet!

ROSITA: Bei Gott!

ZWEITE AYOLA: Das ist kein Unsinn. Ich auch!

ROSITA: Warum?

ERSTE AYOLA: Um auf eine Hochzeit zu gehen. Ich heirate, sobald ich kann.

TANTE: Mädchen!

ERSTE AYOLA: Mit wem es auch sei; denn ich will nicht ledig bleiben.

ZWEITE AYOLA: Ich denke genau so.

TANTE *zur Mutter:* Was meinen Sie?

ERSTE AYOLA: Ah! Ich bin mit Rosita befreundet, weil sie einen Bräutigam hat! Die nicht verlobten Frauen sind alle quabbelig und angefressen.

Sieht die Jungfern. Na, nicht alle – nur manche ... Jedenfalls sind alle toll!

TANTE: Halt! Jetzt ists genug.

MUTTER: Lassen Sie sie.

ERSTE JUNGFER: Es gibt viele, die nicht heiraten, weil sie nicht wollen.

ZWEITE AYOLA: Ich glaube so was nicht.

ERSTE JUNGFER *zweckbetont:* Das weiß ich ganz sicher.

ZWEITE AYOLA: Wenn sich eine nicht verheiraten will, pudert sie sich nicht mehr und polstert sich auch nicht mehr die Brust aus; sie steht auch nicht mehr Tag und Nacht am Balkongeländer, um auf die Leute aufzupassen.

ZWEITE JUNGFER: Vielleicht hat sie Lust, frische Luft zu schnappen!

ROSITA: Was ist denn das für eine dumme Unterhaltung! *Sie lachen gezwungen.*

TANTE: So. Warum machen wir nicht ein bißchen Musik?

MUTTER: Tu's doch, Kind!

DRITTE JUNGFER *steht auf:* Was soll ich denn spielen?

ZWEITE AYOLA: Spielen Sie: Es lebe Frascuelo!

ZWEITE JUNGFER: Die Barkarole von der Fregatte Numancia.

ROSITA: Warum nicht: Was die Blumen sagen?

MUTTER: Ja, ja. Was die Blumen sagen! *Zur Tante:* Haben Sie sie noch nicht gehört? Sie spricht und spielt gleichzeitig. Ganz großartig!

DRITTE JUNGFER: Ich kann auch rezitieren:

> Die dunklen Schwalben werden wiederkehren,
> ihr Nest zu bauen am Balkon, der dein!

ERSTE AYOLA: Das ist sehr traurig.

ERSTE JUNGFER: Das Traurige ist auch sehr hübsch.

TANTE: Also los! Los!

DRITTE JUNGFER *am Klavier:*

> Mutter, geh mit mir aufs Feld
> in des Morgens Licht, zu schauen,
> wie die Blüten sich eröffnen,
> wenn die Zweige sanft sich wiegen.
> Tausend Blumen sagen tausend
> heißverliebten Mädchen tausend
> Dinge. Und der Quell verplaudert,
> was die Nachtigall verschweigt.

ROSITA:

> Offen war die rote Rose,
> als der Morgen hell erstrahlte;

war so rot von zartem Blute,
daß der Tau sich still entfernte;
und so heiß war sie am Stiel,
daß die Brise sich verbrannte.
Hochgewachsen! Wie sie leuchtet!
Offen war sie!

DRITTE JUNGFER:

Nur nach dir schaun meine Augen,
sagte da der Heliotrop.
Lieb dich nicht, solang ich lebe,
sagt die Blüte der Basilie.
Ich bin schüchtern, sagt das Veilchen.
Ich bin kalt – die weiße Rose.
Ich bin treu, sagt der Jasmin.
Leidenschaftlich – sagt die Nelke.

ZWEITE JUNGFER:

Bitternis – die Hyazinthe,
Schmerz – die Blume der Passion.

ERSTE JUNGFER:

Und die Rauke ist Verachtung,
doch die Lilie ist die Hoffnung.

TANTE: Bin dein Freund – so sagt die Narde,
glaub an dich – die Granadilla.
Während dich das Geißblatt wiegt,
tötet dich das Immergrün.

MUTTER: Immergrün des ernsten Todes,
Blume der gekreuzten Hände,
dir ist wohl nur, wenn die Luft
weint auf deinen grünen Kranz!

ROSITA: Offen war die rote Rose,
doch der Abend zog herauf;
ein Gerücht von trübem Schnee
lastete auf ihren Zweigen.
Als der Schatten wiederkehrte,
als die Nachtigall dann sang,

ward sie krank und ward sie weiß
wie ein Weib, zu Tod bekümmert.
Während dann die Nacht ihr großes,
sanftes Horn blies aus Metall,
und die Winde eng umschlungen
in den Bergen eingeschlafen,
ließ sie seufzend ihre Blätter
ins Kristall des Morgens fallen.

DRITTE JUNGFER:
Auf den Wellen deines Haares
seufzen abgeschnittne Blumen.
Diese haben kleine Dolche,
jene Feuer, andre Wasser.

ERSTE JUNGFER: Blumen haben für verliebte
Mädchen ihre eigne Sprache.

ROSITA: Eifersucht ist die Robinie;
sprödestes Verschmähn die Dahlie;
Liebesseufzer ist die Narde;
und La France, die Rose, Lachen.
Haß sind alle gelben Blumen;
und die roten sind der Zorn;
weiße Blüten sind die Hochzeit
und die blauen sind der Tod.

DRITTE JUNGFER:
Mutter, geh mit mir aufs Feld
in des Morgens Licht, zu schauen,
wie die Blüten sich eröffnen,
wenn die Zweige sanft sich wiegen.
Sie spielt den letzten Lauf und hört auf.

TANTE: Ach, war das wundervoll!

MUTTER: Sie kennen auch die Fächersprache, die Handschuhsprache, die Briefmarkensprache und die Sprache der Stunden. Ich bekomme eine Gänsehaut, wenn sie dies aufsagen:
Zwölf Uhr rufen in die Welt
gräßlich hart die Glockenmünder;

deines Todes Stunde gellt –
denk daran! Bedenk es, Sünder!

Erste Ayola *den Mund voll Süßigkeiten:* Das ist ganz abscheulich!

Mutter: Und wenn sie sagen:

Um ein Uhr werden wir geboren
– larálala, larálala –,
die Geburt ist
– larálala, larálala –,
wie wenn man die Augen öffnet
– lan –,
in einem Garten,
Garten, Garten.

Zweite Ayola *zu ihrer Schwester:* Ich glaube, die Alte hat eins über den Durst getrunken. *Zur Mutter:* Trinken Sie noch ein Gläschen?

Mutter: Mit dem größten Vergnügen und dem besten Willen, wie man zu meiner Zeit sagte. *Rosita hat die ganze Zeit nach der Post ausgeschaut.*

Haushälterin *kommt:* Die Post! *Allgemeiner Tumult.*

Tante: Gerade zur rechten Zeit.

Dritte Jungfer: Er hat sicher die Tage ausgerechnet, damit der Brief heute ankommt.

Mutter: Welche Delikatesse!

Zweite Ayola: Mach den Brief auf.

Erste Ayola: Es ist diskreter, wenn du ihn allein liest; vielleicht schreibt er dir etwas Anzügliches.

Mutter: Jesus! *Rosita ab mit dem Brief. Ihr folgt die Haushälterin.*

Erste Ayola: Der Brief eines Bräutigams ist kein Gebetbuch.

Dritte Jungfer: Er ist ein Gebetbuch der Liebe.

Zweite Ayola: Mmm, ganz etwas Feines! *Die Ayola lachen.*

Erste Ayola: Man merkt, daß Sie noch nie einen bekommen haben.

Mutter *heftig:* Um so besser für s i e!

ERSTE AYOLA: Von mir aus – wohl bekomms!

TANTE *zur Haushälterin, die mit Rosita eintritt:* Wo gehst du denn hin?

HAUSHÄLTERIN: Darf man vielleicht keinen Schritt tun?

TANTE: Laß sie doch allein! *Haushälterin bleibt.*

ROSITA *will abgehen:* Tante! Tante!

TANTE: Was ist, Mädchen?

ROSITA *erregt:* Ach, Tante!

ERSTE AYOLA: Was ist?

DRITTE JUNGFER: Sags uns!

ZWEITE AYOLA: Nun?

HAUSHÄLTERIN: Rede doch!

TANTE: Los!

MUTTER: Ein Glas Wasser!

ZWEITE AYOLA: Raus damit!

ERSTE AYOLA: Rasch! *Tumult.*

ROSITA *mit erstickter Stimme:* Er heiratet ... *alle entsetzt.* Er heiratet mich, weil er es nicht mehr ertragen kann, aber ...

ZWEITE AYOLA *umarmt sie:* Olé! Ist das eine Freude!

ERSTE AYOLA: Laß dich umarmen!

TANTE: Laßt sie sprechen.

ROSITA *ruhiger:* Aber da er im Augenblick nicht kommen kann, wird die Ehe durch Vollmachten abgeschlossen; er kommt dann später.

ERSTE JUNGFER: Herzlichen Glückwunsch!

MUTTER *fast weinend:* Gott mache dich so glücklich wie du es verdienst! *Umarmt sie.*

HAUSHÄLTERIN: Schön; und Vollmachten – was ist das?

ROSITA: Nichts. Irgend jemand vertritt den Bräutigam bei der Zeremonie.

HAUSHÄLTERIN: Und dann?

ROSITA: Dann ist man verheiratet!

HAUSHÄLTERIN: Und was ist in der Brautnacht?

ROSITA: Um Gottes willen!

ERSTE AYOLA: Gut gesagt. Und was ist in der Brautnacht?

TANTE: Aber Kinder!

HAUSHÄLTERIN: Er soll selber kommen, er soll sich in eigener Person verheiraten! Vollmachten! Davon habe ich noch nie reden hören. Das Bett mit seinem Zierat zittert vor Kälte, und das Brauthemd liegt in der Truhe, wo es am dunkelsten ist. Señora, Sie dürfen nicht zulassen, daß die ›Vollmachten‹ Ihr Haus betreten. *Alle lachen.* Señora, ich will keine Vollmachten!

ROSITA: Er kommt ja bald. Dies ist wieder ein Beweis mehr, wie sehr er mich liebt!

HAUSHÄLTERIN: Na also! Dann soll er selbst kommen! Er soll dich am Arm nehmen und den Zucker in deinem Kaffee umrühren und vorher probieren, ob er heiß ist! *Lachen. Der Onkel kommt mit einer Rose.*

ROSITA: Onkel!

ONKEL: Ich habe alles gehört und habe, sozusagen ohne mir darüber Gedanken zu machen, die einzige veränderliche Rose, die ich im Gewächshaus hatte, abgeschnitten. Sie war immer noch rot:

Ist die Blüte mittags offen,
dann ist rot sie wie Koralle.

ROSITA:

Um zu sehen wie sie leuchtet,
guckt die Sonne durch die Fenster.

ONKEL: Wenn ich zwei Stunden länger mit dem Abschneiden gewartet hätte, würde ich sie dir weiß gegeben haben.

ROSITA:

Sie ist weiß wie eine Taube,
wie des Meeres Lachen weiß,
mit der weißen Kälte ist sie
einer Wange gleich aus Salz.

ONKEL: Aber noch, noch hat sie die ganze Glut ihrer Jugend.

TANTE: Männchen, trink mit mir ein Gläschen. Gerade heute ist der Tag, wo du das tun solltest.

Allgemeiner Tumult. Die Dritte Jungfer setzt sich ans Klavier und spielt eine Polka, Rosita betrachtet die Rose. Die Erste und die Zweite Jungfer tanzen mit den Ayola und singen:

Ich hab dich, Weib, gesehen
am Meer, an seinem Strand;

ob deines süßen Schmachtens
bin seufzend ich entbrannt.
Den Liebreiz meines Träumens
– mein Unglück – hast im Sand
du scheitern sehn bei Mondschein
am Meer – und alles schwand.

Tante und Onkel tanzen. Rosita tritt zum Paar Erste Jungfer-Zweite Ayola und tanzt mit der Ersten Jungfer. Die Zweite Ayola klatscht in die Hände, sowie sie Onkel und Tante tanzen sieht; die Haushälterin desgleichen, während sie abgeht.

Vorhang

DRITTER AKT

Niedriger Salon; Fenster mit grünen Jalousien, die auf den Carmen-Park gehen. Stille. Irgendwo schlägt es sechs Uhr nachmittags. Die Haushälterin kommt mit einem Kasten und einem Koffer, quert die Bühne und geht zu einer andren Tür hinaus. Es sind zehn Jahre vergangen. Die Tante kommt und setzt sich auf einen niedrigen Stuhl in der Bühnenmitte. Stille. Eine andre Uhr schlägt wieder sechs. Pause.

HAUSHÄLTERIN *kommt:* Nochmal sechs Uhr.

TANTE: Und Rosita?

HAUSHÄLTERIN: Oben. Im Turm. Und wo waren Sie?

TANTE: Ich habe die letzten Blumentöpfe aus dem Gewächshaus genommen.

HAUSHÄLTERIN: Ich habe Sie den ganzen Morgen nicht gesehen.

TANTE: Seit dem Tode meines Mannes ist das Haus so leer, daß es doppelt so groß scheint; wir müssen einander geradezu suchen. In manchen Nächten, wenn ich in meinem Zimmer huste, höre ich einen Widerhall, wie wenn ich in einer Kirche wäre.

HAUSHÄLTERIN: Das Haus ist wirklich zu groß geworden.

TANTE: Aber gleich ... wenn er lebte, mit der Klarheit, die ihm eigen war, mit dem Talent ... *Fast weinend.*

HAUSHÄLTERIN *singend:* La-la-ran-la-la ... Nein, Señora, ich erlaube nicht, daß Sie weinen. Er ist nun schon vor sechs Jahren gestorben, und ich will nicht, daß Sie so sind wie am ersten Tag. Wir haben ihn genug beweint! Kopf hoch, Señora! Die Sonne soll wieder um die Ecken gucken! Möge er noch viele Jahre auf uns warten, während er Rosen schneidet!

TANTE *steht auf:* Ich bin recht alt, Mädchen. Ein schreckliches Unglück lastet auf uns.

HAUSHÄLTERIN: Das wird uns nichts anhaben. Ich bin auch alt!

TANTE: Wolle Gott, ich wäre erst so alt wie du!

HAUSHÄLTERIN: Wir sind nicht weit auseinander, aber da ich viel gearbeitet habe, bin ich fett geworden, während Sie steife Beine bekommen haben, weil Sie zuviel im Sessel sitzen.

TANTE: Meinst du damit, ich hätte nicht gearbeitet?

HAUSHÄLTERIN: Sie mit den Fingerspitzen, mit Fäden, Blumenstengeln, Konfitüren; ich dagegen mit dem Rücken, den Knieen, den Fingernägeln.

TANTE: Also einem Haushalt vorstehen heißt – nicht arbeiten?

HAUSHÄLTERIN: Es ist viel schwerer, Ihre Böden zu schrubben.

TANTE: Ich will nicht diskutieren.

HAUSHÄLTERIN: Warum nicht? So verbringen wir die Zeit. Schießen Sie los. Antworten Sie mir. Doch wir sind stumm geworden. Früher wurde wenigstens geschrieen. Und ob das ... und gerade dies ... erst recht Crème ... es wird nicht mehr gebügelt ...

TANTE: Ich habe mich schon darein ergeben ... den einen Tag Süppchen, den andren Brotklößchen, mein Gläschen Wasser, meinen Rosenkranz im Täschchen – so erwarte ich gefaßt den Tod ... Aber wenn ich an Rosita denke!

HAUSHÄLTERIN: Das ist der Kummer!

TANTE *erregt:* Wenn ich an die Gemeinheit denke, die man ihr angetan hat, und an den schrecklichen Betrug, mit dem man sie hingehalten hat, und an das falsche Herz dieses Mannes, der nicht zu meiner Familie gehört und nicht verdient, ihr anzugehören, möchte ich zwanzig Jahre alt sein, einen Dampfer nehmen, in Tucumán ankommen und eine Peitsche ...

HAUSHÄLTERIN *unterbrechend:* ... einen Säbel nehmen und ihm den Kopf abhauen, ihn zwischen zwei Steinen zerstampfen, ihm die meineidige Schwurhand abhacken, mit der er die verlogenen Liebesbriefe geschrieben hat ...

TANTE: Ja, ja; er sollte mit seinem Blut bezahlen, was Blut gekostet hat, wenn auch alles mein Blut ist, und danach ...

HAUSHÄLTERIN: ... die Asche ins Meer streuen.

TANTE: ... ihn auferstehen lassen und zu Rosita bringen, damit ich wieder atmen kann, zufrieden mit der Ehre der Meinen.

HAUSHÄLTERIN: Jetzt werden Sie mir wohl recht geben.

TANTE: Du hast recht gehabt.

HAUSHÄLTERIN: Drüben hat er die Reiche gefunden, nach der er auf der Suche war und mit der er sich verheiratet hat, aber das hätte er beizeiten sagen müssen. Denn wer wird nun diese Frau noch haben wollen? Sie ist ja verblüht! Señora: Könnten wir ihm nicht einen vergifteten Brief schicken, damit er sofort stirbt, wenn er ihn erhält?

TANTE: Was für Einfälle! Er ist acht Jahre verheiratet, und bis vor einem Monat hat mir die Canaille nicht die Wahrheit geschrieben. Ich habe etwas in den Briefen bemerkt; die Vollmachten, die nicht gekommen sind ... einen fragwürdigen Ton ... er hat es nicht gewagt, aber schließlich hat er es getan. Freilich, erst nachdem sein Vater gestorben war! Und diese Kreatur ...

HAUSHÄLTERIN: Ssst ...!

TANTE: Und nimm die zwei Einmachtöpfe.

Rosita kommt; sie ist hellrosa und nach der Mode von 1910 gekleidet, trägt Lockenfrisur und sieht sehr gealtert aus.

HAUSHÄLTERIN: Liebling!

Rosita: Was macht ihr?

Haushälterin: Wir haben ein bißchen gelästert. Und wohin gehst du?

Rosita: Ins Gewächshaus. Sind die Blumentöpfe schon fort?

Tante: Ein paar sind noch da.

Rosita ab. Beide Frauen wischen sich die Tränen ab.

Haushälterin: Und fertig ist die Laube? Und Sie sitzen da und ich sitze da? Und die Sterbeglocke läutet? Und es gibt keine Mächte, die ihn zermalmen könnten?

Tante: Sei still; hör auf!

Haushälterin: Ich bin nicht so veranlagt, um diese Dinge zu ertragen, ohne daß mir das Herz durch die ganze Brust rennt, als ob es ein verfolgter Hund wäre. Als ich meinen Mann begrub, hat mich das sehr bekümmert, aber im Grunde habe ich eine große Freude empfunden ... nicht Freude ... – eine Erleichterung, zu sehen, daß ichs nicht war, die beerdigt wurde. Als ich mein Töchterchen begrub ... verstehen Sie mich? – als ich mein Töchterchen begrub, war mir, als ob man mir die Eingeweide zerträte, aber die Toten sind tot. Sie sind tot, wir weinen, die Tür wird geschlossen, und wir leben weiter! Aber das mit meiner Rosita ist das Schlimmste: Lieben und den Leib nicht finden; weinen und nicht wissen, über wen man weint; wegen jemandem seufzen, aber wissen, daß er die Seufzer nicht verdient. Das ist eine offene Wunde, aus der unaufhörlich Blut sickert, und es gibt niemanden, keinen auf der Welt, der Watte, Verband oder das kostbare kühlende Stück Schnee bringt.

Tante: Was soll ich nur tun?

Haushälterin: Weiterleben.

Tante: Im Alter zeigt uns alles die Kehrseite.

Haushälterin: Solang ich Arme habe, wird es Ihnen an nichts fehlen.

Tante *Pause. Sehr leise, wie verschämt:* Hör mal, ich kann dir dein Gehalt nicht mehr zahlen! Du wirst uns verlassen müssen.

Haushälterin: Hui! Was für ein abscheulicher Durchzug!

Hui! Oder sollte ich vielleicht taub werden? Alsdann ... wie kommt es bloß, daß ich jetzt gern singen möchte? Wie die Kinder, die aus der Schule kommen! *Man hört Kinderstimmen.* Hören Sie's, Señora? Meine Señora, mehr Señora denn je. *Umarmt sie.*

TANTE: Hör ...

HAUSHÄLTERIN: Ich gehe jetzt kochen. Plötze in der Pfanne mit Fenchel.

TANTE: Hör zu!

HAUSHÄLTERIN: Und einen Berg Schneemilch! Ich mache Ihnen einen Berg Schneemilch mit bunten Zuckerperlen ...

TANTE: Aber Gute ... !

HAUSHÄLTERIN *laut:* Großartig! ... Da ist ja Don Martin! Herein, Don Martin! Das freut mich! Unterhalten Sie die Señora ein bißchen. *Rasch ab. Don Martin kommt. Er ist alt und rothaarig, hat eine Krücke, mit der er ein zu kurzes Bein stützt; edle Erscheinung von großer Würde und mit einer Miene von besiegelter Traurigkeit.*

TANTE: Herzlich willkommen!

DON MARTIN: Wann ziehen Sie endgültig?

TANTE: Heute.

DON MARTIN: Da kann man nichts machen!

TANTE: Das neue Haus ist nicht wie dieses. Aber es hat eine schöne Aussicht und einen kleinen Patio mit zwei Feigenbäumen, wo man Blumen pflanzen kann.

DON MARTIN: Es ist schon besser so.

Sie setzen sich.

TANTE: Wie geht es Ihnen?

DON MARTIN: Wie immer. Ich habe eben meine Theoriestunde gegeben. Eine wahre Hölle. Es war eine sehr schöne Lektion: ›Konzept und Definition der Harmonie‹, aber die Kinder interessieren sich für nichts. Und was für Kinder! Mich respektieren sie immerhin ein bißchen, weil sie sehen, daß ich gebrechlich bin; bis auf die oder jene Stecknadel auf dem Stuhl oder einen nassen Lappen im Rücken, aber meinen

Kollegen spielen sie übel mit. Kinder reicher Leute – und da sie zahlen, kann man sie nicht bestrafen. Das sagt uns der Direktor immer. Gestern haben sie sich mit dem Korsett des armen Herrn Canito befaßt, des neuen Geographielehrers. Er hat nämlich einen etwas krummen Körper – und als er allein im Hof war, haben sich die großen Flegel und die Internatszöglinge zusammengetan, ihn bis zur Taille hinab ausgezogen, an eine der Galeriesäulen gebunden und vom Balkon einen Krug Wasser über ihn geschüttet.

TANTE: Das arme Geschöpf!

DON MARTIN: Jeden Tag zittere ich in der Schule vor Erwartung, was sie mit mir anfangen, obwohl sie, wie gesagt, mein Unglück etwas berücksichtigen. Vor einiger Zeit gab es einen riesigen Skandal, weil Herr Consuegra, der einen bewundernswerten Lateinunterricht erteilt, auf seinem Klassenbuch einen Haufen Katzendreck gefunden hat.

TANTE: Das sind ja wahre Teufel!

DON MARTIN: Das sind die, die zahlen ... und von denen wir leben. Sie können mir glauben, daß ihre Eltern noch über solche Gemeinheiten lachen, denn weil wir die Schüler nicht bis zum Examen haben, also keine Entscheidungen über sie treffen können, erachten sie uns für Menschen ohne Gefühle, für Personen auf der untersten Stufe der Menschen, die aber noch gebügelte Kragen und Krawatten tragen.

TANTE: Ach, Don Martin! Was ist das für eine Welt!

DON MARTIN: Was für eine Welt! Mir träumte immer davon, ich sei Dichter. Man hat mir eine blühende Blume gegeben[1] – und ich schrieb ein Drama, das man nie hat aufführen können.

TANTE: ›Die Tochter Jephthas‹?

DON MARTIN: Ja.

TANTE: Rosita und ich haben es gelesen. Sie hatten es uns geliehen. Wir haben es vier- oder fünfmal gelesen!

DON MARTIN *ängstlich gespannt:* Und was ...?

1. Bei den Dichter-Blumenspielen. A. d. Ü.

TANTE: Es hat mir sehr gefallen. Das habe ich Ihnen doch immer gesagt. Vor allem, wenn sie sterben muß und sich ihrer Mutter erinnert und sie ruft.

DON MARTIN: Das ist stark, nicht? Ein echtes Drama. Formal und inhaltlich ein Drama. Ich habe es nie aufführen lassen können. *Fängt plötzlich an zu rezitieren:*

Erhabne Mutter! Oh, laß deine Augen
auf der ruhn, die an niedern Schlaf verloren
hier liegt. Empfang die funkelnden Kleinodien
und auch das grasse Röcheln meines Kampfs!

Und ist das etwa schlecht? Und klingen Akzent und Zäsur dieses Verses etwa nicht gut: ›und auch das grasse Röcheln meines Kampfs‹?

TANTE: Herrlich! Herrlich!

DON MARTIN: Und wenn sich Glucinius mit Jesaias treffen will und den Zeltvorhang aufhebt ...

HAUSHÄLTERIN *kommt und unterbricht:* Hier. *Zwei Arbeiter kommen; sie tragen Manchesteranzüge.*

ERSTER ARBEITER: Guten Abend.

TANTE UND DON MARTIN *zusammen:* Guten Abend.

HAUSHÄLTERIN: Das da! *Sie zeigt auf einen großen Diwan, der im Hintergrund des Zimmers steht. Die Männer tragen ihn sehr langsam hinaus – wie einen Sarg. Die Haushälterin geht hinter ihnen. Schweigen. Währenddessen hört man zwei Glockenschläge.*

DON MARTIN: Ist das schon die Novene der Heiligen Großen Gertrud?

TANTE: Ja; in der Sankt-Antonius-Kirche.

DON MARTIN: Es ist sehr schwer, Dichter zu sein! *Die Männer und die Haushälterin ab.* Später wollte ich Apotheker werden. Das ist ein ruhiges Leben.

TANTE: Mein Bruder, Gott hab ihn selig, war Apotheker.

DON MARTIN: Aber ich konnte nicht. Ich mußte meiner Mutter helfen und wurde Lehrer. Deshalb habe ich Ihren Mann so beneidet. Er war, was er sein wollte.

TANTE: Das hat ihn auch ruiniert!

DON MARTIN: Schon richtig; aber mein Schicksal ist schlimmer.

TANTE: Aber Sie schreiben doch weiter.

DON MARTIN: Ich weiß nicht, warum ich schreibe, denn ich mache mir keine Illusionen; nichtsdestoweniger ist es das einzige, was mir gefällt. Haben Sie meine gestrige Erzählung gelesen in der zweiten Nummer der ›Granadiner Denkart‹?

TANTE: ›Mathildes Geburtstag‹? Ja, das haben wir gelesen: ein Wunderwerk.

DON MARTIN: Wirklich? Ich habe mich da erneuern wollen und etwas mit zeitgemäßer Atmosphäre geschrieben; ich spreche sogar von einem Flugzeug! Man muß tatsächlich mit der Zeit gehen. Selbstverständlich sind mir meine Sonette unvergleichlich lieber.

TANTE: An die neun Musen des Parnaß!

DON MARTIN: An die zehn, an die zehn. Erinnern Sie sich nicht, daß ich Rosita die zehnte Muse genannt habe?

HAUSHÄLTERIN *kommt:* Señora, helfen Sie mir bitte das Bettuch falten. *Sie falten das Bettlaken.* Don Martin mit Ihrer roten Mähne! Warum haben Sie sich nicht verheiratet, Mann Gottes? Dann ständen Sie nicht so allein in diesem Leben!

DON MARTIN: Es hat mich niemand gewollt!

HAUSHÄLTERIN: Es gibt eben keinen guten Geschmack mehr! Wo Sie doch so eine wunderbare Art haben, sich auszudrücken!

TANTE: Vielleicht machst du ihn verliebt!

DON MARTIN: Sie solls doch mal versuchen!

HAUSHÄLTERIN: Wenn er im unteren Klassenzimmer etwas erklärt, gehe ich in die Kohlenhandlung, um ihm zuzuhören: »Was ist Idee?« – »Die verstandesmäßige Darstellung einer Sache oder eines Objekts.« Ist es nicht so?

DON MARTIN: Sieh mal einer an! Sieh mal einer an!

HAUSHÄLTERIN: Gestern hat er laut gesagt: »Nein; hier handelt es sich um das Hyperbaton« und danach: ». . . das Epinikion . . .« Das möchte ich zu gern verstehen, da ich es aber nicht verstehe, muß ich lachen, und der Kohlenhändler, der immer und ewig ein Buch liest, das ›Die Ruinen von Palmyra‹ heißt, wirft mir Blicke zu wie zwei wütende Kater. Aber wenn ich auch lache und nichts weiß, begreife ich doch, daß Don Martin sehr bedeutend ist.

DON MARTIN: Man mißt heutzutage der Rhetorik und der Poetik und der ganzen Universitätsbildung keine Bedeutung zu. *Haushälterin mit dem zusammengelegten Laken rasch ab.*

TANTE: Was ist da zu machen! Es bleibt uns nur wenig Zeit in diesem Theater.

DON MARTIN: Und die muß man zur Güte und zum Opfer verwenden. *Man hört Stimmen.*

TANTE: Was ist da los?

HAUSHÄLTERIN *kommt:* Don Martin, gehen Sie in die Schule! Die Schüler haben die Röhren mit einem Nagel durchlöchert, und alle Klassen sind überschwemmt.

DON MARTIN: So geht es. Ich habe vom Parnaß geträumt und muß den Maurer und Klempner spielen. Vorausgesetzt, daß man mich nicht umstößt oder daß ich nicht ausgleite ... *Die Haushälterin hilft ihm beim Aufstehn. Man hört Stimmen.*

HAUSHÄLTERIN: So! ... Nur mit der Ruhe! Hoffentlich steigt das Wasser so hoch, daß kein Kind mehr am Leben bleibt!

DON MARTIN *ab:* Gott befohlen!

TANTE: Armer Mensch! Was ist das für ein Schicksal!

HAUSHÄLTERIN: Vergleichen Sie seines mit Ihrem! Er bügelt seine Kragen selbst und stopft seine Strümpfe, und als er krank war und ich ihm Schlagrahm brachte, hatte er Betttücher, die wie Kohle schwärzten ... und Wände und ein Waschnäpfchen ... Ay!

TANTE: Wie vielen andren geht es genau so!

HAUSHÄLTERIN: Deshalb sage ich ja immer: Verflucht seien die Reichen! Verflucht! Nicht ein Fingernagel soll von ihnen übrigbleiben!

TANTE: Laß sie doch!

HAUSHÄLTERIN: Aber ich bin ganz sicher, daß sie kopfüber in die Hölle kommen. Was glauben Sie wohl, wo sich Don

Rafael Salé befindet, der Ausbeuter der Armen, der vorgestern beerdigt wurde, Gott sei ihm gnädig!, mit soviel Pfaffen und Nonnen und Trauergebimmel? In der Hölle! Und da sagt er: Kneift mich nicht mit den Zangen – ich habe zwanzig Millionen Peseten! Ich zahle euch vierzigtausend Duros, wenn ihr mir die glühenden Kohlen unter den Füßen wegnehmt! Aber die Teufel: hier gebrannt und da gebrannt, Fußtritte nach Herzenslust, Ohrfeigen nach Strich und Faden, bis sein Blut zu Kohlenstaub wird.

TANTE: Wir Christen wissen alle, daß kein Reicher in den Himmel kommt. Aber gib nur acht, daß du nicht auch mit dem Kopf voran in der Hölle landest, wenn du so redest.

HAUSHÄLTERIN: Ich in der Hölle? Beim ersten Stoß, den ich dem Kessel Herrn Urians versetze, wird das heiße Wasser bis ans Ende der Erde auslaufen. Nein, Señora, nein. Ich komme mit Gewalt in den Himmel. *Sanft:* Mit Ihnen. Jede kriegt einen Sessel mit himmelblauer Seide, der von selbst schaukelt, und Fächer aus hochrotem Atlas. Und zwischen uns schaukelt sich Rosita in einer Schaukel aus Jasminen und Rosmarinbüscheln – und dahinter Ihr mit Rosen bedeckter Mann, so wie er hier aus der Wohnung getragen wurde; mit demselben Lächeln, mit derselben weißen Stirn – wie wenn sie aus Kristall wäre –, und Sie schaukeln sich so, und ich so, und Rosita so, und dahinter steht der liebe Gott und wirft uns Rosen zu, als ob wir eine Prozessionsgruppe aus Perlmutter wären, mit vielen Kerzen und Fransen.

TANTE: Und die vielen Tüchlein für die Tränen, die sollen hier unten bleiben.

HAUSHÄLTERIN: Bravo; die sollen sich mopsen. Für uns: Hoch das himmlische Vergnügen!

TANTE: Denn hier auf Erden haben wir kein einziges mehr!

ERSTER ARBEITER *kommt:* Was wünschen Sie sonst noch?

HAUSHÄLTERIN: Kommen Sie mal mit. *Beide ab. Von der Tür aus:* Kopf hoch!

TANTE: Gott segne dich! *Sie setzt sich langsam. Rosita kommt mit einem Päckchen Briefe in der Hand. Schweigen.* Haben sie die Kommode schon geholt?

ROSITA: Gerade eben. Ihre Cousine Esperanza hat ein Kind nach einem Schraubenzieher geschickt.

TANTE: Sie wollen wohl die Betten für die Nacht aufschlagen. Wir hätten früh fortgehen und die Sachen nach unserem Geschmack einordnen sollen. Meine Cousine wird die Möbel nur irgendwie hingestellt haben.

ROSITA: Ich möchte aber lieber hier ausziehen, wenn die Straße dunkel ist. Wenn es mir möglich wäre, würde ich die Laterne ausdrehen. Die Nachbarinnen werden wohl auf jeden Fall aufpassen. Wegen des Umzugs war die Tür den ganzen Tag offen, und die Kinder haben da neugierig herumgestanden, als ob eine Leiche im Hause wäre.

TANTE: Wenn ich alles gewußt hätte, würde ich nie und nimmer geduldet haben, daß dein Onkel das ganze Haus mit Möbeln und allem beleihen ließ. Was wir mitnehmen, ist, kurz gesagt, der Stuhl um zu sitzen und das Bett um zu schlafen.

ROSITA: Um zu sterben.

TANTE: Er hat uns was Schönes eingebrockt! Morgen kommen die neuen Besitzer. Ich möchte, dein Onkel könnte uns sehen. Alter Dummkopf! Zu schlapp für die Geschäfte. Völlig verblödet mit seinen Rosen! Ein Mensch ohne die geringste Ahnung vom Geld. Er hat mich tagtäglich ruiniert. »Herr Sowieso ist da« – und er: »Ich lasse bitten« – und der kam mit leeren Taschen und ging mit vollen, die vor Geld platzten – und immer: »Daß nur meine Frau nichts erfährt.« Der Verschwender! Der Schwächling! Kein Unglück, das er nicht gelindert hätte ... kein Kind, das er nicht beschützt hätte, weil ... weil er die reinste, christlichste Seele hatte. Nein, nein – schweig, Alte! Schweig, Schwätzerin, und achte den Willen Gottes! Zugrunde gerichtet! Auch gut – nur Ruhe!, aber wenn ich dich sehe ...

ROSITA: Sorgen Sie sich nicht um mich, Tante. Ich weiß doch, daß er die Hypothek aufgenommen hat, um meine Möbel und meine Aussteuer zu bezahlen; und das tut mir weh.

TANTE: Er hat recht getan. Du hast alles verdient. Und alles, was er gekauft hat, ist deiner würdig und wird sehr schön sein an dem Tag, da du es brauchst.

ROSITA: An dem Tag, da ich es brauche?

TANTE: Natürlich! An deinem Hochzeitstag.

ROSITA: Bringen Sie mich nicht zum Sprechen!

TANTE: Das ist der Fehler aller anständigen Frauen hierzulande. Nicht sprechen! Wir sprechen nicht und müssen sprechen. *Laut:* Mädchen! Ist die Post gekommen?

ROSITA: Was haben Sie vor?

TANTE: Daß du mich leben sehen sollst, damit du es lernst.

ROSITA *umarmt sie:* Still.

TANTE: Ab und zu muß ich offen sprechen. Verlaß deine vier Wände, mein Kind. Mach dich nicht unglücklich.

ROSITA *auf den Knieen vor ihr:* Ich habe mich daran gewöhnt, viele Jahre außerhalb von mir zu leben, indem ich an Dinge dachte, die sehr fern waren. Und jetzt, wo diese Dinge nicht mehr da sind, kreise ich immer noch, immer noch um einen kalten Ort und suche einen Ausgang, den ich niemals finden darf. Ich habe alles gewußt. Ich habe gewußt, daß er sich verheiratet hatte; denn es hatte sich schon eine mitleidige Seele gefunden, um es mir zu sagen, und ich habe seine Briefe immer mit einer von Schluchzen erfüllten Illusion empfangen, die sogar mich selbst erstaunt hat. Wenn die Leute nicht geredet hätten, wenn ihr nichts gewußt hättet, wenn niemand anders es gewußt hätte als ich – dann würden seine Briefe und seine Lüge meine Illusion genährt haben wie im ersten Jahr seiner Abwesenheit. Aber alle haben es gewußt, und ich sah einen Finger auf mich gerichtet, der meine Zurückhaltung als Verlobte lächerlich machte und meinem Fächer einer Unverheirateten ein groteskes Aussehen gab. Jedes Jahr, das verging, war wie ein intimes Kleidungsstück, das mir jemand vom Leibe riß. Heute verheiratet sich eine

Freundin und noch eine und noch eine; morgen hat sie einen Sohn, der groß wird und mich besuchen kommt, um mir seine Prüfungsnoten zu zeigen; es werden neue Häuser gebaut und neue Lieder gemacht, aber ich bleibe immer dieselbe, mit demselben Zittern, immer gleich; ich, dieselbe wie früher, schneide dieselben Nelken, sehe dieselben Wolken; und eines Tages gehe ich spazieren und muß feststellen, daß ich keinen kenne; Burschen und Mädchen lassen mich hinter sich, denn ich ermüde, und einer sagt: »Da geht die alte Jungfer«, und ein andrer, ein schöner Mensch mit Lockenkopf, setzt hinzu: »Die findet auch keinen mehr, der sie küßt.« Und ich höre das und kann nicht schreien sondern gehe weiter, den Mund voller Gift, mit einer unstillbaren Lust zu fliehen, mir die Schuhe auszuziehen und mich nie mehr aus meiner Ecke hinauszubewegen.

Tante: Kind! Rosita!

Rosita: Ich bin nun alt. Gestern hörte ich, wie das Mädchen sagte, ich könne mich noch verheiraten. Unter keiner Bedingung. Denk nur nicht an so etwas. Ich habe schon die Hoffnung verloren, den zu heiraten, den ich mit meinem ganzen Blut geliebt habe, den ich liebte ... und den ich ... liebe. Es ist alles aus. Und dennoch, und wiewohl ich meine Illusion verloren habe, lege ich mich schlafen und stehe mit dem entsetzlichsten aller Gefühle auf, dem Gefühl, eine gestorbene Hoffnung aufrecht zu erhalten. Ich will fliehen, ich will nichts sehen, ich will gelassen bleiben, ledig – hat etwa ein armes Weib nicht das Recht, in Freiheit zu atmen? –. Und trotzdem verfolgt mich die Hoffnung, umkreist mich und beißt mich; wie ein sterbender Wolf, der seine Zähne zum letzten Mal gebraucht.

Tante: Warum hast du meinen Rat nicht befolgt? Warum hast du keinen andren geheiratet?

Rosita: Ich war gebunden und zudem – welcher Mann hat dies Haus betreten und ernsthaft und sehnsüchtig um meine Zuneigung geworben? Keiner.

TANTE: Du hast dich um keinen gekümmert. Du warst die Gefangene eines selbstsüchtigen Buben.

ROSITA: Ich bin immer ernst gewesen.

TANTE: Du hast dich an deine Idee geklammert, ohne die Wirklichkeit zu sehen und ohne deine Zukunft zu berücksichtigen.

ROSITA: Ich bin wie ich bin. Ich kann mich nicht ändern. Das einzige, was mir nun noch bleibt, ist meine Würde. Was ich in mir habe, bewahre ich für mich allein.

TANTE: Gerade das will ich nicht.

HAUSHÄLTERIN *stürzt herein:* Ich auch nicht! Jetzt sprichst du, jetzt machst du dir Luft, wir weinen uns zu dritt satt und teilen uns in das Gefühl.

ROSITA: Und was sollte ich euch sagen? Es gibt Dinge, die man nicht sagen kann, weil es keine Worte gibt, um sie zu sagen. Und wenn es sie gäbe, würde niemand ihre Bedeutung verstehen. Ihr versteht mich, wenn ich Wasser und Brot verlange und sogar einen Kuß, aber ihr würdet mich nie verstehen, nie diese verborgene Hand von mir nehmen können, von der ich nicht weiß, ob sie mein Herz jedesmal mehr gefriert oder verbrennt, wenn ich allein bin.

HAUSHÄLTERIN: Da sagst du immerhin schon etwas.

TANTE: Für alles gibt es einen Trost.

ROSITA: Es würde eine Erzählung ohne Ende. Ich weiß, daß ich immer junge Augen haben werde und weiß, daß sich mein Rücken mit jedem Tag mehr beugt. Aber schließlich ist mir nichts andres geschehen als was tausend Frauen geschehen ist. *Pause.* Wozu spreche ich dies alles aus? *Zur Haushälterin:* Mach die Sachen fertig, denn wir verlassen dieses Lusthaus in wenigen Augenblicken. Und Sie, Tante, kümmern Sie sich nicht um mich. *Pause. Zur Haushälterin:* Mach! Es ist mir nicht angenehm, daß ihr mich so anseht. Diese treuen Hundeblicke peinigen mich. *Haushälterin ab.* Diese bemitleidenden Blicke, die mich beunruhigen und aufbringen.

TANTE: Was soll ich nur tun, Kind?

ROSITA: Gebt mich auf. *Pause. Geht hin und her.* Ich weiß

wohl, daß Sie an Ihre Schwester denken, an diese alte Jungfer ... alte Jungfer wie ich. Sie war sauer und haßte die Kinder und jede, die ein neues Kleid trug ... Aber ich werde nicht so werden. *Pause.* Ich bitte Sie um Entschuldigung.

TANTE: Unsinn! *Im Hintergrund erscheint ein Jüngling von achtzehn Jahren.*

ROSITA: Nur herein.

JÜNGLING: Nanu, ziehen Sie um?

ROSITA: In ein paar Minuten. Wenn es dunkel wird.

TANTE: Wer ist das?

ROSITA: Der Sohn von Maria.

TANTE: Welcher Maria?

ROSITA: Der Ältesten der drei Manolas.

TANTE: Ah!

Die hinaufgehn zur Alhambra
ganz allein, zu dritt und viert.

Entschuldige mein schlechtes Gedächtnis, Liebling.

JÜNGLING: Sie haben mich nur selten gesehen.

TANTE: Allerdings; aber ich habe deine Mutter sehr gern gehabt. Wie reizend war sie! Sie ist um dieselbe Zeit gestorben wie mein Mann.

ROSITA: Früher.

JÜNGLING: Vor acht Jahren.

ROSITA: Er hat dasselbe Gesicht.

JÜNGLING *lustig:* Nicht ganz so hübsch. Meins ist mit Hammerschlägen gemacht.

TANTE: Und dieselben witzigen Einfälle; dieselbe Lebhaftigkeit.

JÜNGLING: Aber natürlich gleiche ich ihr. Zu Karneval habe ich ein Kleid meiner Mutter angezogen aus der Zeit, da ich noch in der Wiege lag, grün ...

ROSITA *melancholisch:* ... mit schwarzen Schleifen und Zierknöpfen aus nilgrüner Seide.

JÜNGLING: Ganz recht.

ROSITA: Und mit einer großen Samtschleife an der Taille.

JÜNGLING: Genau das.

ROSITA: Die zu beiden Seiten des Cul herabhing.

JÜNGLING: Haargenau! Eine fürchterliche Mode! *Er lächelt.*

ROSITA *traurig:* Das war eine hübsche Mode!

JÜNGLING: Sagen Sie bloß nicht sowas! Ich ging hinunter, tot vor Lachen, angetan mit diesem alten Plunder und füllte den ganzen Hausgang mit Kampfergeruch; meine Tante fing gleich an bitterlich zu weinen und sagte, ich sähe genau so aus wie meine Mutter. Das hat mir selbstverständlich Eindruck gemacht, und ich ließ das Kleid und die Larve auf meinem Bett.

ROSITA: Es gibt auch nichts Lebendigeres als eine Erinnerung. Erinnerungen machen uns das Leben schließlich unmöglich. Darum begreife ich ganz gut die betrunkenen alten Weiber, die durch die Straßen torkeln, die Welt auslöschen wollen und sich singend auf die Bänke der Promenaden setzen.

TANTE: Wie geht es denn deiner verheirateten Tante?

JÜNGLING: Sie schreibt aus Barcelona. Immer weniger.

ROSITA: Hat sie Kinder?

JÜNGLING: Vier. *Pause.*

HAUSHÄLTERIN *kommt:* Geben Sie mir die Schrankschlüssel. *Die Tante gibt sie ihr. Zum Jüngling:* Dieser junge Mann hier ging gestern mit seiner Liebsten spazieren. Ich habe sie am Nuevaplatz gesehen. Sie wollte woanders hin, aber er ließ sie nicht. *Sie lacht.*

TANTE: Na hör mal – so jung und ...!

JÜNGLING *betreten:* Das war doch nur ein Späßchen.

HAUSHÄLTERIN: Du brauchst doch nicht rot zu werden! *Abgehend.*

ROSITA: Hör jetzt auf! *Haushälterin ab.*

JÜNGLING: Sie haben aber einen wunderschönen Garten!

ROSITA: Wir hatten!

TANTE: Komm, schneid dir ein paar Blumen.

JÜNGLING: Lassen Sie es sich gut gehen, Doña Rosita!

ROSITA: Geh mit Gott, mein Junge! *Tante und Jüngling ab. Der Abend dämmert allmählich.* Doña Rosita! Doña Rosita!

Wenn sie sich am Morgen öffnet,
ist sie rot, so rot wie Blut.
Doch nach Mittag wird sie weiß
mit dem Weiß von Schaum und Salz;
senkt hernieder sich die Nacht,
fängt sie an, sich zu entblättern. *Pause.*

HAUSHÄLTERIN *kommt mit einem Schal:* Abmarschiert!

ROSITA: Ja; ich will mir noch einen Mantel anziehen.

HAUSHÄLTERIN: Da ich den Kleiderrechen schon abgenommen habe, hängt er für dich am Fenstergriff.

Die Dritte Jungfer tritt ein; dunkel gekleidet, Trauerschleier vom Kopf bis zum Bein, wie man ihn um 1912 trug. Sie sprechen leise miteinander.

DRITTE JUNGFER: Mädchen!

HAUSHÄLTERIN: Sie finden uns hier nur noch für ein paar Minuten.

DRITTE JUNGFER: Ich komme eben von einer Klavierstunde, die ich hier in der Nähe habe, und wollte nur sehen, ob Sie etwas brauchen.

HAUSHÄLTERIN: Gott möge Ihnen das vergelten!

DRITTE JUNGFER: Das ist ja eine unerhörte Sache!

HAUSHÄLTERIN: Ja, ja; aber brechen Sie mir nicht das Herz; und hängen Sie mir keinen Trauerschleier um, denn ich bins, die hier Mut machen muß in diesem Trauerzug ohne Toten, an dem Sie teilnehmen.

DRITTE JUNGFER: Ich möchte sie begrüßen.

HAUSHÄLTERIN: Es ist besser, Sie sehen sie nicht. Besuchen Sie uns im neuen Haus!

DRITTE JUNGFER: Das ist besser. Und wenn Ihnen irgend etwas fehlt, dann wissen Sie, daß ich Ihnen mit allem beistehe, was ich habe und so gut ich kann.

HAUSHÄLTERIN: Auch die bösen Stunden gehen vorüber. *Man hört Wind.*

DRITTE JUNGFER: Es ist windig geworden!

HAUSHÄLTERIN: Ja. Es scheint regnen zu wollen.

Dritte Jungfer ab.

TANTE *kommt:* Wenn es so weiter bläst, wird nicht eine Rose mehr leben bleiben. Die Zypressen bei der Laube berühren beinah meine Zimmerwände. Es kommt mir so vor, als wolle jemand den Garten verunstalten, damit wir keinen Kummer haben, wenn wir ihn verlassen.

HAUSHÄLTERIN: So wunderbar, so wunderbar ist er nun eigentlich nie gewesen. Haben Sie Ihren Mantel an? Und diese Wolke. So, jetzt sind Sie gut geschützt. *Legt ihr den Mantel an.* Also – wenn wir jetzt ankommen, ist das Essen schon fertig. Zum Nachtisch gibts Pudding. Den haben Sie doch gern. Einen goldigen Pudding, wie eine Nelke. *Die Haushälterin spricht mit einer durch tiefe Erregung verschleierten Stimme. Man hört einen Schlag.*

TANTE: Die Gewächshaustür. Warum machst du sie nicht zu?

HAUSHÄLTERIN: Sie läßt sich wegen der Feuchtigkeit nicht mehr schließen.

TANTE: Sie wird die ganze Nacht schlagen.

HAUSHÄLTERIN: Wir hören sie ja nicht mehr ...!

Die Bühne liegt in zartem Abenddämmer.

TANTE: Ich ja. Ich werde sie hören. *Rosita kommt, bleich, weiß gekleidet und mit einem Mantel, der bis zum Rocksaum reicht.*

HAUSHÄLTERIN *tapfer:* Also los!

ROSITA *mit schwacher Stimme:* Es hat angefangen zu regnen. Dann ist wenigstens niemand auf den Balkons, um uns ausziehen zu sehen.

TANTE: Das ist angenehm.

ROSITA *schwankt ein wenig, stützt sich auf einen Stuhl und fällt, aufgehalten von der Haushälterin und der Tante, die ihren völligen Zusammenbruch verhindern.*

Aber wenn die Nacht dann kommt,
fängt sie an, sich zu entblättern.

Alle ab. Die Bühne bleibt leer. Man hört die Tür schlagen. Plötzlich fliegt eine Balkontür im Hintergrund auf, und die weißen Vorhänge flattern im Wind.

Vorhang

BERNARDA ALBAS HAUS

Frauentragödie in spanischen Dörfern

Personen

BERNARDA ALBA, 60 JAHRE
MARÍA JOSEFA, BERNARDAS MUTTER, 80 JAHRE
ANGUSTIAS, 39 JAHRE · MAGDALENA, 30 JAHRE
AMELIA, 27 JAHRE · MARTIRIO, 24 JAHRE
ADELA, 20 JAHRE
(BERNARDAS TÖCHTER)
LA PONCIA, MAGD, 60 JAHRE
MAGD, 50 JAHRE · PRUDENCIA
BETTLERIN · DEREN TÖCHTERCHEN
ERSTE BIS VIERTE FRAU · MÄDCHEN
TRAUER TRAGENDE FRAUEN

Der Dichter weist auf seine Absicht hin, den drei Akten Charakter eines photographischen dokumentarischen Berichts zu geben.

ERSTER AKT

Sehr weißer Innenraum in Bernardas Haus. Bogentüren mit Jutebehängen, die mit Troddeln und Volants gerafft sind. Rohrstühle. Bilder von Phantasielandschaften mit Nymphen oder Königen aus der Sage. Es ist Sommer. Eine tiefe, schattige Stille verbreitet sich über die Bühne. Während der Vorhang aufgeht, liegt die Bühne verlassen. Man hört Glocken läuten.

MAGD *kommt:* Das Geläut dieser Glocken ist mir schon in die Schläfen gedrungen.

LA PONCIA *kommt, Wurst und Brot essend:* Das Huh-Wuh, Wuh-Huh dauert schon mehr als zwei Stunden. Von allen Dörfern sind Pfarrer gekommen. Die Kirche ist wunderbar. Magdalena wurde bei der ersten Respons ohnmächtig.

MAGD: Die bleibt am allereinsamsten.

LA PONCIA: Sie war die einzige, die den Vater liebte. Ach! Gott sei Dank, daß wir ein bißchen allein sind! Ich bin gekommen, um zu essen.

MAGD: Wenn dich Bernarda sähe ...!

LA PONCIA: Sie möchte jetzt, weil sie nicht ißt, daß wir alle Hungers stürben! Das machthaberische Weib, das herrschsüchtige! Aber sie ist angeschmiert! Ich habe ihren Wursttopf aufgemacht.

MAGD *traurig beklommen:* Warum gibst du mir nichts für mein Kind, Poncia?

LA PONCIA: Geh doch hinein und nimm dir auch eine Handvoll Erbsen mit. Heute wird sie nichts merken!

STIMME *innen:* Bernarda!

LA PONCIA: Die Alte. Ist gut geschlossen?

MAGD: Zweimal mit dem Schlüssel.

LA PONCIA: Du mußt auch noch die Stange vorlegen. Sie hat Finger wie fünf Dietriche.

STIMME: Bernarda!

LA PONCIA *schreit:* Sie kommt gleich. *Zur Magd:* Putz alles gut. Wenn Bernarda nicht alles spiegelblank sieht, reißt sie mir die wenigen Haare aus, die noch übrig sind.

MAGD: Was für ein Weib!

LA PONCIA: Sie tyrannisiert ihre ganze Umgebung. Sie ist imstand, sich auf dein Herz zu setzen und zu sehen, wie du ein Jahr lang stirbst, ohne daß sie dieses kalte Lächeln verliert, das sie auf ihrem verdammten Gesicht trägt. Putz! Putz das glasierte Geschirr hier!

MAGD: Ich habe blutige Hände vom ewigen Scheuern.

LA PONCIA: Sie ist die Allersauberste, die Allerehrbarste, die Allertrefflichste. Ihr armer Mann hat sich die Ruhe wohl verdient! *Das Glockengeläut hört auf.*

MAGD: Sind alle seine Verwandten gekommen?

LA PONCIA: Nur ihre. Seine hassen sie. Sie wollten den Toten sehen und schlugen das Kreuz über ihm.

MAGD: Sind genug Stühle da?

LA PONCIA: Mehr als genug. Sollen sie sich auf den Boden setzen! Seit dem Tod von Bernardas Vater sind die Leute nicht mehr unter ihr Dach getreten. Sie will nicht, daß man sie in ihrem Reich sieht. Sie sei verflucht!

MAGD: Mit dir war sie anständig.

LA PONCIA: Dreißig Jahre wasche ich ihre Bettücher; dreißig Jahre esse ich ihre Reste; durchwachte Nächte, wenn sie hustet; ganze Tage lang durch den Spalt lugend, um die Leute auszuspionieren und es ihr zuzutragen; ein Leben ohne Geheimnisse voreinander – und dennoch: sie sei verflucht! Möge sie Qualen leiden, wie wenn Nägel ihre Augen durchstächen![1]

1. *Mal dolor de clavo* = schlimmer Schmerz von einem Nagel. Andalusisch; eine stechende Schmerzen verursachende Sehnerverkrankung. Mit dem Martyrium der Heiligen Luzie vermutlich zusammenhängende Wendung. A. d. Ü.

MAGD: Weib!

LA PONCIA: Aber ich bin eine gute Hündin; ich belle, wenn es mir befohlen wird, und wenn sie mich hetzt, beiße ich in die Fersen derer, die um Almosen bitten; meine Söhne arbeiten auf ihren Feldern und beide sind schon verheiratet; doch eines Tages habe ich es satt.

MAGD: Und an dem Tage ...

LA PONCIA: An dem Tage will ich mich mit ihr in ein Zimmer einschließen und ihr ein ganzes Jahr ins Gesicht speien. »Bernarda – hierfür, dafür, deswegen«, bis sie wie eine von den Kindern zerstampfte Eidechse ist, denn das ist sie und ihre ganze Sippschaft. Ich beneide sie bestimmt nicht um ihr Leben. Ihr bleiben fünf Weiber, fünf häßliche Töchter, und wenn ich Angustias, die älteste, ausnehme, die ihres ersten Mannes Tochter ist und Geld hat – die andren: viele Spitzenstickereien, viele Leinenhemden – aber als ganze Erbschaft Brot und Trauben.

MAGD: Ich möchte schon haben, was die haben!

LA PONCIA: Wir haben unsre Hände und eine Grube in der Friedhofserde.

MAGD: Das ist die einzige Erde, die sie uns lassen, uns Habenichtsen.

LA PONCIA *beim Wandschrank:* Das Glas hat Flecken!

MAGD: Die kann man weder mit Seife noch Putzlappen abreiben. *Die Glocken läuten.*

LA PONCIA: Die letzte Respons. Ich will sie mir anhören. Es gefällt mir so gut, wie der Pfarrer singt. Beim Paternoster ließ er die Stimme so hoch steigen, so hoch, daß sie mir wie ein Wasserkrug vorkam, der allmählich voll wird; natürlich überschlug sie sich schließlich; aber es ist himmlisch, ihm zuzuhören. Freilich, keiner kann es so wie der Küster Tronchapinos früher. An der Beerdigung meiner Mutter – Gott hab sie selig – hat er gesungen. Die Wände dröhnten, und als er Amen sagte, war das, als ob ein Wolf in die Kirche gekommen wäre. *Nachahmend:* A-a-m-e-n! *Bricht in Husten aus.*

MAGD: Du wirst dir den Schlund ruinieren.

LA PONCIA: Ich habe schon ganz was andres ruiniert! *Lachend ab.*

Die Magd putzt. Die Glocken läuten.

MAGD *die Töne aufnehmend:* Bim – bim – bam. Bim – bim – bam. Gott sei ihm gnädig!

BETTLERIN *mit einem Mädchen:* Gelobt sei Gott!

MAGD: Bim – bim – bam. Mög er noch viele Jahre auf uns warten! Bim – bim – bam.

BETTLERIN *heftig und mit einer gewissen Gereiztheit:* Gelobt sei Gott!

MAGD *gereizt:* In Ewigkeit!

BETTLERIN: Ich komme wegen der Reste.

Das Geläut hört auf.

MAGD: Durch die Tür gehts zur Straße. Die heutigen Reste gehören mir.

BETTLERIN: Weib! Du hast, der dir gibt. Mein Kind und ich sind allein.

MAGD: Auch die Hunde sind allein und leben.

BETTLERIN: Man gibt sie mir immer.

MAGD: Raus hier! Wer hat euch geheißen einzutreten? Ihr habt schon eure Füße da abgeklatscht. *Sie gehen. Putzend:* Geölte Fußböden, Wandschränke, Postamente, Stahlbetten – und wir schlucken die bitteren Pillen, in Lehmhütten lebend, mit einem Teller und einem Löffel. Wolle Gott, daß eines Tages keiner mehr von uns da ist, um das zu erzählen. *Die Glocken läuten wieder.* Ja, ja, nur immer her mit dem Totengeläut! Her mit dem Sarg mit vergoldeten Rändern und dem Tuch, um ihn fortzutragen. Dasselbe wirst du wie ich! Ätsch, Antonio María Benavides, starr und steif in deinem Tuchanzug, mit deinen Schnürstiefeln! Ätsch! Du wirst mir nicht mehr die Unterröcke hochheben hinter deiner Stalltür! *Im Hintergrund beginnen die Frauen der Trauergemeinde zu zwei und zwei einzutreten mit großen Kopftüchern, schwarzen Röcken und Fächern. Sie füllen langsam die Bühne.*

Bricht in Schreien aus: Ach, Antonio María Benavides, du wirst diese Wände nicht mehr sehen und das Brot dieses Hauses nicht mehr essen! Ich habe dich am meisten geliebt von allen, die dir dienten. *Rauft sich die Haare.* Und ich muß leben, nachdem du gegangen bist? Und ich muß leben?

Die letzten der zweihundert Frauen sind eingetreten; Bernarda und ihre fünf Töchter erscheinen.

BERNARDA *zur Magd:* Ruhe!

MAGD *weinend:* Bernarda!

BERNARDA: Weniger Geschrei, mehr Arbeit! Du hättest dafür sorgen müssen, daß alles viel sauberer ist, um die Trauergemeinde zu empfangen. Geh. Du gehörst nicht hierher. *Magd weinend ab.* Die Armen sind wie die Tiere; es scheint, daß sie aus andrem Stoff gemacht sind.

ERSTE FRAU: Die Armen empfinden auch ihren Kummer.

BERNARDA: Aber vergessen ihn vor einem Teller Erbsen.

MÄDCHEN *schüchtern:* Man muß essen, um zu leben.

BERNARDA: In deinem Alter spricht man nicht in Gegenwart Erwachsener.

ERSTE FRAU: Sei still, Kind.

BERNARDA: Ich habe nie zugelassen, daß irgend jemand mir Lehren erteilt. Ihr könnt sitzen. *Man setzt sich. Pause. Heftig:* Magdalena, wein nicht; wenn du weinen willst, kriech unters Bett. Hast du verstanden?

ZWEITE FRAU *zu Bernarda:* Habt ihr mit der Arbeit in der Tenne angefangen?

BERNARDA: Gestern.

DRITTE FRAU: Die Sonne drückt wie Blei.

ERSTE FRAU: Seit Jahren habe ich keine ähnliche Hitze erlebt. *Pause. Alle fächeln sich.*

BERNARDA: Ist die Limonade fertig?

LA PONCIA: Ja, Bernarda.

Sie kommt mit einem großen Tablett voll weißer irdener Krüglein, die sie verteilt.

BERNARDA: Gib auch den Männern.

La Poncia: Die trinken schon im Hof.

Bernarda: Sie sollen hinausgehen, wo sie hereingekommen sind. Hier sollen sie nicht durchlaufen.

Mädchen *zu Angustias:* Pepe el Romano war unter den Männern der Trauergemeinde.

Angustias: Er war dabei.

Bernarda: Seine Mutter war dabei. Sie hat seine Mutter gesehen. Pepe haben weder sie noch ich gesehen.

Mädchen: Mir schien ...

Bernarda: Aber der Witwer Darajalí war da. Recht nah bei deiner Tante. Den haben wir alle gesehen.

Zweite Frau *beiseite, leise:* Schlecht, mehr als schlecht!

Dritte Frau *beiseite, leise:* Zunge wie ein Messer!

Bernarda: Die Frauen in der Kirche sollen nur den Priester ansehen und den nur, weil er Röcke trägt. Den Kopf drehen heißt die Wärme des Samtcords suchen.

Erste Frau *leise:* Altes gerissenes Weib! Ausgekochtes!

La Poncia *murmelnd:* Rankt sich um Männerhitze!

Bernarda: Gelobt sei Gott!

Alle *sich bekreuzigend:* In Ewigkeit gesegnet und gepriesen.

Bernarda: Ruhe in Frieden
bei den Heiligen, gesellt dir zu Häupten!

Alle: Ruhe in Frieden!

Bernarda: Beim Heiligen Michael
und seinem Recht schaffenden Schwert.

Alle: Ruhe in Frieden!

Bernarda: Bei dem Schlüssel, der alles öffnet,
und der Hand, die alles verschließt.

Alle: Ruhe in Frieden!

Bernarda: Bei den Seligen
und den Lichtlein des Feldes.

Alle: Ruhe in Frieden!

Bernarda: Bei unsrem heiligen Werk der Liebe
und den Seelen in Erde und Meer.

Alle: Ruhe in Frieden!

Bernarda: Schenk deinem Knecht Antonio María Benavides die Ruhe und die Krone deiner heiligen Glorie.

Alle: Amen.

Bernarda *kniet und singt:* Requiem aeternam dona eis, Domine.

Alle *stehend und gregorianisch singend:* Et lux perpetua luceat eis.

Sie bekreuzigen sich.

Erste Frau: Gesundheit, um für seine Seele zu bitten.

Sie gehen defilierend ab.

Dritte Frau: Der Laib frischen Brotes soll dir nicht fehlen.

Zweite Frau: Noch das Dach für deine Töchter. *Defilieren alle vor Bernarda und gehen ab. Angustias ab durch die Tür, die zum Patio führt.*

Vierte Frau: Mögest du dasselbe Korn haben, das du schon seit deiner Hochzeit hast.

La Poncia *tritt ein mit einem Geldbeutel:* Von den Männern dieser Beutel mit Geld für Response.

Bernarda: Danke ihnen und schenk ihnen ein Glas Branntwein ein.

Mädchen *zu Magdalena:* Magdalena ...

Bernarda *zu Magdalena, die zu wehklagen anfängt:* Sssst! *Alle Frauen ab. Hinter ihnen her sprechend:* Nach Haus – nur alles durchhecheln, was ihr gesehen habt. Hoffentlich dauert es viele Jahre, bis ihr wieder unter dem Bogen meiner Tür hindurchgeht!

La Poncia: Niemand wird sich beklagen. Das ganze Dorf ist gekommen.

Bernarda: Ja. Um mein Haus mit dem Schweiß ihrer Röcke und dem Gift ihrer Zungen zu füllen.

Amelia: Mutter, sprechen Sie nicht so!

Bernarda: Gerade so muß man sprechen in diesem verdammten Dorf ohne Fluß, diesem Dorf der Brunnen, wo man Wasser immer voll Angst trinkt, daß es vergiftet ist.

La Poncia: Wie haben sie die Fußböden zugerichtet!

Bernarda: Wie wenn eine Ziegenherde darübergelaufen wäre.

La Poncia säubert den Boden. Gib mir den Fächer, Kind.

ADELA: Hier. *Gibt ihr einen runden Fächer mit roten und grünen Blumen.*

BERNARDA *schleudert den Fächer zu Boden:* Ist das der Fächer, den man einer Witwe gibt? Gib mir einen schwarzen und lerne die Trauer um deinen Vater achten.

MARTIRIO: Nehmen Sie meinen.

BERNARDA: Und du?

MARTIRIO: Mir ist nicht heiß.

BERNARDA: Dann hol dir einen andren; er wird dir fehlen. Für acht Jahre, in denen getrauert werden soll, darf nicht einmal der Wind von der Straße in dieses Haus blasen. Wir tun, als ob wir Türen und Fenster mit Ziegeln vermauert hätten. So war das im Hause meines Vaters und meines Großvaters. Inzwischen könnt ihr anfangen an eurer Aussteuer zu sticken. Im Kasten habe ich zwanzig Stück Leinen, woraus ihr Betttücher und Oberbettücher schneiden könnt. Magdalena kann sie besticken.

MAGDALENA: Das ist mir gleichgültig.

ADELA *rauh:* Wenn du sie nicht besticken willst, bleiben sie unbestickt. Dann werden deine um so mehr glänzen.

MAGDALENA: Weder meine noch eure. Ich weiß, daß ich nie heirate. Lieber schleppe ich Säcke zur Mühle. Alles andre – nur nicht Tag für Tag in diesem dunklen Zimmer hocken.

BERNARDA: Das bringt das Frauendasein mit sich.

MAGDALENA: Verflucht seien die Frauen.

BERNARDA: Hier wird getan, was ich befehle. Jetzt kannst du nicht mehr zu deinem Vater laufen, um es ihm wiederzusagen. Faden und Nadel für die Weiber. Peitsche und Maultier für die Männer. Das hält die Leute hoch, die mit Vermögen geboren werden. *Adela ab.*

STIMME: Bernarda! Laß mich hinaus!

BERNARDA *laut:* Laßt sie jetzt!

MAGD *kommt:* Es ist mir schwergefallen, sie festzuhalten. Trotz ihrer achtzig Jahre ist deine Mutter stark wie eine Eiche.

BERNARDA: Sie hat ihresgleichen. Mein Großvater war auch so.

MAGD: Während der Beerdigung mußte ich ihr mehrmals den Mund mit einem leeren Mehlsack zuhalten; sie wollte dich rufen, damit du ihr wenigstens Spülwasser zu trinken und Hundefleisch zu essen gäbest, was du ihr, sagt sie, sonst vorsetzt.

MARTIRIO: Sie hat böse Absichten!

BERNARDA *zur Magd:* Sie kann sich im Patio verschnaufen.

MAGD: Sie hat ihre Ringe und Amethystohrringe aus dem Kasten genommen, angelegt und mir gesagt, sie wolle heiraten. *Die Töchter lachen.*

BERNARDA: Begleite sie und gib acht, daß sie dem Brunnen nicht zu nah kommt.

MAGD: Keine Angst, daß sie sich hineinstürzt.

BERNARDA: Deshalb nicht ... Aber die Nachbarinnen können sie da vom Fenster aus sehen. *Magd ab.*

MARTIRIO: Wir wollen uns umziehen.

BERNARDA: Aber kein andres Kopftuch! *Adela kommt.* Und Angustias?

ADELA *hinterhältig:* Ich habe sie am Hoftürgitter gesehen. Die Männer gingen gerade fort.

BERNARDA: Und zu was warst auch du an der Hoftür?

ADELA: Ich wollte nur mal nachsehn, ob die Hühner gelegt haben.

BERNARDA: Aber die Männer vom Trauerzug werden doch wohl schon fortgewesen sein!

ADELA *hinterhältig:* Draußen hielten sich noch ein paar auf.

BERNARDA *wütend:* Angustias! Angustias!

ANGUSTIAS *kommt:* Was wünschen Sie?

BERNARDA: Was und wen hast du angesehen?

ANGUSTIAS: Niemand.

BERNARDA: Schickt es sich, daß eine Frau deines Standes am Begräbnistage ihres Vaters die Angel nach einem Mann wirft? Antworte! Wem hast du Augen gemacht? *Pause.*

ANGUSTIAS: Ich ...

Bernarda: Du!

Angustias: Niemandem!

Bernarda *tritt auf sie zu und schlägt sie:* Leisetreterin! Zuckersüße!

La Poncia *läuft herbei:* Bernarda! Beruhige dich! *Hält sie fest. Angustias weint.*

Bernarda: Macht, daß ihr rauskommt! Alle! *Sie gehen.*

La Poncia: Sie hat das getan, ohne sich darüber klar zu sein, daß es tatsächlich schlecht ist. Es hat mich schon gewundert, sie in den Hof schlüpfen zu sehen. Nachher stand sie hinter einem Fenster und hörte der Unterhaltung der Männer zu, die man, wie immer, nicht anhören kann.

Bernarda: Dazu kommen sie zu den Beerdigungen. *Neugierig:* Wovon haben sie geredet?

La Poncia: Sie haben von Paca la Roseta gesprochen. Gestern nacht haben sie ihren Mann an eine Krippe gebunden und sie zu Pferd zum Olivenhügel gebracht.

Bernarda: Und sie?

La Poncia: Sie – ganz dabei. Sie erzählten, ihre Brüste seien herausgequollen, und Maximiliano habe sie so gehalten wie wenn er Gitarre gespielt hätte. Abscheulich!

Bernarda: Und was ist geschehen?

La Poncia: Was geschehen mußte. Gegen Morgen kamen sie zurück. Paca la Roseta mit fliegenden Haaren und einem Blumenkranz auf dem Kopf.

Bernarda: Sie ist das einzige verkommene Frauenzimmer im Dorf.

La Poncia: Weil sie nicht von hier ist. Sie kommt von weither. Und die mit ihr kamen, sind auch fremder Leute Kinder. Die hiesigen Männer tun so etwas nicht.

Bernarda: Nein; aber es macht ihnen Spaß, zuzusehen und darüber zu reden, und sie lecken sich die Finger danach, daß sowas geschieht.

La Poncia: Sie haben noch eine Menge andrer Geschichten erzählt.

BERNARDA *nach allen Seiten schauend und gewissermaßen ängstlich:* Was denn?

LA PONCIA: Ich schäme mich sie wiederzugeben.

BERNARDA: Und meine Tochter hat sie gehört.

LA PONCIA: Natürlich!

BERNARDA: Die schlägt nach ihren Tanten; blaß und ölig; machten jedem lächerlichen Schmeichler, der sein Süßholz raspelte, Schafsaugen. Wie muß man leiden und kämpfen, um es fertigzubringen, daß die Leute anständig sind und nicht zu oft ihr Glück in verbotenen Spielen suchen!

LA PONCIA: Immerhin sind deine Töchter schon im heiratsfähigen Alter! Sie machen dir viel zu wenig zu schaffen. Angustias muß doch schon weit über die dreißig sein.

BERNARDA: Genau neununddreißig.

LA PONCIA: Stell dir das doch einmal vor. Und sie hat noch nie einen Freier gehabt ...

BERNARDA *wütend:* Keine hat je einen Freier gehabt und auch keinen nötig! Sie können auch so gut auskommen.

LA PONCIA: Ich wollte dich nicht beleidigen.

BERNARDA: Im Umkreis von hundert Meilen gibt es niemand, der sich an sie heranmachen könnte. Die Männer hier sind nicht von ihrem Stand. Soll ich sie irgendeinem Bauernknecht ausliefern?

LA PONCIA: Du hättest in ein andres Dorf ziehen sollen.

BERNARDA: Auch noch. Um sie zu verkaufen.

LA PONCIA: Nein, Bernarda, um zu wechseln ... Freilich, anderswo werden sie als arm angesehen.

BERNARDA: Halt dein Lästermaul!

LA PONCIA: Mit dir kann man nicht reden. Haben wir Vertrauen zueinander oder nicht?

BERNARDA: Nein. Du dienst, ich zahle. Weiter nichts.

MAGD *kommt:* Don Arturo ist da, um die Erbteilung zu regeln.

BERNARDA: Wir kommen. *Zur Magd:* Du machst jetzt den Patio blitzblank. *Zu La Poncia:* Und du versorgst in der großen Truhe die ganze Keidung des Toten.

La Poncia: Einige Sachen könnten wir verschenken.

Bernarda: Nichts; nicht einen Knopf! Nicht das Tuch, mit dem wir ihm den Kopf bedeckt haben. *Sie geht langsam hinaus, wendet dabei den Kopf und sieht ihre Mägde an. Diese gehen danach. Amelia und Martirio kommen.*

Amelia: Hast du die Medizin genommen?

Martirio: Was soll die mir nützen?!

Amelia: Aber du hast sie genommen.

Martirio: Ich tue das, ohne daran zu glauben, aber wie eine Uhr.

Amelia: Seitdem wir den neuen Arzt haben, bist du lebhafter.

Martirio: Ich fühle mich immer gleich.

Amelia: Hast du bemerkt? Adelaida war nicht beim Begräbnis.

Martirio: Das wußte ich schon. Ihr Bräutigam läßt sie nicht mal bis zur Schwelle. Früher war sie lustig, jetzt pudert sie sich nicht einmal mehr das Gesicht.

Amelia: Man weiß nicht, ob es besser ist, einen Bräutigam zu haben oder keinen.

Martirio: Das kommt auf eins heraus.

Amelia: An allem ist das Gerede schuld, das uns nicht leben läßt. Adelaida muß schlechte Zeiten durchgemacht haben.

Martirio: Sie hat Angst vor unsrer Mutter. Sie ist die einzige, die die Geschichte ihres Vaters und der Herkunft seiner Äcker kennt. Immer, wenn sie kommt, stochert sie in der Sache herum. Ihr Vater hat in Cuba den Mann seiner ersten Frau umgebracht, um sie zu heiraten. Später ließ er sie hier sitzen und ging mit einer andren, die eine Tochter hatte; dann hatte er ein Verhältnis mit dem Mädchen, der Mutter Adelaidas, und heiratete sie, nachdem die zweite Frau im Wahnsinn gestorben war.

Amelia: Und warum ist dieser Lump nicht im Gefängnis?

Martirio: Weil die Männer solche Sachen untereinander vertuschen und niemand imstande ist, sie anzugeben.

Amelia: Aber Adelaida ist doch daran nicht schuld.

Martirio: Nein. Aber die Dinge wiederholen sich. Ich sehe, daß alles eine furchtbare Wiederholung ist. Und sie trifft dasselbe Geschick wie ihre Mutter und ihre Großmutter, beide Frauen ihres Vaters.

AMELIA: Ungeheuerlich!

MARTIRIO: Es ist vorzuziehen, nie einen Mann zu sehen. Von Kind an hatte ich Angst vor ihnen. Ich habe sie im Hof die Ochsen anschirren und die Getreidesäcke mit Geschrei und Getrampel aufnehmen sehen; und ich hatte immer Angst, größer und plötzlich umarmt zu werden. Gott hat mich kränklich und häßlich gemacht und sie endgültig von mir ferngehalten.

AMELIA: Sag das nicht! Enrique Humanas war hinter dir her, und du hast ihm gefallen.

MARTIRIO: Erfindungen der Leute! Einmal stand ich im Hemd hinter dem Fenster, bis es Tag wurde, weil er mir durch die Tochter seines Knechts sagen ließ, er käme, aber er kam nicht. Dann heiratete er eine andre, die mehr hatte als ich.

AMELIA: Und häßlich wie der Teufel!

MARTIRIO: Was kümmert sie die Häßlichkeit! Ihnen liegt am Land, an den Ochsen und einer unterwürfigen Hündin, die ihnen zu essen gibt.

AMELIA: Ach!

MAGDALENA *kommt:* Was macht ihr?

MARTIRIO: Soso.

AMELIA: Und du?

MAGDALENA: Ich bin durch die Stuben gelaufen. Um mir ein bißchen Bewegung zu machen. Ich habe mir die von Großmutter gestickten Leinenbilder angesehen, den Wollpudel und den Neger, der mit dem Löwen kämpft, was uns Kindern so gut gefallen hat. Das war eine lustigere Zeit. Eine Hochzeit dauerte zehn Tage, und man konnte keine Lästermäuler gebrauchen. Heute ist alles feiner, die Bräute tragen einen weißen Schleier wie in den Städten, es wird Flaschenwein getrunken, und wir verfaulen hier aus Furcht vor dem Gerede.

MARTIRIO: Weiß der Himmel, was sonst geschehen würde!

AMELIA *zu Magdalena:* Die Schnürbänder sind an einem Schuh aufgegangen.

Magdalena: Was tut das?

Amelia: Du wirst darauf treten und hinfallen.

Magdalena: Eine weniger!

Martirio: Und Adela?

Magdalena: Ah! Sie hat sich das grüne Kleid angezogen, das sie sich zum Geburtstag machen ließ, ist zum Stall gegangen und hat zu schreien angefangen: ›Hühner! Hühner! Seht mich an!‹ Ich habe lachen müssen.

Amelia: Wenn Mutter das gesehen hätte!

Magdalena: Das arme Kind! Sie ist die Jüngste von uns und hängt noch Träumereien nach. Ich gäbe was darum, sie glücklich zu sehen. *Pause.*

Angustias *quert die Bühne mit Handtüchern in der Hand:* Wie spät ist es?

Magdalena: Es muß schon zwölf sein.

Angustias: Schon?

Amelia: Es wird gerade zwölf schlagen. *Angustias ab.*

Magdalena *verschlagen:* Kennt ihr schon die Geschichte? *Hinter Angustias her zeigend.*

Amelia: Nein.

Martirio: Ich weiß nicht, auf was für eine Geschichte du anspielst ...

Magdalena: Ihr beide wißt das besser als ich. Ihr steckt doch immer die Köpfe zusammen wie zwei Schäfchen, ohne euch jemandem anzuvertrauen. Das mit Pepe el Romano!

Martirio: Ah!

Magdalena *nachäffend:* Ah! Das Dorf spricht schon darüber. Pepe el Romano will Angustias heiraten. Gestern abend schlich er um das Haus herum, und ich glaube, er wird bald einen Boten schicken.

Martirio: Das freut mich. Ein guter Mann.

Amelia: Mich auch. Angustias ist wohlhabend.

Magdalena: Keine von euch freut sich.

Martirio: Magdalena! Mädchen!

Magdalena: Wenn er sich Angustias wegen ihrer Art holte,

wegen Angustias als Frau, würde ich mich freuen; aber er kommt wegen ihres Geldes. Wenn auch Angustias unsre Schwester ist – hier sind wir unter uns und müssen zugeben, daß sie alt, kränklich und gerade die ist, die von uns allen die wenigsten Vorzüge hat. Da sie schon mit zwanzig Jahren einer bekleideten Stange glich – wie wird sie erst heute sein mit ihren vierzig!

MARTIRIO: Sprich nicht so. Das Glück fällt dem zu, der es am wenigsten erwartet.

AMELIA: Aber sie sagt jedenfalls die Wahrheit ...! Angustias hat das ganze Geld ihres Vaters, sie ist die einzige Reiche im Hause, und deshalb läuft man ihr nach, zumal unser Vater gestorben ist und die Erbschaft schon verteilt wird.

MAGDALENA: Pepe el Romano ist fünfundzwanzig Jahre alt und die beste Erscheinung der ganzen Gegend. Natürlich wäre, wenn er um dich anhielte oder um Amelia oder um unsre Adela mit ihren zwanzig Jahren, nicht aber, daß er das Verborgenste unsres Hauses sucht, eine Frau, die wie ihr Vater näselt.

MARTIRIO: Vielleicht gefällt ihm das!

MAGDALENA: Ich habe deine Heuchelei nie ausstehen können!

MARTIRIO: Gott sei mein Zeuge! *Adela kommt.*

MAGDALENA: Haben dich die Hühner gesehen?

ADELA: Was sollte ich sonst wohl tun?

AMELIA: Wenn Mutter dich überrascht, schleift sie dich an den Haaren.

ADELA: Ich hatte mir so viel ausgemalt mit dem Kleid. Ich wollte es an dem Tage anziehen, wo wir zum Schöpfwerk gegangen wären, um Melonen zu essen. Es hätte kein schöneres gegeben.

MARTIRIO: Eine Zierde von einem Kleid.

ADELA: Und es steht mir sehr gut. Das beste, das Magdalena zugeschnitten hat.

MAGDALENA: Und was haben dir die Hühner gesagt?

ADELA: Sie haben mir ein paar Flöhe geschenkt, die mir die Beine zerstochen haben. *Sie lachen.*

MARTIRIO: Du kannst es immerhin schwarz färben.

MAGDALENA: Das Beste, was du tun kannst, ist, es Angustias zur Hochzeit mit Pepe el Romano zu schenken.

ADELA *mit verhaltener Erregung:* Aber Pepe el Romano ...

AMELIA: Hast du denn nichts davon gehört?

ADELA: Nein.

MAGDALENA: Na, dann weißt du es nun!

ADELA: Das kann doch nicht sein!

MAGDALENA: Geld ist allmächtig!

ADELA: Darum ist er hinter dem Trauerzug hergegangen und hat ins Haustor gestarrt? *Pause.* Und dieser Mensch ist imstande ...

MAGDALENA: Er ist zu allem imstande. *Pause.*

MARTIRIO: Was denkst du, Adela?

ADELA: Ich denke, daß dieser Trauerfall mich in der schlechtesten Zeit meines Lebens überkommen hat, um mit ihm fertig zu werden.

MAGDALENA: Du wirst dich schon daran gewöhnen.

ADELA *in zorniges Weinen ausbrechend:* Ich werde mich nicht daran gewöhnen. Ich kann nicht eingesperrt leben. Ich will nicht, daß meine Haut wie eure wird; ich will meine Weiße nicht in diesen Zimmern verlieren; morgen ziehe ich mein grünes Kleid an und gehe durch die Straßen spazieren. Ich will fort! *Magd kommt.*

MAGDALENA *gebieterisch:* Adela!

MAGD: Die Ärmste! Wie hat sie an ihrem Vater gehangen ... *Ab.*

MARTIRIO: Schweig!

AMELIA: Eines gilt für alle. *Adela beruhigt sich.*

MAGDALENA: Beinahe hätte dich die Magd gehört.

MAGD *erscheint:* Pepe el Romano kommt die Straße herunter. *Amelia, Martirio und Magdalena laufen eiligst.*

MAGDALENA: Den wollen wir sehen! *Rasch ab.*

MAGD *zu Adela:* Du nicht?

ADELA: Das ist mir einerlei.

MAGD: Da er um die Ecke geht, kannst du ihn von deinem

Zimmerfenster aus besser sehen. *Ab. Adela bleibt unschlüssig; einen Augenblick später läuft auch sie schnell auf ihr Zimmer. Bernarda und La Poncia kommen.*

Bernarda: Verdammte Erbteilung!

La Poncia: Eine Menge Geld für Angustias!!

Bernarda: Ja.

La Poncia: Und den andren bleibt bedeutend weniger.

Bernarda: Das hast du mir nun schon dreimal gesagt, und ich habe dir nichts erwidern wollen. Bedeutend weniger, viel weniger. Erinnere mich nicht mehr daran. *Angustias tritt ein mit sehr zurechtgemachtem Gesicht.*

Bernarda: Angustias!

Angustias: Mutter.

Bernarda: Du hast es gewagt, dich zu pudern? Du hast dich erdreistet, dir am Todestage deines Vaters das Gesicht zu waschen?

Angustias: Er war nicht mein Vater. Meiner ist schon lange tot. Erinnern Sie sich etwa nicht mehr?

Bernarda: Diesem Mann, dem Vater deiner Schwestern, verdankst du mehr als deinem. Dank diesem Mann hast du dein Vermögen vermehrt.

Angustias: Das gerade mußten wir eben sehen!

Bernarda: Wenigstens aus Anstand. Aus Respekt!

Angustias: Mutter, lassen Sie mich ausgehen.

Bernarda: Ausgehen? Erst nachdem ich dir den Puder vom Gesicht gewischt habe. Leisetreterin! Mehlfratze! Spiegelbild deiner Tanten! *Wischt ihr heftig mit einem Tuch den Puder ab.* Jetzt geh!

La Poncia: Bernarda, nimm sie doch nicht so ins Gebet!

Bernarda: Meine Mutter ist zwar verrückt, aber ich habe meine fünf Sinne zusammen und weiß genau, was ich tue. *Alle treten ein.*

Magdalena: Was ist los?

Bernarda: Nichts.

Magdalena *zu Angustias:* Sollte es sich um die Erbschaft handeln, so kannst du, die Reichste, alles behalten.

ANGUSTIAS: Laß die Zunge im Loch!

BERNARDA *auf den Boden stampfend:* Macht euch keine Hoffnungen, daß ihr es mit mir aufnehmen könnt. Bevor ich nicht mit den Füßen voran dieses Haus verlasse, bestimme ich über meine und eure Angelegenheiten!

Man hört Schreie, und María Josefa, Bernardas sehr alte Mutter, kommt, Kopf und Brust mit Blumen geschmückt.

MARÍA JOSEFA: Bernarda, wo ist meine Mantille? Nichts von dem, was ich besitze, soll euch gehören. Nicht meine Ringe, nicht mein schwarzes Moirékleid. Denn keine von euch wird heiraten. Keine! Bernarda, gib mir mein Perlenhalsband.

BERNARDA *zur Magd, die hereinkommt:* Warum habt ihr sie hereingelassen?

MAGD *zitternd:* Sie ist mir fortgelaufen!

MARÍA JOSEFA: Ich bin fortgelaufen, weil ich einen schönen Mann von der Meeresküste heiraten will, denn die Männer hier meiden die Frauen.

BERNARDA: Schweigen Sie, Mutter!

MARÍA JOSEFA: Nein, ich schweige nicht. Ich will diese ledigen Mädchen nicht sehen, die auf ihre Hochzeit brennen und sich das Herz zugrunde richten, und ich will in mein Dorf zurück. Bernarda, ich will einen Mann, um zu heiraten und Freude zu haben.

BERNARDA: Sperrt sie ein!

MARÍA JOSEFA: Laß mich hinaus, Bernarda!

Die Magd packt María Josefa.

BERNARDA: Faßt mit an! *Alle zerren die Alte hinaus.*

MARÍA JOSEFA: Ich will fort von hier! Bernarda! Ich will mich am Meer verheiraten, am Meer!

Schneller Vorhang

ZWEITER AKT

Weißer Innenraum in Bernardas Haus. Die Türen zur Linken führen in die Schlafzimmer. Bernardas Töchter sitzen nähend auf niedrigen Stühlen. Magdalena stickt. La Poncia ist bei ihnen.

ANGUSTIAS: Ich habe schon das dritte Bettuch zugeschnitten.

MARTIRIO: Das steht Amelia zu.

MAGDALENA: Angustias, soll ich auch Pepes Initialen einsticken?

ANGUSTIAS *trocken:* Nein.

MAGDALENA *schreit:* Adela, kommst du nicht?

AMELIA: Sie wird wohl im Bett liegen.

LA PONCIA: Der fehlt etwas. Ich finde sie unruhig, furchtsam, erschreckt, wie wenn sie eine Eidechse zwischen den Brüsten hätte.

MARTIRIO: Ihr fehlt nicht mehr und nicht weniger, als was uns allen fehlt.

MAGDALENA: Allen außer Angustias.

ANGUSTIAS: Ich fühle mich wohl, und wem das nicht paßt, der soll zerspringen.

MAGDALENA: Jedenfalls muß man dir das lassen – das Beste, was du immer hattest, ist deine Figur und deine Zartheit.

ANGUSTIAS: Glücklicherweise werde ich bald aus dieser Hölle hinauskommen.

MAGDALENA: Unter Umständen kommst du nicht hinaus!

MARTIRIO: Laßt diese Unterhaltung.

ANGUSTIAS: Und außerdem: Die Unze in der Truhe ist mehr wert als schwarze Augen im Kopf!

MAGDALENA: Das geht mir in ein Ohr herein und zum andren hinaus.

AMELIA *zu La Poncia:* Öffne die Patiotür;vielleicht kommt ein kühles Lüftchen herein. *La Poncia tut es.*

MARTIRIO: Vergangene Nacht konnte ich vor Hitze nicht einschlafen.

Amelia: Ich auch nicht.

Magdalena: Ich bin aufgestanden, um mich zu erfrischen. Da stand eine schwarze Wetterwolke, und es fielen sogar ein paar Tropfen.

La Poncia: Es war ein Uhr nachts, und Feuer stieg aus der Erde. Ich bin auch aufgestanden. Angustias und Pepe standen immer noch am Fenster.

Magdalena *ironisch:* So spät? Wann ging er denn?

Angustias: Magdalena, warum fragst du, wenn du ihn gesehen hast?

Amelia: Er wird so gegen halb zwei gegangen sein.

Angustias: So? Woher weißt du das?

Amelia: Ich habe ihn husten und sein Pferdchen gehen hören.

La Poncia: Und ich habe ihn doch gegen vier Uhr weggehen hören.

Angustias: Das dürfte er wohl nicht gewesen sein.

La Poncia: Doch, ganz sicher.

Amelia: Mir schien es auch so.

Magdalena: Das ist ja höchst sonderbar. *Pause.*

La Poncia: Hör, Angustias. Was hat er dir gesagt, als er das erste Mal an dein Fenster trat?

Angustias: Nichts. Was hätte er mir sagen sollen? Was man so sagt.

Martirio: Es ist wirklich seltsam, daß zwei Leute, die sich nicht kennen, urplötzlich einander am Fenstergitter sehen und schon verlobt sind.

Angustias: Na, mich hat das nicht gewundert.

Amelia: Mich würde das, ich weiß nicht wie, überraschen.

Angustias: Nein, denn wenn ein Mann an ein Fenstergitter kommt, weiß er schon von denen, die da herumlaufen und klatschen, daß man ihm ja sagen wird.

Martirio: Schön; aber er hätte es dir doch sagen müssen.

Angustias: Natürlich!

Amelia *neugierig:* Und wie hat er es dir gesagt?

Angustias: Sehr einfach: du weißt, daß ich hinter dir her bin, ich brauche eine gute, anständige Frau – und das bist du, wenn du einverstanden bist.

Amelia: Ich schäme mich solcher Dinge!

Angustias: Ich auch, aber man muß darüber hinweggehen.

La Poncia: Und hat er noch etwas gesagt?

Angustias: Ja, er hat immerzu geredet.

Martirio: Und du?

Angustias: Ich hätte nicht gekonnt. Das Herz wäre mir fast aus dem Munde gehüpft. Es war das erste Mal, daß ich nachts mit einem Mann allein war.

Magdalena: Und mit einem so hübschen Mann.

La Poncia: So was kommt unter schon etwas gebildeten Leuten vor, die reden und sprechen und die Hand bewegen ... Das erste Mal, als mein Mann, Evaristo el Colín, an mein Fenster kam ... Ha, ha, ha.

Amelia: Was war da?

La Poncia: Es war sehr dunkel. Ich sah ihn herankommen, und als er dastand, sagte er guten Abend. Guten Abend, sagte ich, und wir blieben mehr als eine halbe Stunde stumm. Der Schweiß lief mir am ganzen Leib hinab. Dann kam Evaristo ganz nah heran, ganz nah, als ob er durch das Eisengitter wollte, und sagte sehr leise – komm, ich möchte dich mal befühlen! *Alle lachen.*

Amelia *springt auf und späht durch eine Tür:* Au! Ich habe geglaubt, Mutter käme.

Magdalena: Die hätte uns schön zurechtgesetzt! *Lachen weiter.*

Amelia: Sssst ... Wenn man uns hört!

La Poncia: Später benahm er sich gut. Statt auf was andres, verfiel er darauf, bis zu seinem Tode Stieglitze zu züchten. Da ihr ledig seid, müßt ihr auf jeden Fall wissen, daß der Mann vierzehn Tage nach der Hochzeit das Bett mit dem Tisch, dann den Tisch mit der Schenke vertauscht, und wer damit nicht einverstanden ist, verkommt weinend in einer Ecke.

Amelia: Du bist einverstanden gewesen.

La Poncia: Ich war ihm über!

Martirio: Ist es wahr, daß du ihn manchmal verdroschen hast?

La Poncia: Ja, und beinah hätte ich ihm ein Auge ausgeschlagen.

Magdalena: So sollten alle Frauen sein!

La Poncia: Ich bin bei deiner Mutter in die Lehre gegangen. Eines Tages sagte er mir, ich weiß nicht was, und ich schlug alle seine Stieglitze mit dem Mörserstößel tot. *Sie lachen.*

Magdalena: Adela, Mädchen, versäum das nicht!

Amelia: Adela! *Pause.*

Magdalena: Ich will mal nachsehen. *Ab.*

La Poncia: Das Kind ist bestimmt krank.

Martirio: Ganz gewiß; sie schläft kaum.

La Poncia: Was tut sie denn?

Martirio: Was weiß ich, was sie tut!

La Poncia: Das wirst du besser wissen als ich; du schläfst doch Wand an Wand mit ihr.

Angustias: Der Neid verzehrt sie.

Amelia: Übertreib nicht.

Angustias: Das lese ich ihr von den Augen ab. Dadurch sieht sie wie eine Irre drein.

Martirio: Sprecht nicht von Irren. Hier ist der einzige Ort, wo man dies Wort nicht aussprechen darf.

Magdalena *kommt mit Adela:* Hast du denn nicht geschlafen?

Adela: Ich bin am ganzen Leib wie zerschlagen.

Martirio *abgründig:* Hast du vielleicht die Nacht nicht gut geschlafen?

Adela: Doch.

Martirio: Was denn?

Adela *heftig:* Laß mich zufrieden! Ob ich schlafe oder wache – du hast keinen Grund, dich in meine Angelegenheiten zu mischen! Ich mache mit meinem Leib, was ich will!

Martirio: Das ist nur Teilnahme an dir!

Adela: Teilnahme oder Ausfragerei. Wart ihr nicht beim Nähen?

Näht doch weiter. Ich möchte unsichtbar sein und durch die Zimmer gehen, ohne daß ihr mich fragt, wohin!

MAGD *kommt:* Bernarda ruft euch. Der Spitzenhändler ist da.

Alle ab außer Adela und La Poncia. Während Martirio hinausgeht, sieht sie Adela fest an.

ADELA: Sieh mich nicht mehr an! Wenn du willst, gebe ich dir meine Augen, die frisch sind, und meinen Rücken, damit du dir deinen Buckel zurechtmachen kannst, den du hast, aber sieh weg, wenn ich vorbeigehe. *Martirio ab.*

LA PONCIA: Sie ist deine Schwester und zudem liebt sie dich am meisten!

ADELA: Sie läuft mir überall nach. Manchmal guckt sie in mein Zimmer um zu sehen, ob ich schlafe. Sie läßt mich nicht atmen. Immer und ewig »wie schade um das Gesicht! Wie schade um ihren Leib, der für niemand sein wird!«. Gerade das nicht! Mein Leib wird dem gehören, den ich liebe.

LA PONCIA *geflissentlich und leise:* Pepe el Romano. Ist es nicht so?

ADELA *überrumpelt:* Was sagst du?

LA PONCIA: Was ich sage, Adela.

ADELA: Schweig!

LA PONCIA *laut:* Glaubst du, ich hätte es nicht bemerkt?

ADELA: Sprich leise!

LA PONCIA: Schlag dir diese Gedanken aus dem Kopf!

ADELA: Was weißt du?

LA PONCIA: Wir Alten sehen durch die Wände. Wohin gehst du nachts, wenn du aufstehst?

ADELA: Blind solltest du sein!

LA PONCIA: Kopf und Hände voll Augen, wenn es sich darum handelt, um was es sich handelt. Wie sehr ich auch nachdenke, ich weiß nicht, was du vorhast. Warum warst du fast nackt bei Licht und offenem Fenster, als Pepe zum zweiten Mal kam, um mit deiner Schwester zu sprechen?

ADELA: Das ist nicht wahr!

LA PONCIA: Sei nicht wie ein kleines Kind. Laß deine Schwester in Frieden, und wenn dir Pepe el Romano gefällt, bezwing dich! *Adela weint*. Wer sagt übrigens, daß du ihn nicht heiraten kannst? Deine Schwester Angustias ist krank. Sie übersteht die erste Geburt nicht. Sie hat schmale Hüften, ist alt, und aus meiner Erfahrung sage ich dir, daß sie sterben wird. Dann tut Pepe, was alle Witwer hierzulande tun, er wird die Jüngste und Schönste heiraten, und das bist du. Nähre diese Hoffnung, vergiß ihn, was du willst – aber übertritt nicht Gottes Gebot.

ADELA: Schweig!

LA PONCIA: Ich schweige nicht!

ADELA: Kümmere dich um deine Angelegenheiten! Schnüfflerin! Hinterlistiges Weib!

LA PONCIA: Ich muß dein Schatten sein.

ADELA: Statt das Haus zu putzen, dich niederzulegen und für deine Toten zu beten, suchst du wie eine alte Sau nach Männer- und Frauenangelegenheiten, um darin herumzuschleimen.

LA PONCIA: Ich wache! Damit die Leute nicht ausspeien, wenn sie an dieser Tür vorbeigehen.

ADELA: Welch große Liebe hat dich plötzlich für meine Schwester durchdrungen!

LA PONCIA: Ich habe euch keine Vorschriften zu machen, aber ich will in einem anständigen Hause wohnen. Ich will mich in meinem Alter nicht besudeln!

ADELA: Dein Rat ist unnütz. Schon zu spät. Nicht über dich, eine Magd, sondern über meine Mutter würde ich hinweggehen, um das Feuer zu löschen, das mir in Beinen und Mund brennt. Was kannst du von mir erzählen? Daß ich mich in mein Zimmer schließe und die Tür nicht öffne? Daß ich nicht schlafe? Ich bin schlauer als du! Versuch mal, ob du einen Hasen mit deinen Händen packen kannst.

LA PONCIA: Fordere mich nicht heraus, Adela, fordere mich nicht heraus. Ich kann auch schreien, Lichter anzünden und die Glocken läuten lassen.

ADELA: Stell doch viertausend gelbe Flackerlichter auf die Hofmauern! Keiner kann verhindern, daß geschieht, was geschehen muß.

LA PONCIA: So sehr liebst du diesen Mann!

ADELA: So sehr! Wenn ich in seine Augen sehe, ist mir, als ob ich langsam sein Blut tränke.

LA PONCIA: Ich kann dich nicht anhören.

ADELA: Du wirst wohl hören müssen! Ich habe Angst vor dir gehabt. Aber jetzt bin ich stärker als du!

ANGUSTIAS *kommt:* Immer im Streit!

LA PONCIA: Natürlich. Sie will unbedingt, daß ich ihr trotz der Hitze irgendwas aus dem Laden hole.

ANGUSTIAS: Hast du mir das Parfüm besorgt?

LA PONCIA: Das teuerste. Und den Puder. Ich habe alles in deinem Zimmer auf den Tisch gelegt. *Angustias ab.*

ADELA: Und kein Sterbenswörtchen!

LA PONCIA: Mal sehen! *Martirio, Amelia, Magdalena kommen.*

MAGDALENA *zu Adela:* Hast du die Spitzen gesehen?

AMELIA: Die für Angustias' Brautbett sind kostbar.

ADELA *zu Martirio, die einige Spitzen mitbringt:* Und die?

MARTIRIO: Sind für mich. Für ein Hemd.

ADELA *sarkastisch:* Dazu muß man einen guten Humor haben.

MARTIRIO *verschlagen:* Ich sehe sie mir selbst an. Ich brauche mich vor niemandem zu brüsten.

LA PONCIA: Niemand sieht eine von uns im Hemd.

MARTIRIO *heimtückisch und Adela fixierend:* Zuweilen! Aber Unterwäsche entzückt mich. Wenn ich reich wäre, würde ich holländische haben. Das ist eine der wenigen Freuden, die mir bleiben.

LA PONCIA: Solche Spitzen sind wunderbar für Kinderhäubchen und Taufkleidchen. Ich konnte sie nie für meine benutzen. Vielleicht gebraucht sie Angustias nun für ihre. Wenn Sie Kinder haben will, werdet ihr von früh bis spät nähen müssen.

MAGDALENA: Ich denke nicht daran, auch nur einen Stich zu tun.

AMELIA: Geschweige denn fremde Kinder aufzuziehen. Sieh

dir bloß die Nachbarinnen im Gäßchen an, wie sie dran sind, wie sie sich für vier Püppchen aufopfern.

La Poncia: Die sind besser dran als ihr. Da hört man wenigstens mal lachen und balgen.

Martirio: Dann geh doch da in Dienst.

La Poncia: Nein. Mir ist schon dieses Kloster zuteil geworden.

Man hört von weitem Glöckchen wie durch mehrere Mauern hindurch.

Magdalena: Jetzt kommen die Männer von der Arbeit zurück.

La Poncia: Vor einer Minute hat es drei geschlagen.

Martirio: Bei der Glut!

Adela *setzt sich:* Ach, wer doch auch in die Felder könnte!

Magdalena *setzt sich:* Jeder Stand hat seine Arbeit!

Martirio *setzt sich:* So ists.

Amelia *setzt sich:* Ach!

La Poncia: Keine größere Freude – als jetzt auf den Feldern. Gestern früh sind die Schnitter angekommen. Vierzig oder fünfzig stramme Burschen.

Magdalena: Woher sind sie dieses Jahr?

La Poncia: Von weither. Sie sind von den Bergen gekommen. Und lustig! Wie versengte Bäume! Schreiend und Steine werfend! Gestern abend kam eine Frau im Flitterkleid ins Dorf. Sie tanzte zu einem Akkordeon und fünfzehn von ihnen machten mit ihr ab, sie ins Olivenwäldchen mitzunehmen. Ich sah sie von weitem. Der die Abmachung mit ihr traf, war ein Bursche mit grünen Augen und straff wie eine Weizengarbe.

Amelia: Ist das wahr?

Adela: Natürlich ist das möglich!

La Poncia: Vor Jahren kam eine andre von diesen, und ich selbst habe meinem ältesten Sohn Geld gegeben, damit er mit ihr gehe. Die Männer haben so was nötig.

Adela: Ihnen sieht man alles nach.

Amelia: Als Frau geboren werden, ist die größte Strafe.

Magdalena: Nicht mal unsre Augen gehören uns.

Man hört in der Ferne eine Weise, die näherkommt.

La Poncia: Das sind sie. Sie kommen mit prächtigen Liedern.

Amelia: Sie gehen jetzt mähen.

Chor:
Nun ziehen hinaus die Schnitter
und holen die reifen Ähren;
sie nehmen, wo Augen blicken,
die Herzen sich mit der Mädchen.

Man hört Tamburine und ›Carrañacas‹[1]*. Pause. Alle lauschen in sonneerfüllter Stille.*

Amelia: Und die Hitze macht ihnen nichts aus!

Martirio: Sie mähen mitten in Feuergarben.

Adela: Ich möchte auch mähen, um herumziehen zu können. Dabei vergißt man, was einen grämt.

Martirio: Was mußt denn du vergessen?

Adela: Jede weiß, was ihr fehlt.

Martirio *abgründig:* Jede!

La Poncia: Ruhe! Ruhe!

Chor *weit entfernt:*

Ihr Leut, die im Dorf ihr wohnet,
die Fenster macht auf, die Türen;
den Schnitter verlangts nach Rosen,
mit ihnen den Hut zu schmücken.

La Poncia: Was für ein Lied!

Martirio *sehnsüchtig:*

Ihr Leut, die im Dorf ihr wohnet,
die Fenster macht auf, die Türen ...

Adela *leidenschaftlich:*

... den Schnitter verlangts nach Rosen,
mit ihnen den Hut zu schmücken.

Der Chor entfernt sich.

La Poncia: Jetzt gehen sie um die Ecke.

Adela: Wir wollen sie uns von meinem Zimmerfenster ansehen.

La Poncia: Paßt auf, daß ihr es nur ganz wenig aufmacht,

1. Art Knarre oder Rätsche der Hirten, mit Zahnrad unter federndem Stab. Alle Teile des Instrumentes sind aus Holz. A. d. Ü.

denn die sind imstande, es aufzustoßen, um nachzuschauen, wer da guckt. *Die drei ab. Martirio bleibt auf dem niedrigen Stuhl sitzen, den Kopf zwischen den Händen.*

AMELIA *nähert sich:* Was fehlt dir?

MARTIRIO: Die Hitze macht mich krank.

AMELIA: Weiter nichts?

MARTIRIO: Ich wünsche, es wäre November, die Regentage kämen, der Reif, alles – nur nicht dieser endlose Sommer.

AMELIA: Der geht auch vorbei – und kommt dann wieder.

MARTIRIO: Natürlich! *Pause.* Wann bist du gestern nacht eingeschlafen?

AMELIA: Weiß ich nicht. Ich schlafe wie ein Klotz. Warum?

MARTIRIO: Nur so – aber mir war, als ob ich Leute im Stall gehört hätte.

AMELIA: So?

MARTIRIO: Sehr spät.

AMELIA: Und hast du keine Angst gehabt?

MARTIRIO: Nein. Ich habe das schon in andren Nächten gehört.

AMELIA: Wir sollten aufpassen. Können das nicht die Knechte gewesen sein?

MARTIRIO: Die Knechte kommen um sechs.

AMELIA: Vielleicht eine Mauleselin, die noch nicht zugeritten ist?

MARTIRIO *murmelnd und voller Hintergedanken:* Das wirds sein. Eben das! Eine Mauleselin, die noch nicht zugeritten ist.

AMELIA: Man muß darauf aufmerksam machen!

MARTIRIO: Nein. Nein. Sag nichts, es kann auch eine bloße Vermutung von mir sein.

AMELIA: Vielleicht. *Pause. Schickt sich an zu gehen.*

MARTIRIO: Amelia.

AMELIA *an der Tür:* Was? *Pause.*

MARTIRIO: Nichts. *Pause.*

AMELIA: Warum hast du gerufen? *Pause.*

MARTIRIO: Es ist mir entfallen. Ich habe es nicht mit Bewußtsein getan. *Pause.*

AMELIA: Leg dich ein bißchen.

Angustias *kommt wütend herein, so daß ein großer Gegensatz zu der vorherigen Stille entsteht:* Wo ist das Bild von Pepe, das ich unter meinem Kopfkissen hatte? Wer von euch hat es?

Martirio: Niemand.

Amelia: Nicht mal, wenn Pepe ein Heiliger Bartholomäus aus Silber wäre.

Angustias: Wo ist das Bild? *La Poncia, Magdalena, Adela kommen.*

Adela: Welches Bild?

Angustias: Eine von euch hat es mir versteckt.

Magdalena: Du hast die Unverschämtheit, so was zu sagen?

Angustias: Es war in meinem Zimmer und ist jetzt nicht mehr da.

Martirio: Kann es nicht um Mitternacht in den Stall geschlichen sein? Pepe geht gern im Mondschein spazieren.

Angustias: Reiß keine Witze über mich! Wenn er kommt, sage ich es ihm.

La Poncia: Nur nicht! Es wird sich schon wiederfinden.
Sieht Adela an.

Angustias: Ich möchte wohl wissen, wer von euch es hat!

Adela *Martirio ansehend:* Irgendwer! Jede – außer mir!

Martirio *tückisch:* Selbstverständlich!

Bernarda *kommt:* Was für ein Lärm ist das in meinem Haus, in der Stille der drückenden Hitze! Die Nachbarinnen werden schon ihre Ohren an die Wände kleben.

Angustias: Sie haben mir das Bild meines Bräutigams weggenommen.

Bernarda *wild:* Wer? Wer?

Angustias: Die da!

Bernarda: Wer von euch? *Schweigen.* Antwort! *Schweigen. Zu La Poncia:* Durchsuch die Zimmer. Sieh in den Betten nach. *La Poncia ab.* Das kommt davon, daß ich euch nicht kürzer halte. Aber ihr sollt mich kennenlernen! *Zu Angustias:* Bist du sicher?

Angustias: Ja.

Bernarda: Hast du richtig gesucht?

Angustias: Ja, Mutter. *Alle stehen in verlegenem Schweigen.*

Bernarda: Ihr gebt mir am Ende meines Lebens das bitterste Gift, das eine Mutter trinken kann. *Zu La Poncia, die hereinkommt:* Kannst du es nicht finden?

La Poncia: Da!

Bernarda: Wo hast du es gefunden?

La Poncia: Es war . . .

Bernarda: Sags! Keine Furcht.

La Poncia *verwundert:* Zwischen den Laken in Martirios Bett.

Bernarda *zu Martirio:* Ist das wahr?

Martirio: Das ist wahr!

Bernarda *auf sie zu, schlägt sie:* Abgestochen solltest du werden![1] Duckmäuserin! Drachensaat!

Martirio *wild:* Schlagen Sie mich nicht, Mutter!

Bernarda: Ganz nach Belieben!

Martirio: Wenn ich Sie lasse! Hören Sie? Zurück!

La Poncia: Versündige dich nicht an deiner Mutter.

Angustias *hält Bernarda:* Lassen Sie sie. Bitte!

Bernarda: Du sollst dir die Augen aus dem Kopf weinen.

Martirio: Ich werde Ihnen nicht die Freude machen zu weinen.

Bernarda: Warum hast du das Bild genommen?

Martirio: Darf ich mir mit meiner Schwester nicht mal einen Spaß erlauben? Zu was hätte ich es wohl haben wollen?

Adela *voll Eifersucht plötzlich einfallend:* Das war kein Spaß, denn du hast nie an Spielen Gefallen gefunden. Dir ist was ganz andres in der Brust geplatzt, was herauswollte. Sags doch offen.

Martirio: Schweig! – und bring mich nicht zum Sprechen, denn wenn ich spreche, rücken die Wände zusammen vor Scham!

Adela: Die Lästerzunge erfindet ohne Ende!

1. *¡ Mala puñalada [trapera] te den!* = Man sollte dir einen bösen [Lumpenhändler-] Messerstich versetzen! Andalusisch; Vorrecht der Lumpenhändler, während des Stierkampfes tödlich verwundete Pferde abzustechen und das Fleisch des Kadavers zu essen. – Entspricht der Vulgarität des deutschen ›Verrecken sollst du!‹. A.d.Ü.

BERNARDA: Adela!

MAGDALENA: Ihr seid toll.

AMELIA: Und steinigt uns mit schlechten Gedanken.

MARTIRIO: Andre tun noch Schlimmeres.

ADELA: Sie ziehen sich sogar plötzlich nackt aus, und der Fluß trägt sie hinweg.

BERNARDA: Verderbte!

ANGUSTIAS: Ich habe keine Schuld, daß Pepe el Romano es auf mich abgesehen hat.

ADELA: Deines Geldes wegen!

ANGUSTIAS: Mutter!

BERNARDA: Ruhe!

MARTIRIO: Wegen deiner Felder und Obstbäume.

MAGDALENA: So ist es, genau so!

BERNARDA: Ruhe, sage ich! Ich habe das Gewitter kommen sehen, aber nicht geglaubt, daß es so schnell ausbräche. Ach, was für einen Hagel von Haß habt ihr auf mein Herz niederprasseln lassen! Aber noch bin ich keine Greisin und habe fünf Ketten für euch und dieses Haus, das mein Vater gebaut hat, damit nicht ein Grashalm von meiner Trostlosigkeit erfahre. Raus! *Ab. Bernarda setzt sich betrübt. La Poncia steht an eine Wand gelehnt. Bernarda reagiert, stampft auf.* Ich muß sie die Hand spüren lassen. Bernarda, denk daran, daß das deine Pflicht ist!

LA PONCIA: Darf ich etwas sagen?

BERNARDA: Sprich. Ich merke, daß du zugehört hast. Eine Fremde im Schoß der Familie tut nie gut.

LA PONCIA: Was ich gesehen habe, hab ich gesehen.

BERNARDA: Angustias muß sofort heiraten.

LA PONCIA: Natürlich; man muß sie von hier fortschicken.

BERNARDA: Nicht sie. Ihn!

LA PONCIA: Natürlich. Ihn muß man von hier fernhalten. Das bedenkst du gut.

BERNARDA: Ich bedenke nicht. Es gibt Dinge, die nicht bedacht werden können und dürfen. Ich befehle.

La Poncia: Und du glaubst, daß er gehn wollen wird?

Bernarda *steht auf:* Was geht eigentlich vor in deinem Kopf?

La Poncia: Er, natürlich!, heiratet ja Angustias.

Bernarda: Sprich, ich kenne dich zu gut, um nicht zu wissen, daß du schon das Messer für mich geschliffen hast.

La Poncia: Ich habe nie gedacht, daß eine Mitteilung Mord genannt werden könnte.

Bernarda: Hast du mir etwas anzugeben?

La Poncia: Ich beschuldige nicht, Bernarda. Ich sage dir nur: mach die Augen auf und du siehst.

Bernarda: Und du siehst – was?

La Poncia: Du bist immer schlau gewesen. Du hast den Leuten das Schlechte auf hundert Meilen angesehen; ich habe oft geglaubt, du errietest die Gedanken. Aber die Kinder sind die Kinder. Jetzt bist du blind.

Bernarda: Denkst du an Martirio?

La Poncia: Gut, an Martirio ... *Neugierig:* Warum mag sie wohl das Bild versteckt haben?

Bernarda *ihre Tochter zu decken suchend:* Kurz und gut, sie sagt, daß es ein Spaß war. Was sollte es auch sonst sein?

La Poncia: Das glaubst du? *Hämisch.*

Bernarda *entschieden:* Das glaube ich nicht. Das ist so!

La Poncia: Schön. Deine Sache. Aber wenn es sich um die Nachbarin gegenüber handelte – was wäre es dann?

Bernarda: Allmählich zeigst du schon die Spitze des Messers.

La Poncia *unerbittlich:* Bernarda: hier geschieht etwas Unerhörtes. Ich will die Schuld nicht auf dich wälzen, aber du hast deinen Töchtern keine Freiheit gelassen. Martirio verliebt sich leicht, du kannst sagen, was du willst. Warum hast du ihr nicht erlaubt, Enrique Humanas zu heiraten? Warum hast du ihm am selben Tage, als er ans Fenster kommen wollte, ausrichten lassen, er solle nicht kommen?

Bernarda: Ich würde es tausendmal wieder tun! Mein Blut mischt sich nicht mit dem der Humanas, solange ich lebe! Sein Vater war Knecht.

La Poncia: So geht es dir nun mit deiner Eitelkeit!

Bernarda: Ich bin es, weil ich es sein kann. Und du bist es nicht, weil du genau weißt, wo du herkommst.

La Poncia *haßerfüllt:* Erinnere mich nicht daran. Ich bin schon alt. Ich war dir immer für deine Hilfe dankbar.

Bernarda *von oben herab:* Es scheint nicht so!

La Poncia *ihren Haß mit Sanftmut verhüllend:* Martirio wird das sicher vergessen.

Bernarda: Und wenn sie das nicht vergißt, um so schlimmer für sie. Ich glaube nicht, daß dies das ›Unerhörte‹ ist, was hier passiert. Hier passiert nichts. Das möchtest du gern! Und wenn das eines Tages passiert, sei sicher, daß es nicht durch die Wände dringt.

La Poncia: Das weiß ich nicht. Auch im Dorf gibt es Leute, die geheime Gedanken von weitem lesen.

Bernarda: Wie würdest du es genießen, mich und meine Töchter auf dem Wege zum Hurenhaus zu sehen!

La Poncia: Keiner weiß, wie er endet!

Bernarda: Ich weiß es! Auch das Ende meiner Töchter! Das Bordell bleibt für eine gewisse schon verstorbene Frau.

La Poncia: Bernarda, achte das Andenken meiner Mutter!

Bernarda: Verfolge du mich nicht mit deinen schlechten Gedanken! *Pause.*

La Poncia: Besser, ich kümmere mich um nichts.

Bernarda: Daran tätest du gut. Arbeiten und zu allem schweigen. Das ist die Pflicht derer, die vom Lohn leben.

La Poncia: Aber man kann es nicht. Meinst du nicht auch, daß Pepe besser mit Martirio oder ... ja!, mit Adela verheiratet wäre?

Bernarda: Das meine ich nicht.

La Poncia: Adela. Das ist die wirkliche Braut El Romanos!

Bernarda: Die Dinge gehen nie nach unsren Wünschen.

La Poncia: Aber es macht ihnen viel Mühe, von ihrem wahren Trieb abzuweichen. Mir scheint es schlecht, daß Pepe mit Angustias geht, und allen Leuten, selbst der Luft. Wer weiß, ob sie schließlich ihren Willen durchsetzen!

BERNARDA: Jetzt sind wir wieder einmal da angelangt ...! Du fließt aus, um mich mit bösen Träumen zu füllen. Und ich will dich nicht verstehen, denn wenn ich zu dem Sinn vordränge von all deinem Gerede, müßte ich dich zerkratzen.

LA PONCIA: Es wird kaum dazu kommen!

BERNARDA: Glücklicherweise achten mich meine Töchter und haben nie gegen meinen Willen gehandelt.

LA PONCIA: Ganz gewiß! Aber sowie du sie losläßt, werden sie dir zum Dach hinaufklettern.

BERNARDA: Dann treibe ich sie mit Steinwürfen wieder herunter!

LA PONCIA: Selbstredend bist du die Allermutigste!

BERNARDA: Ich habe immer mit scharfem Pfeffer aufgewartet!

LA PONCIA: Aber wie die Dinge so sind! In ihrem Alter. Man muß Angustias' Begeisterung über ihren Schatz gesehen haben! Und auch er scheint mächtig verschossen! Gestern erzählte mein Ältester, sie hätten am Fenster noch miteinander gesprochen, als er um halb fünf mit den Ochsen die Straße entlang ging.

BERNARDA: Um halb fünf!

ANGUSTIAS *kommt:* Erlogen!

LA PONCIA: Es wurde mir so erzählt.

BERNARDA *zu Angustias:* Sprich!

ANGUSTIAS: Pepe geht seit mehr als einer Woche um eins fort. Gott soll mich töten, wenn ich lüge.

MARTIRIO *kommt:* Ich habe ihn auch um vier weggehen hören.

BERNARDA: Hast du ihn denn mit eignen Augen gesehen?

MARTIRIO: Ich wollte nicht ans Fenster treten. Sprecht ihr jetzt nicht durchs Fenster, das aufs Gäßchen geht?

ANGUSTIAS: Ich spreche an meinem Schlafzimmerfenster.

Adela erscheint in der Tür.

MARTIRIO: Dann ...

BERNARDA: Was geht hier vor?

LA PONCIA: Sieh zu, daß du es erfährst! Aber auf jeden Fall war Pepe um vier Uhr morgens an einem Fenstergitter deines Hauses.

Bernarda: Weißt du das ganz sicher?

La Poncia: In diesem Leben weiß man nichts sicher.

Adela: Mutter, hören Sie auf keinen, der uns alle ins Unglück stürzen will.

Bernarda: Ich weiß schon, wie ich es erfahre! Wenn die Leute im Dorf Verleumdungen ausstreuen, wird es Funken geben. Es soll nicht davon geredet werden. Manchmal gibt es Schlammwellen, die die andren aufwälzen, um uns zugrunde zu richten.

Martirio: Ich pflege nicht zu lügen.

La Poncia: Es ist doch irgendwas los.

Bernarda: Nichts ist los. Ich bin geboren, um die Augen offen zu halten. Jetzt will ich wachen, ohne sie zu schließen, bis ich sterbe.

Angustias: Ich habe ein Recht darauf, der Sache nachzugehen.

Bernarda: Du hast kein andres Recht als zu gehorchen. Niemand soll mir Klatschereien machen. *Zu La Poncia:* Und du kümmerst dich um deine Angelegenheiten. Hier wird kein Schritt mehr getan, ohne daß ich es merke!

Magd *kommt:* Oben an der Straße ist ein Haufen Leute, und die Nachbarn stehen in ihren Türen.

Bernarda *zu La Poncia:* Lauf hin und sieh, was es gibt! *Alle wollen hinauslaufen.* Wohin? Ich habe euch immer für neugierige Weiber gehalten, die ihre Trauer nicht kümmert. Ihr – in den Hof! *Alle und zuletzt Bernarda ab. Man hört von ferne Lärm. Martirio und Adela kommen zurück und lauschen ohne zu wagen, auch nur einen Schritt aus der Haustür zu tun.*

Martirio: Dank es dem Zufall, daß ich meine Zunge nicht losgelassen habe.

Adela: Auch ich würde gesprochen haben.

Martirio: Und was hättest du sagen können? Wollen ist nicht tun!

Adela: Wer kann und wagt, tut. Du wolltest, aber konntest nicht.

Martirio: So wirst du nicht lange mehr weitermachen.

Adela: Ich werde alles bekommen!

Martirio: Ich werde deine Umarmungen auseinanderreißen.

ADELA *flehend:* Martirio, laß mich doch!

MARTIRIO: Nein, nie!

ADELA: Er will mich heiraten!

MARTIRIO: Ich habe gesehen, wie er dich umarmt hat!

ADELA: Ich wollte nicht. Ich wurde wie an einem Strick hingerissen.

MARTIRIO: Eher tot! *Magdalena und Angustias spähen herein. Man hört den Tumult anwachsen.*

LA PONCIA *kommt mit Bernarda:* Bernarda!

BERNARDA: Was ist passiert?

LA PONCIA: Die ledige Tochter der Librada hatte ein Kind, man weiß nicht, von wem.

ADELA: Ein Kind?

LA PONCIA: Und um ihre Schande zu verbergen, hat sie es umgebracht und Steine darauf gelegt; aber ein paar Hunde mit mehr Herz als viele Geschöpfe haben es hervorgezerrt und, wie von Gottes Hand geführt, auf ihre Türschwelle gelegt. Jetzt wollen sie sie umbringen. Sie schleifen sie die Straße herab, und über die Pfade und durch die Olivenpflanzungen kommen die Männer gerannt und schreien, daß die Felder erschauern.

BERNARDA: Ja, alle sollen kommen mit Olivenstöcken und Spatenstielen, alle sollen kommen, um sie zu töten.

ADELA: Nein, nein. Nicht, um sie zu töten.

MARTIRIO: Doch; und wir gehen auch hinaus.

BERNARDA: Die soll zahlen, die den Anstand mit Füßen tritt. *Draußen hört man einen Frauenschrei und großen Lärm.*

ADELA: Man soll sie laufen lassen! Geht nicht hinaus!

MARTIRIO *Adela ansehend:* Sie soll zahlen, was sie schuldet!

BERNARDA *unter dem Türbogen:* Macht Schluß mit ihr, eh die Gendarmen kommen! Brennende Kohle auf den Ort ihrer Sünde!

ADELA *sich den Leib haltend:* Nein! Nein!

BERNARDA: Schlagt sie tot! Schlagt sie tot!

Vorhang

DRITTER AKT

Der Vorhang hebt sich in tiefer Stille, die nur vom Klappern der Teller und Bestecke durchbrochen wird. Vier weiße leicht bläuliche Wände des Innenhofes (Patio) in Bernardas Haus. Es ist Nacht. Das Bühnenbild muß äußerst einfach sein. Durch die Türen fällt ein schwacher Lichtschein aus den Zimmern auf die Bühne. In der Mitte steht ein Tisch mit einer Zylinderlampe. Bernarda und ihre Töchter essen. La Poncia bedient sie. Für sich allein sitzt

PRUDENCIA: Ich gehe jetzt. Ich habe euch einen langen Besuch gemacht. *Steht auf.*

BERNARDA: Bleib doch noch. Wir sehen uns nie.

PRUDENCIA: Hat es schon zum letzten Mal zum Rosenkranz geläutet?

LA PONCIA: Noch nicht.

Prudencia setzt sich.

BERNARDA: Wie geht es deinem Mann?

PRUDENCIA: Immer gleich.

BERNARDA: Ihn sehen wir auch nie.

PRUDENCIA: Du kennst doch seine Gewohnheiten. Seit er sich mit seinen Brüdern wegen der Erbschaft herumgeschlagen hat, geht er nicht mehr durch die Haustür. Er nimmt eine Leiter und klettert über die Mauern und den Hof.

BERNARDA: Ein ganzer Mann. Und deine Tochter ...?

PRUDENCIA: Er hat ihr nicht verziehen.

BERNARDA: Er tut gut daran.

PRUDENCIA: Was soll ich dir sagen ... Ich leide darunter.

BERNARDA: Eine Tochter, die nicht gehorcht, ist keine Tochter mehr, sondern wird unsre Feindin.

PRUDENCIA: Ich lasse dem Wasser seinen Lauf. Mir bleibt kein andrer Trost als mich in die Kirche zu flüchten; da ich aber immer schlechter sehe, werde ich nicht mehr hingehen können, damit die Kinder nicht ihren Schabernack mit einem treiben. *Man hört einen heftigen Schlag an die Wand.* Was ist das?

BERNARDA: Der Hengst. Er ist eingesperrt und schlägt gegen die Mauer. *Schreit:* Legt ihm Fußseile an – und in den Hof! *Leise:* Er muß brünstig sein.

PRUDENCIA: Wollt ihr ihm die jungen Stuten zuführen?

BERNARDA: Bei Tagesanbruch.

PRUDENCIA: Du hast es verstanden, dein Vieh zu vermehren.

BERNARDA: Mit Geld und Verdruß.

LA PONCIA *unterbrechend:* Sie hat doch die besten Schafe der ganzen Gegend. Schade, daß sie im Preis gesunken sind.

BERNARDA: Willst du etwas Käse und Honig?

PRUDENCIA: Ich mag nichts.

Man hört wieder einen Schlag.

LA PONCIA: Um Gottes willen!

PRUDENCIA: Das dröhnt mir ja in der Brust!

BERNARDA *steht wütend auf:* Muß man alles zweimal sagen? Treibt ihn hinaus; er soll sich in den Strohhaufen wälzen. *Pause. Wie wenn sie mit den Knechten spräche:* Also sperrt die Stuten in den Stall und laßt ihn laufen, sonst tritt er uns die Wände ein. *Geht wieder zum Tisch und setzt sich.* Ay, was für ein Leben!

PRUDENCIA: Du schuftest wie ein Mann.

BERNARDA: Genau so. *Adela steht auf.* Wohin?

ADELA: Wasser trinken.

BERNARDA *laut:* Bring einen Krug mit frischem Wasser! *Zu Adela:* Du kannst dich setzen. *Adela setzt sich.*

PRUDENCIA: Wann heiratet denn Angustias?

BERNARDA: Nächster Tage wird man um sie anhalten.

PRUDENCIA: Da wirst du aber zufrieden sein!

ANGUSTIAS: Ganz gewiß!

AMELIA *zu Magdalena:* Du hast ja das Salz verschüttet.

MAGDALENA: Ein schlechteres Schicksal als du hast, wirst du nicht haben.

AMELIA: Das bringt immer Unglück.

BERNARDA: Jetzt langts!

PRUDENCIA *zu Angustias:* Hat er dir schon den Ring geschenkt?

ANGUSTIAS: Sehen Sie ihn einmal an. *Reicht ihn ihr.*

PRUDENCIA: Kostbar. Drei Perlen. Zu meiner Zeit bedeuteten Perlen Tränen.

ANGUSTIAS: Die Dinge haben sich inzwischen geändert.

ADELA: Das glaube ich nicht. Die Dinge bedeuten immer dasselbe. Verlobungsringe müssen Diamanten haben.

PRUDENCIA: Das ist passender.

BERNARDA: Mit oder ohne Perlen – die Dinge sind, wie man sie sich vornimmt.

MARTIRIO: Oder wie Gott will.

PRUDENCIA: Die Möbel sollen wunderbar sein, hat man mir erzählt.

BERNARDA: Ich habe sechzehntausend Realen ausgegeben.

LA PONCIA *am Gespräch teilnehmend:* Am schönsten ist der Spiegelschrank.

PRUDENCIA: Ich habe noch nie einen gesehen.

BERNARDA: Wir hatten Truhen.

PRUDENCIA: Die Hauptsache ist, daß alles gut wird.

ADELA: Was man nie weiß.

BERNARDA: Es gibt keinen Grund für das Gegenteil.

Man hört Glocken von sehr weit.

PRUDENCIA: Das letzte Läuten. *Zu Angustias:* Ich komme bald wieder, damit du mir die Aussteuer zeigen kannst.

ANGUSTIAS: Jederzeit. Gern.

PRUDENCIA: Gott gebe uns eine gute Nacht.

BERNARDA: Gott befohlen, Prudencia.

ALLE FÜNF ZUSAMMEN: Gott befohlen. *Pause. Prudencia ab.*

BERNARDA: Fertig mit Essen. *Alle stehen auf.*

ADELA: Ich gehe bis zur Haustür, um die Beine zu strecken und ein bißchen frische Luft zu schnappen.

Magdalena setzt sich auf einen niedrigen, gegen die Wand gelehnten Stuhl.

AMELIA: Ich gehe mit dir.

Martirio: Ich auch.

Adela *mit verhaltenem Haß:* Ich werde mich nicht verlaufen.

Amelia: Die Nacht will Begleitung. *Ab.*

Bernarda *setzt sich; Angustias bringt den Tisch in Ordnung:* Ich habe dir schon gesagt, ich wünsche, daß du mit deiner Schwester Martirio sprichst. Das mit dem Bild war ein Scherz, und du mußt ihn vergessen.

Angustias: Sie wissen, daß sie mich nicht leiden kann.

Bernarda: Jeder weiß, was er im Innern denkt. Die Herzen gehen mich nichts an, aber ich will eine schöne Fassade und Einigkeit in der Familie. Verstanden?

Angustias: Ja.

Bernarda: Na also.

Magdalena *fast schlafend:* Und wo du doch bald verschwindest! *Schläft ein.*

Angustias: Es kommt mir spät vor.

Bernarda: Wann hast du gestern nacht aufgehört, mit ihm zu sprechen?

Angustias: Um halb eins.

Bernarda: Was erzählt Pepe?

Angustias: Ich finde ihn zerstreut. Er spricht immer mit mir, wie wenn er an etwas andres dächte. Wenn ich ihn frage, was los ist, antwortet er mir: »Wir Männer haben unsre Sorgen.«

Bernarda: Du darfst ihn nicht fragen. Am allerwenigsten, wenn du verheiratet bist. Sprich, wenn er spricht; sieh ihn an, wenn er dich ansieht. So bekommst du keinen Streit.

Angustias: Ich glaube, Mutter, er verheimlicht mir viele Dinge.

Bernarda: Versuch nicht, sie zu entdecken; frag ihn nicht, und selbstverständlich darf er dich niemals weinen sehen.

Angustias: Ich sollte zufrieden sein und bin es nicht.

Bernarda: Das kommt aut eins heraus.

Angustias: Oft sehe ich Pepe ganz fest an, und dann verschwimmt er mir so zwischen dem Gitter, als ob ihn eine Staubwolke verdecke, wie sie die Herden aufwirbeln.

Bernarda: Schwächeanfälle.

ANGUSTIAS: Wolle Gott!

BERNARDA: Kommt er heute abend?

ANGUSTIAS: Nein. Er ist mit seiner Mutter in die Stadt gegangen.

BERNARDA: Dann legen wir uns früher schlafen. Magdalena!

ANGUSTIAS: Sie schläft. *Adela, Martirio, Amelia kommen.*

AMELIA: Eine stockdunkle Nacht!

ADELA: Man sieht keine zwei Schritt weit.

MARTIRIO: Eine schöne Nacht für Diebe – und für den, der einen Schlupfwinkel nötig hat.

ADELA: Der Hengst stand mitten im Hof – weiß! doppelt so groß, das ganze Dunkel füllend.

AMELIA: Wahrhaftig. Beängstigend. Wie eine Erscheinung.

ADELA: Am Himmel sind Sterne wie Fäuste.

MARTIRIO: Und sie hat sie dermaßen angeblickt, daß sie sich fast den Hals gebrochen hätte.

ADELA: Gefallen sie dir vielleicht nicht?

MARTIRIO: Die Dinge am Himmel interessieren mich nicht. Mir langt schon, was in den Stuben vorgeht.

ADELA: So geht es dir.

BERNARDA: Ihr geht es in ihren Angelegenheiten wie dir in deinen.

ANGUSTIAS: Gute Nacht.

ADELA: Gehst du schon zu Bett?

ANGUSTIAS: Ja. Pepe kommt heute abend nicht. *Ab.*

ADELA: Mutter, warum sagt man, wenn eine Sternschnuppe fällt oder wenn es blitzt:

Segensreiche Heilge Barbara,
an dem Himmel stehst geschrieben ja
auf Papier mit Weihewasser da ...?

BERNARDA: Die Alten haben viele Dinge gewußt, die wir vergessen haben.

AMELIA: Ich mache die Augen zu, damit ich sie nicht sehe.

ADELA: Ich nicht. Ich sehe gern voll Licht dahinschießen, was seit Jahren still ist und war.

MARTIRIO: Aber diese Dinge haben mit uns nichts zu tun.

BERNARDA: Man denkt auch besser nicht daran.

ADELA: Eine herrliche Nacht! Wie gern würde ich hierbleiben bis ganz spät, um die frische Luft der Felder zu genießen.

BERNARDA: Aber jetzt heißt es – zu Bett. Magdalena!

AMELIA: Sie ist im ersten Schlaf.

BERNARDA: Magdalena!

MAGDALENA *unwillig:* Laßt mich zufrieden!

BERNARDA: Zu Bett!

MAGDALENA *erhebt sich übellaunig:* Ihr laßt einen nicht in Ruhe! *Brummend ab.*

AMELIA: Gute Nacht. *Ab.*

BERNARDA: Ihr auch – marsch!

MARTIRIO: Weshalb kommt denn Angustias' Liebster nicht heute abend?

BERNARDA: Er ist verreist.

MARTIRIO *Adela ansehend:* Aha!

ADELA: Bis morgen. *Ab. Martirio trinkt Wasser und geht langsam hinaus, indem sie in Richtung zur Stalltür sieht.*

LA PONCIA *kommt:* Bist du noch hier?

BERNARDA: Ich genieße diese Stille, ohne daß es mir gelänge, irgendwo das ›Unerhörte‹ zu sehen, das nach deiner Meinung hier geschieht.

LA PONCIA: Bernarda, lassen wir diese Unterhaltung.

BERNARDA: In diesem Hause herrscht vollkommene Einmütigkeit. Alles durch meine Wachsamkeit.

LA PONCIA: Draußen passiert nichts. Das ist wahr. Deine Töchter sind und leben wie in Wandschränke gestopft. Aber weder du noch sonstwer kann über das Innerste der Brust wachen.

BERNARDA: Meine Töchter haben einen ruhigen Atem.

LA PONCIA: Das geht dich an, da du ihre Mutter bist. Mir reicht es, dein Haus zu bedienen.

BERNARDA: Du bist ja jetzt so schweigsam geworden.

LA PONCIA: Ich bin an meinem Platz und zufrieden.

BERNARDA: Ich will dir sagen, was los ist: du weißt nichts zu melden. Wenn in diesem Hause Gras wüchse, würdest du dich sogar damit abgeben, die Schafe der Nachbarn herzuholen, um sie zu weiden.

LA PONCIA: Ich verdecke mehr, als du dir vorstellen kannst.

BERNARDA: Sieht dein Sohn immer noch Pepe um vier Uhr morgens? Sagen die Leute immer noch die üble Litanei her von diesem Haus?

LA PONCIA: Sie sagen gar nichts.

BERNARDA: Weil sie nicht können. Weil kein Fleisch da ist um hineinzubeißen. Das verdankt man der Wachsamkeit meiner Augen.

LA PONCIA: Bernarda, ich will nicht sprechen, weil ich Angst habe vor deinen Absichten. Aber fühl dich nicht zu sicher.

BERNARDA: Ganz und gar sicher!

LA PONCIA: Unversehens fällt plötzlich ein Blitz. Unversehens, plötzlich, hält dir ein Schlag das Herz an.

BERNARDA: Hier passiert nichts. Ich bin längst wachsam gegen deine Unterstellungen.

LA PONCIA: Um so besser für dich.

BERNARDA: Das fehlte noch!

MAGD *kommt:* Ich bin mit Geschirrwaschen fertig. Wünschen Sie noch etwas, Bernarda?

BERNARDA *aufstehend:* Nichts. Ich lege mich schlafen.

LA PONCIA: Wann soll ich dich wecken?

BERNARDA: Überhaupt nicht. In dieser Nacht werde ich gut schlafen. *Ab.*

LA PONCIA: Wenn einer es mit dem Meer nicht aufnehmen kann, ist es das einfachste sich umzudrehen, um es nicht zu sehen.

MAGD: Sie ist so hochmütig, daß sie sich selbst eine Binde um die Augen legt.

LA PONCIA: Ich kann nichts daran ändern. Ich wollte die Dinge fernhalten, aber sie erschrecken mich schon zu sehr. Siehst du diese Stille? Nun – in jedem Zimmer ist ein Gewitter. An dem Tage, da sie sich entladen, werden wir alle hinweggefegt.

MAGD: Bernarda glaubt, daß sie allen überlegen ist, und kennt nicht die Gewalt, die ein Mann unter einsamen Frauen hat.

LA PONCIA: Pepe el Romano trifft nicht die ganze Schuld. Es stimmt zwar, daß er letztes Jahr hinter Adela herlief und daß sie toll nach ihm war, aber sie hätte bleiben müssen, wo sie war, und ihn nicht herausfordern dürfen. Ein Mann ist ein Mann.

MAGD: Manche glauben, daß er oft mit Adela gesprochen hat.

LA PONCIA: Das stimmt.

Leise: Und andres.

MAGD: Ich weiß nicht, was hier geschehen wird.

LA PONCIA: Ich möchte übers Meer fahren und dieses friedlose Haus verlassen.

MAGD: Bernarda beschleunigt die Hochzeit, und es ist möglich, daß nichts passiert.

LA PONCIA: Die Dinge sind schon zu reif geworden. Adela ist zu allem entschlossen, und die andren wachen unermüdlich.

MAGD: Auch Martirio ...?

LA PONCIA: Das ist die Schlimmste. Ein Giftbrunnen. Sie sieht, daß El Romano nicht von ihr angetan ist, und würde die Welt zerstören, wenn sie könnte.

MAGD: Sie sind böse!

LA PONCIA: Frauen ohne Mann, weiter nichts. In solchen Sachen vergißt man sogar die Blutsverwandtschaft. Ssssst! *Horcht.*

MAGD: Was ist los?

LA PONCIA *richtet sich auf:* Die Hunde bellen.

MAGD: Es muß jemand beim Haustor gewesen sein.

Adela kommt im weißen Unterrock und Leibchen.

LA PONCIA: Warst du denn nicht schon schlafen gegangen?

ADELA: Ich will Wasser trinken. *Trinkt aus einem Glas auf dem Tisch.*

LA PONCIA: Und ich dachte, du schliefest längst.

ADELA: Der Durst hat mich wachgemacht. Und ihr, legt ihr euch nicht?

MAGD: Gleich. *Adela ab.*

La Poncia: Gehn wir zu Bett.

Magd: Wir haben uns den Schlaf verdient. Bernarda gönnt mir den ganzen Tag keine Ruhe.

La Poncia: Nimm das Licht mit.

Magd: Die Hunde sind wie verrückt.

La Poncia: Sie werden uns nicht schlafen lassen. *Ab.*

Die Bühne bleibt fast im Dunkeln.

María Josefa *kommt mit einem Schaf auf den Armen:*

Schäfchen, mein Kindchen,
wir wollen ans Ufer des Meers.
Das Emslein wird am Türchen stehen,
die Brust, das Brot will ich dir geben.

Bernhardine,
Leopardenmiene.
Magdalene,
Gesicht der Hyäne.
Mäh, Schäfchen, mäh!
Zu den Zweigen am Tor von Bethlehem!

Nicht du nicht ich wolln schlafen gehn;
die Tür von selbst wird offenstehn,
zum Strand wolln wir hinunterwallen,
zu einer Hütte aus Korallen.

Bernhardine,
Leopardenmiene.
Magdalene,
Gesicht der Hyäne.
Mäh, Schäfchen, mäh!
Zu den Zweigen am Tor von Bethlehem!

Singend ab. Adela kommt. Sie sieht verstohlen von einer Seite zur andren und verschwindet durch die Hoftür. Mar-

tirio, ebenfalls in Unterkleidern, kommt aus einer andren Tür und bleibt ängstlich lauernd in der Bühnenmitte. Sie bedeckt sich mit einem unscheinbaren schwarzen kleinen Umhangtuch. Ihr gegenüber taucht María Josefa wieder auf.

MARTIRIO: Wo wollen Sie hin, Großmutter?

MARÍA JOSEFA: Willst du mir die Tür aufmachen? Wer bist du?

MARTIRIO: Wie kommen Sie hierher?

MARÍA JOSEFA: Ich bin fortgelaufen. Und wer bist du?

MARTIRIO: Gehen Sie zu Bett.

MARÍA JOSEFA: Du bist Martirio, jetzt sehe ich dich, Martirio, Gesicht des Martyriums. Wann bekommst du ein Kind? Ich habe dieses bekommen.

MARTIRIO: Woher haben Sie das Schaf?

MARÍA JOSEFA: Ich weiß wohl, daß es ein Schaf ist. Aber warum kann ein Schaf kein Kind sein? Besser ein Schaf haben als nichts. Bernhardine, Leopardenmiene. Magdalene, Gesicht der Hyäne.

MARTIRIO: Schreien Sie nicht.

MARÍA JOSEFA: Wahrhaftig. Es ist alles sehr dunkel. Weil ich weiße Haare habe, glaubst du, ich könne keine Kinder bekommen, aber erst recht, Kinder und Kinder und Kinder. Dieses Kind wird weiße Haare bekommen und ein andres Kind haben und das ein andres und das ein andres, und alle mit schneeweißen Haaren, und wir werden wie die Wellen sein, eine, eine andre, noch eine. Dann werden wir alle niederfließen und alle werden wir weiße Haare haben und zu Schaum werden. Warum gibt es hier keinen Schaum? Hier gibt es nur Trauerumhänge.

MARTIRIO: Schweigen Sie, schweigen Sie.

MARÍA JOSEFA: Als meine Nachbarin ein Kind bekam, brachte ich ihr Schokolade, und später brachte sie mir Schokolade, und so immer, immer, immer. Du wirst weißes Haar haben, aber die Nachbarinnen werden nicht kommen. Ich muß fortgehen, aber ich habe Angst, daß mich die Hunde beißen. Begleitest du mich, wenn ich hinausgehe, aufs Land? Ich will

Land ... Ich will Häuser, aber offene Häuser, wo die Nachbarinnen mit ihren Kinderchen im Bett liegen und die Männer draußen auf den Stühlen sitzen. Pepe el Romano ist ein Riese. Ihr alle liebt ihn. Aber er wird euch fressen, denn ihr seid Weizenkörner. Nicht Weizenkörner – Frösche ohne Zunge!

MARTIRIO: Genug. Gehen Sie zu Bett. *Stößt sie.*

MARÍA JOSEFA: Ja, aber nachher machst du mir doch auf, nicht?

MARTIRIO: Ganz gewiß.

MARÍA JOSEFA *weinend:*

Schäfchen, mein Kindchen, Schäfchen,
wir wolln ans Meeresufer gehen.
Das Emslein wird am Türchen stehen,
die Brust, das Brot will ich dir geben.

Martirio schließt die Tür, durch die María Josefa gegangen ist, und tritt auf die Hoftür zu. Dort zaudert sie, tut aber noch zwei Schritte mehr.

MARTIRIO *leise:* Adela. *Pause. Sie geht bis zur Tür. Laut:* Adela!

ADELA *erscheint mit etwas ungeordnetem Haar:* Warum suchst du mich?

MARTIRIO: Laß von dem Mann!

ADELA: Wer bist du, um mir das zu sagen?

MARTIRIO: Das ist kein Platz für eine anständige Frau.

ADELA: Und wie gierig du nach ihm bist!

MARTIRIO *laut:* Das ist der Augenblick, wo ich sprechen muß. So kann es nicht weitergehen.

ADELA: Das ist nur der Anfang. Ich habe die Kraft gehabt, kühn zu sein. Das Feuer und den Einsatz, die du nicht hast. Ich habe den Tod unter diesem Dach gesehen und bin ausgezogen um zu holen, was mein war, was mir gehörte.

MARTIRIO: Dieser Mensch ohne Seele ist wegen einer andren gekommen. Du bist in die Quere gekommen.

ADELA: Er ist wegen des Geldes gekommen, aber seine Augen hatte er immer auf mich geheftet.

MARTIRIO: Ich dulde es nicht, daß du ihn ausspannst. Er wird Angustias heiraten.

ADELA: Du weißt besser als ich, daß er sie nicht liebt.

MARTIRIO: Ich weiß.

ADELA: Du weißt, da du es gesehen hast, daß er mich liebt.

MARTIRIO *erbittert:* Ja.

ADELA *nähert sich ihr:* Mich liebt er, mich.

MARTIRIO: Stoß mir ein Messer in den Leib, wenn du Lust hast, aber sag es mir nicht noch einmal.

ADELA: Darum versuchst du alles, daß ich nicht mit ihm gehe. Es ist dir einerlei, daß er die umarmt, die er nicht liebt – mir auch. Er kann wohl hundert Jahre mit Angustias leben, aber daß er mich umarmt, das ist dir furchtbar, weil du ihn auch liebst, auch du.

MARTIRIO *dramatisch:* Ja! Laß es dir nur sagen – ins Gesicht!, nicht mit dem Kopf unter der Bettdecke ... Ja! Und meine Brust soll nur zerbersten wie ein Granatapfel der Bitternis. Ich liebe ihn!

ADELA *umarmt sie in einer Aufwallung:* Martirio, Martirio, ich bin daran nicht schuldig!

MARTIRIO: Umarme mich nicht! Versuch nicht, meine Augen zu besänftigen. Mein Blut ist nicht mehr deines. Obgleich ich in dir die Schwester sehen möchte, sehe ich in dir nur noch die Frau. *Stößt sie zurück.*

ADELA: Hier hilft nichts mehr. Wer untergehen will, soll untergehen. Pepe el Romano ist mein. Er trägt mich ins Schilficht am Ufer.

MARTIRIO: Nie!

ADELA: Ich halte das Grauen unter diesem Dach nicht mehr aus, nachdem ich den Geschmack seines Mundes gekostet habe. Ich werde sein, was er will. Das ganze Dorf gegen mich und mich mit feurigen Fingern brandmarkend, verfolgt von denen, die behaupten ehrbar zu sein, und ich setze mir die Dornenkrone derer auf, die von einem verheirateten Mann geliebt werden.

MARTIRIO: Schweig!

ADELA: Ja. Ja. *Leise.* Gehn wir zu Bett, er mag Angustias nur heiraten, das bedeutet mir nichts, aber ich gehe in ein einsames Häuschen, wo er mich sehen kann, wann er will, sooft er Lust hat.

MARTIRIO: Das wird nicht geschehen, solange ich noch einen Blutstropfen im Leib habe.

ADELA: Dich nicht; du bist schwächlich. Aber ich kann ein Pferd, das sich bäumt, auf die Kniee zwingen mit der Kraft meines kleinen Fingers.

MARTIRIO: Fahr mich nicht damit an. Es macht mich rasend. Ich habe im Herzen eine so höllische Kraft, daß sie mich selbst zermalmt, ohne daß ich es will.

ADELA: Man lehrt uns, wir sollen unsre Schwestern lieben. Gott muß mich in all der Dunkelheit allein gelassen haben, weil ich dich sehe, wie wenn ich dich nie gesehen hätte.

Man hört einen Pfiff, und Adela läuft zur Tür, aber Martirio stellt sich vor sie hin.

MARTIRIO: Wohin?

ADELA: Fort von der Tür!

MARTIRIO: Geh durch, wenn du kannst!

ADELA: Weg! *Ringen.*

MARTIRIO *schreit:* Mutter, Mutter!

BERNARDA *erscheint in Unterröcken und mit schwarzem Tuch:* Ruhe, Ruhe. Wie armselig bin ich, daß ich nicht einen Blitz in den Fingern habe!

MARTIRIO *auf Adela zeigend:* Sie war bei ihm! Sieh dir diese Unterröcke an – voll Stroh!

BERNARDA: Das ist das Bett der Verlorenen! *Wütend auf Adela zutretend.*

ADELA *reckt sich vor ihr auf:* Hier hat das Zuchthausgeschrei aufgehört! *Sie entreißt ihr einen Stock und zerbricht ihn.* Das mache ich mit dem Szepter der Herrscherin. Tun Sie keinen Schritt! Mir hat nur noch Pepe zu befehlen!

MAGDALENA *kommt:* Adela!

La Poncia und Angustias kommen.

ADELA: Ich bin sein Weib. *Zu Angustias:* Überzeug dich selbst

– geh in den Stall und sag es ihm. Er wird über das ganze Haus gebieten. Da draußen ist er und atmet, wie wenn er ein Löwe wäre.

ANGUSTIAS: Mein Gott!

BERNARDA: Die Flinte! Wo ist die Flinte? *Rennt hinaus. Martirio ihr nach. Amelia erscheint aus dem Hintergrund und blickt entsetzt, den Kopf an die Wand gepreßt.*

ADELA: Niemand ist mir über! *Will ab.*

ANGUSTIAS *hält sie fest:* Hier kommst du nicht fort mit deinem triumphierenden Leib! Diebin! Schande unsres Hauses!

MAGDALENA: Sie soll nur hingehen, wo wir sie nie mehr wiedersehen! *Ein Schuß fällt.*

BERNARDA *kommt:* Wag es, ihn jetzt zu suchen.

MARTIRIO *kommt:* Es ist aus mit Pepe el Romano.

ADELA: Pepe! Mein Gott! Pepe! *Stürzt hinaus.*

LA PONCIA: Habt ihr ihn denn erschossen?

MARTIRIO: Nein; er ist auf seinem Pferd davongesprengt.

BERNARDA: Meine Schuld war es nicht. Eine Frau kann nicht zielen.

MAGDALENA: Warum hast du es denn gesagt?

MARTIRIO: Wegen ihr! Ich hätte ihr einen Strom von Blut über den Kopf schütten mögen.

LA PONCIA: Verfluchte.

MAGDALENA: Von allen Teufeln Besessene!

BERNARDA: Dennoch ist es besser so. *Man hört einen Schlag.* Adela! Adela!

LA PONCIA *an der Tür:* Mach auf!

BERNARDA: Mach auf. Glaub nicht, daß die Mauern vor der Schande schützen.

MAGD *kommt:* Die Nachbarn sind aufgestanden!

BERNARDA *wie mit gedämpftem Tiergebrüll:* Mach auf, sonst schlage ich die Tür ein! *Pause. Alles bleibt still.* Adela! *Tritt zurück.* Hol einen Hammer! *La Poncia stößt die Tür auf, geht hinein, schreit auf und prallt zurück.* Was?

LA PONCIA *legt die Hände an den Hals:* Mögen wir nie so

enden! *Die Schwestern weichen zurück. Magd bekreuzt sich. Bernarda stößt einen Schrei aus und geht vorwärts.* Geh nicht hinein!

BERNARDA: Nein. Ich nicht! Pepe: du reitest jetzt lebendig durch das Dunkel der Bäume, aber eines Tages fällst du. Nehmt sie ab! Meine Tochter ist als Jungfrau gestorben! Tragt sie in ihr Zimmer und kleidet sie jungfräulich. Keiner sage auch nur ein Wort! Sie ist unberührt gestorben. Veranlaßt, daß bei Tagesanbruch zweimal die Glocken geläutet werden.

MARTIRIO: Sie ist tausendmal glücklich, denn sie hat ihn besitzen können.

BERNARDA: Kein Geklage. Dem Tod muß man ins Gesicht sehen. Still! *Zu einer der Töchter:* Schweigen, habe ich gesagt! *Zu einer andren:* Tränen, wenn du allein bist! Wir alle tauchen in ein Meer von Trauer. Sie, Bernarda Albas jüngste Tochter, ist unberührt gestorben. Habt ihr mich verstanden? Schweigen, schweigen habe ich gesagt! Schweigen!

Vorhang

(Freitag, den 19. Juni 1936)

Zeittafel

1898 geboren am 5. Juni in Fuente Vaqueros.
1905 Almería. Besuch des Colegio der Piaristenväter.
1917 Granada. Studium.
1918 »Impresiones y paisajes«. Madrid. Studium.
1919 Läßt sich in Madrid nieder. »El maleficio de la mariposa«.
1921 »Libro de poemas«.
1922 Die »Primeras canciones« entstehen.
1925 »Mariana Pineda«.
1927 »Canciones«.
1928 »Romancero gitano«.
1929/30 USA. Studien an der Columbia Universität in New York. »La Zapatera prodigiosa«.
1931 »Poema del cante jondo«; »Amor de Don Perlimplín con Belisa en su Jardín«; »Así que pasen cinco años« (entsteht).
Gründung der Theatergruppe »La barca« mit Eduardo Ugarte.
1933/34 Argentinien. »Bodas de Sangre«; »Yerma«.
1935 »Dona Rosita la Soltera, o el lenguade de las flores«.
1936 Am 19. August von der »Guardia civil« erschossen.
1940 »Divan del Tamarit«; Poeta en Nueva York«.
1957 »Obras completas«.

INHALT